HEYNE <

Das Buch

Harvey Metcalfe ist hochintelligent, reich – und ein Betrüger. Sein jüngster Coup: Mit leeren Versprechungen und vorgetäuschten Geschäften hat er vier wohlhabende Männer über Nacht um ihr Vermögen gebracht. Doch diesmal hat er sich die Falschen ausgesucht. Seine Opfer haben sich verbündet, um Metcalfe mit seinen eigenen Waffen zu schlagen. Gemeinsam wollen sie ihn exakt um den Betrag erleichtern, den sie zuvor verloren haben: eine Million US-Dollar. Ein gewagtes Spiel beginnt.

Der Autor

Jeffrey Archer, geboren 1940 in London, verbrachte seine Kindheit in Weston-super-Mare und studierte in Oxford. Archer schlug zunächst eine bewegte Politikerkarriere ein. Mit seinem Debüt »Es ist nicht alles Gold, was glänzt« legte er den Grundstein für eine beispiellose Schriftstellerkarriere, »Kain und Abel« war sein Durchbruch, er wurde weltberühmt. Mittlerweile zählt Jeffrey Archer zu den erfolgreichsten Autoren Englands. Seine historischen Reihen »Die Clifton-Saga« und »Die Warwick-Saga« begeistern eine stetig wachsende Leserschar. Archer ist verheiratet, hat zwei Söhne und lebt in London, Cambridge und auf Mallorca.

JEFFREY ARCHER

ES IST NICHT ALLES GOLD, WAS GLÄNZT

ROMAN

Aus dem Englischen
von Suzanne Annette Gangloff

WILHELM HEYNE VERLAG
MÜNCHEN

Die Originalausgabe NOT A PENNY MORE, NOT A PENNY LESS
erschien erstmals 1976 bei Macmillan.
Erstmals im Deutschen erschienen 1978 bei Schneekluth Verlag, München.

FSC
www.fsc.org
MIX
Papier | Fördert
gute Waldnutzung
FSC® C014496

Penguin Random House Verlagsgruppe FSC® N001967

Neuausgabe 09/2024

Umschlaggestaltung: DAS ILLUSTRAT, München
unter Verwendung von Motiven von
Shutterstock (Bragin Alexey und ABC vector)
Satz: Uhl + Massopust, Aalen
Druck und Bindung: GGP Media GmbH, Pößneck
Printed in Germany
ISBN 978-3-453-47156-6

www.heyne.de

Prolog

»Jörg, rechne heute um 18 Uhr mitteleuropäischer Zeit mit dem Eingang von sieben Millionen Dollar vom Crédit Parisien auf Konto Nr. 2, und bring sie über Nacht bei erstklassigen Banken und Top-Handelsfirmen unter. Oder investiere sie auf dem Eurodollar-Nachtmarkt. Verstanden?«

»Ja, Harvey.«

»Platziere eine Million Dollar bei der Banco do Minas Gerais in Rio de Janeiro auf die Namen Silverman und Elliott, und kündige das kurzfristige Darlehen bei der Barclays Bank, Filiale Lombard Street. Verstanden?«

»Ja, Harvey.«

»Kauf zu Lasten meines Warenkontos Gold bis zum Betrag von zehn Millionen Dollar, und warte dann auf weitere Anweisungen. Versuche, bei niedrigem Kurs zu kaufen, und überstürze nichts – hab Geduld. Verstanden?«

»Ja, Harvey.«

Harvey Metcalfe war sich darüber im Klaren, dass diese letzte Ermahnung überflüssig war. Jörg Birrer gehörte zu den konservativsten Bankiers von Zürich und – was für Harvey noch wichtiger war – hatte sich in den letzten 25 Jahren auch als einer der gerissensten erwiesen.

»Kannst du mich am Dienstag, dem 25. Juni, um 14 Uhr in

Wimbledon treffen – Centre-Court, an meinem üblichen Obligationsinhaberplatz?«

»Ja, Harvey.«

Damit war das Gespräch beendet. Harvey sagte nie auf Wiedersehen. Er verstand nichts von gepflegten Umgangsformen, die das Leben angenehmer gestalteten, und mittlerweile war er zu alt, sie noch zu lernen. Er griff erneut zum Telefon, wählte die sieben Nummern, die ihn mit dem Lincoln Trust in Boston verbinden würden, und verlangte seine Sekretärin. »Miss Fish?«

»Ja, Sir.«

»Suchen Sie die Prospecta-Oil-Akte heraus und vernichten Sie sie. Vernichten Sie die ganze darüber vorhandene Korrespondenz, und lassen Sie auch nicht die geringste Spur davon übrig. Verstanden?«

»Ja, Sir.« Der Hörer wurde wieder aufgelegt. Harvey Metcalfe hatte während der letzten 25 Jahre dreimal ähnliche Anweisungen gegeben, und Miss Fish hatte inzwischen gelernt, keine Fragen zu stellen.

Harvey Metcalfe holte tief Atem, er seufzte beinahe – ein Aufatmen triumphierender Befriedigung. Er war nun mindestens 25 Millionen Dollar schwer, und nichts konnte ihn aufhalten. Er öffnete eine Flasche Krug Champagner, Jahrgang 1964, importiert von der Firma Hedges & Butler, London. Er schlürfte ihn in kleinen Schlucken und zündete sich eine von den Romeo-y-Julieta-Churchill-Zigarren an, die ein italienischer Einwanderer einmal im Monat in Kisten zu 250 Stück für ihn aus Kuba herüberschmuggelte. Dann lehnte sich Harvey zurück zu einem friedlichen kleinen Feierstündchen. In Boston, Massachusetts, war es 12.20 Uhr – Zeit zum Lunch. In England war es 18.20 Uhr. Dort kontrollierten in der Harley Street, der Bond Street und der

King's Road in London und im Magdalen College in Oxford vier einander völlig unbekannte Männer in der letzten Ausgabe des Londoner »Evening Standard« den Börsenkurs der Prospecta Oil. Er lag bei 9,10 Dollar. Alle vier waren reiche Leute, die ihre bereits erfolgreichen Karrieren endgültig zu konsolidieren hofften. Morgen würden sie ohne einen Pfennig dastehen.

1

Auf legale Weise in den Besitz einer Million zu gelangen, ist seit jeher schwierig gewesen. Auf illegale Weise zu einer Million zu kommen, war immer schon etwas leichter. Eine Million zu behalten, nachdem man sie einmal gemacht hat, dürfte wahrscheinlich das Schwierigste sein. Henryk Metelski gehörte zu den wenigen Männern, die alle drei dieser Kunststücke fertiggebracht hatten. Die legal erworbene Million folgte allerdings erst auf die Million, zu der er illegal gekommen war. Aber was ihn allen anderen meilenweit voraus sein ließ, war die Tatsache, dass es ihm gelang, alles zu behalten.

Henryk Metelski war am 17. Mai 1909 in der Lower East Side von New York geboren worden und erlebte die Depression in seinen entscheidenden Entwicklungsjahren. Seine Eltern waren um die Jahrhundertwende nach Amerika ausgewanderte Polen. Henryks Vater war von Beruf Bäcker und hatte in New York, wo die polnischen Einwanderer sich darauf spezialisiert hatten, dunkles Roggenbrot zu backen und kleine Restaurants zu unterhalten, rasch Arbeit gefunden. Beide Eltern hätten es so gern gesehen, wenn Henryk mit Erfolg ein Studium absolviert hätte, aber er zeigte keinerlei Begabung in dieser Hinsicht und hatte sich an seiner Highschool nie durch besondere Leistungen hervorgetan. Er war ein durchtriebener, aufgeweckter kleiner Bursche, jedoch wenig geschätzt von seinen Lehrern wegen seiner völligen Gleichgültigkeit gegenüber den bewegenden Geschichten vom Unabhängigkeitskrieg und von der Freiheitsglocke und wegen der Kontrolle, die er über den schwarzen Markt in leichtem Rauschgift und Alkohol unter den Schülern ausübte. Klein-Henryk teilte nicht die Ansicht, dass die besten Dinge im Leben umsonst zu haben seien, und die Jagd nach Geld und Macht war für ihn etwas so Natürliches wie das Jagen von Mäusen für eine Katze.

Als Henryk zu einem pickeligen Vierzehnjährigen erblüht war, starb sein Vater an einer Krankheit, die wir heute unter dem Namen Krebs kennen. Seine Mutter überlebte den Tod ihres Mannes nur um wenige Monate, und dem einzigen Kind blieb es nun überlassen, sich selbst großzuziehen. Henryk hätte eigentlich im Bezirkswaisenhaus für mittellose Kinder untergebracht werden sollen. Aber in den Zwanzigerjahren war es nicht schwer für einen Jungen in New York, von der Bildfläche zu verschwinden – sehr viel schwieriger dagegen war es zu überleben. Henryk wurde ein Meister in dieser Disziplin – ein Training, das ihm in seinem späteren Leben sehr zustattenkommen sollte.

Er trieb sich in New Yorks East Side herum, mit eng geschnalltem Gürtel und weit offenen Augen, putzte hier Schuhe, spülte dort Geschirr und hielt unermüdlich Ausschau nach einem Einstieg in das Labyrinth, in dessen Innerstem Reichtum und Prestige lagen. Er entdeckte schließlich auch einen, als sein Zimmergenosse, Jan Pelnik, ein Botenjunge an der New Yorker Börse, sich durch den Genuss einer mit Salmonellen gespickten Wurst zeitweise selbst außer Gefecht gesetzt hatte. Henryk, entsandt, um den Chefboten von diesem Missgeschick zu unterrichten, stapelte die Lebensmittelvergiftung zu einer Tuberkulose hoch und empfahl sich selbst als Anwärter auf die somit frei gewordene Stelle. Dann suchte er sich ein anderes Zimmer und nahm, angetan mit seiner neuen Uniform, seine Arbeit auf.

Die meisten Botschaften, die er in den frühen Zwanzigerjahren auszutragen hatte, waren mit der Empfehlung »Ankauf« versehen. Viele von ihnen wurden umgehend befolgt, denn damals herrschte eine Zeit des Booms. Henryk sah Männer von geringen Fähigkeiten Vermögen machen, während er nur ein Beobachter war. Sein Instinkt trieb ihn zu jenen Leuten, die in einer Woche an der Börse mehr Geld machten, als er mit seinem Lohn in einem ganzen Leben würde verdienen können.

Er machte es sich zur Aufgabe zu lernen, wie die Börse funktionierte, belauschte Gespräche, las Botschaften und brachte heraus, welche Zeitungen man lesen muss. Als Achtzehnjähriger verfügte er über vier Jahre Erfahrung in Wall Street – vier Jahre, die für die meisten Botenjungen nichts weiter bedeutet haben dürften, als durch Flure zu hasten und Papiere zu überbringen. Für Henryk Metelski hingegen kamen diese vier Jahre praktisch einem Magistergrad von der Harvard Business School gleich (damals konnte er nicht ahnen, dass er eines Tages Vorträge vor diesem erlauchten Gremium halten würde).

Im Juli 1927 sollte er eines Vormittags eine Botschaft bei Halgarten & Co., einer angesehenen Maklerfirma, abliefern, und machte dabei seinen üblichen kleinen Umweg über die Toilette. Er hatte ein System entwickelt, das darin bestand, sich in einer der Kabinen einzuschließen, die Mitteilung, die er überbringen sollte, zu lesen, zu überlegen, ob sie für ihn wertvoll sein könnte, und wenn das der Fall war, Witold Gronowich anzurufen, einen älteren Polen, der eine kleine Versicherungsmaklerfirma für seine Landsleute betrieb. Nach Henryks Schätzung nahm er selbst durch die Informationen, die er auf diese Weise übermittelte, pro Woche 20 bis 25 Dollar zusätzlich ein. Gronowich, der ohnehin nicht in der Lage war, größere Summen auf dem Markt zu investieren, ließ niemals etwas über seinen jungen Informanten durchsickern.

In der Kabine dämmerte es Henryk, dass er dabei war, eine Mitteilung von beachtlicher Bedeutung zu lesen. Der Gouverneur von Texas stand im Begriff, der Standard Oil Company die Erlaubnis zu erteilen, eine Pipeline von Chicago nach Mexiko fertigzustellen, nachdem alle anderen betroffenen Behörden diesem Vorschlag bereits zugestimmt hatten. An der Börse wusste man, dass die Gesellschaft diese letzte Erlaubnis fast ein Jahr lang zu erhalten versucht hatte. Die Botschaft sollte unmittelbar John D. Rockefellers Makler, Tukker Anthony, übermittelt werden, und zwar sofort. Die Bewilligung dieser Pipeline würde automatisch den gesamten Norden einer Belieferung mit Öl erschließen, und das würde erhöhte Gewinne bedeuten. Henryk begriff sofort, dass die Standard-Oil-Aktien auf dem Markt unaufhaltsam steigen würden, sobald die Neuigkeit eingeschlagen hätte – umso mehr, als Standard Oil bereits 90 Prozent der Ölraffinerien in Amerika kontrollierte.

Normalerweise würde Henryk diese Information sofort an Mr Gronowich weitergegeben haben – und er war auch drauf und dran, dies zu tun –, als er bemerkte, wie ein ziemlich übergewichtiger Mann, der die Toilette ebenfalls gerade verließ, einen Zettel verlor. Da im Augenblick niemand sonst anwesend war, hob Henryk das Papier auf und zog sich erneut in seine Kabine zurück, überzeugt, es handle sich bestenfalls um eine weitere Information. Tatsächlich war es ein Scheck über 50 000 Dollar zur Barauszahlung an eine Mrs Rose Rennick.

Henry überlegte blitzschnell. Eiligst verließ er die Toilette und stand bald darauf mitten in der Wall Street. Er ging zu einem kleinen Café in der Rector Street, wo er sorgfältig seinen Plan ausarbeitete und ihn sogleich in die Tat umzusetzen begann.

Zunächst löste er den Scheck bei einer Zweigstelle der Morgan Bank auf der südwestlichen Seite der Wall Street ein; er wusste, dass man ihn, da er die schicke Uniform eines Boten der Börse trug, für nichts anderes als für den Austräger irgendeiner distinguierten Firma halten würde. Sodann kehrte er zur Börse zurück und kaufte von einem auf eigene Rechnung arbeitenden Makler 2500 Standard-Oil-Aktien zu 19,85 Dollar pro Stück, wobei ihm nach Abzug der Maklergebühren 126,61 Dollar übrig blieben. Diese 126,61 Dollar zahlte er auf ein Depositenkonto bei der Morgan Bank ein. Schwitzend vor gespannter Erwartung einer Bekanntgabe durch das Gouverneursbüro, verrichtete er weiterhin die gewohnten Handlungen seines normalen Arbeitstages, war jedoch innerlich zu sehr mit Standard Oil beschäftigt, um mit den auszutragenden Botschaften noch seine Umwege über die Toilette zu machen.

Aber er wartete vergebens auf eine Bekanntgabe. Henryk konnte nicht wissen, dass diese bis zum offiziellen Börsenschluss um 16 Uhr zurückgehalten wurde, da der Gouverneur selbst überall Aktien aufkaufte, wo immer er sie nur mit seinen schmutzigen Fingern erwischen konnte, und damit den Kurs bis Geschäftsschluss auf 20,25 Dollar hochtrieb, ohne dass irgendeine offizielle Bekanntgabe erfolgt wäre. Henryk ging an diesem Abend nach Hause, völlig versteinert vor Angst, einen katastrophalen Fehler begangen zu haben. Er sah sich bereits im Gefängnis landen, seine Stellung verlieren und alles, was er sich in den letzten vier Jahren aufgebaut hatte.

In dieser Nacht konnte er keinen Schlaf finden und wurde zunehmend unruhiger in seinem kleinen Zimmer. Um ein Uhr morgens hielt er es nicht mehr länger aus, stand auf, rasierte sich, zog sich an und nahm einen Zug zur Grand Central Station. Von dort lief er zu Fuß zum Times Square, wo er mit zitternden Händen die erste Ausgabe des »Wall Street Journal« kaufte. Und da stand es in schreienden Schlagzeilen: GOUVERNEUR BEWILLIGT ROCKEFELLER ÖLPIPELINERECHTE; und darunter eine Zwischenüberschrift: *Standard-Oil-Aktien – Lebhaftes Geschäft erwartet.*

Völlig benommen ging Henryk in das nächste 24-Stunden-Café in der östlichen 42. Straße, bestellte einen enormen Hamburger mit Pommes frites und verschlang beides wie ein Mann seine Henkersmahlzeit vor dem Gang zum elektrischen Stuhl und nicht etwa wie sein Antrittsmahl auf dem Weg zu Glück und Erfolg. Er las sämtliche Einzelheiten auf Seite eins und deren Fortsetzung auf Seite 14, und um vier Uhr früh hatte er die drei ersten Ausgaben der »New York Times« und die ersten zwei Ausgaben der »Herald Tribune« gekauft. Henryk eilte nach Hause, schwindelig vor freudiger Erregung, und warf sich in seine Uniform. Um acht Uhr traf er an der Börse ein und verrichtete geistesabwesend und automatisch seine tägliche Arbeit, in Gedanken mit nichts anderem beschäftigt als mit dem zweiten Teil seines Planes.

Als die Börse offiziell geöffnet wurde, ging Henryk hinüber zur Morgan Bank und nahm ein Darlehen von 50 000 Dollar gegen seine 2500 Standard-Oil-Aktien als Sicherheit auf, deren Eröffnungskurs an diesem Morgen bei 21,30 Dollar lag. Er zahlte die 50 000 Dollar auf sein Depositenkonto ein und wies die Bank an, ihm eine schriftliche Zahlungsanweisung, ausgestellt auf den

Namen von Mrs Rose Rennick, auszuhändigen. Damit verließ er das Gebäude und suchte Adresse und Telefonnummer seiner ahnungslosen Wohltäterin heraus.

Mrs Rennick, eine Witwe, die ihren Lebensunterhalt aus den ihr von ihrem verstorbenen Mann hinterlassenen Investitionen bezog, bewohnte eine kleine Mietwohnung in der Park Avenue, einer der elegantesten Gegenden New Yorks. Sie war etwas überrascht, als ein gewisser Henryk Metelski anrief und bat, sie in einer dringenden Privatangelegenheit persönlich sprechen zu dürfen. Eine abschließende Erwähnung der Firma Halgarten & Co. flößte ihr etwas mehr Vertrauen ein, und sie erklärte sich zu einem Treffen im Waldorf-Astoria um 16 Uhr bereit.

Henryk war nie zuvor im Waldorf-Astoria gewesen, aber nach vier Jahren bei der Börse gab es kaum ein Hotel oder Restaurant, das er nicht dem Namen nach aus den Unterhaltungen anderer Leute kannte. Er wusste, dass Mrs Rennick viel eher dazu bereit sein würde, ihn dort zum Tee zu treffen, als dazu, einen Mann mit dem dubiosen Namen Henryk Metelski in ihrer Privatwohnung zu empfangen, zumal sein polnischer Akzent am Telefon deutlicher durchschlug als im persönlichen Gespräch.

Als Henryk in dem mit weichem Spannteppich ausgelegten Foyer des Waldorf-Astoria stand, errötete er ob seiner Naivität in Fragen des Geschmacks, was Herrenbekleidung anbelangte. Er bildete sich ein, dass alle ihn anstarrten, und so vergrub er seine kurze, allzu füllige Gestalt in einem großen Ledersessel. Einige der anderen Gäste des Waldorf-Astoria waren ebenfalls reichlich füllig; allerdings war Henryk ziemlich sicher, dass in diesem Falle wohl eher *Pommes de Terre Maître d'Hôtel* im Spiel gewesen sein dürften als einfache Pommes frites. Es hatte keinen Sinn mehr zu wünschen, er hätte sein schwarzes gewelltes

Haar mit etwas weniger Pomade traktiert, und zu bedauern, dass seine Absätze so schief getreten waren. Er kratzte an einem lästigen Pickel in seinem Mundwinkel. Sein Anzug, in dem er sich unter seinen Freunden so souverän und wohlhabend vorkam, spiegelte, saß allzu knapp, war billig und peinlich auffällig. Henryk passte nicht in das vornehm zurückhaltende Interieur des Hotels und noch viel weniger zu den anderen Hotelgästen. Zum ersten Mal in seinem Leben empfand er ein Gefühl der Unzulänglichkeit, und so verdrückte er sich sachte in den Jefferson Room, versteckte sich hinter einer Ausgabe des »New Yorker« und betete, dass sein Gast bald kommen möge. Kellner flitzten devot um die reich beladenen Tische herum und straften Henryk instinktiv mit hochnäsiger Verachtung. Einer von ihnen war ausschließlich damit beschäftigt, im Raum herumzugehen und mit einer weiß behandschuhten Hand elegant Zuckerstückchen mit einer Silberzange anzubieten: Henryk war zutiefst beeindruckt.

Einige Minuten später erschien Rose Rennick mit zwei kleinen Hunden und einem unbeschreiblichen Hut. Henryk stellte fest, dass sie über sechzig, übergewichtig, übermäßig aufgemacht und übertrieben angezogen aussah. Aber sie besaß ein warmes Lächeln, und sie schien jedermann zu kennen, wie sie von Tisch zu Tisch ging und mit den Stammgästen der Waldorf-Astoria-Teestunde jeweils ein paar Worte wechselte. Schließlich erreichte sie den Tisch, den sie richtig als den Henryks erraten hatte, und war bei dessen Anblick reichlich betroffen – nicht nur, weil seine Kleidung sie seltsam berührte, sondern weil er sogar noch jünger aussah als die achtzehn Jahre, die er zählte.

Mrs Rennick bestellte Tee, während Henryk seine Geschichte erzählte: Wie da ein unglücklicher Fehler mit ihrem Scheck unterlaufen sei, der am Tage zuvor versehentlich seiner Firma gutgeschrieben worden wäre. Seine Firma hatte ihn nun angewiesen, den Scheck mit dem Ausdruck ihres Bedauerns unverzüglich an Mrs Rennick zurückzugeben. Daraufhin überreichte er ihr die Zahlungsanweisung über 50 000 Dollar und erklärte, er würde seine Stellung verlieren, wenn sie darauf bestünde, die Angelegenheit weiterzuverfolgen, da er allein für den Irrtum verantwortlich sei. Tatsächlich war Mrs Rennick erst an diesem Morgen vom Fehlen des Schecks in Kenntnis gesetzt worden und wusste nichts von dessen Einlösung, da besagter Vorgang erst einige Tage später auf ihrem Kontoauszug aufgetaucht wäre. Henryks durchaus echte Beklemmung, als er diese Geschichte herunterstotterte, hätte selbst einen kritischeren Beobachter der menschlichen Natur als Mrs Rennick getäuscht. Sie war sofort einverstanden, die Angelegenheit fallen zu lassen, nur allzu erfreut, ihr Geld wiederzuhaben; und da dies in Form einer Zahlungsanweisung von der Morgan Bank geschehen war, hatte sie nichts verloren. Henryk stieß einen Seufzer der Erleichterung aus und begann endlich, sich zu entspannen und sich wohlzufühlen. Er winkte sogar den Ober mit dem Zucker und der silbernen Zange herbei.

Nachdem eine angemessene Zeit verstrichen war, erklärte Henryk, er müsse nun zurück zu seiner Arbeit, dankte Mrs Rennick, bezahlte die Rechnung und ging. Draußen auf der Straße pfiff er vor Erleichterung. Sein neues Hemd war klitschnass vor Schweiß, aber er befand sich wieder im Freien und konnte durchatmen. Seine erste größere Operation war ein Erfolg gewesen.

Er stand in der Park Avenue, belustigt darüber, dass der Schauplatz seiner Begegnung mit Mrs Rennick das Waldorf-

Astoria gewesen war – eben jenes Hotel, in dem John D. Rockefeller, der Präsident der Standard Oil, eine Suite hatte. Henryk war zu Fuß gekommen und hatte den Haupteingang benutzt, während Mr Rockefeller etwas früher mit der Untergrundbahn eingetroffen und in seinem Privatlift zu den Waldorf Towers hinaufgefahren war. Wenige Bürger von New York wussten, dass Rockefeller sich seinen eigenen privaten U-Bahnhof etwas mehr als 15 Meter unter dem Waldorf-Astoria hatte bauen lassen, damit er nicht vor aller Augen die Strecke von acht Straßenblöcken bis zur Grand Central Station zurücklegen musste, da zwischen dem Großbahnhof und der 125. Straße keine U-Bahnhaltestelle lag. (Der Privatbahnhof existiert noch heute, aber im Waldorf-Astoria wohnen keine Rockefellers mehr, und die U-Bahn hält dort niemals an.) Während Henryk sich mit Mrs Rennick über die 50 000 Dollar unterhielt, diskutierte Rockefeller mit Präsident Coolidges Finanzminister, Andrew W. Mellon, über eine Investition von fünf Millionen Dollar.

Tags darauf ging Henryk wie gewöhnlich wieder zu seiner Arbeit. Er wusste, dass er die Aktien vor Ablauf von fünf Tagen zu Geld machen musste, um seine Schulden bei der Morgan Bank und beim Börsenmakler zu begleichen – ein Aktienkauf an der New Yorker Börse ist innerhalb von fünf Werktagen oder sieben Wochentagen zu bezahlen. Am Fälligkeitstag standen die Aktien bei 23,30 Dollar. Er verkaufte zu 23,15 Dollar, beglich sein Kontodefizit in Höhe von 49 625 Dollar und hatte, nach Abzug aller Spesen, einen Gewinn von 7490 Dollar gemacht, den er bei der Morgan Bank stehen ließ.

Während der nächsten drei Jahre rief Henryk Mr Gronowich nicht mehr an, sondern begann, auf eigene Rechnung zu arbeiten, zunächst allerdings mit kleineren Beträgen. Die Zeiten waren immer noch gut, und wenn er auch nicht jedes Mal einen Profit erzielte, so hatte er es doch zu einer gewissen Fertigkeit in der Handhabung des gelegentlichen Baissemarktes sowie in der des üblicheren Haussemarktes gebracht. Sein auf dem Baissemarkt praktiziertes System bestand darin, Leerverkäufe auf Baisse zu tätigen – ein von moralisch denkenden Kaufleuten nicht sonderlich geschätztes Geschäftsgebaren –, und er beherrschte bald die Kunst, Aktien, die er nicht besaß, zu verkaufen in Erwartung eines darauffolgenden Kurseinbruchs. Sein Instinkt für die Börsentendenzen verfeinerte sich ebenso rasch wie sein Geschmack hinsichtlich seiner Garderobe, und die in den Hinterstraßen der Lower East Side erlernten Schliche kamen ihm sehr zustatten. In Henryks Augen war die Welt nichts als ein Dschungel – zuweilen trugen die Löwen und die Tiger allerdings Anzüge.

Als die Börse 1929 zusammenbrach, hatte er seine anfänglichen 7490 Dollar in 51 000 Dollar flüssige Mittel verwandelt, indem er jede Aktie, die er besaß, mit Profit weiterveräußert hatte. Er war in eine elegante Wohnung in Brooklyn umgezogen und fuhr einen ziemlich auffälligen Stutz-Zwölfzylinder. Henryk war sich schon sehr früh in seinem Leben darüber im Klaren, dass er mit drei wesentlichen Nachteilen geboren worden war: seinem Namen, seiner Herkunft und seiner Mittellosigkeit. Das Geldproblem hatte begonnen, sich von selbst zu lösen, und so beschloss er, die beiden anderen Makel auszumerzen. Zunächst ersuchte er darum, seinen Namen durch Gerichtsbeschluss in Harvey David Metcalfe umzuändern. Danach brach er jegliche Beziehung zu seinen Freunden aus dem polnischen Milieu ab, und so besaß er, als er im Mai 1930 mündig wurde, einen neuen Namen und eine neue Vergangenheit.

Später im gleichen Jahr lernte er Roger Sharpley kennen, einen jungen Mann aus Boston, der die Im- und Exportfirma seines Vaters geerbt hatte, spezialisiert auf die Einfuhr von Whisky und auf die Ausfuhr von Pelzen. In Choate und später im Dartmouth College erzogen, besaß Sharpley die Selbstsicherheit und den Charme der Bostoner oberen Zehntausend – Eigenschaften, um die die übrigen Amerikaner diese so oft beneiden. Er war groß und blond und sah aus wie ein Wikingerspross. Umgeben von der Aura des begabten Dilettanten, konnte er nur feststellen, dass die meisten Dinge ihm fast von selbst zufielen, besonders Frauen. Alles in allem verkörperte er das völlige Gegenteil von Harvey, und gerade dieser Gegensatz brachte sie zusammen.

Für Roger gab es nur ein einziges Ziel: zur Marine zu gehen. Aber nach Absolvierung seines Examens in Dartmouth hatte er wegen der schlechten Gesundheit seines Vaters in die Familienfirma eintreten müssen. Er war nur wenige Monate dort tätig gewesen, als sein Vater starb. Roger hätte Sharpley & Son liebend gern an den erstbesten Interessenten verkauft, aber sein Vater Henry hatte in einem Postskriptum zu seinem Testament bestimmt, dass der Erlös zwischen seinen Verwandten aufgeteilt werden müsste, falls die Firma vor Rogers vierzigstem Geburtstag (dem letztmöglichen Termin, zu dem man in die US-Navy eintreten kann) verkauft würde.

Harvey ließ sich Rogers Problem lange und reiflich durch den Kopf gehen. Nach zwei ausgedehnten Sitzungen mit einem geschickten New Yorker Anwalt schlug er Roger schließlich folgenden Verfahrensweg vor: Harvey würde 49 Prozent von Sharpley & Son für 100 000 Dollar und die jeweils ersten 20 000 Dollar vom Gewinn jedes Jahres kaufen. Im Alter von 40 Jahren würde Roger die verbleibenden 51 Prozent für weitere 100 000 Dollar abtreten. Der Aufsichtsrat würde aus drei Mitgliedern bestehen – Harvey, Roger und einem dritten, von Harvey zu ernennenden –, wodurch Harvey die uneingeschränkte Kontrolle zufiele. Harvey hätte nichts dagegen einzuwenden, dass Roger in die Marine eintreten und lediglich zu den jährlichen Aktionärsversammlungen erscheinen würde.

Roger vermochte sein Glück kaum zu fassen. Er konsultierte niemanden in der Firma Sharpley & Son, da er nur zu gut wusste, dass man versuchen würde, ihn von diesem Schritt abzubringen. Damit hatte Harvey gerechnet und seine Jagdbeute somit richtig eingeschätzt. Nach nur wenigen Tagen Bedenkzeit stimmte Roger dem Vorschlag zu und erklärte sich damit einverstanden, den Vertrag in New York ausfertigen zu lassen – weit genug von Boston entfernt, um sicherzugehen, dass niemand in der Firma etwas von dem erfahren würde, was vor sich ging. Inzwischen begab sich Harvey wiederum zur Morgan Bank, wo er mittlerweile als kreditwürdiger Kunde galt. Der Direktor erklärte sich bereit, ihm bei seinem neuen Unternehmen mit einem Darlehen von 50 000 Dollar unter die Arme zu greifen. Diese Summe, zuzüglich seiner eigenen 50 000 Dollar, versetzten Harvey in die Lage, 49 Prozent von Sharpley & Son zu kaufen und damit der fünfte Präsident der Firma zu werden. Die rechtsgültigen Unterlagen wurden am 14. Oktober 1930 in New York unterzeichnet.

Roger reiste umgehend nach Newport, Rhode Island, ab, um seinen Offizierslehrgang in der US-Navy anzutreten. Harvey begab sich zur Grand Central Station, um den Zug nach Boston zu nehmen. Seine Tage als Botenjunge bei der New Yorker Börse waren vorüber. Er war 21 Jahre alt und Präsident seiner eigenen Firma.

Stets verstand es Harvey, das, was in den Augen der meisten eine Katastrophe war, in einen Triumph zu verwandeln. Das amerikanische Volk stöhnte noch immer unter der Prohibition, und wenngleich Harvey Pelze exportieren konnte – Whisky durfte er nicht einführen. Gerade das hatte der Firma jedoch in den letzten Jahren eine Gewinneinbuße eingetragen. Aber Harvey gelang es mit Hilfe einer kleinen Bestechung, in die der Bürgermeister von Boston, der Polizeipräsident und die Zollbeamten an der kanadischen Grenze hineinverwickelt wurden – dazu einer Zahlung an die Mafia, um sicherzustellen, dass seine Produkte die Restaurants und Kneipen auch wirklich erreichten –, dass die Whiskyimporte zu- statt abnahmen. Die Firma Sharpley & Son verlor ihre altgedienten und bewährten Mitarbeiter und ersetzte sie durch die kleinen Ungeheuer, die in Harvey Metcalfes persönlichen Dschungel besser hineinpassten.

Von 1930 bis 1933 erweiterte Harvey Schritt für Schritt seine Machtposition; als aber Präsident Roosevelt dem überwältigenden Druck der Öffentlichkeit nachgab und die Prohibition schließlich aufgehoben wurde, verlor Harvey damit auch seinen Spaß an der Sache. Er ließ die Firma weiterhin mit Whisky und Pelzen handeln, während er selbst neue Gebiete für sich zu erschließen suchte. Im Jahre 1933 feierte Sharpley & Son das hundertjährige Bestehen der Firma. In drei Jahren hatte Harvey 97 Jahre Firmenansehen verspielt und den Gewinn verdoppelt. Zwölf Jahre später hatte er mehrere Millionen Dollar angehäuft und begann, sich zu langweilen. Er fand, es sei an der Zeit, sich von Sharpley & Son zu trennen. In fünfzehn Jahren hatte er den Gewinn von 30 000 Dollar auf 910 000 Dollar gesteigert. Er verkaufte die Firma für 7 100 000 Dollar, zahlte 100 000 Dollar an die

Witwe von Captain Roger Sharpley von der US-Navy aus und behielt sieben Millionen Dollar für sich selbst.

Zur Feier seines 36. Geburtstages kaufte Harvey zum Preis von vier Millionen Dollar eine kleine kränkelnde Bank in Boston mit dem Namen Lincoln Trust. Zu dieser Zeit beliefen sich ihre Erträge auf ungefähr 500 000 Dollar pro Jahr, sie besaß ein ansehnliches Gebäude im Zentrum von Boston und einen makellosen Ruf. Harvey genoss es, Präsident einer Bank zu sein, aber das förderte keineswegs seine Ehrenhaftigkeit. Jedes anrüchige Geschäft in Boston und Umgebung schien fortan über den Lincoln Trust abgewickelt zu werden, und obgleich Harvey dessen Gewinne innerhalb von nur fünf Jahren auf zwei Millionen Dollar pro Jahr erhöhte, hätte sein persönlicher Ruf nicht tiefer sinken können.

Der nächste Wendepunkt in Harveys Leben kam, als er im Frühling 1949 Arlene Hunter begegnete. Sie war die einzige Tochter des Präsidenten der First City Bank in Boston. Harvey hatte sich niemals ernsthaft für Frauen interessiert. Sein Hauptanliegen war immer gewesen, Geld zu machen, und obgleich er das andere Geschlecht als nützliche Freizeitgestaltung betrachtete, empfand er es per Saldo als etwas Störendes. Nachdem er jedoch inzwischen ein mittleres Alter erreicht hatte und keinen Erben besaß, dem er sein Vermögen hätte hinterlassen können, fand er, es sei an der Zeit, zu heiraten und einen Sohn zu zeugen. Wie alles, was er in seinem Leben getan hatte, dachte er auch dieses Problem sehr sorgfältig durch.

Harvey lernte Arlene kennen, als sie einunddreißig war. Der Kontrast zwischen ihr und Harvey hätte eklatanter nicht sein können. Sie war fast 1,80 Meter groß und schlank. Wenngleich nicht reizlos, besaß sie doch kein Selbstvertrauen und fürchtete allmählich, die Chance für eine Eheschließung sei an ihr vorübergegangen. Die meisten ihrer Schulfreundinnen waren mittlerweile bei ihrer zweiten Scheidung angelangt und bemitleideten sie von Herzen. Nach der prüden Diszipliniertheit ihres Vaters fand Arlene Vergnügen an Harveys extravagantem Gehabe. Sie dachte oft, ihr Vater sei im Grunde schuld daran, dass sie sich in Gesellschaft von Männern ihres Alters niemals wohlgefühlt hatte. Sie hatte nur eine Affäre gehabt, und diese war infolge ihrer völligen Ahnungslosigkeit ein katastrophaler Reinfall gewesen. Harvey fand keinen Anklang bei Arlenes Vater, was ihn für sie nur noch anziehender machte. Nicht dass ihr Vater jemals einen der Männer, mit denen sie verkehrt hatte, gebilligt hätte – aber diesmal war er im Recht. Harvey seinerseits war sich bewusst, dass er von einer Verbindung der First City Bank mit dem Lincoln Trust nur profitieren konnte, und in diesem Sinne spekulierte er – wie er es immer getan hatte – auf Gewinn.

Arlene und Harvey heirateten 1951. Sie ließen sich in Harveys Haus in Lincoln, Massachusetts, nieder, und kurz darauf wurde Arlene schwanger. Fast auf den Tag ein Jahr nach ihrer Hochzeit schenkte sie Harvey eine Tochter.

Sie tauften sie Rosalie. Sie wurde Harveys Augapfel, und er war sehr enttäuscht, als ein Prolaps mit kurz darauf folgender Hysterektomie die Gewissheit brachte, dass Arlene ihm keine weiteren Kinder würde gebären können. Er schickte Rosalie zu Bennetts, der besten Mädchenschule in Washington, wo sie ein Stipendium für Vassar gewann, um dort Englisch als Hauptfach zu studieren. Das freute sogar den alten Hunter, der sich inzwischen mit Harvey abgefunden hatte und seine Enkelin anbetete. Nach Abschluss ihres Examens setzte Rosalie ihre Ausbildung an der Sorbonne fort wegen der heftigen Meinungsverschiedenheiten, die zwischen ihr und ihrem Vater herrschten über die Art von Freunden, mit denen sie Umgang pflegte: besonders jene mit langen Haaren, die nicht nach Vietnam gehen wollten. Zum endgültigen Krach kam es, als Rosalie die Meinung vertrat, dass die moralische Haltung eines Menschen nicht allein von der Länge seiner Haare oder seinen politischen Ansichten bestimmt würde.

Inzwischen hatte Harvey sein Heim mit wundervollen Antiquitäten und Gemälden gefüllt, war zu einem Experten des Impressionismus geworden und hatte eine echte Liebe zu diesem Stil entdeckt – eine Liebe, die sich im Laufe vieler Jahre entwickelt und auf die seltsamste Weise entzündet hatte. Ein Kunde von Sharpley & Son, der der Firma noch einen erheblichen Betrag schuldete, stand unmittelbar vor dem Bankrott. Harvey hörte davon und ging zu ihm, um ihn zu stellen, aber der Zusammenbruch war bereits in vollem Gange, und es bestand auch nicht die geringste Hoffnung, irgendwelcher flüssigen Mittel habhaft zu werden. Harvey hatte nicht die Absicht, mit leeren Händen fortzugehen, und nahm den einzigen greifbaren Vermögenswert des Mannes mit, einen auf 10 000 Dollar geschätzten Renoir.

Eigentlich hatte Harvey die Absicht gehabt, das Bild zu verkaufen, bevor ihm nachgewiesen werden konnte, dass er als bevorzugter Gläubiger gelten müsste; aber er war hingerissen von den zarten Pastellschattierungen, und aus dieser jüngsten Beute erwuchs der Wunsch nach weiteren Besitztümern dieser Art. Als er entdeckte, dass Gemälde nicht nur eine gute Kapitalanlage darstellten, sondern dass er darüber hinaus auch noch Gefallen an ihnen fand, wuchs seine Sammlung im gleichen Maß wie seine Liebe zu ihr. Zu Beginn der Siebzigerjahre besaß Harvey schließlich einen Manet, zwei Monets, einen Renoir, zwei Picassos, einen Pissarro, einen Utrillo, einen Cézanne und Bilder der meisten anerkannten kleineren Meister. Er wünschte sich nunmehr sehnlichst einen van Gogh, und erst kürzlich war ihm das »Hôpital de St. Paul à St. Rémy« bei der Sotheby Park Bernet Gallery in New York durch die Lappen gegangen, als Dr. Armand Hammer von der Occidental Petroleum ihn überboten hatte – 1 200 000 Dollar waren wirklich ein klein wenig zu viel gewesen. Schon 1966 war es ihm nicht gelungen, die Nr. 49 »Mademoiselle Ravoux« von den Londoner Kunsthändlern Christie Manson & Woods zu erstehen: Reverend Theodore Pitcairn, der die Neue Kirche Unseres Herrn von Bryn Athyn in Pennsylvania vertrat, hatte ihn übertrumpft und dadurch seinen Appetit nur noch stärker angeregt. Der Herr gibt, und bei dieser Gelegenheit hatte der Herr genommen. Obgleich man das in Boston nicht in vollem Ausmaß zu würdigen vermochte, wurde überall sonst anerkannt, dass Harvey eine der hervorragendsten Impressionistensammlungen der Welt besaß. Sie war beinahe ebenso wertvoll wie die von Präsident Nixons Botschafter in London, Walter Annenberg, der gleich Harvey zu den wenigen Leuten gehörte, die sich nach dem Zweiten Weltkrieg eine große Sammlung aufgebaut hatten. Harveys andere große Liebe gehörte seiner preisgekrönten Orchideensammlung; er war bei der Frühjahrsblumenausstellung von New England dreimal Sieger geworden.

Harvey pflegte nunmehr einmal im Jahr nach Europa zu reisen. Er hatte in Kentucky ein erfolgreiches Gestüt eingerichtet, und es bereitete ihm Freude, seine Pferde in Longchamp und in Ascot laufen zu sehen. Ebenso liebte er es überaus, als Zuschauer in Wimbledon dabei zu sein, das in seinen Augen noch immer das hervorragendste Tennisturnier der Welt war. Es amüsierte ihn, auch in Europa, wo er immer die Möglichkeit hatte, sein Schweizer Bankkonto in Zürich etwas aufzufüllen, hin und wieder Geschäfte zu machen. Er hatte ein Schweizer Bankkonto gar nicht nötig, aber irgendwie empfand er eine diebische Freude dabei, Onkel Sam hereinzulegen.

Obgleich Harvey mit den Jahren gesetzter geworden war und seine zweifelhafteren Geschäfte etwas eingeschränkt hatte, konnte er niemals einem Risiko widerstehen, wenn er meinte, dass es sich aller Wahrscheinlichkeit nach bestens auszahlen würde. Solch eine glänzende Gelegenheit bot sich ihm im Jahre 1964, als die britische Regierung Lizenzen für die Forschung nach Nordseeöl und dessen Förderung ausschrieb. Zu diesem Zeitpunkt hatten weder die britische Regierung noch die mit dieser Angelegenheit befassten Beamten eine Ahnung von der zukünftigen Bedeutung des Nordseeöls und von der Rolle, das es eines Tages in der englischen Politik spielen würde. Hätte die Regierung geahnt, dass die Araber 1974 der übrigen Welt die Pistole auf die Brust setzen und dass im britischen Unterhaus dann elf schottische Nationalisten als Parlamentsmitglieder sitzen würden, würde sie mit Sicherheit völlig anders gehandelt haben.

Am 13. Mai 1964 legte der Minister für Energie dem Parlament die »Gesetzesurkunde – Nr. 708 – Kontinentalsockel-Öl« vor. Harvey las dieses Dokument mit großem Interesse, da er glaubte, hierin sehr wahrscheinlich Mittel und Wege gefunden zu haben, einen besonders großen Coup zu landen. Er war geradezu fasziniert von Absatz 4 und 5:

»Personen, die Bürger des Vereinigten Königreiches und seiner Kolonien und im Vereinigten Königreich wohnhaft sind oder die im Vereinigten Königreich amtlich eingetragene Körperschaften bzw. juristische Personen sind, können sich in Übereinstimmung mit diesen Bestimmungen bewerben um:

a) eine Produktionsbohrungslizenz oder
b) eine Aufschlussbohrungslizenz.«

Nachdem er die Bestimmungen in ihrer Gesamtheit studiert hatte, lehnte er sich zurück und dachte gründlich nach. Um sich eine Produktions- und Aufschlussbohrungslizenz zu sichern, war nur ein geringer Geldbetrag erforderlich. Absatz 6 lautete:

»1. Für jeden Antrag auf eine Produktionsbohrungslizenz ist eine Gebühr von zweihundert Pfund zu entrichten und zusätzlich eine Gebühr von fünf Pfund für jeden Nordseeblock nach den ersten zehn Blöcken, für die dieser Antrag gestellt wird.

2. Für jeden Antrag auf eine Aufschlussbohrungslizenz ist eine Gebühr von zwanzig Pfund zu entrichten.«

Wie leicht könnte Harvey, im Besitz einer solchen Lizenz, nach außen hin den Eindruck eines riesigen Unternehmens kreieren: Sein Name würde in einem Atemzug mit Shell, BP, Gulf, Occidental und all den anderen großen Ölgesellschaften genannt werden!

Er las die Bestimmungen wieder und wieder durch und konnte es kaum fassen, dass die britische Regierung ein derartiges Potenzial gegen eine so geringe Investition aus der Hand gab. Lediglich das Antragsformular, ein kompliziertes und peinlich genaues Dokument, machte ihm zu schaffen. Harvey war kein britischer Staatsangehöriger, keine seiner Gesellschaften war britisch, und er wusste, er würde bei seiner Bewerbung Schwierigkeiten bekommen. Ihm war klar, dass sein Antrag von einer britischen Bank unterstützt werden und dass er eine Gesellschaft gründen müsse, deren Direktoren der britischen Regierung Vertrauen einflößten.

Dies bedenkend ließ er Anfang 1964 eine Gesellschaft mit dem Namen »Prospecta Oil« in England eintragen, mit Malcolm, Bottnick und Davis als ihren Anwälten und Barclays Bank, die bereits den Lincoln Trust in Europa vertrat, als Bankverbindung. Lord Hunnisett wurde Vorsitzender, und diverse distinguierte Herren traten dem Aufsichtsrat bei, darunter zwei ehemalige Parlamentsmitglieder, die beim Wahlsieg der Labourpartei 1964 ihre Sitze verloren hatten. Als Harvey entdeckte, wie streng die Gesetze für die Gründung einer Handelsgesellschaft in England waren, beschloss er, für die Hauptgesellschaft die Aktienzulassung an der kanadischen Wertpapierbörse zu beantragen und die englische Gesellschaft lediglich als Tochtergesellschaft zu führen. Prospecta Oil gab zwei Millionen 10-Cent-Aktien zu 50 Cent aus, die sämtlich durch Beauftragte für Harvey aufgekauft wurden. Außerdem zahlte er 500 000 Dollar in die Barclays Bank, Zweigstelle Lombard Street, ein.

Nachdem er auf diese Weise die Fassade errichtet hatte, ließ Harvey durch Lord Hunnisett die Lizenz bei der britischen Regierung beantragen. Die im Oktober 1964 gewählte neue Labourregierung war sich über die Bedeutung des Nordseeöls ebenso wenig im Klaren wie die zurückgetretene der Konservativen. Die Forderung der Regierung für eine Lizenz belief sich auf einen Pachtzins von 12 000 Pfund im Jahr und 12,5 Prozent Einkommensteuer zuzüglich einer weiteren Kapitalertragssteuer auf die Gewinne; aber das würde kein Problem darstellen, da nach Harveys Plan die Gesellschaft gar keine Gewinne machen sollte.

Am 22. Mai 1965 veröffentlichte der Minister für Energie in der »London Gazette« den Namen der Firma Prospecta Oil in der Liste der zweiundfünfzig Gesellschaften, denen Förderlizenzen erteilt worden waren. Am 3. August 1965 erfolgte mit Gesetzesurkunde Nr. 1531 die endgültige Zuweisung der Felder. Das der Prospecta Oil zugeteilte Gebiet lag auf 51°50'00"Nord, 2°30'20"Ost, ein Bohrfeld, das an eines der British Petroleum angrenzte.

Voller Hoffnung wartete Harvey darauf, dass eine der Gesellschaften, die Felder in der Nordsee erworben hatten, auf Öl stoßen würde. Es wurde eine lange Wartezeit: Erst im Juni 1970 konnte die British Petroleum in ihrem Forties-Feld einen größeren wirtschaftlichen Treffer verzeichnen. Die British Petroleum hatte über eine Milliarde Dollar in die Nordsee investiert, und Harvey würde einer der Hauptnutznießer sein. Er hatte wieder einmal mit Erfolg auf Sieg gesetzt und machte sich daran, den zweiten Teil seines Planes in die Tat umzusetzen.

Anfang 1972 mietete er eine Ölbohranlage, die er mit viel Trara und Publicity zum Prospecta-Oil-Bohrfeld hinausschleppen ließ. Er mietete die Anlage zu der Bedingung, dass er den Vertrag erneuern könnte, wenn die Bohrung erfolgreich sein würde, warb die von den Regierungsbestimmungen gerade noch erlaubte Mindestzahl von Leuten an und begann, bis zu 1830 Meter Tiefe zu bohren.

Nach Beendigung dieser Bohrung entließ er alle Beteiligten, ließ jedoch die Firma Reading & Bates, von der er die Anlage gemietet hatte, wissen, dass er diese in nächster Zukunft wieder benötigen und daher die Miete weiterzahlen würde.

Nun kaufte Harvey während der nächsten beiden Monate die ausgegebenen Prospecta-Oil-Aktien – täglich mehrere tausend Stück – von seinen eigenen Beauftragten auf dem offenen Markt zurück. Jedes Mal, wenn die Wirtschaftsjournalisten von der britischen Presse sich telefonisch erkundigten, warum diese Aktien ständig stiegen, antwortete der junge Public-Relations-Sprecher im Büro der Prospecta Oil entsprechend seinen Anweisungen, dass er im Augenblick keinen Kommentar dazu geben könne, dass die Firma aber demnächst eine Presseinformation herausgeben würde. Einige Zeitungen zählten zwei und zwei zusammen und kamen dabei zu ungeheuerlichen Ergebnissen. Die Aktien stiegen stetig von 50 Cents auf fast drei Dollar. Harveys Generaldirektor in England, Bernie Silverman, konnte sich nur allzu gut denken, was sein Boss im Schilde führte – er war an derartigen Operationen schon in der Vergangenheit beteiligt gewesen. Seine Hauptaufgabe bestand darin, sämtliche Vorkehrungen zu treffen, dass niemand eine direkte Verbindung zwischen Metcalfe und der Prospecta Oil herstellen bzw. nachweisen konnte.

Im Januar standen die Aktien bei sechs Dollar. Nun war es so weit, dass Harvey zum dritten Teil seines Plans übergehen konnte, nämlich den soeben von Prospecta Oil eingestellten jungen Harvardabsolventen namens David Kesler als ahnungslosen Köder auszuwerfen.

2

David rückte seine Brille auf der Nase zurecht und las die Anzeige im Wirtschaftsteil des »Boston Globe« noch einmal, um auch ganz sicher zu sein, dass er nicht träumte. Sie war ihm geradezu auf den Leib geschrieben.

»Ölgesellschaft mit Sitz in Kanada, im Begriff, umfangreiche Vorhaben in der Nordsee vor Schottland durchzuführen, sucht jungen leitenden Angestellten mit Erfahrung auf dem Aktienmarkt und im finanziellen Marketing. Jahresgehalt 20 000 Dollar. Wohnung wird gestellt. Arbeitsplatz London. Bewerbungen an Box Nr. 217A.«

David war sich bewusst, dass dies weitere Möglichkeiten in einem aufstrebenden Industriezweig erschließen musste, und empfand die Anzeige wie eine persönliche Herausforderung. Er erinnerte sich an das, was sein Studienleiter in Sachen Europageschäft immer zu sagen pflegte: »Wenn Sie in Großbritannien arbeiten müssen, suchen Sie sich am besten die Nordsee aus. Außer ihr ist nichts groß an diesem Land. Viel Öl an vielen Stellen bedeutet viele geschäftliche Chancen für jene, die den Mut haben, mit Leib und Seele einzusteigen.«

David Kesler war ein magerer, jungenhafter Amerikaner mit einem Bürstenhaarschnitt, der einem Leutnant der Marine-Landetruppen besser angestanden hätte, von frischer Gesichtsfarbe und unbezähmbarem Eifer, beseelt von dem glühenden Wunsch des frischgebackenen Harvard-Business-School-Absolventen, im Geschäftsleben zu reüssieren. Er hatte insgesamt fünf Jahre in Harvard verbracht, die drei ersten mit dem Studium der Mathematik und die beiden letzten drüben auf dem anderen Ufer des Charles River, auf der Business School. Soeben hatte er sein Examen bestanden und war wohl versehen mit einem M.A. (Master of Arts) und einem M.B.A. (Master of Business Administration), auf der Suche nach einer Stellung, die ihn belohnen würde für seine ihm durchaus bewusste außergewöhnliche Fähigkeit, hart zu arbeiten. Er war niemals ein brillanter Student gewesen, und er beneidete die geborenen Akademiker unter seinen Kommilitonen, für die post-Keynes'sche Wirtschaftstheorien viel eher ein Vergnügen denn harte Arbeit bedeuteten. David hatte wie ein Besessener gearbeitet und seine Nase nur vom Buch erhoben, um sein tägliches Trimm-Dich in der Turnhalle zu absolvieren und gelegentlich an einem Wochenende den Harvard Jocks bei der Verteidigung der Ehre ihrer Universität auf dem Football- oder Basketballplatz zuzusehen. Er hätte gern selbst mitgespielt, aber das hätte weniger Zeit zum Büffeln bedeutet.

Er las die Anzeige ein drittes Mal und tippte einen sauberen Brief an die angegebene Chiffre. Es verstrichen ein paar Tage, und dann kam die Antwort, die ihn zu einem Interview am darauffolgenden Mittwoch um 15 Uhr in einem Hotel am Platz aufforderte. Talentsucher für große Gesellschaften wählten oft einen solchen Treffpunkt für ihre Interviews in einer Universitätsstadt. David betrat um 14.45 Uhr das Copley Square Hotel in der Huntingdon Avenue in einem Zustand erheblicher Adrenalinausschüttung. Während er in einen kleineren Verhandlungsraum geführt wurde, sagte er sich immer wieder das Harvard-Business-School-Motto vor: »Wirk britisch, denk jiddisch.«

Drei Herren, die sich als Silverman, Cooper und Elliott vorstellten, interviewten ihn. Bernie Silverman, ein grauhaariger New Yorker mit karierter Krawatte und im Besitz einer massiven Erfolgsausstrahlung, führte das Gespräch. Cooper und Elliott saßen da und beobachteten David schweigend. Das brachte ihn nicht aus der Fassung: Er wusste, dass er gut aussah, und fühlte, dass er »ankam«.

Silverman verwendete beträchtliche Zeit darauf, David eine verlockende Beschreibung der Entwicklung der Gesellschaft und ihrer künftigen Zielsetzungen zu geben. Harvey hatte Silverman gut dressiert, und dieser besaß bis hinein in seine sorgfältig manikürten Fingerspitzen das ganze aalglatte fachmännische Geschick, das die rechte Hand des Chefs bei einem Metcalfe-Coup brauchte.

»Das wäre es also, Mr Kesler. Wir haben uns an einer der großartigsten und meistversprechenden wirtschaftlichen Unternehmungen der Welt beteiligt, der Suche nach Öl in der Nordsee vor Schottland. Unsere Gesellschaft Prospecta Oil hat die Unterstützung einer der größten Banken Amerikas. Wir haben Lizenzen von der britischen Regierung zugesprochen bekommen, und wir sind im Besitz der finanziellen Mittel. Aber wenn man es recht betrachtet, Mr Kesler, steht und fällt eine Firma mit ihren Leuten, nicht wahr? Wir sind auf der Suche nach einem Mann, der bereit ist, sich Tag und Nacht dafür einzusetzen, dass man von der Prospecta Oil sprechen wird, und dem richtigen Mann winkt ein Spitzengehalt, damit er genau das tut. Wenn Sie für die Stellung in Frage kämen, würden Sie in unserem Londoner Büro unter der unmittelbaren Leitung unseres zweiten Direktors, Mr Elliott, arbeiten.«

»Wo ist der Hauptsitz der Firma?«

»In Montreal, Kanada. Aber wir haben Niederlassungen in New York, San Francisco, Aberdeen, Paris und Brüssel.«

»Sucht die Gesellschaft noch anderswo nach Öl?«

»Im Augenblick nicht«, antwortete Silverman. »Seit dem erfolgreichen Treffer von BP werfen wir Millionen in die Nordsee. Die Felder um uns herum hatten bisher eine Erfolgsquote von 1:5, was in unserem Geschäft sehr hoch zu bewerten ist.«

»Wann sollte nach Ihren Vorstellungen der akzeptierte Bewerber anfangen?«

»Irgendwann im Januar, nach vorheriger Absolvierung eines Regierungsschulungskursus im Ölmanagement«, sagte Richard Elliott. Seiner Sprechweise nach konnte der schmächtige, blässliche zweite Mann aus Georgia kommen. Die Sache mit dem Regierungsschulungskurs war eine typische Metcalfe-Idee.

»Und die Firmenwohnung«, fragte David, »wo ist die?«

Diesmal antwortete Cooper: »Sie werden das kleine Firmenapartment im Barbican bekommen, nur ein paar Hundert Meter von unserem Londoner Büro entfernt.«

David hatte keine Fragen mehr – Silverman hatte sie bereits alle beantwortet und schien genau zu wissen, was David wollte.

Zehn Tage später erhielt er ein Telegramm von Silverman mit der Einladung zum Lunch im Club 21 in New York. Die vornehme Atmosphäre des Restaurants vermittelte David das sichere Vertrauen, dass diese Leute sich auf ihr Geschäft verstanden. Ihr Tisch befand sich in einer jener kleinen Nischen, die von Geschäftsleuten bevorzugt wurden, die den vertraulichen Charakter ihrer Unterhaltung gewahrt wissen wollten. Er traf Silverman in der Bar um 12.55 Uhr.

Silverman gab sich jovial und ungezwungen. Er dehnte die Unterhaltung etwas aus, indem er über Belanglosigkeiten sprach; aber schließlich, beim Kognak angekommen, bot er David die Stellung in London an. David war entzückt: 20 000 Dollar pro Jahr und die Chance, einer Gesellschaft anzugehören, die ganz offensichtlich über solch aufregendes Potenzial verfügte. Er zögerte nicht mit seiner Zustimmung, seine neue Stellung in London am 1. Januar anzutreten.

David Kesler war noch niemals in England gewesen: Wie grün schimmerte das Gras, wie eng waren die Straßen, wie zurückgezogen wirkten die Häuser hinter ihren Hecken und Zäunen! Er kam sich vor wie in einer Spielzeugstadt nach den breiten Avenues und großen Autos von New York. Das kleine Apartment im Barbican war sauber und unpersönlich. Wie Mr Cooper gesagt hatte, ließ sich das nur ein paar Hundert Meter entfernte, in der Threadneedle Street gelegene Büro von hier aus bequem erreichen.

Das kleine Geschäftshaus bestand aus sieben Räumen, von denen einzig Silvermans Büro mit etwas mehr Sinn für Prestige ausgestattet war. Außerdem gab es ein kleines Empfangsvorzimmer, einen Telexraum, zwei Sekretärinnenzimmer, ein Zimmer für Mr Elliott und ein weiteres für David selbst. Es kam David ziemlich dürftig vor, aber Silverman beeilte sich, David darauf aufmerksam zu machen, dass die Mieten für Geschäftsräume in New York geradezu spottbillig wären, verglichen mit den Preisen, die man in London dafür bezahlen müsste.

Bernie Silvermans Sekretärin, Judith Lampson, brachte ihn zu dem gut ausgestatteten Büro des Chefs. Silverman saß in einem großen schwarzen Drehsessel hinter einem massigen Schreibtisch, der ihn wie einen Zwerg wirken ließ. Neben ihm standen die Telefone – drei weiße und ein rotes. Später erfuhr David, dass das eindrucksvolle rote Telefon eine Direktverbindung zu einem Anschluss in den Staaten hatte, aber er konnte nie genau ergründen, wem dieser gehörte.

»Guten Morgen, Mr Silverman. Womit soll ich anfangen bitte?«

»Bernie – bitte nennen Sie mich Bernie. Nehmen Sie Platz. Haben Sie die Kursbewegungen unserer Gesellschaftsaktien in den letzten paar Tagen bemerkt?«

»Und ob«, begeisterte sich David. »Um 50 Cents auf beinah sechs Dollar gestiegen! Ich nehme an, das ist auf unsere neue Bankunterstützung und auf das Fündigwerden der anderen Gesellschaften zurückzuführen?«

»Nein«, sagte Silverman in etwas leiserem Ton, der den Eindruck vermitteln sollte, dass niemand anders diesen Teil der Unterhaltung hören dürfe. »Tatsache ist, dass wir selbst auf einen großen Fund gestoßen sind, aber wir sind uns noch nicht darüber im Klaren, wann wir das bekannt geben sollen.«

David stieß einen unterdrückten Pfiff aus. »Was hat die Gesellschaft im Augenblick vor?«

»Wir werden es bekannt geben«, sagte Silverman ruhig, während er beim Sprechen Löcher in seinen Radiergummi bohrte. »In ungefähr drei Wochen, wenn wir über volles Ausmaß und Ergiebigkeit der Bohrung Gewissheit haben. Wir möchten Vorbereitungen treffen, um mit der Publicity und mit dem plötzlichen Hereinströmen der Geldflut fertigwerden zu können. Die Aktien werden natürlich gewaltig steigen.«

»Einige Leute müssen aber bereits Wind davon bekommen haben, nachdem die Aktien ständig geklettert sind. Ist es irgendwie nachteilig, da einzusteigen?«, fragte David.

»Nein, solange es der Gesellschaft keinerlei Schaden zufügt. Lassen Sie's mich einfach wissen, wenn irgendjemand investieren will. Hier in England haben wir nicht das Problem mit den betriebsinternen Informationen, in die nur ein bestimmter Personenkreis eingeweiht werden darf – keine jener einengenden Gesetze, wie sie in Amerika üblich sind.«

»Wie hoch, glauben Sie, werden die Aktien steigen?«

Silverman sah ihm fest in die Augen: »20 Dollar.«

In sein eigenes Büro zurückgekehrt, las David sorgfältig den Bericht des Geologen durch, den Silverman ihm gegeben hatte: Es sah tatsächlich ganz danach aus, als sei die Prospecta Oil fündig geworden, obgleich das Ausmaß der Fündigkeit bisher noch nicht genau zu ermitteln war. Als er den Bericht zu Ende gelesen hatte, warf er einen Blick auf seine Armbanduhr und fluchte. Die Akte des Geologen hatte seine ganze Aufmerksamkeit gefangen genommen. Er steckte den Bericht eilig in seine Aktentasche und nahm ein Taxi zum Bahnhof Paddington, wo er gerade noch den 18.15-Uhr-Zug erwischte. Er war mit einem ehemaligen Kommilitonen aus Harvard zum Abendessen in Oxford verabredet.

Während ihn der Zug der Universitätsstadt entgegentrug, dachte er über Stephen Bradley nach, der während seiner Harvardzeit sein Freund gewesen war und David und anderen Studenten damals in großzügigster Weise bei den Arbeiten in ihrem Mathematikseminar geholfen hatte. Stephen, jetzt Gastdozent am Magdalen College, war zweifellos der brillanteste junge Wissenschaftler seiner Generation. Er hatte das Kennedy-Memorial-Stipendium für Harvard gewonnen und später, im Jahre 1970, den Wister-Preis für Mathematik, die begehrteste Auszeichnung in der mathematischen Fakultät. Dieser Preis bestand, in Geld ausgedrückt, zwar nur in lächerlichen 80 Dollar und einer Medaille, aber die damit verbundene Anerkennung und die daraus resultierenden Angebote machten den Wettbewerb äußerst scharf. Stephen hatte den Preis mit souveräner Leichtigkeit gewonnen, und niemand war überrascht, dass sein Gesuch um eine Gastdozentur in Oxford von Erfolg gekrönt war. Er befand sich nun im dritten Jahr seiner Forschungsarbeiten am Magdalen College. Veröffentlichungen von Bradley über boolesche Algebra erschienen ständig in den *Proceedings of the London Mathematical Society*. Er war soeben auf einen Lehrstuhl für Mathematik an seiner Alma Mater Harvard berufen worden.

Der 18.15-Uhr-Zug von Paddington kam um 19.15 Uhr in Oxford an, und nach einer kurzen Taxifahrt, vorbei am Worcester College und durch die New College Lane, erreichte David um 19.30 Uhr das Magdalen College. Einer der Pedelle begleitete David zu Stephens altertümlichen und geräumigen Zimmern, in denen ein gemütliches Durcheinander von Büchern, Kissen und Stichen herrschte. Welch ein Gegensatz zu den sterilen Wänden von Harvard, dachte David. Stephen war da, um ihn zu empfangen. Er schien überhaupt nicht verändert. Sein aufgeschossener, dünner, linkischer Körper ließ jeden Anzug wirken, als hinge er an ihm wie auf einem Kleiderbügel; kein Schneider hätte seine Figur jemals als Muster für eine Kleiderpuppe brauchen können. Seine dichten Augenbrauen ragten über seine altmodischen runden Brillengläser hinaus, hinter denen er sich in seiner Schüchternheit gleichsam zu verbergen suchte. Er schlenderte David entgegen, um ihn zu begrüßen, im einen Augenblick ein alter Mann, im nächsten Moment jünger als seine dreißig Jahre. Stephen schenkte David einen Jack-Daniels-Whisky ein, und sie ließen sich zu einem zwanglosen Gespräch nieder. Obgleich Stephen David in Harvard niemals als einen wirklichen Freund betrachtet hatte, war er doch immer gern bereit gewesen, einen so lernbegierigen Mitstudenten mit seinem Wissen zu fördern, und außerdem begrüßte er jede Gelegenheit, in Oxford den Gastgeber für Amerikaner zu spielen.

»Das waren drei denkwürdige Jahre, David. Das einzig traurige Ereignis war der Tod meines Vaters letztes Jahr«, sagte Stephen. »Er war an meinen Fortschritten immer so interessiert und hat meine akademische Arbeit außerordentlich unterstützt. Ich vermisse ihn wirklich. – Im Übrigen hat er mich ziemlich wohlhabend zurückgelassen ... Du bist der clevere Geschäftsmann, David. Was um Himmels willen soll ich mit einer Hinterlassenschaft von 250 000 Dollar tun, die lediglich auf einem Bankkonto herumliegen? Irgendwie finde ich nie die Zeit, mich darum zu kümmern, und wenn es um Kapitalanlagen geht, habe ich keine Ahnung, wo ich anfangen und wo ich aufhören soll.«

Das war das Stichwort für David, um Stephen von seiner neuen, verantwortungsvollen Tätigkeit bei der Prospecta Oil zu erzählen. »Warum investierst du dein Geld nicht in meine Firma, Stephen? Wir haben eine fantastisch erfolgreiche Bohrung in der Nordsee gemacht, und sobald wir das bekannt geben, werden die Aktien natürlich gewaltig steigen. Das Ganze würde nur ungefähr einen Monat dauern – in dieser Zeit könntest du das Spekulationsgeschäft deines Lebens machen. Ich wünschte nur, ich hätte Geld, um es da hineinstecken zu können.«

»Kennst du die gesamten Einzelheiten über die Bohrung?«, fragte Stephen.

»Nein, aber ich habe den Bericht des Geologen, und der liest sich ganz ausgezeichnet. Das Problem ist, dass die Aktien bereits sehr rasch ansteigen. Ich bin zwar überzeugt, dass sie schließlich 20 Dollar erreichen werden, aber trotzdem sollte man keine Zeit verlieren.«

Stephen überflog den Geologenbericht mit dem Vorsatz, ihn später eingehender zu studieren. »Wie geht man bei einer Investition dieser Art vor?«, fragte er.

»Nun ja, du suchst dir einen angesehenen Börsenmakler, kaufst so viel Aktien, wie du dir leisten kannst, und dann wartest du auf die Bekanntgabe des Bohrungsergebnisses. Ich halte dich auf dem Laufenden in der Angelegenheit und berate dich, wenn meiner Ansicht nach die Zeit gekommen ist zu verkaufen.«

»Das wäre furchtbar nett von dir, David.«

»Es ist doch das Mindeste, was ich für dich tun kann, nachdem du mir in Harvard so viel in Mathe geholfen hast.«

»Ach, das war doch nicht der Rede wert. Komm, lass uns essen gehen.«

Stephen führte David in das Refektorium des College, einen länglichen, eichengetäfelten Raum, dessen Wände mit den Porträts ehemaliger Rektoren von Magdalen – Bischöfen und Professoren – bedeckt waren. Die langen Holztische, an denen die Studenten aßen, füllten den größten Teil der Halle aus, aber Stephen schlurfte hinauf auf die Estrade zur Professorentafel und bot David einen bequemen Stuhl an. Die Studenten waren eine lärmende, aufgeregte Schar; Stephen nahm keine Notiz von ihnen, aber David genoss dieses neue Erlebnis.

Das Essen war ungeheuer reichlich, und David fragte sich, wie Stephen bei derartigen täglichen Versuchungen so mager bleiben konnte (er folgerte, dass sieben Gänge an der Magdalen

Professorentafel nichts Unübliches waren). Als man beim Portwein angelangt war, schlug Stephen vor, sie sollten sich lieber in seine Wohnung zurückziehen, als mit den mürrischen alten Herren in den Senior Common Room, den Professorenaufenthaltsraum, zu gehen.

Sie redeten bis spät in die Nacht hinein bei dem rubinroten Magdalen-Portwein über Nordseeöl und boolesche Algebra, und jeder bewunderte den anderen wegen seines Fachwissens. Wie die meisten Wissenschaftler war Stephen außerhalb der Grenzen seines eigenen Fachs ziemlich vertrauensselig. Er gewann allmählich die Überzeugung, dass eine Investition seinerseits in Prospecta Oil ein sehr schlauer Schachzug von ihm sein würde.

Am anderen Morgen schlenderten sie den berühmten Addison's Walk beim Magdalen College entlang, wo das Gras an den Ufern des Cherwell grün und üppig wächst. Fast widerwillig nahm David den Elf-Uhr-Zug zurück nach London. Er hatte seinen Aufenthalt in Oxford genossen und hoffte, seinem alten Freund aus der Harvardzeit der so viel für ihn getan hatte, geholfen zu haben.

»Guten Morgen, David.«

»Guten Morgen, Bernie. Äh, übrigens – ich denke, Sie sollten wissen, dass ich den gestrigen Abend mit einem Freund in Oxford verbracht habe, der wahrscheinlich einiges Kapital in unsere Gesellschaft investieren wird. Die Summe kann ziemlich hoch sein – möglicherweise 250 000 Dollar.«

»Bravo, machen Sie so weiter. Sie leisten ausgezeichnete Arbeit.«

Silverman verriet bei Davids Mitteilung keinerlei Überraschung, aber kaum war er wieder in seinem Büro, griff er zum Hörer des roten Telefons.

»Harvey?«

»Ja.«

»Mit Kesler scheinen wir die richtige Wahl getroffen zu haben. Allem Anschein nach hat er einen Freund von sich dazu gebracht, 250 000 Dollar in unsere Gesellschaft zu investieren.«

»Bestens. Jetzt hör mal zu: Gib meinem Makler Anweisung, 40 000 Aktien zum Kurs von etwas über 6 Dollar pro Stück auf den Markt zu werfen. Sollte sich Keslers Freund dazu entschließen, in die Gesellschaft zu investieren, dann werden meine Aktien die einzig verfügbaren sein.«

Nach einem weiteren Tag des Überdenkens stellte Stephen fest, dass die Prospecta-Oil-Aktien von 5,75 Dollar auf 6,05 Dollar hochkletterten, und er fand, die Zeit sei gekommen, sein Kapital in eine Sache zu stecken, die er nunmehr für einen todsicheren Tipp hielt. Er hatte Vertrauen zu David und war von dem Bericht des Geologen beeindruckt gewesen. So rief er Kitcat & Aitken, eine angesehene Börsenmaklerfirma in der City, an und beauftragte sie, Prospecta-Oil-Aktien im Wert von 250 000 Dollar zu kaufen. Harvey Matcalfes Makler gab 40 000 Aktien frei, als Stephens Kaufauftrag an die Börse gelangte, und das Geschäft war sogleich perfekt. In Stephens Ankaufspreis von 6,10 Dollar war das Dollar-Agio inbegriffen.

Stephen hatte alles, was er besaß, investiert, und während der nächsten paar Tage sah er zu seinem Vergnügen die Aktien auf sieben Dollar steigen – und das, obwohl die erwartete Bekanntgabe noch nicht erfolgt war. Was Stephen allerdings nicht wusste, war, dass seine Investition den Kursanstieg der Aktien bewirkt hatte. Er hatte also noch gar keinen Profit gemacht, überlegte aber bereits, wofür er seinen Gewinn ausgeben würde. Immerhin beschloss er, noch nicht sofort zu verkaufen, sondern abzuwarten, zumal David ja geäußert hatte, die Aktien würden einen Kurs von 20 Dollar erreichen.

Zur gleichen Zeit begann Harvey Metcalfe – wegen des Interesses, das Stephens Investition hervorgerufen hatte – noch ein paar Aktien mehr auf den Markt zu werfen. Allmählich teilte er Silvermans Ansicht, dass sie mit dem jungen, gewissenhaften David Kesler, der sich mit der ganzen Begeisterung eines Mannes in seiner ersten Stellung ins Zeug legte, einen ganz ausgezeichneten Griff getan hatten. Es war nicht das erste Mal, dass Harvey dieses Spiel spielte: sich selbst aus allem herauszuhalten und die Verantwortung unschuldigen Schultern aufzubürden.

Inzwischen ließ Richard Elliott, der als Sprecher der Gesellschaft fungierte, Gerüchte vom Einstieg von Großaufkäufern an die Presse durchsickern, was allein schon eine Flut kleinerer Kapitalanleger nach sich zog.

Dass ein leitender Angestellter nur so lange leistungsfähig ist, wie er gesund bleibt, gehört zu den ersten Dingen, die ein junger Mann an der Harvard Business School lernt. David fühlte sich ohne regelmäßige ärztliche Untersuchungen nicht wohl: Er empfand eine Art Genugtuung, wenn man ihm sagte, dass er gut in Form sei, vielleicht aber doch etwas kürzertreten solle. Also hatte seine Sekretärin, Miss Rentoul, einen Termin für ihn mit einem Arzt in der Harley Street vereinbart.

Dr. Adrian Tryner war ein sehr erfolgreicher Mann: 37 Jahre alt, groß und attraktiv, mit einem schwarzen Haarschopf, der ganz danach aussah, als würde er sich niemals in eine Glatze verwandeln. Er besaß stark ausgeprägte, fast klassische Gesichtszüge und eine Selbstsicherheit, wie sie nur bewährter Erfolg verleihen kann. Zweimal in der Woche spielte er Squash, was ihn beneidenswert jünger aussehen ließ als seine Altersgenossen. Er war fit geblieben seit seinen Studienjahren in Cambridge, wo er sich den Rugby Blue erworben und ein nicht eben glänzendes Examen bestanden hatte. Seine medizinische Ausbildung hatte er im St. Thomas Hospital vollendet, wo er wiederum mehr durch sein Rugby-Können als seine ärztliche Kunst aufgefallen war. Nach seiner Approbation ging er als Assistent zu Dr. Eugene Moffat, einem höchst erfolgreichen, in der Harley Street praktizierenden Arzt. Dr. Moffats Erfolg bestand weniger im Heilen von Kranken als vielmehr im Bezirzen seiner Patienten, besonders Frauen mittleren Alters, die ihn immer wieder aufsuchten, ohne Rücksicht darauf, wie wenig ihnen auch fehlen mochte. Bei 50 Guineen pro Sitzung war das durchaus ein Erfolg zu nennen.

Moffat hatte sich Adrian Tryner als Assistenten ausgesucht wegen eben der Qualitäten, die er selbst besaß und die ihn zu einem derart frequentierten Arzt machten. Adrian war gut aussehend, gewinnend, wohl erzogen und gerade eben intelligent genug. In kurzer Zeit war er in der Harley Street und im Moffatsystem ganz zu Hause, und als sein Chef mit etwas über sechzig Jahren plötzlich starb, übernahm er dessen Praxis mit der gleichen Selbstverständlichkeit, mit der ein Kronprinz die Thronfolge antreten würde. Er fuhr fort, die Praxis auszubauen, verlor keine von Moffats Patientinnen – es sei denn auf dem natürlichsten Weg – und lebte in denkbar guten Verhältnissen. Er besaß ein gemütliches Haus auf dem Lande, ganz nahe bei Newbury in Berkshire, eine Frau und zwei Söhne und beachtliche Ersparnisse in Form von erstklassigen Wertpapieren. Er hatte keinen

Grund, sich zu beklagen, und genoss seinen Lebensstil – aber er langweilte sich. Gelegentlich fühlte er sich von der gütigen Rolle des mitfühlenden Arztes geradezu unerträglich angewidert. Was würde geschehen, wenn er zugäbe, dass er die Ursache der winzigen Dermatitisstellen an Lady Fiona Fishers brillantstrotzenden Händen weder kannte noch sie ihn auch nur im Geringsten interessierte? Würde der Himmel einstürzen, wenn er der gefürchteten Mrs Page-Stanley sagte, dass sie eine übel riechende alte Frau sei, die nichts medizinisch Anspruchsvolleres brauche als ein neues Gebiss? Und würde sein Name aus dem Ärzteregister getilgt werden, wenn er der noch unverheirateten Miss Lydia de Villiers höchstpersönlich eine gesunde Dosis dessen verabreichte, was zu wünschen sie so eindeutig zu verstehen gab?

David Kesler kam auf die Minute pünktlich zum vereinbarten Termin. Er war von Miss Rentoul darauf hingewiesen worden, dass Ärzte und Zahnärzte bei Zuspätkommen den Termin zu streichen, aber dennoch in Rechnung zu stellen pflegten.

David zog sich aus und legte sich auf Adrian Tryners Couch. Der Arzt maß seinen Blutdruck, horchte sein Herz ab und ließ ihn die Zunge herausstrecken (ein Organ, dessen Vorzeigen dem prüfenden Blick der Öffentlichkeit in der Regel missfällt). Während er Davids Körper von oben bis unten abklopfte und abtastete, unterhielten sie sich.

»Wie kommt es, dass Sie in London arbeiten, Mr Kesler?«

»Ich bin bei einer Ölgesellschaft in der City. Ich nehme an, Sie haben von uns gehört – Prospecta Oil?«

»Nein«, sagte Adrian, »in dieser Hinsicht muss ich Sie leider enttäuschen. Ziehen Sie Ihre Knie an bitte.« Er traf Davids Kniescheiben elegant mit einem Patellarhammer. Die Beine machten einen Satz.

»Reflexe in Ordnung.«

»Sie werden davon hören, Dr. Tryner – bestimmt werden Sie das. Die Dinge stehen sehr gut für uns. Achten Sie auf unseren Namen in den Zeitungen.«

»Oh«, sagte Adrian lächelnd, »sind Sie auf Öl gestoßen?«

»Ja«, sagte David ruhig, befriedigt über den Eindruck, den er hervorrief, »in der Tat, genau das ist der Fall.«

Adrian drückte ein paar Sekunden an Davids Bauch herum. Gute Muskulatur, kein Fettansatz, keinerlei Zeichen einer vergrößerten Leber. Der junge Amerikaner war in guter körperlicher Verfassung. Adrian verließ das Untersuchungszimmer, damit David sich anziehen konnte, und schrieb gedankenverloren einen kurzen Bericht über Kesler für seine Kartei. Ein Ölfund: Sollte er etwas tiefer bohren?

Obgleich Harley-Street-Ärzte ihre Privatpatienten routinemäßig drei Viertelstunden lang in einem von einem kleinen Gasofen beheizten Wartezimmer mit einer einzigen alten Ausgabe von »Punch« zur Zerstreuung warten lassen, so lassen sie doch niemals ein Gefühl der Eile in ihnen aufkommen, wenn sie erst einmal im Sprechzimmer sind. Adrian wollte David gewiss nicht eilig abfertigen.

»Es fehlt Ihnen eigentlich kaum etwas, Mr Kesler. Einige Anzeichen von Blutarmut, die ich Ihrer Überarbeitung und Ihrem häufigen Ortswechsel in letzter Zeit zuschreiben möchte. Ich werde Ihnen ein paar eisenhaltige Tabletten verschreiben, die das beheben sollten. Nehmen Sie zweimal täglich eine, morgens und abends.« Er kritzelte ein unleserliches Rezept und händigte es David aus.

»Tausend Dank. Sehr liebenswürdig von Ihnen, mir so viel Zeit zu widmen.«

»Aber ich bitte Sie. Wie gefällt es Ihnen in London?«, erkundigte sich Adrian. »Ist alles ganz anders als in Amerika, nehme ich an.«

»Ja, gewiss – man lässt sich hier viel mehr Zeit. Wenn ich mich erst einmal daran gewöhnt habe, wie lange es hier dauert, bis irgendetwas geschieht, dürfte das Gröbste überstanden sein.«

»Haben Sie Freunde in London?«

»Nein«, erwiderte David, »ich habe ein oder zwei Kameraden aus meiner Harvardzeit in Oxford, aber ich bin noch kaum in Kontakt mit Leuten in London gekommen.«

Gut, dachte Adrian: Hier bot sich ihm eine Chance, etwas mehr über dieses Öl herauszubekommen und ein wenig Zeit mit jemandem zu verbringen, demgegenüber die meisten seiner Patienten wirkten, als stünden sie schon mit beiden Beinen im Grab. Das könnte ihn sogar aus seiner augenblicklichen Lethargie herausreißen. »Wäre es Ihnen recht, Ende der Woche mit mir zu Mittag zu essen? Vielleicht würde es Ihnen Spaß machen, einen unserer antiquierten Clubs kennenzulernen.«

»Zu liebenswürdig von Ihnen.«

»Ausgezeichnet. Würde Ihnen Freitag passen?«

»Aber ganz gewiss.«

»Dann um 13 Uhr im Athenaeum Club in der Pall Mall.«

David kehrte zu seinem Schreibtisch zurück und kaufte unterwegs seine Tabletten. Er nahm sofort eine – vielleicht brachte sie ihm Glück. Langsam begann er, seinen Aufenthalt in London zu genießen. Silverman schien mit ihm zufrieden zu sein, der Prospecta Oil ging es glänzend, und er war offenbar im Begriff, interessante Leute kennenzulernen. Doch – er hatte durchaus das Gefühl, dass dies eine sehr glückliche Zeit in seinem Leben werden würde.

Am Freitag um 12.45 Uhr betrat er das Athenaeum, ein massives weißes Gebäude an der Ecke der Pall Mall, das von der Statue des Duke of Wellington überragt wird. David staunte über die weitläufigen Räumlichkeiten, und mit seinem Sinn fürs Kommerzielle konnte er nicht umhin, sich zu fragen, wie viel sie wohl als gewerblich genutzte Fläche bringen würden. Das Ganze schien von beweglichen Wachsfiguren zu wimmeln, die, wie Adrian ihm später versicherte, in Wirklichkeit hochdekorierte Generäle und Diplomaten waren.

Sie nahmen ihr Mittagessen im Caféraum ein, der von einem Rubensgemälde, Karl II. darstellend, beherrscht wurde. David machte Adrian ohne Umschweife mit den Einzelheiten des geologischen Ergebnisses im Prospecta-Oil-Feld bekannt. Die Aktien wurden jetzt zu 7,15 Dollar an der Börse von Montreal gehandelt und waren weiterhin im Steigen begriffen.

»Klingt nach einer guten Kapitalanlage«, sagte Adrian. »Und da es sich um Ihre eigene Gesellschaft handelt, könnte man das Risiko wohl eingehen.«

»Ich glaube, da ist kein großes Risiko dabei«, meinte David, »denn das Öl scheint ja tatsächlich vorhanden zu sein.«

»Hm, ich werde mir das übers Wochenende mal sehr ernsthaft durch den Kopf gehen lassen.«

Nach dem Lunch trennten sie sich: David begab sich zu einem von der »Financial Times« organisierten Vortrag über die Energiekrise, Adrian zu seinem Haus in Berkshire. Seine beiden kleinen Söhne kamen übers Wochenende aus dem Grundschulinternat nach Hause, und er freute sich darauf, sie wiederzusehen. Wie rasch, dachte er, waren sie von Säuglingen über kleine Kinder zu Buben herangewachsen, und welch angenehme Vorstellung war es, ihre Zukunft gesichert zu wissen.

Bernie Silverman war erfreut, von der Möglichkeit einer weiteren Investition zu hören.

»Gratuliere, mein Junge. Wir werden eine Menge Kapital brauchen, um unsere Pipelinemontage zu finanzieren, wissen Sie. Das Verlegen der Rohre kann zwei Millionen Dollar pro Meile kosten. Aber Sie machen Ihre Sache ja ausgezeichnet. Ich habe soeben von unserem Hauptbüro erfahren, dass wir Ihnen für Ihre Leistungen eine Prämie von 5000 Dollar auszahlen sollen. Machen Sie weiter so!«

David lächelte. Solch ein Geschäftsgebaren lag genau auf der Linie von Harvard: Wenn du deine Arbeit tust, bekommst du auch den Lohn. Kein Herumgefeilsche.

»Wann erfolgt die Bekanntgabe über das Vorkommen?«, fragte er.

»Irgendwann in den nächsten Tagen.«

David verließ, hochrot vor Stolz, Silvermans Büro.

Silverman nahm umgehend Verbindung mit Harvey Metcalfe auf, der seinerseits wieder die übliche Maschinerie in Bewegung setzte.

Metcalfes Makler boten 35 000 Aktien zu 7,23 Dollar an und verkauften ungefähr 5000 Stück täglich über die Börse; sie waren stets in der Lage zu beurteilen, wann der Börsenmarkt seinen Sättigungsgrad erreicht hatte, sodass der Preis stabil blieb. Und infolge Tryners handfester Investition stiegen die Aktien erneut, dieses Mal auf 7,40 Dollar – zur großen Freude von David, Adrian und Stephen. Sie wussten nicht, dass Harvey täglich mehr Aktien freigab wegen des Interesses, auf das diese gestoßen waren und das nun einen eigenen Markt geschaffen hatte.

David beschloss, einen Teil seiner Prämie in ein Gemälde für sein Apartment im Barbican, das er reichlich farblos fand, zu investieren. Etwas für ungefähr 2000 Dollar, das im Wert steigen würde. Er schätzte Kunst durchaus um ihrer selbst willen, aber als eventuelles Geschäftsobjekt sagte sie ihm noch mehr zu. So verbrachte er den Freitagnachmittag damit, in der Bond Street, der Cork Street und der Bruton Street, dem Londoner Kunstgalerienviertel, herumzuwandern. Wildenstein war zu teuer für seinen Geldbeutel und Marlborough zu modern für seinen Geschmack. Das Gemälde, auf das seine Wahl schließlich fiel, befand sich in der Lamanns-Galerie in der Bond Street.

Die Galerie lag nur drei Häuser von Sotheby entfernt und bestand aus einem großen Raum mit einem abgetretenen grauen Teppich und einer verblichenen roten Tapete. Je abgetretener der Teppich, je verblichener die Wände, desto größer sind Erfolg und Ruf einer Galerie - zumindest in der Theorie. Am äußersten Ende des Raumes führte eine Treppe nach unten, gegen deren Geländer einige nicht ausgestellte Bilder lehnten, mit dem Rücken zum Betrachter. Einer Eingebung folgend, sah David sie nacheinander durch und fand zu seiner Überraschung ein Gemälde genau der Art, die er suchte.

Es war ein Ölbild von Leon Underwood mit dem Titel »Venus im Park«. Die große, ziemlich düstere Leinwand zeigte ungefähr sechs Männer und Frauen auf Metallstühlen an runden Teetischen sitzend und im Vordergrund eine anmutige nackte Frau mit üppigen Brüsten und langem Haar. Niemand beachtete sie auch nur im Geringsten, und sie saß da, aus dem Bild blickend, mit unergründlichem Antlitz, ein Symbol der Wärme und Liebe in einer gleichgültigen Umgebung. David fand sie absolut unwiderstehlich.

Der Galeriebesitzer, Jean-Pierre Lamanns, trug einen elegant geschnittenen Anzug, wie es sich für einen Mann geziemt, der selten Schecks über weniger als tausend Pfund entgegennimmt. Mit seinen fünfunddreißig Jahren konnte er sich die kleinen Extravaganzen des Lebens leisten, und seine Gucci-Schuhe, seine Yves-Saint-Laurent-Krawatte, sein Turnbull & Asser-Hemd und seine Piaget-Armbanduhr ließen niemanden – und besonders Frauen nicht – darüber im Zweifel, dass er wusste, was er wollte. Er war die Verkörperung dessen, was ein Engländer sich unter einem Franzosen vorstellt: schlank und soigniert, mit ziemlich langem, dunklem, welligem Haar und tiefen braunen Augen, die auf einen Anflug von Schärfe schließen ließen. Er konnte pedantisch und schwer zufriedenzustellen sein und besaß einen Esprit, der oft ebenso grausam wie köstlich war – vermutlich einer der Gründe, weshalb er noch immer Junggeselle war; denn an einem Mangel an Angebot hatte es gewiss nicht gelegen. Beim Verhandeln mit Kunden kehrte er allerdings lediglich seinen Charme heraus. Während David einen Scheck ausstellte, strich Jean-Pierre mit seinem Zeigefinger rechts und links an seinem modischen Schnurrbart entlang, nur allzu bereitwillig das Bild erörternd.

»Underwood ist heute einer der größten Bildhauer und Künstler in England. Er unterrichtete sogar Henry Moore, müssen Sie wissen. Meiner Ansicht nach wird er unterschätzt wegen seines Verhaltens den Journalisten und der Presse gegenüber, die er als ›betrunkene Schreiberlinge‹ bezeichnet.«

»Kaum die Art, sich das Wohlwollen der Medien zu erwerben«, murmelte David, während er den Scheck über 850 Pfund aushändigte und sich dabei angenehm wohlhabend vorkam. Obgleich das der teuerste Kauf war, den er jemals in seinem Leben getätigt hatte, war er überzeugt, dass dieser eine gute Kapitalanlage darstellte. Und vor allem: Das Gemälde gefiel ihm.

Jean-Pierre nahm David mit nach unten, um ihm die Sammlung von Impressionisten und Modernen zu zeigen, die er über viele Jahre hinweg aufgebaut hatte, und fuhr fort, sich begeistert über Underwood auszulassen. Sie feierten Davids Erwerb mit einem Whisky in Jean-Pierres Büro.

»Was machen Sie beruflich, Mr Kesler?«

»Ich arbeite bei einer kleineren Gesellschaft mit dem Namen Prospecta Oil, die in der Nordsee nach Öl bohrt.«

»Mit Erfolg?«

»Ja. Im Vertrauen gesagt, wir sehen der Zukunft mit gespannter Erwartung entgegen. Es ist kein Geheimnis, dass die Gesellschaftsaktien in den letzten paar Wochen von drei auf sieben Dollar gestiegen sind – aber niemand kennt den wahren Grund.«

»Wäre das eine gute Kapitalanlage für einen kleinen Kunsthändler wie mich?«, fragte Jean-Pierre.

»Vielleicht genügt Ihnen der folgende Beweis, für wie gut ich die Kapitalanlage halte«, sagte David. »Ich selbst werde am Montag 3000 Dollar in meine Gesellschaft investieren, und das ist alles, was ich auf der Welt besitze – das heißt jetzt, nachdem ich die ›Venus‹ erworben habe. In allernächster Zeit werden wir eine ziemlich aufsehenerregende Mitteilung veröffentlichen.«

In Jean-Pierres Augen kam ein Glitzern. Für einen Mann seines gallischen Scharfsinns genügte dieser Wink. Er verfolgte das Thema nicht weiter.

»Wann wird der Fund bekannt gegeben, Bernie?«

»Vermutlich Anfang nächster Woche. Wir hatten ein paar Probleme. Allerdings nichts, was wir nicht zurechtbiegen könnten.«

David atmete erleichtert auf, da er selbst an diesem Morgen

für die restlichen 3000 Dollar von seiner Prämie 500 Aktien gekauft hatte. Gleich den anderen erhoffte auch er sich einen raschen Gewinn.

»Rowe Rudd.«

»Frank Watts bitte. Hier Jean-Pierre Lamanns.«

»Guten Morgen, Jean-Pierre. Was können wir für dich tun?«

»Ich will 25 000 Prospecta Oil kaufen.«

»Nie davon gehört. Eine Sekunde ... Kanadische Gesellschaft, sehr niedrige Kapitaleinlage. Ein bisschen riskant, Jean-Pierre. Ich würde das nicht empfehlen.«

»Geht schon in Ordnung, Frank, ich will sie nur für zwei bis drei Wochen, dann kannst du sie wieder verkaufen. Ich werde sie nicht behalten. Wann war der Stichtag der letzten Börsenperiode?«

»Vorgestern.«

»Okay. Kauf sie heute, und verkaufe sie spätestens am Ende dieser Börsenperiode. Ich erwarte in der nächsten Woche eine Bekanntgabe; sobald sie über zehn Dollar steigen, kannst du sie abstoßen. Ich will nicht den Raffinierten spielen, aber kauf sie auf den Namen meiner Kommanditgesellschaft, denn ich möchte keinesfalls, dass man das Geschäft bis zu meiner Person zurückverfolgen kann – es könnte den Informanten in Verlegenheit bringen.«

»In Ordnung. An dich 25 000 Prospecta-Oil-Aktien und abstoßen kurz vor Ende dieser Börsenperiode bzw. auf Anweisung früher.«

»Ich werde die ganze nächste Woche in Paris sein. Also vergiss nicht zu verkaufen, wenn sie über zehn Dollar steigen.«

»Okay, Jean-Pierre. Gute Reise.«

Das rote Telefon klingelte.

»Die Firma Rowe Rudd will Aktien. Weißt du irgendwas darüber?«

»Nein, Harvey. Das muss wieder Kesler sein. Soll ich mit ihm sprechen?«

»Nein, sag nichts. Ich habe 25 000 Aktien zu 7,80 Dollar freigegeben. Kesler braucht jetzt nur noch einen großen Fisch ins Netz locken, und ich bin raus. Bereite unseren Plan für eine Woche vor dem Stichtag dieser Börsenperiode vor.«

»Okay, Boss. Eine ganze Reihe Leute kaufen auch kleinere Mengen.«

»Ja, läuft wie geplant. Die sollen nur alle ihren Freunden erzählen, dass sie einen guten Tipp haben. Kein Wort zu Kesler.«

»Hören Sie, David«, sagte Richard Elliott, »Sie arbeiten zu viel. Entspannen Sie sich. Wir werden Hochbetrieb bekommen, wenn die Bekanntgabe einmal erfolgt ist.«

»Das denke ich mir«, sagte David. »Arbeiten ist für mich jetzt eine Gewohnheitssache.«

»Also, nehmen Sie heute Abend frei. Wie wär's mit einer leckeren Kleinigkeit im Annabel's?«

David fühlte sich von dieser Einladung in Londons exklusivsten Nightclub geschmeichelt und nahm begeistert an.

Davids gemieteter Ford Cortina fiel an diesem Abend im Berkeley Square neben den vielen, in zwei Reihen geparkten Rolls-Royces und Mercedes völlig aus dem Rahmen. Er stieg die kleine Eisentreppe in das Untergeschoss hinab, das früher einmal nichts anderes als der Dienstbotentrakt des eleganten Stadthauses darüber gewesen sein dürfte. Heute war es ein eleganter Club, mit einem Restaurant, einer Diskothek und einer kleinen luxuriösen Bar mit einer Fülle von Stichen und Bildern an den Wänden. Der Hauptessraum war schwach beleuchtet und voller kleiner Tische, die meisten davon bereits besetzt. Das Dekor war üppigstes Regency. Mark Birley, der Besitzer, hatte in der kurzen Zeit von zehn Jahren Annabel's zum gesuchtesten Club in London gemacht, dessen Mitgliederschaftswarteliste sich auf über tausend Namen belief. Dezente Diskothekmusik erklang aus einer entfernteren Ecke, und die Tanzfläche, auf der keine zwei Cadillacs Platz gehabt hätten, war überfüllt. Die meisten Paare tanzten sehr eng aneinandergeschmiegt – ihnen blieb auch kaum eine andere Wahl.

David bemerkte etwas überrascht, dass die meisten Männer auf der Tanzfläche ungefähr zwanzig Jahre älter waren als ihre Partnerinnen. Der Oberkellner Louis, der aus der Art, wie David alle bekannten Persönlichkeiten anstarrte, mit sicherem Instinkt schloss, dass dies sein erster Besuch im Club sein müsse, lotste den jungen Mann zu Richard Elliotts Tisch. Sei's drum, dachte David, vielleicht werden sie eines Tages mich so anstarren.

Nach einem vorzüglichen Dinner gesellten sich Elliott und seine Frau zu der Menge auf der Tanzfläche, während David sich in die kleine, mit bequemen Sofas ausgestattete Bar zurückzog. Er knüpfte ein Gespräch an mit jemandem, der sich als James Brigsley vorstellte. Vielleicht betrachtete er nicht gerade die ganze Welt als eine Bühne, mit Sicherheit aber das ›Annabel's‹. Groß, blond und kühl, spiegelten seine Augen seine blendende Laune wider, und er schien mit jedermann auf gutem Fuß zu stehen. David bewunderte seine selbstsichere Art: eine Eigenschaft, die er nie besessen hatte und – wie er fürchtete – niemals besitzen würde. Selbst für Davids ungeübte Ohren sprach Brigsley ein Englisch, das ihn unverkennbar als Angehörigen der Oberschicht auswies.

Davids neuer Bekannter erzählte von seinen Besuchen in den Vereinigten Staaten und schmeichelte ihm mit der Bemerkung, er habe die Amerikaner schon immer gemocht. Nach einer Weile gelang es David, den Oberkellner zu fragen, wer der Engländer sei.

»Das ist Lord Brigsley, der älteste Sohn des Earl of Louth, Sir.«

Kaum zu fassen, dachte David, Lords sehen genauso aus wie andere Leute, besonders, wenn sie etwas getrunken haben. Lord Brigsley berührte Davids Glas.

»Möchten Sie noch einen?«

»Vielen Dank, Mylord«, sagte David.

»Ach, hören Sie auf mit dem Blödsinn! Mein Name ist James. Was tun Sie hier in London?«

»Ich arbeite bei einer Ölgesellschaft. Sie kennen vermutlich unseren Vorstandsvorsitzenden, Lord Hunnisett. Offen gestanden habe ich ihn persönlich nie kennengelernt.«

»Netter alter Knabe«, sagte James. »Sein Sohn und ich waren zusammen in Harrow. Wenn Sie in Öl machen, können Sie mir vielleicht sagen, was ich mit meinen Shell- und BP-Aktien tun soll.«

»Sie behalten«, sagte David. »In nächster Zeit wird man mit Energieträgern ganz besonders sicher liegen, vor allem mit Öl, so lange die britische Regierung nicht auf den Geschmack kommt und es in eigener Regie übernehmen will.«

Ein weiterer doppelter Whisky wurde gebracht. David fühlte sich allmählich ein ganz klein wenig beschwipst.

»Und was ist mit Ihrer Gesellschaft?«

»Unsere Gesellschaft ist relativ klein«, sagte David. »Aber unsere Aktien sind in den letzten drei Monaten mehr als die aller anderen Ölgesellschaften gestiegen, und ich glaube behaupten zu können, dass sie ihren Höhepunkt noch längst nicht erreicht haben.«

»Wieso?«, fragte James.

David blickte um sich und senkte seine Stimme zu einem vertraulichen Flüsterton. »Ja, sehen Sie – ich nehme an, Sie verstehen, dass, wenn eine große Gesellschaft auf Öl stößt, dies die Profitrate nur um einen geringen Betrag erhöht.

Wenn aber eine kleine Gesellschaft fündig wird, schlägt sich dieser Gewinn in einem erheblich höheren Prozentsatz vom Ganzen nieder.«

»Wollen Sie damit etwa sagen, Sie seien auf Öl gestoßen?«

»Vielleicht hätte ich das nicht erwähnen sollen«, sagte David. »Ich wäre Ihnen sehr verbunden, wenn Sie diese Bemerkung vertraulich behandeln würden.«

David konnte sich nicht erinnern, wie er nach Hause und ins Bett gekommen war, und er erschien am nächsten Morgen erst spät im Büro.

»Es tut mit furchtbar leid, Bernie, ich habe nach einer kleinen Feier mit Richard im Annabel's einfach verschlafen.«

»Macht überhaupt nichts. Ich freue mich, dass Sie sich gut unterhalten haben.«

»Ich hoffe, ich war nicht indiskret: Ich habe nämlich einem Lord, an dessen Namen ich mich nicht mehr erinnern kann, gesagt, er solle in unsere Gesellschaft investieren. Es kann sein, dass ich mich etwas zu sehr habe hinreißen lassen.«

»Machen Sie sich keine Sorgen, David, wir werden niemanden enttäuschen, und Sie hatten eine kleine Erholung nötig. Sie haben geschuftet wie ein Pferd.«

James Brigsley verließ seine Londoner Wohnung in Chelsea und nahm ein Taxi zu seiner Bank, Williams & Glyn's. James war von Natur aus extrovertiert, und in Harrow hatte sein einziges wirkliches Interesse der Schauspielerei gegolten. Nach Abschluss seiner Schulzeit hatte sein Vater ihm jedoch nicht erlaubt, zur Bühne zu gehen, sondern darauf bestanden, dass er seine Ausbildung im Christ Church College in Oxford vollende, wo er sich abermals mehr für die Schauspielgesellschaft interessierte als dafür, seine Abschlussexamina in Politologie, Philosophie und Wirtschaftswissenschaft zu machen. Tatsächlich hatte er es seit seinem Abgang von Oxford stets peinlich vermieden, irgendjemandem gegenüber die Note zu erwähnen, die er damals gerade noch ergattern konnte. (Die Abschlussnote mit Auszeichnung vierter Klasse, für die James sozusagen ein Naturtalent war, ist inzwischen abgeschafft worden.) Nach Oxford trat er in das Gardegrenadierregiment ein, das ihm reichlich Spielraum für seine schauspielerischen Fähigkeiten ließ. Das war James Einführung in das Londoner Gesellschaftsleben, und er war so erfolgreich, wie man es von einem gut aussehenden jungen Viscount unter diesen Umständen erwarten konnte.

Nachdem er seine zwei Jahre im Garderegiment abgedient hatte, schenkte ihm sein Vater, der Earl, eine 500 Morgen große Farm in Hampshire, um ihn zu beschäftigen; aber James hatte nichts für die rauere Seite des Landlebens übrig. Er überließ die Farm einem Verwalter und konzentrierte sich auf sein gesellschaftliches Leben in London. Er wäre liebend gern zur Bühne gegangen, aber er wusste, dass der Alte derartige Ambitionen als höchst unschicklich für den Peer eines Königreiches ansah. Der fünfte Earl hatte in jeder Hinsicht keine große Meinung von seinem ältesten Sohn, und James tat sich schwer, seinen Vater davon zu überzeugen, dass er mehr Köpfchen hatte, als man ihm zutraute. Vielleicht würde die Geheiminformation, die David Kesler herausgerutscht war, ihm endlich die ersehnte Gelegenheit dazu geben.

In Williams & Glyn's elegantem altem Gebäude in der Birchin Lane wurde James in das Büro des Direktors komplimentiert.

»Ich möchte gern etwas Geld aufnehmen und biete Ihnen als Sicherheit meine Farm in Hampshire.«

Der Direktor, Philip Izard, kannte Lord Brigsley gut und ebenso seinen Vater. Er schätzte das Urteilsvermögen des Earl, aber für den jungen Lord nahm er sich nicht viel Zeit.

Immerhin, es war nicht seine Sache, den Wunsch eines Kunden zu beanstanden, besonders wenn dessen Vater zu den ältesten Klienten der Bank gehörte.

»Ja, Mylord, an welche Summe hatten Sie gedacht?«

»Nun, allem Anschein nach ist Ackerland in Hampshire ungefähr 1000 Pfund pro Morgen wert und ständig im Steigen begriffen. Warum sagen wir nicht 1 500 000 Pfund? Ich würde das Geld gern in Aktien anlegen.«

»Wären Sie damit einverstanden, die Eigentumsurkunde als Sicherheit bei der Bank zu hinterlegen?«

»Ja, natürlich. Was macht es mir schon aus, wo sie liegt?«

»In diesem Fall bin ich sicher, dass wir uns dazu bereitfinden können, Ihnen einen Kredit zu zwei Prozent über dem offiziellen Darlehenszinssatz zu gewähren.«

James hatte keine Ahnung vom augenblicklich üblichen Zinssatz, aber er wusste, dass Williams & Glyn's durchaus konkurrenzfähig und dass die Reputation der Bank über jeden Zweifel erhaben war.

»Und würden Sie die Liebenswürdigkeit haben, 35 000 Aktien

einer Gesellschaft mit dem Namen Prospecta Oil für mich zu erwerben.«

»Haben Sie sorgfältige Erkundigungen über diese Gesellschaft eingezogen?«, fragte Izard.

»Ja, natürlich habe ich das!«, erwiderte Lord Brigsley ziemlich schroff. Er hatte nicht die geringste Ehrfurcht vor der Klasse der Bankdirektoren.

In Boston wurde Harvey Metcalfe telefonisch von Silverman über die im Nightclub Annabel's stattgehabte Begegnung zwischen David Kesler und einer unbekannten Persönlichkeit unterrichtet, welch Letztere mehr Geld als gesunden Menschenverstand zu besitzen schien. Harvey warf 40 000 Aktien zu 8,80 Dollar auf den Markt. Williams & Glyn's erwarben 35 000, und wieder wurde der Rest von kleineren Kapitalanlegern aufgekauft. Der Kurs stieg ein wenig. Harvey Metcalfe besaß nunmehr nur noch 30 000 Aktien, und während der nächsten vier Tage gelang es ihm, auch diese loszuwerden. Innerhalb von 14 Wochen hatte er seinen gesamten Bestand an Prospecta-Oil-Aktien mit einem Profit von etwas über sechs Millionen Dollar abgestoßen.

Am Freitagmorgen standen die Aktien bei 9,10 Dollar, und Kesler hatte in aller Unschuld vier große Investitionen bewirkt: Stephen Bradley hatte 40 000 Aktien zu 6,10 Dollar gekauft, Dr. Adrian Tryner 35 000 Aktien zu 7,23 Dollar, Jean-Pierre Lamanns 25 000 Aktien zu 7,80 Dollar, James Brigsley 35 000 Aktien zu 8,80 Dollar und David Kesler selbst schließlich 500 Aktien zu 7,25 Dollar.

Zusammen hatten sie 135 000 Aktien mit einem Kapital von etwas über einer Million Dollar erworben. Gleichzeitig hatten sie das Käuferinteresse wachgehalten und Harvey so in die Lage versetzt, seine gesamten Aktien auf einem normalen Markt loszuwerden.

Harvey Metcalfe hatte es wieder einmal geschafft. Sein Name tauchte auf keinem Papier auf, und jetzt besaß er auch keine Aktien mehr. Niemand konnte ihm irgendetwas zur Last legen. Er hatte nichts Illegales getan; selbst der Bericht des Geologen enthielt genügend Wenns und Abers, um damit bei Gericht durchzukommen. Was David Kesler betraf, so konnte man nicht Harvey für seinen jugendlichen Übereifer verantwortlich machen. Er hatte den Mann ja noch nicht einmal zu Gesicht bekommen. Harvey Metcalfe öffnete eine Flasche Krug Privée Cuvée 1964, importiert von der Londoner Firma Hedges & Butler. Er schlürfte ihn langsam, in kleinen Schlucken, zündete sich eine Romeo-y-Julieta-Churchill-Zigarre an und lehnte sich zurück zu einem friedlichen kleinen Feierstündchen.

David, Stephen, Adrian, Jean-Pierre und James feierten an diesem Wochenende ebenfalls. Warum auch nicht: Der Aktienkurs lag bei 9,10 Dollar, und David hatte ihnen versichert, er würde 20 Dollar erreichen. Am Samstagmorgen bestellte sich David einen Maßanzug bei Aquascutum, Stephen arbeitete sich unter missbilligendem Kopfschütteln durch die Semesterbeginn-Prüfungsaufgaben hindurch, die er seinen Studenten des ersten Studienjahres gestellt hatte; Adrian fuhr zum Grundschulinternat seiner Söhne, um ihre Leistungen anlässlich des Tages der Schulsportwettkämpfe zu bewundern, Jean-Pierre versah einen Renoir mit einem neuen Rahmen, und James Brigsley ging auf die Jagd, überzeugt, seinem Vater nun endlich eins auswischen zu können.

3

Als David am Montag morgens um neun Uhr das Büro betreten wollte, stand er vor verschlossener Tür; er konnte das gar nicht begreifen. Die Sekretärinnen hatten normalerweise ab Viertel vor neun da zu sein.

Nachdem er über eine Stunde lang gewartet hatte, ging er zur nächsten Telefonzelle und wählte Bernie Silvermans Privatnummer. Niemand antwortete. Dann rief er in der Wohnung von Richard Elliott an – ebenfalls ohne Erfolg. Er versuchte, die Niederlassung in Aberdeen zu erreichen. Auch hier – keine Antwort. Ratlos lief er zurück zum Büro. Es musste doch irgendeine simple Erklärung geben, er konnte doch nicht am helllichten Tag träumen! Oder war es etwa Sonntag? Nein – die Straßen waren voll von Leuten und Autos.

Als er das zweite Mal zum Büro kam, war ein junger Mann gerade dabei, ein Schild aufzuhängen: »Büroräume zu vermieten. Auskunft bei Conrad Ritblat.«

»Was in drei Teufels Namen tun Sie denn da?«

»Die früheren Mieter haben gekündigt und sind ausgezogen, jetzt suchen wir neue. Wären Sie interessiert? Wollen Sie sich die Räumlichkeiten einmal ansehen?«

»Nein«, sagte David und prallte entsetzt zurück. »Nein danke!« Er machte kehrt und raste wie gejagt die Straße hinunter. Schweißperlen traten auf seine Stirn, und er betete im Stillen, die Telefonzelle möge nicht besetzt sein. Er schlug im Telefonbuch die Nummer von Bernie Silvermans Sekretärin, Judith Lampson, nach. Diesmal bekam er Verbindung.

»Judith – was um alles in der Welt ist denn los?«

»Keine Ahnung«, erwiderte Judith, »man hat mir am Freitagabend gekündigt und ein Monatsgehalt im Voraus ausbezahlt, ohne jede Erklärung.«

David ließ den Hörer fallen. Allmählich begann ihm die Wahrheit zu dämmern. An wen konnte er sich wenden?

Völlig benommen kehrte er in sein Apartment im Barbican zurück. Während seiner Abwesenheit war die Morgenpost gekommen und mit ihr ein Brief des Wohnungseigentümers.

Stadtbehörde London
Barbican-Grundstücksverwaltung
London EC 2
Telefon 01-628 4341 + 5

Sehr geehrter Herr,
wie wir mit Bedauern erfahren haben, werden Sie Ende dieses Monats ausziehen. Wir möchten Ihnen bei dieser Gelegenheit für die Vorausbezahlung der letzten Monatsmiete danken. Wir wären Ihnen sehr verbunden, wenn Sie die Wohnungsschlüssel baldmöglichst in unserem Büro hinterlegen könnten.

Hochachtungsvoll
C. J. Caselton
Grundstücksverwalter.

David stand wie vom Donner gerührt in der Mitte des Zimmers und starrte, von jähem Abscheu erfüllt, auf seinen neuen Underwood.

Schließlich rief er voll innerer Unruhe seinen Börsenmakler an.

»Wie steht Prospecta Oil heute Morgen?«

»Die Aktien sind auf 7,40 Dollar gefallen«, erwiderte der Makler.

»Wieso sind sie gefallen?«

»Ich habe keine Ahnung, aber ich werde Erkundigungen einziehen und Sie zurückrufen.«

»Bitte verkaufen Sie unverzüglich 50 Aktien für mich!«

»500 Prospecta Oil von Ihnen ohne Limit – jawohl, Sir.«

David legte auf. Ein paar Minuten später klingelte das Telefon – es war sein Makler.

»Sie haben nur 7,25 Dollar gebracht – genau das, was Sie auch ursprünglich bezahlt haben.«

»Würden Sie bitte die Summe auf mein Konto bei der Lloyds Bank, Zweigstelle Moorgate, überweisen?«

»Selbstverständlich, Sir.«

Für den Rest des Tages und während der darauffolgenden Nacht verließ David seine Wohnung nicht mehr. Er lag kettenrauchend auf dem Bett und überlegte, was er als Nächstes tun sollte, während sein Blick von Zeit zu Zeit aus dem kleinen Fenster schweifte über die regenverhangene City mit ihren Banken, Versicherungsgesellschaften, Börsenmaklern und Handelsgesellschaften – seine Welt! Aber wie lange noch? Am nächsten Morgen, unmittelbar nach Öffnung der Börse, rief er seinen Makler wieder an, in der Hoffnung auf neue Informationen.

»Gibt es irgendwelche Neuigkeiten über Prospecta Oil?« Seine Stimme klang mittlerweile ängstlich und gedrückt.

»Schlechte Nachrichten, Sir. Es hat eine regelrechte Flut von Verkäufen stattgefunden, und die Aktien sind heute Morgen bei Börseneröffnung auf 5,90 Dollar gefallen.«

»Vielen Dank.«

Benommen legte er den Hörer wieder auf. All jene Jahre in Harvard würden nun völlig umsonst gewesen sein. Eine Stunde verstrich, ohne dass es ihm bewusst wurde. Die Katastrophe war über ihn hereingebrochen und hatte jegliches Zeitgefühl aufgehoben.

Er aß in einem einfachen Restaurant zu Mittag und las einen beunruhigenden Bericht im Londoner »Evening Standard« von dessen Wirtschaftsredakteur, David Malbert, mit der Überschrift: »Das Rätsel um die Prospecta Oil.« Bei Börsenschluss um 16 Uhr waren die Aktien auf 3,15 Dollar gefallen. David verbrachte eine ruhelose Nacht. Gequält und gedemütigt dachte er darüber nach, wie leicht er sich durch ein paar aalglatte Worte, zwei gut honorierte Monate und eine rasch ausbezahlte Prämie hatte einwickeln und seinen bedingungslosen Glauben an ein Unternehmen hatte kaufen lassen, das doch seinen ganzen beruflichen Argwohn hätte wachrufen müssen. Ihm wurde ganz schlecht beim Gedanken daran, wie er seine vertraulichen Tipps über Prospecta Oil von Mann zu Mann in willige Ohren geflüstert hatte.

Am Mittwochmorgen setzte sich David noch einmal mit seinem Makler in Verbindung, zitternd vor Angst vor dem, was er mit Sicherheit zu hören bekommen würde. Die Aktien waren auf zwei Dollar gefallen, und es gab keinen Markt mehr für sie. Er verließ seine Wohnung und ging zur Lloyds Bank, wo er sein

Konto auflöste und die übrig gebliebenen 1345 Pfund abhob, ohne eigentlich so recht zu wissen, warum. Er handelte einfach in dem dumpfen Gefühl, dass er das Geld lieber bei sich haben wollte, als es auf einer Bank zu belassen: Sein Vertrauen in alles und jedes war völlig zerstört.

Er kaufte die in der rechten Ecke mit den Ziffern »7RR« markierte Spätausgabe des »Evening Standard«: Prospecta Oil war auf 50 Cents gefallen. Ganz betäubt kehrte er in seine Wohnung zurück. Im Treppenhaus stieß er auf die Hausmeisterin.

»Die Polizei war da und hat nach Ihnen gefragt, junger Mann!«

David ging die Treppe hinauf und versuchte, gelassen zu wirken.

»Vielen Dank, Mrs Pearson. Wird wohl wieder ein Strafzettel wegen falschen Parkens sein.«

Die Panik hatte ihn nun völlig übermannt: Noch nie in seinem Leben war er sich so klein, so einsam und elend vorgekommen. Er packte seine ganze Habe – mit Ausnahme des Bildes, das er zurückließ – in seinen Koffer und nahm das nächste Flugzeug zurück nach New York.

4

Stephen Bradley hielt gerade eine Vorlesung über Gruppentheorie am Mathematischen Institut in Oxford vor Studenten im dritten Studienjahr. Mit Entsetzen hatte er an diesem Morgen im »Daily Telegraph« von dem Zusammenbruch der Prospecta Oil gelesen. Sofort hatte er seinen Makler angerufen, der noch immer dabei war, den gesamten Tatbestand zu eruieren. David Kesler schien spurlos verschwunden zu sein.

Stephen kam mit seiner Vorlesung nicht recht voran. Seine Gedanken waren – gelinde ausgedrückt – mit ganz anderem beschäftigt. Er konnte nur hoffen, dass die Studenten seine Geistesabwesenheit für Genialität halten und sie nicht als das erkennen würden, was sie in Wirklichkeit war, nämlich völlige Verzweiflung. Immerhin, dachte er erleichtert, dies war seine letzte Vorlesung im Wintertrimester.

Schließlich ging auch sie zu Ende, und er konnte in seine Wohnung im Magdalen College zurückkehren, hin und her überlegend, wo er anfangen solle. Warum zum Teufel hatte er auch alles auf eine Karte setzen müssen! Wie hatte er, ein logisch denkender, kühl überlegender Hochschullehrer, so leichtsinnig und so habgierig sein können! Natürlich, er hatte David vertraut, und selbst jetzt konnte er nicht recht glauben, dass sein Freund irgendwie in die Sache verwickelt sein sollte. Vielleicht hätte er es nicht einfach als selbstverständlich hinnehmen dürfen, dass jemand, dem er in Harvard geholfen hatte, automatisch recht haben müsse. Verdammt noch mal, David war schließlich kein glänzender Mathematiker gewesen! Es musste eine simple Erklärung geben! Er musste es einfach schaffen, sein Geld zurückzubekommen! Das Telefon klingelte. War es etwa endlich sein Makler?

Als er den Hörer abnahm, wurde er zum ersten Mal gewahr, dass die Innenflächen seiner Hände schweißnass und glitschig waren.

»Stephen Bradley.«

»Guten Morgen, Sir. Hier ist Kriminalinspektor Clifford Smith vom Betrugsdezernat, Scotland Yard. Ich erlaube mir die Frage, ob Sie es wohl so einrichten können, dass wir uns heute Nachmittag treffen?«

Stephen zögerte einen Augenblick – plötzlich durchzuckte ihn die Wahnsinnsidee, dass er mit seiner Investition in die Prospecta Oil etwas Kriminelles getan haben könne.

»Aber gewiss, Inspektor«, sagte er unsicher. »Möchten Sie, dass ich nach London komme?«

»Nein, Sir«, antwortete der Inspektor, »wir werden zu Ihnen kommen. Wir können um 16 Uhr bei Ihnen sein, wenn Ihnen das recht ist.«

»Natürlich. Ich werde Sie um diese Zeit erwarten. Auf Wiedersehen, Inspektor.«

Stephen legte den Hörer auf. Was wollten sie? Er kannte sich schon im englischen Gesetz kaum aus und konnte nur hoffen, dass er es nun nicht auch noch mit der Polizei zu tun bekommen würde. Und das alles ausgerechnet sechs Monate vor seiner Rückkehr nach Harvard! Stephen begann sich allmählich zu fragen, ob sie sich unter diesen Umständen jemals verwirklichen würde.

Der Kriminalinspektor war 1,82 Meter groß und zwischen fünfundvierzig und fünfzig Jahre alt. Sein Haar wurde an den Schläfen schon etwas grau, erhielt aber durch die Brillantine die Tönung des ursprünglichen Schwarz. Der abgetragene Anzug, dachte Stephen, war sicher aufschlussreicher für das Gehalt eines Polizeibeamten als für den persönlichen Geschmack des Inspektors. Sein schwerfälliges Auftreten hätte wohl die meisten Leute zu der irrigen Annahme verleitet, er habe eine etwas lange Leitung, aber in Wirklichkeit stand Stephen einem jener wenigen Männer Englands gegenüber, die sich in der Verbrecherpsyche durch und durch auskannten. Unzählige Male war die Festnahme internationaler Betrüger auf sein Konto gegangen. Seine Gesichtszüge wirkten müde – eine Folge der Tatsache, dass er viele Jahre lang Männer wegen schwerer Vergehen hinter Gitter gebracht hatte, die sich schon nach zwei bis drei Jahren wieder auf freiem Fuß befanden und danach von der Beute ihrer diversen dunklen Geschäfte in Saus und Braus lebten, ohne dass er etwas dagegen tun konnte. Die Polizei litt unter einem derartigen Personalmangel, dass kleinere Fische sogar völlig ungeschoren blieben, weil die Generalstaatsanwaltschaft befunden hatte, es käme zu teuer, den einen oder anderen Fall bis zu seinem ordnungsgemäßen Abschluss zu verfolgen. Zuweilen bekam das Betrugsdezernat auch nicht die notwendige personelle Unterstützung, um seine Arbeit entsprechend zu Ende zu führen.

Der Inspektor erschien in Begleitung von Kriminalassistent Ryder, einem sehr viel jüngeren Mann – 1,86 Meter groß und von schmächtiger Gestalt. Aus seinem schmalen, blässlichen Gesicht blickten ein Paar große braune Augen, in denen ein gequälter Ausdruck lag. Er war wenigstens etwas besser angezogen als der Inspektor, aber vermutlich, dachte Stephen, weil er nicht verheiratet war.

»Es tut mir leid«, sagte der Inspektor, nachdem er es sich in dem großen Sessel, der gewöhnlich Stephens Stammplatz war, bequem gemacht hatte, »dass wir Sie belästigen müssen, Sir. Aber ich bin dabei, über eine Gesellschaft mit dem Namen Prospecta Oil Nachforschungen anzustellen. Bevor Sie etwas dazu sagen, Sir, möchte ich betonen, dass wir uns darüber klar sind, dass Sie persönlich mit der Leitung dieser Gesellschaft nichts zu tun hatten. Aber wir brauchen dringend Ihre Hilfe. Es wäre mir allerdings lieber, wenn ich zunächst Ihnen eine Reihe von Fragen stellen könnte, um die Punkte, über die ich Bescheid wissen muss, zu klären, bevor Sie mir Ihre eigene Ansicht mitteilen.«

Stephen nickte zum Zeichen seines Einverständnisses.

»Zunächst, Sir: Warum haben Sie einen solch enormen Betrag in die Prospecta Oil investiert?«

Der Inspektor hatte eine Liste sämtlicher in den letzten vier Monaten in die Gesellschaft investierten Gelder vor sich liegen.

»Auf den Rat eines Freundes hin.«

»Ist dieser Freund vielleicht ein Mr David Kesler?«

»Ja.«

»Woher kannten Sie Mr Kesler?«

»Wir waren Kommilitonen an der mathematischen Fakultät in Harvard, und als er nach England kam, um seine Stelle bei einer Ölgesellschaft anzutreten, habe ich ihn um unserer gemeinsam verbrachten Studienzeit willen einmal nach Oxford eingeladen.«

Stephen fuhr fort, die Entwicklung seiner Beziehung zu David in allen Einzelheiten darzulegen und zu erklären, weshalb er bereit gewesen war, einen so hohen Betrag zu investieren. Er beendete seine Ausführungen mit der Frage, ob der Inspektor es für möglich hielte, dass David am Aufstieg und Niedergang der Prospecta Oil irgendwie kriminell mitbeteiligt gewesen sei.

»Nein, Sir. In meinen Augen wurde Kesler, der sich übrigens aus dem Staub gemacht und das Land verlassen hat, lediglich von mächtigeren Leuten selbst hereingelegt. Aber wir würden ihn gern vernehmen. Wenn er mit Ihnen Verbindung aufnehmen sollte, lassen Sie es uns also bitte umgehend wissen.« Der Inspektor blickte nachdenklich vor sich hin und fuhr dann fort: »Fürs Erste möchte ich Ihnen eine Reihe von Namen vorlesen, und ich wäre Ihnen sehr verbunden, wenn Sie mir sagen würden, ob Sie jemals eine dieser Personen gesehen, gesprochen oder von ihr gehört haben … Harvey Metcalfe?«

»Nein«, sagte Stephen.

»Bernie Silverman?«

»Ich habe ihn niemals gesehen oder gesprochen, aber David hat seinen Namen gesprächsweise erwähnt, als wir hier im College zusammen zu Abend aßen.«

Der Kriminalassistent schrieb alles, was Stephen sagte, langsam und systematisch auf.

»Richard Elliott?«

»Für ihn gilt das Gleiche wie für Silverman«, brummte Stephen.

»Alvin Cooper?«

»Nein«, sagte Stephen.

»Hatten Sie Verbindung mit sonst jemandem, der in diese Gesellschaft Geld gesteckt hat?«

»Nein«, sagte Stephen.

Über eine Stunde lang befragte der Inspektor Stephen über geringfügigere Einzelheiten: Aber dieser konnte ihm kaum weiterhelfen – er hatte lediglich ein Exemplar von dem Bericht des Geologen behalten.

»Ja, wir haben auch eines davon, Sir«, sagte der Inspektor. »Aber der Bericht ist sehr durchdacht abgefasst und wird uns kaum als Beweismaterial dienen können.«

Stephen beugte sich gespannt vor. »Beweismaterial gegen wen oder wofür, Inspektor? Es ist mir völlig klar, dass ich furchtbar übers Ohr gehauen worden bin. Ich brauche Ihnen wahrscheinlich nicht zu sagen, dass ich mich wie ein Idiot benommen habe. Ich habe mein gesamtes Vermögen in die Prospecta Oil gesteckt, weil die Sache nach einem bombensicheren Treffer aussah. Jetzt bin ich mein ganzes Geld los und weiß nicht, was ich tun soll. Was um Himmels willen ist bei der Prospecta Oil vorgegangen?« Er bot den beiden Männern einen Whisky an und schenkte sich selbst nach alter Oxfordtradition einen trockenen Sherry ein.

»Nun, Sir«, sagte der Inspektor, »Sie werden verstehen, dass ich mich zu einigen Aspekten dieses Falles Ihnen gegenüber nicht äußern kann. In der Tat gibt es da einiges, was uns selbst noch nicht ganz klar ist. Immerhin, das Spiel, das hier gespielt wurde, ist uralt, und dieses Mal wurde es von einem erfahrenen Profi – von einem äußerst gewieften Profi – inszeniert. So etwas geht folgendermaßen vor sich: Eine Gesellschaft wird von einer Bande von Gaunern gegründet oder übernommen, die den größten Teil der Aktien aufkaufen. Die denken sich dann eine zugkräftige Geschichte aus von einem neuen Vorkommen oder einem neuen Produkt, sodass die Aktien steigen, machen ein bisschen Flüsterpropaganda und werfen ihre eigenen Aktien auf den Markt, wo sie von Leuten wie Ihnen, Sir, zu einem stolzen Preis aufgekauft werden. Dann gehen sie mit dem Gewinn, den sie auf diese Weise erzielt haben, auf und davon, und die Aktien fallen ins Bodenlose. In den meisten Fällen endet es damit, dass der Handel mit den Aktien dieser Gesellschaft an der Börse einstweilen gestoppt wird und schließlich mit einer Zwangsliquidation der Gesellschaft selbst. In diesem Falle ist Letzteres noch nicht eingetreten und wird vielleicht auch nicht eintreten. Die Börse in Montreal ist gerade dabei, sich von dem Aquablast-Fiasko zu erholen und will mit Sicherheit nicht noch einen weiteren Skandal. So leid es mir tut, muss ich Ihnen jedoch sagen, dass es kaum jemals gelingt, das Geld sicherzustellen, selbst wenn wir genügend Beweismaterial haben, um die Gauner festzunageln. Die haben die ganzen Moneten schon längst rund um den halben Erdball versteckt, noch bevor man überhaupt weiß, woran man ist.«

Stephen stöhnte. »Du lieber Gott, nach Ihrer Schilderung, Inspektor, klingt das alles so furchtbar einfach. Der Bericht des Geologen war dann also eine Fälschung?«

»Nein, nur sehr wirkungsvoll aufgemacht, mit zahlreichen geschickt formulierten Einschränkungen. Aber eins ist sicher: Die Staatsanwaltschaft wird keine Millionen ausgeben, um herauszubekommen, ob es tatsächlich in diesem Teil der Nordsee Öl gibt oder nicht.«

Stephen begrub seinen Kopf zwischen den Händen und verfluchte in Gedanken den Tag, an dem er David Kesler begegnet war.

»Inspektor, bitte sagen Sie mir, wer Kesler dazu angestiftet hat. Wer war das Gehirn hinter dieser Brut von Haifischen?«

Der Inspektor war sich durchaus bewusst, in welch scheußlicher Lage Stephen sich befand. Im Laufe seiner Karriere hatte er vielen Menschen in der gleichen Situation gegenübergestanden, und er war Stephen für dessen kooperatives Verhalten sehr dankbar.

»Ich kann alle Fragen beantworten, soweit ich sicher bin, dass sie meine eigenen Untersuchungen nicht beeinträchtigen«, begann er vorsichtig. »Der Mann, den wir festnageln möchten, ist Harvey Metcalfe.«

»Und was wissen Sie von diesem Burschen?«

»Er ist Amerikaner – in der ersten Generation – und hatte seine Finger in mehr dubiosen Geschäften in Boston, als Sie sich in Ihren kühnsten Träumen vorstellen können. Er hat sich selbst zum Multimillionär und auf seinem Weg nach oben viele andere Leute in den Bankrott getrieben. Mittlerweile hat er einen so routinierten und vorausschaubaren Stil entwickelt, dass wir ihn auf hundert Kilometer Entfernung ausmachen können. Es wird Sie nicht gerade freuen, zu hören, dass er sich als Mäzen großen Stils um Harvard verdient gemacht hat – vermutlich, um sein Gewissen zu erleichtern. Bisher ist es uns leider kein einziges Mal gelungen, ihm irgendetwas nachzuweisen – und ich zweifle sehr daran, dass es uns diesmal gelingen wird. Er war niemals ein Direktor der Prospecta Oil, sondern hat lediglich auf dem freien Markt Aktien gekauft und verkauft. Soviel wir wissen, hat er David Kesler noch nicht einmal persönlich gekannt. Silverman, Cooper und Elliott wurden von ihm angeworben, damit sie das schmutzige Geschäft für ihn abwickeln, und die haben ein helles, junges Bürschchen, noch nicht ganz trocken hinter den Ohren, aufgetan, um ihre Geschichte für sie an den Mann zu bringen. Nur Pech für Sie, Sir, nicht wahr, dass es sich bei dem betreffenden jungen Mann um Ihren Freund David Kesler handelt.«

»Ach, lassen wir den armen Teufel aus dem Spiel«, sagte

Stephen. »Was ist mit Harvey Metcalfe? Wird er wieder ungeschoren davonkommen?«

»Ich fürchte ja«, sagte der Inspektor. »Zwar wurden für Silverman, Elliott und Cooper Haftbefehle ausgestellt, aber das Trio hat sich längst nach Südamerika abgesetzt. Nach dem Fiasko mit dem Posträuber Ronald Biggs 1974 in Brasilien bezweifle ich jedoch, ob wir jemals mit Hilfe eines Auslieferungsverfahrens ihrer habhaft werden, obwohl die amerikanische und die kanadische Polizei ebenfalls Haftbefehle gegen sie vorliegen haben. Die drei sind zudem äußerst schlau vorgegangen. Sie haben das Londoner Büro der Prospecta Oil geschlossen, sind vom Mietvertrag zurückgetreten und haben ihn an den Grundstücksverwalter, Conrad Ritblad, zurückgegeben und beiden Sekretärinnen mit einem Monatsgehalt im Voraus gekündigt. Ihre Rechnung für die Ölbohranlage bei Reading & Bates haben sie beglichen, ebenso ihren Angestellten in Aberdeen, Mark Stewart, ausbezahlt, und schließlich sind sie am Sonntag mit der Morgenmaschine nach Rio de Janeiro abgehauen, wo auf einem Privatkonto eine Million Dollar auf sie warteten. Harvey Metcalfe hat sie gut belohnt und David Kesler die Suppe auslöffeln lassen.«

»Clevere Burschen«, sagte Stephen.

»O ja«, erwiderte der Inspektor, »eine saubere kleine Operation. Des Naturtalents Harvey Metcalfe durchaus würdig.«

»Werden Sie versuchen, David Kesler festzunehmen?«

»Nein, aber wie ich schon sagte: Wir würden ihn gern vernehmen. Er kaufte und veräußerte 500 Aktien, aber wir glauben, dass das lediglich deshalb geschah, weil er selbst an das Ölmärchen glaubte. Wenn er wirklich klug wäre, würde er nach England zurückkommen und der Polizei bei ihren Nachforschungen behilflich sein. Aber ich fürchte, der arme Kerl ist einfach unter diesem Druck in eine Angstpsychose geraten und hat das Feld geräumt. Jedenfalls wird die amerikanische Polizei ein wachsames Auge auf ihn haben.«

»Eine letzte Frage«, sagte Stephen. »Sind da irgendwelche anderen Leute, die ebenso idiotisch gehandelt haben wie ich?«

Der Inspektor widmete dieser Frage längeres Nachdenken. Mit den anderen Großinvestoren hatte er nicht so viel Erfolg gehabt wie mit Stephen. Sie alle hatten – über ihre Beziehungen zu Kesler und zur Prospecta Oil befragt – ausweichende Antworten gegeben. Wenn er ihre Namen preisgab, würde er vielleicht einiges über sie erfahren. Die Polizei hat viele Mittel und Wege, um Informationen einzuholen.

»Ja, Sir, aber ... Sie verstehen bitte: Sie haben niemals durch mich von ihnen erfahren!«

Stephen nickte.

»In Ihrem eigenen Interesse könnten Sie das, was Sie wissen wollen, herausfinden, wenn Sie gründliche Nachforschungen bei der Börse anstellten. Es gab vier Großspekulanten – einer von ihnen waren Sie. Sie alle zusammen haben ungefähr eine Million Dollar verloren. Bei den anderen Herren handelt es sich um einen Arzt in der Harley Street, Adrian Tryner, einen Londoner Kunsthändler namens Jean-Pierre Lamanns und einen Kleingutsbesitzer, den ich eigentlich am meisten bedaure. Soweit ich das beurteilen kann, verpfändete er seine Farm, um das Geld aufzubringen. Ein junger Mann von Adel: Viscount Brigsley. Dem hat Metcalfe wirklich den silbernen Löffel aus dem Mund gestohlen.«

»Keine weiteren Großinvestoren?«

»Doch, zwei oder drei Banken haben sich erheblich die Finger verbrannt, aber kein anderer Privatmann hat mehr als

25 000 Dollar investiert. Sie, die Banken und die anderen Großinvestoren haben das Börseninteresse gerade lange genug wachgehalten, um es Metcalfe zu ermöglichen, seinen ganzen Aktienbestand loszuwerden.«

»Ich weiß, und ich war dumm genug, Freunden zu raten, ebenfalls in die Gesellschaft zu investieren.«

»Hm, da sind zwei oder drei kleinere Anleger aus Oxford«, sagte der Inspektor mit einem Blick auf die vor ihm liegende Liste. »Aber bitte beunruhigen Sie sich nicht, Sir, wir werden sie nicht belästigen. Ja, – also ich glaube, das ist alles. Ich darf Ihnen noch für Ihre bereitwillige Mithilfe danken und bemerken, dass wir uns wahrscheinlich irgendwann in nächster Zeit wiedersehen werden. In jedem Fall aber werden wir Sie auf dem Laufenden halten – und ich hoffe, Sie uns ebenfalls.«

»Natürlich, Inspektor. Ich wünsche Ihnen eine gute Rückfahrt nach London.« Die beiden Polizisten leerten ihr Glas und verabschiedeten sich, um ihren Zug zu erreichen.

Stephen war nicht sicher, ob er noch in seinem Sessel saß und auf den Kreuzgang hinausblickte oder bereits im Bett lag, als er den Entschluss fasste, sein trainiertes Wissenschaftlergehirn in den Dienst einer kleinen Nachforschung einmal über Harvey Metcalfe und zum andern über seine drei Leidensgenossen zu stellen. Ein Rat seines Großvaters ging ihm durch den Kopf; wenn es dem Enkel nur selten gelang, ihr abendliches Schachspiel zu gewinnen, pflegte er zu ihm zu sagen: »Stevie, ärger dich nicht, revanchier dich.« Als er schließlich um drei Uhr morgens einschlief, war genau das seine Absicht. Er war froh, dass seine letzte Vorlesung hinter ihm lag und er seine Arbeit für dieses Trimester beendet hatte. Er schlief tief und fest, beinah erleichtert, die Wahrheit zu kennen.

5

Stephen erwachte ungefähr um halb sechs Uhr morgens. Ihm war, als habe er tief und traumlos geschlafen, aber sobald er zu sich kam, war auch der Albdruck wieder da. Er zwang sich zu konstruktivem Nachdenken – dazu, die Vergangenheit entschlossen hinter sich zu lassen und zu überlegen, wie er mit der Zukunft fertigwerden könnte. Nach dem Waschen und Rasieren zog er sich an, ließ das Frühstück im College ausfallen und radelte auf seinem altersschwachen Fahrrad – dem bevorzugten Verkehrsmittel in der vor Fernlastern in einem Labyrinth von Einbahnstraßen erstickenden Stadt – zum Bahnhof. Hier schloss er sein wackeliges Stahlross an das Bahnhofsgeländer an. Die Zahl der anderen abgestellten Fahrräder entsprach der von Autos auf anderen Bahnhöfen.

Er bestieg den von den täglichen Pendlern zwischen Oxford und London bevorzugten 8.17-Uhr-Zug. All die Leute, die im Speisewagen ihr Frühstück einnahmen, schienen einander zu kennen, und Stephen kam sich vor wie ein nicht geladener Gast auf einer Party. Der Schaffner hetzte durch den Speisewagen und lochte Stephens Fahrkarte erster Klasse. Der Mann gegenüber reichte ein Zweiter-Klasse-Billett hinter seiner Ausgabe der »Financial Times« hervor, das beim Schaffner Missbilligung auslöste.

»Wenn Sie Ihr Frühstück beendet haben, müssen Sie in ein Zweiter-Klasse-Abteil gehen, Sir. Der Speisewagen gehört zur ersten Klasse, wie Sie wissen.«

Stephen beschloss, seine Konsequenzen aus dieser Szene zu ziehen, während er auf die vorüberrasende flache Berkshire-Landschaft hinaussah und seine Kaffeetasse in ihrem nicht zu ihr passenden Unterteller hin und her schepperte; dann wandte er sich den Morgenzeitungen zu. Die »Times« brachte an diesem Morgen keine Nachrichten über die Prospecta Oil. Für dieses Blatt war das wohl nur eine unbedeutende und eher langweilige Geschichte. Wieder einmal ein undurchsichtiges Geschäftsunternehmen, das über Nacht zusammengebrochen war, keine Entführung oder Brandstiftung oder gar Vergewaltigung: nicht gerade ein Thema, das Schlagzeilen verdient und die Aufmerksamkeit der Leser gefesselt hätte. Eine Geschichte, an die er selbst keinen weiteren Gedanken verschwendet haben würde, wäre er nicht persönlich darin verwickelt – und eben das machte sie zu einer privaten Tragödie.

Am Bahnhof Paddington angekommen, wühlte er sich durch die ameisengleich in der Halle hin- und herlaufende Menschenmenge. Stephen war froh, das abgeschirmte Leben von Oxford gewählt zu haben – oder richtiger, von ihm erwählt worden zu sein. Er hatte sich nie mit London befreunden können: Die Stadt erschien ihm zu groß und zu unpersönlich, und er nahm stets ein Taxi, aus Angst, in einen verkehrten Bus oder eine falsche U-Bahn einzusteigen. Warum konnten die Engländer ihre Straßen nicht auch nummerieren, sodass die Amerikaner wenigstens wüssten, wo sie sich befänden?

»Zur ›Times‹ bitte, Printing House Square.«

Der Taxifahrer nickte und lenkte seinen schwarzen Austin geschickt die Bayswater Road hinunter und den regennassen Hyde Park entlang. Die Krokusse wirkten gekränkt und verdrossen, wie sie klitschnass auf dem Gras platt gedrückt lagen. Die Londoner Taxis machten immer wieder Eindruck auf Stephen: Niemals hatten sie einen Kratzer oder eine Delle (die Taxifahrer dürfen keine Fahrgäste aufnehmen, wenn ihre Fahrzeuge nicht in einwandfreiem Zustand sind). So ganz anders als die ramponierten gelben Monster in New York, dachte er. Der Austin sauste die Park Lane hinunter, am House of Commons vorbei und das Embankment entlang. Im Parliament Square waren die Flaggen gehisst. Stirnrunzelnd überlegte Stephen. Wovon hatte der Leitartikel gehandelt, den er im Zug so zerstreut gelesen hatte? Ach ja, ein Treffen von Commonwealth-Premiers. Er konnte die Welt schließlich nicht daran hindern, ihren täglichen Geschäften nachzugehen.

Stephen wusste nicht recht, wie er es anfangen sollte, etwas über die Persönlichkeit von Harvey Metcalfe herauszubringen. Zu Hause in Harvard würde das keinerlei Schwierigkeiten bereitet haben: Er wäre geradewegs zum »Herald American« gegangen, und der Wirtschaftskorrespondent Hank Swaltz, ein alter Freund seines Vaters, hätte ihm jede gewünschte Auskunft gegeben. Der Tagebuch-Berichterstatter der »Times«, Richard Compton-Miller, war bei Weitem keine solch geeignete Kontaktperson, aber er war der einzige britische Pressemann, den Stephen kannte. Compton-Miller hatte Magdalen College im vergangenen Frühjahr besucht, um einen Artikel über den altehrwürdigen Brauch der Maifeier in Oxford zu schreiben. Wenn die Sonne am 11. Mai gerade über dem Horizont aufgeht, singt der Chor auf dem College-Turm den Gruß Miltons:

»Heil, güt'ger Mai, der du der Brust
Frohsinn, Jugend schenkst und Lust.«

Compton-Miller und Stephen konnten von der Magdalen Bridge aus einige Paare unten an den Ufern des Flusses beobachten, die sich ganz offensichtlich bereits in diesem Sinne hatten beschenken lassen.

Stephen war später über die Art seiner Erwähnung in dem Artikel, den Compton-Miller über die Feier des 1. Mai im Magdalen College für das »Times«-Tagebuch geschrieben hatte, eher verlegen als geschmeichelt gewesen: Akademiker gehen mit dem Wort »brillant« nur sparsam um, Journalisten aber beileibe nicht. Seine eher von sich selbst überzeugten Kollegen waren wenig entzückt gewesen, ihn als den hellsten Stern an einem Firmament mittelmäßiger Leuchten beschrieben zu sehen.

Das Taxi fuhr in den Außenhof ein und hielt neben einem massiven Produkt moderner Bildhauerei von Henry Moore. Die »Times« und der »Observer« waren im gleichen Gebäude untergebracht, hatten aber getrennte Eingänge: Der der »Times« war wesentlich eindrucksvoller. Stephen fragte den Pförtner hinter seinem Schreibtisch nach Richard Compton-Miller und wurde hinauf in den fünften Stock zu dessen kleinem Privatbüro am Ende des Korridors geführt.

Es war erst kurz nach zehn Uhr, und das Gebäude war praktisch noch leer. Eine große überregionale Tageszeitung erwacht nicht vor elf Uhr morgens zum Leben und leistet sich im Allgemeinen eine lange Mittagspause bis ungefähr 15 Uhr. Erst dann beginnt die eigentliche Arbeit, bis etwa um 20.30 Uhr die Zeitung bis auf die Titelseite fertiggestellt ist. Gewöhnlich findet ab 17 Uhr ein gestaffelter Schichtwechsel statt, damit auch das, was während der Nacht an Wichtigem passiert, berücksichtigt werden kann. Die Nachtschicht muss sich immer besonders auf Amerika konzentrieren, denn wenn der Präsident am Nachmit-

tag in Washington eine wichtige Erklärung abgibt, ist es in London schon später Abend. Zuweilen ändert die Setzerei während der Nacht bis zu fünfmal den Umbruch der ersten Seite, und bei einem Ereignis von gleicher Brisanz wie die Ermordung Präsident Kennedys – die erste Nachricht hiervon erreichte England am 22. November 1963 um 19 Uhr – wird die ganze Titelseite neu gesetzt und umbrochen, um der Sensation gerecht zu werden.
»Es war sehr liebenswürdig von Ihnen, meinetwegen so früh hereinzukommen, Richard. Ich habe gar nicht gewusst, dass Sie hier erst so spät zu arbeiten anfangen. Man nimmt eben seine morgendliche Zeitung als etwas Selbstverständliches hin.«

Richard lachte. »Das macht nichts. Sie werden zwar glauben, wir seien ein fauler Haufen, aber um Mitternacht, wenn Sie schon fest schlafen, ist bei uns Hochbetrieb. Was kann ich für Sie tun?«

»Ich versuche, etwas über einen Landsmann von mir namens Harvey Metcalfe in Erfahrung zu bringen. Er ist ein namhafter Mäzen von Harvard, und ich möchte dem alten Knaben damit schmeicheln, dass ich alles über ihn weiß, wenn ich zurückgehe.« Stephen war selbst nicht sehr erbaut von dieser Notlüge, aber er befand sich schließlich in einer ungewöhnlichen Lage.

»Warten Sie einen Moment hier. Ich sehe mal nach, ob wir irgendwelche Ausschnitte über ihn haben.«

Stephen vertrieb sich die Zeit damit, die auf Compton-Millers Tafel aufgehefteten Schlagzeilen zu lesen – offensichtlich Storys, auf die dieser einigermaßen stolz war: »Premier dirigiert Orchester in der Royal Festival Halle«

»Miss Welt liebt Tom Jones«, »Muhammed Ali sagt: ›Ich werde wieder siegen!‹«

Nach einer Viertelstunde kam Richard mit einer ziemlich dicken Akte für Stephen zurück.

»Da können Sie sich draufstürzen, Descartes. In einer Stunde bin ich wieder hier, und dann gehen wir einen Kaffee trinken.«

Stephen nickte und lächelte dankbar. Descartes hatte nie die Probleme gehabt, mit denen er sich nun herumschlagen musste.

Die Akte enthielt alles, was Harvey Metcalfe die Welt von sich wissen lassen wollte – und auch ein wenig von dem, was er ihr lieber verschwiegen hätte. Stephen erfuhr von seinen jährlichen Europareisen, um in Wimbledon dabei zu sein, vom Erfolg seiner Pferde in Ascot und von seiner Jagd auf Gemälde für seine Privatsammlung. William Hickey vom »Daily Express« hatte seine Leser mit dem Bild eines feisten Harvey in Bermudashorts ergötzt und mit der Information, dass er zwei bis drei Monate im Jahr auf seiner Privatjacht in Monte Carlo verbringe und im Casino spiele. Hickeys Ton war leicht abfällig. Das Metcalfe-Vermögen war zu jung, um achtbar zu sein. Stephen notierte alle Fakten, die er für sachdienlich hielt, und betrachtete gerade die Fotos, als Richard zurückkam.

Sie gingen auf eine Tasse Kaffee in die Kantine im gleichen Stockwerk. Das Mädchen an der Kasse am Ende der Selbstbedienungstheke verschwand beinah in den Nebelschwaden von Zigarettenrauch.

»Ich habe noch nicht alle Informationen, die ich brauche, Richard. Harvard möchte diesen Mann um einen ziemlich großen Betrag angehen – ich glaube, sie denken an ungefähr eine Million Dollar. Wo kann ich noch etwas mehr über ihn herausbekommen?«

»Bei der ›New York Times‹, möchte ich annehmen«, sagte

Compton-Miller. »Kommen Sie, wir werden Terry Robards einen Besuch abstatten.«

Die Londoner Niederlassung der »New York Times« befand sich ebenfalls im fünften Stock des »Times«-Gebäudes am Printing House Square. Stephen dachte an das riesige »New York Times«-Gebäude in der 43. Straße und fragte sich, ob die Londoner »Times«, um Gleiches mit Gleichem zu vergelten, möglicherweise in New York in den Keller verbannt worden sei. Terry Robards war ein drahtiger Mann mit einem ständigen Lächeln auf den Lippen. Stephen fühlte sich sogleich von ihm angezogen – ein Effekt, den Terry im Laufe der Jahre fast unbewusst entwickelt hatte und der ihm bei den Nachforschungen für seine Storys außerordentlich zustattenkam. Stephen tischte wieder seine Notlüge über Metcalfe auf. Terry lachte.

»Harvard ist nicht sehr zimperlich in der Wahl seiner Geldgeber, hm? Dieser Knabe kennt mehr legale Schliche, um zu Geld zu kommen, als das Finanzamt.«

»Was Sie nicht sagen!«, erwiderte Stephen unschuldig.

Die »New York Times«-Akte über Harvey Metcalfe war sehr umfangreich. »Metcalfes Aufstieg vom Botenjungen zum Millionär«, wie eine Schlagzeile lautete, war bewundernswert dokumentiert. Stephen machte sich sorgfältige Notizen. Fasziniert studierte er die Einzelheiten über die Firma Sharpley & Sohn, ebenso über den Waffenhandel und die paar Daten über Metcalfes Frau Arlene und seine Tochter Rosalie. Beide waren auf einem Foto abgebildet, aber zu einer Zeit, als die Tochter erst fünfzehn gewesen war. Da gab es auch lange Berichte über zwei Gerichtsverhandlungen vor etwa fünfundzwanzig Jahren, in denen Harvey belastet, aber niemals überführt worden war, und über eine jüngere Verhandlung im Jahre 1956, eine Aktientransaktion in Boston betreffend; Harvey war zwar wieder dem Zugriff des Gesetzes entronnen, aber der Staatsanwalt hatte den Geschworenen ziemlich deutlich seine Meinung über Mr Metcalfe gesagt. Die jüngsten Pressenotizen fanden sich in den Klatschspalten: Metcalfes Gemälde, seine Pferde, seine Orchideen, seine Tochter, die Vassar erfolgreich absolvierte, und seine Reisen nach Europa. Kein Wort über die Prospecta Oil. Stephen bewunderte Harveys Fähigkeit, die zweifelhafteren seiner Aktivitäten in späteren Jahren vor der Presse geheim zu halten.

Terry lud seinen Landsmann zum Lunch ein. Reporter sind stets auf neue Kontakte erpicht, und Terry fand, dass Stephen in dieser Beziehung recht vielversprechend aussah. Während sie aus der City ins West End hinüberkrochen, hoffte Stephen, dass das Essen die strapaziöse Autofahrt rechtfertigen würde. Er wurde nicht enttäuscht.

Lacy's Restaurant war angenehm durchlüftet, und auf den sauber gedeckten Tischen standen Osterglocken. Terry erklärte, das Lokal sei bei den Leuten von der Presse sehr beliebt.

Margaret Costa, die bekannte Kochbuchverfasserin, und ihr Mann Bill Lacy, der Küchenchef, verstanden wirklich etwas von ihrem Fach.

Über herrlicher Brunnenkressesuppe, gefolgt von *Médaillons de veau á la crème au calvados* und einer Flasche Château de Peronne 1972 wurde Terry recht gesprächig. Er hatte Harvey Metcalfe bei der Eröffnung der Metcalfe Hall, zu der eine Turnhalle und vier überdachte Tennisplätze gehörten, in Harvard interviewt.

»Gibt sich der Hoffnung hin, eines Tages einen Ehrendoktorhut zu bekommen«, bemerkte Terry zynisch. »Aber da ist nicht viel drin, selbst wenn er eine Milliarde lockermacht.« Stephen nahm diese Worte nachdenklich zur Kenntnis. »Ich nehme an, Sie könnten bei der US-Botschaft noch mehr Informationen über den Knaben bekommen«, sagte Terry. Er warf einen Blick auf seine Uhr. »Oh verdammt, die Bibliothek schließt um 16 Uhr. Zu spät für heute. Es wird Zeit, dass ich in die Redaktion zurückgehe, um mein Nachmittagspensum zu erledigen.«

Stephen fragte sich, ob die Leute von der Presse jeden Tag so aßen und tranken. Und wenn ja –, wie sie dann überhaupt jemals eine Zeitung zustande brachten.

Er kämpfte sich durch das Gewühl hindurch zum 17.15-Uhr-Pendlerzug zurück nach Oxford. Aber erst, als er allein in seinem Zimmer war, machte er sich daran, die Ergebnisse der Recherchen dieses Tages durchzugehen. Trotz seiner Erschöpfung zwang er sich, am Schreibtisch sitzen zu bleiben, bis der erste saubere Entwurf eines Dossiers über Harvey Metcalfe fertig war.

Am nächsten Tag nahm Stephen erneut den 8.17-Uhr-Zug nach London, diesmal jedoch mit einer Fahrkarte zweiter Klasse. Der Schaffner betete wieder seinen Vers herunter, dass er den Speisewagen verlassen müsse, sobald er sein Frühstück beendet habe.

»Gewiss«, sagte Stephen, aber er trödelte über dem Kaffeerest in seiner Tasse bis zum Ende der einstündigen Fahrt herum und rührte sich nicht vom Fleck. Er war mit sich selbst zufrieden: Auf diese Weise hatte er zwei Pfund gespart, und genauso hätte sich Harvey Metcalfe verhalten.

In Paddington angekommen, folgte er Terry Robards' Rat und nahm ein Taxi zur amerikanischen Botschaft, einem riesigen neunstöckigen Klotz von Gebäude, das eine ganze Seite von Grosvenor Square einnimmt. Es erschien ihm nicht ganz so elegant wie die prächtige offizielle Residenz des amerikanischen

Botschafters in Regent's Park, die er im vergangenen Jahr anlässlich eines Cocktailempfangs kennengelernt hatte und die einst, bevor sie 1946 an die amerikanische Regierung verkauft wurde, Barbara Huttons Heim gewesen war. Aber gewiss war jedes dieser Gebäude groß genug für sieben Ehemänner, dachte Stephen.

Die Tür zur Fachbibliothek der Botschaft im Erdgeschoss war fest verschlossen. Stephen blieb nichts anderes übrig, als die draußen im Korridor zu Ehren der Botschafter jüngeren Datums am Hofe von St. James an der Wand angebrachten Gedenktafeln einer eingehenden Betrachtung zu unterziehen. Mit Walter Annenberg beginnend und die Geschichte sozusagen rückwärts verfolgend, war er gerade bei Joseph Kennedy angelangt, als die Türen der Bibliothek aufschwangen wie die einer Bank. Das spröde Mädchen hinter einem Schild mit der Aufschrift »Auskunft« zeigte sich zunächst in Sachen Harvey Metcalfe ziemlich abweisend.

»Wozu brauchen Sie diese Information?«, fragte sie schroff.

Das brachte Stephen für einen Augenblick aus der Fassung, aber er fing sich schnell. »Ich bin ehemaliger Harvardstudent und kehre demnächst als Professor dorthin zurück. Deshalb fühle ich mich verpflichtet, etwas mehr über seine Beziehungen zu dieser Universität zu wissen. Momentan bin ich Gastdozent in Oxford.«

Stephens Antwort setzte das Mädchen in Aktion, und innerhalb weniger Minuten kam sie mit einer Akte über Harvey Metcalfe zurück. Diese war zwar bei Weitem nicht so pikant wie jene der »New York Times«, aber sie enthielt zumindest die Ziffern der Beträge, die Harvey Metcalfe für Wohltätigkeitszwecke gestiftet hatte, und genaue Details über seine Zuwendungen an die Demokratische Partei. Die wenigsten Leute lassen sich freiwillig dazu herbei, die exakte Höhe der Summen preiszugeben, mit denen sie politische Parteien unterstützen. Aber Harvey wusste nur vom Licht – vom Scheffel schien er nie etwas gehört zu haben.

Nachdem er seine Nachforschungen in der Botschaft beendet hatte, nahm Stephen ein Taxi zur Geschäftsstelle der Cunard Line am St. James Square und ging von dort zum Claridge in der Brook Street, wo er ein paar Minuten mit dem Hoteldirektor plauderte. Ein Telefongespräch nach Monte Carlo schloss seine Untersuchungen ab. Mit dem 17.15-Uhr-Zug kehrte er nach Oxford zurück.

Stephen begab sich umgehend in seine Collegewohnung in dem angenehmen Gefühl, nunmehr so viel über Harvey Metcalfe zu wissen, wie es für einen normalen Sterblichen überhaupt nur möglich war – also vielleicht nicht ganz so viel wie Arlene oder Kriminalinspektor Smith vom Betrugsdezernat. Wieder blieb er bis tief in die Nacht hinein auf, um sein Dossier zu vervollständigen, das nunmehr über vierzig Schreibmaschinenseiten umfasste.

Als das Dossier endlich fertiggestellt war, legte er sich zu Bett und fiel sofort in tiefen Schlaf. Am nächsten Morgen erhob er sich abermals früh, ging aber diesmal über den Cloisters-Innenhof zum Senior Common Room, wo er ein reichliches Frühstück mit Eiern, Schinken, Kaffee und Toast zu sich nahm. Danach begab er sich mit seinem Dossier zur Quästur, wo er vier Fotokopien von jeder Unterlage anfertigte, sodass er schließlich alles in allem fünf Dossiers beisammenhatte. Anschließend schlenderte er über die Magdalen Bridge, bewunderte dabei wie stets die gepflegten Blumenbeete des Botanischen Gartens der Universität und stattete Maxwells Buchhandlung auf der anderen Seite der Brücke einen kurzen Besuch ab.

Mit fünf schmucken verschiedenfarbigen Aktenhüllen kehrte er in seine Wohnung zurück, heftete die Dossiers in den einzelnen Hüllen ab und legte sie in eine Schublade seines Schreibtisches, die er verschloss. Er besaß den für einen Mathematiker erforderlichen klaren und methodischen Verstand, eine Art von Intelligenz, mit der es Harvey Metcalfe bisher noch nie in seinem Leben zu tun gehabt hatte.

Stephen sah nun die Aufzeichnungen durch, die er sich nach dem Besuch von Kriminalinspektor Smith gemacht hatte, rief die Auskunft an und bat um die Londoner Adressen und Telefonnummern von Dr. Adrian Tryner, Jean-Pierre Lamanns und Lord Brigsley. Die Auskunft wollte ihm nicht mehr als zwei Nummern auf einmal nennen. Stephen fragte sich, wie und ob die Post auf diese Weise überhaupt jemals auf ihre Kosten kam. In den Staaten würde ihm die Bell Telephone Company mit Vergnügen ein Dutzend Telefonnummern gegeben und abschließend immer noch: »Aber bitte, Sir, wir haben zu danken«, gesagt haben. Die beiden Adressen und Telefonnummern, die Stephen schließlich dem widerspenstigen Fräulein vom Amt entlocken konnte, waren die von Dr. Adrian Tryner, 122 Harley Street, London W 1, und die von Jean-Pierre Lamanns, Lamanns-Galerie, 40 New Bond Street, London W 1. Stephen wählte die Auskunft ein zweites Mal und fragte nach Telefonnummer und Adresse von Lord Brigsley.

»Niemand unter Brigsley in Zentral-London vermerkt«, beschied das Fräulein vom Amt. »Vielleicht hat er eine Geheimnummer. Das heißt, wenn er wirklich ein Lord ist«, fügte sie schnippisch hinzu.

Stephen verließ sein Arbeitszimmer und begab sich in den Professoren-Aufenthaltsraum, wo er die neueste Ausgabe von »Who's Who« durchblätterte und den edlen Lord auch fand:

»BRIGSLEY, Viscount; James Clarence Spencer; geb. 11.10.1942;
Farmer; Sohn und Titelerbe des 5. Earl of Louth;
Grafenkrone seit 1764, s. u. Louth.
Bildungsweg: Harrow; Christ Church College, Oxford (B.A.).
Präsident der Schauspielgesellschaft der Universität Oxford.
Leutnant im Grenadiergarderegiment 1966–1968.
Sportarten: Polo (kein Wasserpolo), Jagd.
Adresse: Tathwell Hall, Louth, Lincolnshire.
Clubs: Garrick, Guards.«

Stephen ging hinüber ins Christ Church College und fragte die Sekretärin im Büro des Schatzmeisters, ob sie in ihrem Verzeichnis eine Londoner Adresse von James Brigsley, immatrikuliert 1963, habe. Prompt erhielt er das Gesuchte: 119 King's Road, London SW 3. Allmählich begann sich Stephen für die Herausforderung, die die Person Harvey Metcalfes für ihn darstellte, regelrecht zu erwärmen. Er verließ das Christ Church College durch den Peckwater Quad und gelangte durch das Canterbury-Gate hinaus in die High Street, die er hinunterschlenderte zurück zum Magdalen College, Hände in den Hosentaschen, im Geist einen kurzen Brief verfassend. Wie er sehen konnte, waren Oxfords nächtliche Sloganschreiber wieder einmal an einer Collegemauer am Werk gewesen. »Dekane sind doof«, behauptete eine sauber gemalte Inschrift. Stephen, Junior-Dekan wider Willen von Magdalen College und verantwortlich für die Disziplin der Studenten der unteren Semester, musste lächeln. Als er wieder an seinem Schreibtisch saß, schrieb er nieder, was er im Geist bereits aufgesetzt hatte.

»Magdalen College
Oxford,
den 15. April

Sehr geehrter Herr Dr. Tryner,
ich beabsichtige, am nächsten Donnerstagabend in meiner Wohnung eine kleine Dinnerparty für ein paar auserlesene Gäste zu geben. Ich würde mich sehr freuen, wenn Sie die Zeit erübrigen könnten, daran teilzunehmen, und ich glaube, dass Sie Ihr Kommen nicht bereuen werden.

Hochachtungsvoll
Abendanzug
19.30 für 20.00 Uhr
Stephen Bradley«

Stephen spannte einen neuen Briefumschlag in seine Schreibmaschine ein und adressierte Briefe mit gleichem Wortlaut an Jean-Pierre Lamanns und Lord Brigsley. Dann überlegte er kurz und hob den Hörer des Haustelefons ab.

»Harry am Apparat?«, fragte er den Chefpedell. »Sollte jemand die Portiersloge anrufen und fragen, ob das College ein Mitglied namens Stephen Bradley hat, sagen Sie doch bitte: ›Ja, Sir, ein neuer Mathematikdozent, schon sehr bekannt für seine Dinnerpartys.‹ Verstehen Sie?«

»Ja, Sir«, sagte der Chefpedell. Er hatte die Amerikaner nie verstanden, und Dr. Bradley machte da keine Ausnahme.

Wie Stephen vorausgesehen hatte, riefen alle drei Herren an und erkundigten sich. Er selbst würde das Gleiche getan haben. Harry vergaß sein Sprüchlein nicht und trug es den – leicht verblüfften – Anrufern jedes Mal brav vor.

Alle drei nahmen die Einladung an. James Brigsleys Antwort kam als Letzte, am Montag. Das Wappen auf seinem Briefpapier trug die vielversprechende Devise: *ex nihilo omnia* (Alles aus Nichts).

Der Butler des Senior Common Room und der Küchenchef des Colleges wurden konsultiert, und ein Menü wurde zusammengestellt, dazu angetan, die Zungen der hartnäckigsten Schweiger zu lösen.

Coquilles St. Jacques Pouilly Fuissé 1969
Carrée d'agneau en croûte Feux St. Jean 1970
Casserôle d'artichauts et champignons
Pommes de terre boulangère
Griestorte mit Himbeeren Barsac Ch. d'Yquem 1927
Camembert frappé Port Taylor 1947
Café

Alles war nun vorbereitet, und Stephen konnte nichts weiter tun, als der festgesetzten Stunde gefasst entgegenzusehen.

Auf die Minute pünktlich um 19.30 Uhr am Donnerstag kam Jean-Pierre. Stephen bewunderte das elegante Dinnerjackett und die lässig gebundene Fliege, die sein Gast trug, während er an seinem kleinen, mit einer Klammer befestigten Konfektionsbinder herumfingerte, überrascht, dass Jean-Pierre Lamanns mit all seinem offenkundigen Savoir-faire ein Opfer der Prospecta Oil hatte werden können. Stephen stürzte sich in einen Monolog über die Bedeutung des gleichschenkligen Dreiecks in der modernen Kunst – nicht gerade ein Thema, über das er normalerweise ununterbrochen fünf Minuten lang freiwillig gesprochen haben würde. Aber von den mit Sicherheit zu erwartenden Fragen Jean-Pierre Lamanns' blieb er gottlob durch die Ankunft von Dr. Adrian Tryner verschont. Dieser hatte in den letzten Tagen ein paar Pfund abgenommen. Stephen erkannte sofort, weshalb seine Praxis in der Harley Street so gut ging: Er war, um mit H. H. Monroe zu sprechen, ein Mann, dessen Aussehen Frauen in die Lage versetzte, über jegliche anderen Unzulänglichkeiten hinwegzusehen. Adrian maß seinen ungelenken Gastgeber mit prüfendem Blick und überlegte sich, ob er es wagen könne, sogleich mit der Frage, ob sie sich jemals begegnet seien, herauszurücken. Nein, lieber noch etwas warten – vielleicht würde sich des Rätsels Lösung beim Abendessen ergeben.

Stephen stellte ihn Jean-Pierre vor, und die beiden unterhielten sich, während ihr Gastgeber den Abendbrottisch noch einmal einer kritischen Prüfung unterzog. Wieder öffnete sich die Tür, und eine Spur respektvoller als zuvor kündigte der Pedell »Lord Brigsley« an. Stephen begrüßte ihn, plötzlich unsicher, ob er sich lediglich verbeugen oder ihm die Hand geben sollte. Obgleich James keinen der Anwesenden kannte – eine seltsame Versammlung, dachte er –, zeigte er keine Spur von Befangenheit und beteiligte sich ohne Umschweife am Gespräch.

Selbst Stephen war platt über James' ungezwungenes Konversationstalent, aber er konnte nicht umhin, sich dessen akademische Leistungen im Christ Church College ins Gedächtnis zurückzurufen und sich im Hinblick darauf zu fragen, ob die Mitwirkung des edlen Lords wohl ein Plus für seine Pläne sein würde.

Das Menü übte den beabsichtigten Zauber aus. Kein Gast hätte auch nur im Entferntesten daran denken können, seinen Gastgeber zu fragen, warum das Abendessen überhaupt stattfände, wenn solch delikat mit Knoblauch gewürztes Lamm, solch zartes Mandelgebäck aufgetragen wurde.

Als die Bediensteten schließlich abgeräumt hatten und der Portwein zum zweiten Mal herumgereicht wurde, konnte Adrian nicht mehr länger an sich halten. »Gestatten Sie mir die unhöfliche Frage, Dr. Bradley …«

»O bitte, nennen Sie mich Stephen.«

»Stephen – was um alles in der Welt ist der Zweck dieser exklusiven Versammlung?«

Sechs Augen waren mit der gleichen bohrenden Frage auf ihn gerichtet.

Stephen erhob sich und musterte seine Gäste. Er begann mit einer Berichterstattung sämtlicher Ereignisse, die sich in den letzten paar Wochen zugetragen hatten. Er erzählte ihnen von seinem Zusammentreffen mit David Kesler, seiner Anlage bei der Prospecta Oil und von dem Besuch des Betrugsdezernats und schloss seine sorgfältig vorbereitete Rede mit den Worten: »Gentlemen, die Wahrheit ist ganz einfach die, dass wir alle vier in der gleichen Patsche sitzen.«

Jean-Pierres Reaktion kam noch, bevor Stephen zu Ende gesprochen hatte: »Mich dürfen Sie nicht mitzählen. Ich würde mich niemals in eine solch alberne Sache wie diese hineinziehen lassen. Ich bin ein bescheidener Kunsthändler, kein Spekulant.«

Adrian Tryner antwortete ebenfalls wie aus der Pistole geschossen: »Noch nie etwas so Absurdes gehört! Mit mir haben Sie den falschen Mann erwischt. Ich bin ein Harley-Street-Arzt, von Öl habe ich keine Ahnung.«

Stephen begriff nun, weshalb die Leute vom Betrugsdezernat Schwierigkeiten mit den beiden gehabt hatten und warum sie für seine kooperative Haltung so dankbar gewesen waren. Aller

Augen fixierten nun Lord Brigsley, der aufblickte und ganz ruhig sagte: »Völlig richtig bis ins kleinste Detail, Mr Bradley, und ich stecke noch tiefer im Sumpf als Sie. Ich habe für den Kauf der Aktien 1500000 Pfund auf meine kleine Farm in Hampshire aufgenommen, und ich glaube kaum, dass es lange dauern wird, bis die Bank darauf drängt, dass ich sie verkaufe. Und wenn sie das tut und mein lieber alter Herr, der fünfte Earl, davon erfährt, ist es entweder mit mir aus oder ich bin mit einem Schlag der sechste Earl.«

»Ich danke Ihnen«, sagte Stephen. Während er sich wieder hinsetzte, richtete er seinen Blick mit fragend hochgezogenen Augenbrauen auf Adrian.

»Ja, zum Donnerwetter«, maulte dieser, »Sie haben völlig recht, ich bin in die Sache hineinverwickelt. David Kesler kam als Patient zu mir, und in einem unüberlegten Augenblick habe ich mit Hilfe eines Kredits auf meine Wertpapiere 100000 Pfund in die Prospecta Oil investiert. Gott allein weiß, was mich dazu veranlasst hat. Da die Aktien jetzt nur noch 50 Cents wert sind, will niemand sie kaufen. Außerdem habe ich mein Bankkonto überzogen, und die Bank macht mir deshalb schon Theater. Abgesehen davon, dass eine erhebliche Hypothek auf meinem Landhaus in Berkshire lastet, bezahle ich eine hohe Miete für meine Praxis in der Harley Street, ich habe eine Frau mit einem kostspieligen Geschmack und zwei Söhne im besten privaten Grundschulinternat von England. Ich habe kaum ein Auge zugetan, seit Kriminalinspektor Smith mich vor zwei Wochen aufgesucht hat.« Er blickte hoch. Aus seinem Gesicht war alle Farbe gewichen, und die selbstsichere Harley-Street-Verbindlichkeit war verschwunden. Langsam wandten sich die Anwesenden Jean-Pierre zu.

»Ja, ja«, gestand dieser, »Sie haben recht, ich auch. Ich war in Paris, als diese verdammte Sache zusammenbrach, und bin deswegen auf den nutzlosen Aktien sitzen geblieben. 80 000 Pfund habe ich auf meine Galeriebestände aufgenommen – Bestände, die sich wegen des Preisverfalls auf dem Kunstmarkt im Augenblick nicht veräußern lassen. Die Bank will, dass ich den Verkauf meiner Galerie ins Auge fasse. Und was noch schlimmer ist – ich habe auch einigen meiner Freunde geraten, in die verdammte Gesellschaft zu investieren.«

Schweigen senkte sich über den Raum. Es war Jean-Pierre, der es schließlich brach: »Was schlagen Sie also vor, Professor?«, fragte er sarkastisch. »Etwa ein alljährliches Dinner abzuhalten zur Feier unseres sagenhaften Reinfalls?«

»Das war keineswegs mein Plan.« Im Bewusstsein, dass sein Vorschlag einen Sturm entfesseln würde, erhob sich Stephen wieder und sagte ruhig und nachdrücklich: »Wir sind von einem äußerst cleveren Mann, einem Experten im Aktienbetrug, um unser Geld gebracht worden. Von Börsendingen und Aktiengeschäften verstehen wir nichts, aber wir alle sind Experten auf unserem jeweiligen Fachgebiet. Daher schlage ich vor, Gentlemen, dass wir uns unser Geld zurückholen: keinen Penny mehr, keinen Penny weniger.«

Nach einem Augenblick des Schweigens brach der Tumult los.

»Wie denn?! Einfach hingehen und es uns nehmen?«, fragte Adrian.

»Ihn entführen«, murmelte James versonnen.

»Warum bringen wir ihn nicht einfach um?«, meinte Jean-Pierre.

Einige Minuten vergingen. Stephen wartete, bis alle sich wieder beruhigt hatten und völliges Schweigen herrschte. Dann verteilte er die vier Dossiers mit der Aufschrift »Harvey Metcalfe« und dem Namen jedes Einzelnen darunter: das grüne Dossier für Adrian, das blaue für James und das gelbe für Jean-Pierre. Das rote Original behielt Stephen für sich selbst. Die anderen zeigten sich zutiefst beeindruckt. Es war klar, dass Stephen Bradley hart gearbeitet hatte, während sie die Hände in hilfloser Verzweiflung gerungen hatten.

Stephen fuhr fort: »Bitte lesen Sie alle das Dossier sorgfältig durch. Es enthält sämtliche Einzelheiten, die über Harvey Metcalfe bekannt sind. Jeder von Ihnen wird sein Dossier mit nach Hause nehmen, die Informationen studieren und sich einen Plan ausdenken, wie wir gemeinsam die 1 000 000 Dollar aus ihm herausholen können, bevor er sichs versieht. Jeder kann die Mitwirkung der drei anderen in seinen Plan miteinbeziehen. Wir werden in vierzehn Tagen wieder hier zusammenkommen und unsere jeweiligen Pläne einander vortragen. Jedes Mitglied unseres Teams wird 10 000 Dollar als Betriebskapital in die gemeinsame Kasse einlegen, und ich als Mathematiker werde das laufende Konto führen. Sämtliche im Zuge der Wiedererlangung unseres Geldes anfallenden Kosten werden zusätzlich zu Lasten Harvey Metcalfes gehen, angefangen mit Ihrer Fahrt heute Abend und unserem Abendessen.«

Jean-Pierre und Adrian protestierten. Wieder war es James, der den Unstimmigkeiten ein Ende bereitete, indem er schlicht und einfach sagte: »Ich bin einverstanden. Was haben wir denn schon zu verlieren, wenn die Sache schiefgeht? Als Einzelner hat keiner von uns eine Chance – zusammen könnten wir den Schurken vielleicht schlagen.«

Adrian und Jean-Pierre sahen einander an, zuckten die Achseln und nickten.

Die vier steckten die Köpfe zusammen und diskutierten des Langen und des Breiten über das Material, das Stephen in den letzten Tagen gesammelt hatte. Sie verließen das College kurz vor Mitternacht, nachdem sie übereingekommen waren, dass jeder innerhalb von vierzehn Tagen einen Plan ausarbeiten würde. Keiner von ihnen wusste, wohin all das führen und wie es enden würde, aber jeder war erleichtert bei dem Gedanken, nicht mehr allein dazustehen.

Stephen stellte fest, dass die erste Runde der Aktion »Team gegen Harvey Metcalfe« so gut verlaufen war, wie er es sich nur hatte wünschen können. Nun blieb bloß noch zu hoffen, dass seine Mitverschwörer sich auch wirklich an die Arbeit machen würden. Er setzte sich in seinen Sessel, zündete sich eine Zigarette an und begann nachzudenken.

6

Adrian holte seinen in der High Street abgestellten Wagen – nicht zum ersten Mal in seinem Leben hatte er es seinem »Arzt im Dienst«-Schild zu verdanken, dass er es mit dem Parken nicht allzu genau nehmen musste – und fuhr dann zurück zu seinem Haus in Berkshire. Ohne jeden Zweifel: Stephen Bradley hatte großen Eindruck auf ihn gemacht, und er war fest entschlossen, sich einen Plan auszudenken, der es ihm ermöglichte, seiner Aufgabe vollauf gerecht zu werden.

Er verweilte in Gedanken längere Zeit bei der angenehmen Vorstellung, das Geld, das er so unbesonnen der Prospecta Oil und Harvey Metcalfe anvertraut hatte, wieder in seinen Besitz zu bringen. Der Versuch schien der Mühe wert: Schließlich war es gleichgültig, ob er nun wegen versuchten Raubes oder wegen Bankrotts aus dem Ärzteregister gestrichen werden würde. Er kurbelte das Wagenfenster etwas herunter, um die letzten genüsslichen Nachwirkungen des Rotweins zu vertreiben, und dachte nach.

Die Fahrt von Oxford zu seinem Landhaus verging sehr schnell. Seine Gedanken waren so sehr anderweitig beschäftigt, dass er sich, als er zu Hause bei seiner Frau angekommen war, an größere Abschnitte der Strecke überhaupt nicht mehr erinnern konnte. Außer seinem angeborenen Charme hatte er nur eine Trumpfkarte in der Hand, und er konnte nur hoffen, recht zu behalten mit der Annahme, dass diese Karte seine Stärke und Harvey Metcalfes Schwäche ausmachte. Er fing an, eine Stelle aus Stephens Dossier, Seite 16, laut zu zitieren: »Eine von Harvey Metcalfes immer wiederkehrenden Befürchtungen ist …«

»Was hast du da gesagt, Liebling?«

Die Stimme seiner Frau brachte Adrian rasch zur Besinnung, und er verschloss die Aktentasche, die das grüne Metcalfe-Dossier enthielt.

»Bist du noch wach, Mary?«

»Na, ich rede doch nicht im Schlaf, Lieber!«

Adrian ordnete eiligst seine Gedanken. Er hatte noch nicht den Mut aufgebracht, Mary seine idiotische Investition zu beichten, wohl aber hatte er ihr von der Dinnereinladung nach Oxford erzählt, nicht ahnend, dass diese etwas mit der Prospecta Oil zu tun haben könnte.

»Es war ein Scherz, Liebling. Ein alter Freund von mir aus meiner Cambridgezeit ist Dozent in Oxford geworden – da hat er ein paar Leute von seinem Jahrgang antanzen lassen, und wir hatten einen sehr vergnüglichen Abend. Jim und Fred von meinem alten College waren auch dabei – aber ich glaube nicht, dass du dich an sie erinnern wirst.«

Ein bisschen dünn, dachte Adrian, aber mehr konnte er beim besten Willen um ein Uhr morgens nicht aus sich herausholen.

»War es nicht etwa ein hübsches Mädchen?«

»Ich fürchte, Jim und Fred können kaum als hübsch gelten, noch nicht einmal in den Augen ihrer Ehehälften.«

»Sprich nicht so laut, Adrian! Du weckst die Kinder.«

»In vierzehn Tagen fahre ich wieder hin, um …«

»Ach, komm jetzt ins Bett, das kannst du mir alles beim Frühstück erzählen.«

Adrian war erleichtert, bis zum Morgen in Ruhe gelassen zu werden. Er schlüpfte unter die Decke neben seine angenehm nach teurem Parfüm duftende, in Seide gehüllte Frau und ließ seine Finger hoffnungsvoll ihre Wirbelsäule entlanggleiten.

»Du kannst von Glück sagen, dass es schon so spät ist«, murmelte sie.

Sie schliefen beide ein.

Jean-Pierre hatte ein Zimmer im Eastgate Hotel in der High Street bestellt. Am nächsten Tag fand eine Ausstellung von Studenten der ersten Semester in der Christ-Church-Kunstgalerie statt, und er hoffte, bei dieser Gelegenheit ein neues junges Talent zu finden, das er für die Lamanns-Galerie unter Vertrag nehmen könnte. Die in seiner Nachbarschaft liegende Marlborough-Galerie in der Bond Street hatte der Londoner Kunstwelt bewiesen, wie schlau es sei, Bilder junger Künstler aufzukaufen und auf diese Weise stets im Zusammenhang mit ihren Karrieren genannt zu werden. Aber im Augenblick konzentrierten sich Jean-Pierres Gedanken weniger auf die Zukunft seiner Galerie: Vielmehr ging es um ihr Überleben, das gefährdet war, und der besonnene amerikanische Dozent von Magdalen College hatte ihm mit seinem Vorschlag eine Chance geboten, diese Gefahr abzuwenden. Er machte es sich – ungeachtet der späten Stunde – in seinem Hotelzimmer bequem, um das Dossier durchzulesen und zu ergründen, wie und wo er seinen Platz in diesem Puzzle finden könnte. Auf keinen Fall wollte er sich von zwei Engländern und einem Yankee schlagen lassen. Die Division seines französischen Vaters war 1918 bei Rochefort von den Engländern entsetzt und sein Vater selbst 1945 von den Amerikanern aus einem Gefangenenlager bei Frankfurt befreit worden. Jean-Pierre musste unter allen Umständen sein Teil zu diesem Unternehmen beitragen. Er las in dem gelben Dossier bis spät in die Nacht hinein; der Keim eines Plans begann sich in seinen Gedanken zu entwickeln.

James hatte den letzten Zug zurück nach London gerade noch erwischt und suchte ein leeres Abteil, wo er in Ruhe sein blaues Dossier studieren konnte. Er war zutiefst beunruhigt: Mit Sicherheit würde jeder der drei anderen mit einem brillanten Plan aufwarten können, während er – wie ihm das immer im Leben passiert war – sich als Blindgänger erweisen würde. Er hatte nie zuvor derart unter Druck gestanden – alles war ihm praktisch in den Schoß gefallen. Ein narrensicheres Projekt, wie man Harvey Metcalfe um einen Teil seines Gewinnüberschusses erleichtern könne, würde ihm kaum so ohne Weiteres einfallen. Immerhin zwang ihn die entsetzliche Vorstellung, sein Vater könne herausbekommen, dass die Farm in Hampshire bis unters Dach mit einer Hypothek belastet war, seine Gedanken fest auf die vor ihm liegende Aufgabe zu richten. Vierzehn Tage – das war eine verdammt kurze Frist: Wo in aller Welt sollte er anfangen? Er war kein berufserfahrener Mann wie die anderen drei und konnte mit keinerlei Fachkenntnissen aufwarten. Blieb nur zu hoffen, dass seine Bühnenerfahrung ihm irgendwie von Nutzen sein würde.

Er traf auf den Schaffner, der kaum überrascht war, James im Besitz einer Fahrkarte erster Klasse vorzufinden. Die Suche nach einem leeren Abteil endete ergebnislos.

Nun gut – wenn schon kein solches zu finden war, so bestand in James' Augen die zweitbeste Lösung stets in einem Abteil mit einem hübschen Mädchen darin – und dieses Mal hatte er Glück.

In einem der Abteile saß ein wahrhaft phänomenales Wesen, das ganz danach aussah, als ob es allein reiste. Außer ihm befand sich nur noch eine Dame mittleren Alters in dem Abteil, die in der »Vogue« las und allem Anschein nach ihre Reisegefährtin nicht kannte. James ließ sich in einer Ecke mit dem Rücken zur Fahrtrichtung nieder; er sah ein, dass er das Metcalfe-Dossier während dieser Fahrt nicht würde studieren können. Sie hatten alle absolute Verschwiegenheit gelobt, und Stephen hatte sie davor gewarnt, die Unterlagen in Gegenwart anderer zu lesen. James fürchtete, dass es von den vieren für ihn am schwierigsten sein würde, darüber zu schweigen: Er war ein geselliger Mensch und fand Geheimnisse reichlich lästig. Zögernd befühlte er seine Manteltasche, die das Dossier in dem von Stephen Bradley mitgelieferten Umschlag enthielt. Wie tüchtig dieser Mann doch war, dachte James. Und obendrein auch noch geradezu furchterregend intelligent. Ohne Zweifel würde der beim nächsten Treffen ein ganzes Dutzend cleverer Pläne parat haben. James runzelte die Stirn und starrte aus dem Fenster, in der Hoffnung, ein glücklicher Zufall würde ihm eine Eingebung bescheren. Stattdessen erwischte er sich dabei, wie er sich eingehend mit dem Spiegelbild seines schönen Gegenübers befasste.

Sie hatte schimmernd dunkelbraunes Haar, eine schmale gerade Nase, und ihre langen Wimpern ruhten sittsam auf ihren Wangen, während sie in dem Buch auf ihrem Schoß las. James überlegte, ob sie sich seiner Gegenwart so wenig bewusst war, wie sie sich den Anschein gab, und gelangte widerwillig zu dem – falschen – Schluss, dass dies tatsächlich der Fall sei. Seine Augen glitten abwärts zu der sanften Rundung ihres Busens, der sich unter dem Angorapullover abzeichnete. Er reckte seines Hals etwas, um die Beschaffenheit der Beine des Spiegelbildes begutachten zu können. Verdammt, sie trug Stiefel. Sein Blick wanderte zurück zu ihrem Gesicht: Ihre Augen waren nun leicht amüsiert auf ihn gerichtet. Verlegen wandte er seine Aufmerksamkeit der dritten Person im Abteil zu, der inoffiziellen Anstandsdame, in deren Gegenwart James nicht den Mut aufbrachte, das Mädchen in ein Gespräch zu ziehen.

Plötzlich kam ihm zum Bewusstsein, dass das Fotomodell auf der Titelseite der »Vogue«, in der die Dame las, das genaue Ebenbild seines Gegenübers war. Zunächst wagte er seinen Augen kaum zu trauen; aber ein rascher Vergleich mit dem lebenden Original beseitigte alle Zweifel. Sobald »Vogue« zugunsten von »Queen« beiseitegelegt worden war, beugte sich James vor und fragte die Anstandsdame, ob er sich die Zeitschrift anschauen dürfe.

»Ich habe meine Aktentasche versehentlich im Bahnhof liegen lassen«, sagte er und ärgerte sich sogleich über diese primitive Ausrede. »Und nun würde ich mir ganz gern etwas die Zeit vertreiben.«

Er blätterte um zur zweiten Seite – »Titelbild: Versuchen Sie, sich in dieser Aufmachung zu sehen … schwarzes Seidengeorgettekleid mit Chiffonspitzen, Straußenfederboa, zum Kleid passender Turban mit Blume. Modell: Zandra Rhodes. Annes Frisur: Jason von Vidal Sassoon. Foto: Lichfield. Kamera: Hasselblad.«

Es gelang James beim besten Willen nicht, sich in dieser Aufmachung zu sehen. Aber wenigstens kannte er jetzt den Namen der Schönheit: Anne. Als das lebende Original wieder einmal aufblickte, gab er ihm durch Zeichensprache zu verstehen, dass er das Foto gesehen hätte. Sie schenkte James ein kurzes Lächeln und widmete sich erneut der »Akte Odessa«.

In Reading stieg die Dame mittleren Alters aus und nahm die »Vogue« mit. Könnte gar nicht besser laufen, dachte James versonnen. Anne sah leicht verwirrt hoch und lächelte die wenigen auf dem Gang Vorübergehenden, die nach einem freien Platz Ausschau hielten, hoffnungsvoll an, während James ihnen böse Blicke zuwarf. Niemand betrat das Abteil – James hatte die erste Runde gewonnen. Als die Fahrtgeschwindigkeit zunahm, probierte er einen Eröffnungszug, der – gemessen an seinen üblichen Ouvertüren – gar nicht so schlecht war.

»Fantastisches Titelfoto, das mein alter Freund Patrick Lichfield da für ›Vogue‹ gemacht hat.«

Anne Summerton blickte auf. Sie war noch schöner als das Bild, auf das James angespielt hatte. Ihr dunkles, im neuesten Vidal-Sassoon-Stil geschnittenes Haar, ihre großen haselnussbraunen Augen und ihre klare Haut verliehen ihr ein liebenswürdig vornehmes Aussehen, das James einfach unwiderstehlich fand. Sie hatte den schlanken, grazilen Körper, den alle Topmodelle haben müssen, wenn sie erfolgreich sein wollen; Anne verfügte jedoch über eine persönliche Ausstrahlung, die die meisten von ihnen niemals besitzen würden. James war überwältigt und wünschte, sie würde etwas sagen.

Natürlich hatte sich Anne daran gewöhnt, dass Männer versuchten, ihr Avancen zu machen; aber sie war doch etwas verblüfft über die Erwähnung Lord Lichfields. Falls die beiden tatsächlich befreundet waren, wäre es etwas unpassend, wenn sie sich nicht zumindest höflich zeigte. Auf den zweiten Blick fand sie James' Schüchternheit recht charmant. Er hatte diesen Annäherungsversuch durch Selbstherabsetzung schon zahllose Male mit großem Erfolg praktiziert, aber dieses Mal war er absolut ehrlich. Er versuchte es noch einmal.

»Es ist bestimmt ein höllisch anstrengender Beruf, Modell zu sein.«

Was für eine saudumme Bemerkung, dachte er. Warum konnte er nicht frei heraus zu ihr sagen: »Ich finde Sie einfach fantastisch! Vielleicht könnten wir uns ein wenig unterhalten, und wenn ich Sie dann immer noch fantastisch finde, wäre das doch vielleicht ein Ausgangspunkt für uns beide.« Aber das ging nun einmal nicht, und so würde er wieder nach seiner üblichen Routine verfahren müssen.

»Ach, wenn man gute Verträge bekommt, macht es eigentlich Spaß«, erwiderte sie. »Der heutige Tag war allerdings besonders strapaziös.« Sie hatte eine sanfte Stimme, und ihr leicht amerikanischer Akzent wirkte anziehend auf James. »Ich habe mich den ganzen Tag fast um meinen Verstand gelächelt bei Nahaufnahmen für eine Zahnpastareklame: Der Fotograf war nie zufrieden. Das einzige Gute daran war, dass wir früher Schluss machen konnten als erwartet. Woher kennen Sie Patrick?«

»Wir waren beide Füchse in unserem ersten Schuljahr in Harrow. Aber er war erfolgreicher als ich, wenn es darum ging, sich vor der Arbeit zu drücken.«

Anne lachte – ein freundliches, warmes Lachen. Jetzt war sie sicher, dass er Lord Lichfield kannte.

»Sehen Sie sich oft?«

»Gelegentlich, bei Dinnerpartys, aber nicht regelmäßig. Arbeitet er häufig mit Ihnen zusammen?«

»Nein«, sagte Anne, »das Titelbild für »Vogue« war unsere erste gemeinsame Arbeit.«

Sie fuhren fort zu plaudern, und die fünfunddreißig Minuten von Reading bis London vergingen für James wie im Flug. Als sie den Bahnsteig im Bahnhof Paddington entlangliefen, riskierte er die Frage: »Kann ich Sie nach Hause fahren? Mein Wagen steht in der Craven Street.«

Anne nahm das Angebot dankbar an, erleichtert, zu so später Stunde nicht noch ein Taxi suchen zu müssen.

James brachte sie in seinem Alfa Romeo nach Hause. Er war sich darüber im Klaren, dass er ihn sich bei den ständig steigenden Benzinpreisen und seiner zunehmend schlechteren Finanzlage nicht mehr lange würde leisten können. Während der ganzen Fahrt zu ihrem Apartment in einem Wohnblock in der Cheyne Row mit Blick über die Themse plauderte er fröhlich und pausenlos dahin und setzte Anne – zu ihrer großen Überraschung – mit einem freundlichen »Gute Nacht« einfach vor der Haustür ab. Er fragte sie noch nicht einmal nach ihrer Telefonnummer; dabei kannte er nur ihren Vornamen. Und auch sie hatte keine Ahnung, wie er hieß. Schade, dachte sie; er war eine recht erfreuliche Abwechslung gewesen, verglichen mit den Männern, die für die Reklamemedien arbeiteten und die meinten, sie hätten automatisch ein Recht auf die Willfährigkeit eines Mädchens, nur weil es in einem Büstenhalter Modell gestanden hatte.

James wusste ganz genau, was er tat. Er hatte die Erfahrung gemacht, dass ein Mädchen sich durch einen Anruf stets dann am meisten geschmeichelt fühlte, wenn sie ihn am wenigsten erwartet hatte. Seine Taktik bestand darin, den Eindruck zu hinterlassen, als würde man sich nie mehr wiedersehen – vor allem dann, wenn die erste Begegnung nett verlaufen war. Er kehrte in seine Wohnung in der King's Road zurück und dachte eine Weile nach. Aber im Gegensatz zu Stephen, Adrian und Jean-Pierre kam ihm keine zündende Idee, die er innerhalb von nur dreizehn Tagen zu einem Plan hätte ausarbeiten können, um Harvey Metcalfe hereinzulegen: Das Objekt seiner Pläne war Anne.

Gleich nach dem Aufstehen am nächsten Morgen machte Stephen sich daran, noch ein bisschen weiter zu recherchieren. Er begann, genaue Nachforschungen über die Art, wie die Universität verwaltet wurde, anzustellen. Außerdem stattete er den Amtsräumen des Vizekanzlers im Clarendon Building einen Besuch ab und verwendete einige Zeit darauf, Miss Smallwood, der Privatsekretärin des Vizekanzlers, eine ganze Reihe seltsamer Fragen zu stellen. Sie war äußerst verblüfft. Dann ging er zum Büro des Universitätsregistrars, der das höchste Amt in der Verwaltung bekleidete, wo er sich ebenso wissbegierig zeigte. Er beschloss den Tag mit einem Besuch der Bodleian-Bibliothek, wo er einige der Universitätsstatuten abschrieb. Während der nächsten zwei Wochen unternahm er weitere Ausflüge, darunter einen zu den Oxford-Herrenausstattern Shepherd & Woodward, und verbrachte einen ganzen Tag im Sheldonian Theatre als Zuschauer der kurzen Zeremonie anlässlich der Verleihung des Bachelor of Arts an eine Gruppe Studenten. Stephen machte sich auch mit der Anlage und Raumaufteilung des größten Hotels in Oxford, des Randolph, vertraut. Damit verbrachte er so viel Zeit, dass der Hoteldirektor neugierig wurde; Stephen verließ gerade noch rechtzeitig das Haus, bevor jener Verdacht schöpfen konnte. Abschließend ging er abermals ins Clarendon Building, um sich mit dem Sekretär der Universitätskasse zu treffen und sich vom Pedell durch das Gebäude führen zu lassen. Stephen kündigte ihm an, er habe vor, das Gebäude am Encaenia-Tag einem Amerikaner zu zeigen, ließ jedoch alles Weitere offen.

»Ja, aber das wird nicht leicht sein …«, hob der Pedell an – Stephen faltete sorgfältig und nachdrücklich eine Pfundnote und steckte sie ihm zu – »… obgleich ich sicher bin, dass wir irgendeinen Weg finden werden, Sir.«

Zwischen seinen Ausflügen kreuz und quer durch die Universitätsstadt verbrachte Stephen viel Zeit mit Nachdenken in seinem großen Ledersessel und noch mehr mit Schreiben an seinem Arbeitstisch. Am vierzehnten Tag war sein Plan fertig und konnte nun den drei anderen Mitverschworenen unterbreitet werden. Um mit Harvey Metcalfe zu sprechen: Stephen hatte die Show auf die Beine gestellt, und er war fest entschlossen, dafür zu sorgen, dass sie lange genug lief.

Adrian stand am Morgen nach dem Oxford-Dinner früh auf, um unangenehmen Fragen seiner Frau über seine Erlebnisse am Vorabend beim Frühstück zu entgehen. Sobald er sich davonmachen konnte, fuhr er nach London, wo er bei seiner Ankunft in der Harley Street von seiner tüchtigen Sekretärin und Empfangsdame, Miss Meikle, begrüßt wurde.

Elspeth Meikle war eine pflichtbewusste, herbe Schottin, die ihre Arbeit als Berufung empfand. Ihre Ergebenheit Adrian gegenüber – nicht, dass sie ihn jemals auch nur in Gedanken so genannt hätte – war offenkundig für jedermann.

»Innerhalb der nächsten vierzehn Tage wünsche ich so wenig Termine wie möglich, Miss Meikle.«

»Ich verstehe, Doktor.«

»Ich habe einige Forschungsarbeiten zu erledigen, und ich will nicht gestört werden, wenn ich allein in meinem Zimmer bin.«

Miss Meikle war etwas erstaunt. Zwar hatte sie keinen Moment daran gezweifelt, dass Dr. Tryner ein guter Arzt war, aber sie hatte es in der Vergangenheit noch nie erlebt, dass er sich Forschungsarbeiten hingab. Lautlos trottete sie auf ihren weiß beschuhten Füßen hinaus, um die Erste einer Schar beneidenswert gesunder Ladys für Dr. Tryners Sprechstunde hereinzulassen.

Adrian betrat sein Sprechzimmer. Er begann den Morgen damit, mehrere Telefonate zu führen, unter anderem zwei Überseegespräche mit dem Bostoner Krankenhaus und einige mit einem führenden Gastroenterologen, dessen Famulus er in Cambridge gewesen war. Dann drückte er auf den Summer, um Miss Meikle hereinzurufen.

»Gehen Sie doch bitte zu K. H. Lewis hinüber, Miss Meikle, und holen Sie mir zwei Bücher auf mein Kreditkonto. Ich möchte die neueste Ausgabe von Polson und Tattersalls ›Klinischer Toxikologie‹ und das Buch von Harding Rain über Unterleib und Blase.«

»Ja, Sir«, sagte sie, ohne mit der Wimper zu zucken, und fand nichts dabei, ihr Mittagssandwich auf später zu verschieben, um die Bücher rechtzeitig zu holen, damit Adrian sie bei seiner Rückkehr von seinem üblichen Club-Lunch vorfände.

Sie lagen auf seinem Schreibtisch, als er zurückkam, und er begann, sie sorgfältig zu studieren. Den nächsten Tag verbrachte er im St. Thomas Hospital; er hatte seine Morgensprechstunde ausfallen lassen und sah stattdessen zweien seiner Kollegen mit konzentrierter Aufmerksamkeit bei der Arbeit zu. Sein Vertrauen in den Plan, den zu entwerfen er begonnen hatte, wuchs. Er ging zur Harley Street zurück und machte sich, wie in seinen Studententagen, einige Notizen über die Techniken, die er beobachtet hatte. Dabei erinnerte er sich an Stephens Worte: »Denken Sie, wie Harvey Metcalfe denken würde. Denken Sie nicht wie ein umsichtiger Fachmann, sondern wie ein risikofreudiger Spekulant.«

Adrian lag schon beinah auf gleicher Wellenlänge wie Harvey Metcalfe – er würde es mit dem Amerikaner, dem Franzosen und dem Lord durchaus aufnehmen können, wenn er an der Reihe war, seinen Plan darzulegen.

Jean-Pierre kehrte am nächsten Tag aus Oxford zurück. Keiner der jungen Künstler hatte ihn besonders beeindruckt, obgleich seiner Ansicht nach Anthony Bambers Aquarelle recht vielversprechend aussahen; er nahm sich vor, dessen künftige Arbeiten im Auge zu behalten. Nach seiner Ankunft in London begann er – gleich Adrian und Stephen – mit seinen Nachforschungen. Der vage Einfall, der ihm im Eastgate Hotel gekommen war, nahm allmählich Form an. Mit Hilfe seiner zahlreichen Verbindungen auf dem Kunstmarkt überprüfte er sämtliche Käufe und Verkäufe impressionistischer Gemälde größerer Künstler während der letzten zwanzig Jahre und fertigte eine Liste der Gemälde an, von denen anzunehmen war, dass sie sich augenblicklich auf dem Markt befanden. Dann trat Jean-Pierre mit dem einzigen Menschen in Verbindung, in dessen Macht es lag, seinem Plan zur Umsetzung in die Tat zu verhelfen. Der Mann, dessen Hilfe er so nötig brauchte, David Stein, war glücklicherweise in England und willigte ein, ihn zu besuchen. Aber würde er sich auch bereitfinden, seinen Plan zu unterstützen?

Stein kam am späten Nachmittag des darauffolgenden Tages, und Jean-Pierre unterhielt sich mit ihm zwei Stunden lang unter vier Augen in seinem kleinen Büro im Keller der Galerie. Als der Besucher fortging, lächelte Jean-Pierre stillvergnügt in sich hinein. Ein letzter Nachmittag, an dem er die Deutsche Botschaft am Belgrave Square aufsuchte und anschließend ein Telefongespräch mit Dr. Wormit von der Stiftung Preußischer Kulturbesitz und ein weiteres mit Mme Tellegen-Hoogendoorm im Nederlandse Rijksbureau voor Kunsthistorische Documentatie in Den Haag führte, verschaffte ihm schließlich alle erforderlichen Informationen. Für dieses taktische Vorgehen hätte er selbst Metcalfes Bewunderung geerntet. Der Amerikaner und die Engländer würden sich sehr anstrengen müssen, wenn sie mit seinem Plan konkurrieren wollten.

Als James am Morgen aufwachte, lag ihm nichts ferner, als einen Plan zur Überlistung Harvey Metcalfes auszuarbeiten. Seine Gedanken waren vollauf mit Anne beschäftigt. Er rief Patrick Lichfield in seiner Wohnung an.

»Patrick?«

»Ja.«

»Hier James Brigsley.«

»Hallo, James! Hab' dich schon länger nicht mehr gesehen. Wie kommst du dazu, mich zu dieser grässlichen Zeit zu wecken?«

»Aber Patrick, es ist doch zehn Uhr.«

»Tatsächlich? Ich hatte gestern einen wahnsinnig turbulenten Tag bis tief in die Nacht hinein. Was kann ich für dich tun?«

»Du hast für ›Vogue‹ ein Mädchen fotografiert, dessen Vorname Anne ist.«

»Summerton«, sagte Patrick ohne zu zögern. »Ich hatte sie von der Agentur Starpoole.«

»Wie ist sie?«

»Keine Ahnung«, sagte Patrick. »Ich fand sie furchtbar nett, aber leider war ich wohl nicht ihr Typ.«

»Das kann ich ihr kaum verdenken. Leg dich wieder aufs Ohr, Patrick. Auf bald.«

Anne Summerton stand nicht im Telefonbuch – das war also danebengegangen. James blieb im Bett liegen und strich nachdenklich über sein unrasiertes Kinn; plötzlich kam ein triumphierender Ausdruck in seine Augen. Nach raschem Blättern im S-Z-Telefonbuch entdeckte er die gesuchte Nummer.

»Agentur Starpoole.«

»Kann ich Ihren Direktor sprechen?«

»Wer ist am Apparat?«

»Lord Brigsley.«

»Ich verbinde, Mylord.«

James hörte ein Knacken in der Leitung und dann die Stimme des Direktors, Michael Starpoole.

»Guten Morgen, Mylord! Kann ich Ihnen behilflich sein?«

»Ich hoffe, ja. Ich suche ein Fotomodell für die Eröffnung eines Antiquitätengeschäfts, und ich möchte ein Mädchen mit Niveau – Sie verstehen schon, was ich meine.«

James ließ eine naturgetreue Beschreibung von Anne folgen, aber so, als hätte er sie nie gesehen.

»Wir haben zwei Damen, die, wie ich annehme, Ihren Wünschen entsprechen dürften, Mylord«, sagte Starpoole. »Paulene Stone und Anne Summerton. Unglücklicherweise ist Paulene heute in Birmingham, wo der neue Allegro-Wagen vorgestellt wird, und Anne ist dabei, eine Zahnpastareklame in Oxford abzudrehen.«

»Ich brauche das Mädchen aber heute«, sagte James. Wie gern hätte er Starpoole gesagt, dass Anne bereits wieder in London sei. »Vielleicht könnten Sie mich, sobald eine von beiden frei ist, unter der Nummer 3 52 21 09 anrufen, Mr Starpoole.«

James legte etwas enttäuscht auf. Wenn heute nichts daraus wird, dachte er, kann ich mich immerhin daranmachen, mir meine Rolle im ›Team gegen Harvey Metcalfe‹ auszudenken. Er war gerade im Begriff, sich resigniert damit abzufinden, als das Telefon klingelte. Eine hohe, affektierte Stimme verkündete: »Hier Agentur Starpoole – Mr Starpoole möchte Lord Brigsley sprechen.«

»Am Apparat«, sagte James.

»Ich verbinde, Mylord.«

»Lord Brigsley?«

»Ja.«

»Hier Starpoole. Anne Summerton scheint heute doch frei zu sein. Wann soll sie zu Ihrem Antiquitätengeschäft kommen?«

»Oh«, sagte James, für einen Augenblick aus der Fassung gebracht, »mein Geschäft ist in der Berkeley Street, direkt neben dem Restaurant Empress, und heißt Albemarle Antiques. Vielleicht könnten wir uns um 12.45 Uhr vor dem Laden treffen?«

»Das lässt sich bestimmt arrangieren, Mylord. Wenn ich Sie innerhalb der nächsten zehn Minuten nicht zurückrufe, können Sie damit rechnen, dass die Sache in Ordnung geht. Vielleicht haben Sie die Liebenswürdigkeit, uns wissen zu lassen, ob die Dame Ihren Vorstellungen entspricht. Normalerweise sehen wir es lieber, wenn unsere Kunden zu uns ins Büro kommen. Aber ich bin sicher, dass wir in Ihrem Fall eine Ausnahme machen können.«

»Besten Dank«, sagte James und legte, mit sich selbst zufrieden, den Hörer auf.

James hatte auf der westlichen Seite der Berkeley Street im Eingang des Mayfair Hotels Posten bezogen, um Anne Summertons Ankunft beobachten zu können. Wenn es um ihre Arbeit ging, war Anne stets auf die Minute pünktlich; um 12.40 Uhr bog sie um die Ecke von Piccadilly in die Berkeley Street ein. Ihr Rock hatte die von der letzten Mode vorgeschriebene elegante Länge, aber dieses Mal konnte James sehen, dass ihre Beine so schlank und wohlgeformt waren wie alles Übrige an ihr. Sie machte vor dem Restaurant Empress halt und schaute verwirrt auf das brasilianische Handelszentrum zu ihrer Rechten und die Rolls-Royce-Ausstellungsräume von H.R. Owen zu ihrer Linken.

James überquerte die Straße; auf seinem Gesicht lag ein spitzbübisches Grinsen.

»Guten Morgen«, sagte er unschuldsvoll.

»Oh, guten Tag! Was für ein Zufall!«, erwiderte Anne.

»Was tun Sie hier so ganz allein?«, erkundigte sich James.

»Ich suche ein Geschäft, das ›Albemarle Antiques‹ heißen soll. Vielleicht kennen Sie es zufällig? Ich wurde von den Leuten engagiert und warte auf den Inhaber, Lord Brigsley.«

James verneigte sich lächelnd: »Er steht vor Ihnen.«

Anne sah zunächst ganz verdutzt drein und brach dann in helles Lachen aus. Sie durchschaute James' Spiel und fühlte sich geschmeichelt.

Sie aßen zusammen im Empress, dem von James bevorzugten Restaurant in der Stadt, zu Mittag. Er erzählte ihr, warum es ebenfalls Lord Clarendons Lieblingsrestaurant gewesen war: »›Ah‹, hatte dieser erklärt, die ›Millionäre sind hier eben eine Idee dicker und die Mätressen eine Idee schlanker als in jedem anderen Restaurant in London.‹«

Die Begegnung mit Anne war für James das erste erfreuliche Ereignis seit Langem. Die nächsten zehn Tage vergingen wie im Flug, und James verbrachte mehr Zeit mit Anne, als er zu hoffen gewagt hatte. Als der Donnerstag heranrückte, hatte er noch immer keinen Plan, den er dem Team hätte unterbreiten können. Er konnte nur hoffen, dass die anderen sich in der gleichen Lage befänden und die ganze Sache abgeblasen werden würde.

Er fuhr in seinem Alfa Romeo nach Oxford und kam wiederum erst als Letzter im Magdalen College an. Stephen, Adrian und Jean-Pierre begrüßten ihn überschwänglich. Ach verflucht, dachte er, die sehen ja alle so siegesgewiss aus!

7

Stephen schüttelte James, wie Amerikaner das oft zu tun pflegen, zur Begrüßung herzlich die Hand und schenkte ihm einen großen Whisky on the rocks ein. James nahm einen tüchtigen Schluck, um sich etwas Mut anzutrinken, und gesellte sich zu Adrian und Jean-Pierre. In stillem Einverständnis wurde Harvey Metcalfes Name nicht erwähnt. Jeder mit seinem Dossier unterm Arm, unterhielten sie sich zwanglos über Belanglosigkeiten, bis Stephen zu Tisch bat. Diesmal hatte Stephen die Talente des Collegeküchenchefs und des Butlers nicht bemüht. Platten mit Sandwiches sowie Bier und Kaffee waren einladend auf dem Tisch verteilt, und die Collegebediensteten traten nicht in Erscheinung.

»Das ist ein Arbeitsessen«, betonte Stephen, »und da Harvey Metcalfe letztlich die Zeche begleichen soll, habe ich die Spesen für Gastlichkeit etwas reduziert. Wir wollen uns unsere Aufgabe schließlich nicht unnötig dadurch erschweren, dass wir bei jedem Meeting Hunderte von Dollars einfach verfressen.«

Die drei anderen nahmen schweigend ihre Plätze ein, während Stephen ein paar beschriebene Seiten zum Vorschein brachte.

»Ich möchte mit einigen allgemeinen Bemerkungen beginnen. Ich habe über Harvey Metcalfes Vorhaben während der nächsten paar Monate weitere Erkundigungen eingezogen. Er scheint jeden Sommer damit zu verbringen, die gleiche Tour gesellschaftlicher und sportlicher Ereignisse zu absolvieren. Die meisten sind bereits im Dossier aufgeführt. Eine Zusammenfassung der Ergebnisse meiner jüngsten Recherchen steht auf diesem Blatt, das als Seite 38 Ihren Dossiers hinzuzufügen ist. Ich lese vor: Harvey Metcalfe wird am 21. Juni mit dem Passagierdampfer Queen Elizabeth 2, der in Southampton anlegt, in England ankommen. Für seine Überfahrt hat er bereits die Trafalgar-Suite reservieren lassen und für die Fahrt zum Claridge nach London bei Guy Salmon einen Rolls-Royce gebucht. Er wird zwei Wochen lang in der Royal-Suite im Claridge wohnen, und er hat Obligationsinhaberkarten für jeden Tag des Wimbledonturniers. Wenn das vorüber ist, fliegt er nach Monte Carlo und bleibt etwas über zwei Wochen auf seiner Jacht ›Messenger Boy‹. Dann kehrt er nach London ins Claridge zurück, um seine junge Stute Rosalie bei den King George VI and Queen Elizabeth Stakes laufen zu sehen. Er hat eine Privatloge in Ascot für sämtliche fünf Tage der Ascot-Woche. Am 29. Juli fliegt er nach Amerika zurück mit dem PanAm-Jumbo-Jet-Flug Nr. 009 um 11.15 Uhr ab London Heathrow nach Logan International Airport, Boston.«

Die anderen hefteten Seite 38 in ihre Dossiers ein, wobei ihnen erneut bewusst wurde, wie viele bis ins kleinste gehende Nachforschungen Stephen angestellt haben musste. James begann, sich ganz krank zu fühlen, und es waren bestimmt nicht die Sandwiches, die ihm dieses Unbehagen verursachten.

»Das Nächste, worüber wir uns einigen müssen«, sagte Stephen, »ist die genaue Festlegung der Zeiträume, in denen die einzelnen Pläne während Metcalfes Europaaufenthalt in die Tat umgesetzt werden sollen. Adrian, welchen Zeitabschnitt hätten Sie gern?«

»Monte Carlo«, sagte Adrian wie aus der Pistole geschossen. »Ich muss den Schurken außerhalb seiner gewohnten Umgebung zu fassen kriegen.«

»Will irgendjemand anders Monte Carlo?«

Niemand meldete sich.

»Welche Zeit möchten Sie am liebsten, Jean-Pierre?«

»Die vierzehn Tage von Wimbledon.«

»Jemand dagegen?«

Wieder meldete sich niemand. Stephen sagte: »Ich bin auf die Ascot-Woche erpicht und auf die kurze Zeit vor seiner Rückkehr nach Amerika. Und was ist mit Ihnen, James?«

»Spielt keine Rolle, welchen Zeitabschnitt ich bekomme«, meinte James und blickte etwas dümmlich drein.

»Okay«, sagte Stephen, »also dann sieht es im Augenblick so aus, dass Jean-Pierre als Erster übernimmt, Adrian als Zweiter und ich als Dritter. Wann James an die Reihe kommt, wird sich im Verlauf der Diskussion herausstellen.«

Mit Ausnahme von James schienen sich alle zusehends für das ganze Unternehmen zu erwärmen.

»Nun zu den Kosten. Hat jeder von Ihnen seinen Scheck über 10 000 Dollar mitgebracht? Ich halte es für besser, in Dollar zu rechnen, da in dieser Währung die Prospecta-Oil-Aktien gekauft wurden.«

Jedes Mitglied des Teams händigte Stephen seinen Scheck aus. Das ist wenigstens etwas, was ich ebenso gut kann wie die anderen, dachte James.

»Spesen bis zum heutigen Tag?«

Wieder wurden Stephen drei Zettel übergeben, und er machte

sich daran, die Summe mit Hilfe seines modischen kleinen Taschenrechners, dessen Zahlen in dem schwach erhellten Raum rot aufleuchteten, zu ermitteln.

»Die Aktien haben uns eine Million Dollar gekostet. Die Ausgaben bis zum heutigen Tag belaufen sich auf 142 Dollar, somit schuldet uns Mr Metcalfe einen Betrag in Höhe von 1000142 Dollar: keinen Penny mehr und keinen Penny weniger«, wiederholte er.

»Nun zu unseren jeweiligen Plänen. Wir wollen sie in der Reihenfolge ihrer ›Vollstreckung‹ durchsprechen.« Stephen genoss dieses Wort. »Also zuerst wird Jean-Pierre, dann Adrian, dann ich und schließlich James referieren. Jean-Pierre, Sie haben das Wort.«

Jean-Pierre öffnete einen großen Umschlag und nahm vier Bündel Unterlagen heraus. Er war fest entschlossen zu beweisen, dass er es sowohl mit Stephen als auch mit Harvey Metcalfe aufnehmen konnte. Er verteilte Fotografien und Pläne vom West End und von Mayfair. Neben jeder Straße stand eine Zahl, die die Minuten angab, die man brauchte, um eine bestimmte Strecke zu Fuß zurückzulegen. Jean-Pierre beschrieb seinen Plan in allen Einzelheiten, beginnend mit der entscheidenden Unterredung, die er mit David Stein gehabt hatte, und endend mit seinen Anweisungen an die drei anderen.

»An dem betreffenden Tag werde ich Sie alle brauchen. Adrian wird den Journalisten spielen und James den Vertreter von Sotheby. Sie, Stephen, werden als der Käufer auftreten. Sie müssen sich darin üben, Englisch mit deutschem Akzent zu sprechen. Außerdem brauche ich zwei Dauerkarten für die beiden Wimbledonwochen, und zwar im Centre-Court, genau gegenüber von Harvey Metcalfes Obligationsinhaberloge.«

Jean-Pierre warf einen Blick auf seine Notizen.

»Das heißt also, gegenüber der Loge Nr. 17. Könnten Sie das arrangieren, James?«

»Kein Problem. Ich werde morgen früh mit Mike Gibson, dem Clubreferenten, reden.«

»Gut. Und jetzt müssen Sie alle lernen, mit diesen kleinen Teufelsdingern umzugehen. Das sind Pye-Taschensprechfunkgeräte, und ich habe ein fürchterliches Theater gehabt, bis ich endlich eine Lizenz und eine registrierte Wellenlänge für sie vom Innenministerium zugeteilt bekam. Behandeln Sie sie also mit dem entsprechenden Respekt.«

Jean-Pierre förderte vier winzige Apparate zutage. »Irgendwelche Fragen?«

Allgemeines beifälliges Gemurmel war die Antwort. Jean-Pierre schien tatsächlich an alles gedacht und nichts dem Zufall überlassen zu haben.

»Mein Kompliment!«, sagte Stephen. »Damit hätten wir bereits einen guten Start. Und nun zu Ihnen, Adrian.«

Adrian erstattete Bericht über seine Tätigkeit während der letzten vierzehn Tage, erzählte von seiner Unterhaltung mit dem Spezialisten und erklärte die toxische Wirkung von Anticholinesterasen.

»Es wird ganz schön schwer sein, das durchzuziehen, weil alles davon abhängt, dass wir den richtigen Zeitpunkt erwischen. Wir müssen eben die ganze Zeit Gewehr bei Fuß stehen.«

»Wo werden wir in Monte Carlo wohnen?«, fragte James. »Ich gehe gewöhnlich ins Métropole – also dort lieber nicht.«

»Nein, keine Sorge, James, ich habe für alle Fälle vom 29. Juni bis zum 4. Juli im Hôtel de Paris gebucht. Aber zuvor müssen Sie alle an Übungskursen im St. Thomas Hospital teilnehmen.«

Kalender wurden konsultiert und eine Reihe von Zusammenkünften vereinbart.

»Hier ist für jeden von Ihnen ein Exemplar ›Leitfaden der Medizin‹. Sie müssen unbedingt das Kapitel über Erste Hilfe studieren. Ich will nicht, dass einer von Ihnen aus der Rolle fällt, wenn wir alle Ärztekittel anhaben. Stephen, Sie werden übernächste Woche zu einem Intensivkurs in die Harley Street kommen, denn Sie müssen als Arzt völlig überzeugend wirken.«

Adrians Wahl war auf Stephen gefallen, weil er das sichere Gefühl hatte, dass dieser mit seiner Wissenschaftlerintelligenz in der verfügbaren kurzen Zeit am meisten aufzunehmen und zu verarbeiten imstande wäre.

»Jean-Pierre, Sie müssen nächsten Monat jeden Abend in einen Spielclub gehen und gründlich lernen, wie man Baccara und Blackjack spielt – und zwar über mehrere Stunden hinweg, ohne allzu viel Geld zu verlieren. James, Sie müssen sich darin üben, einen kleinen Lieferwagen durch verkehrsreiche, enge Straßen zu steuern. Außerdem kommen Sie ebenfalls nächste Woche in die Harley Street, damit wir eine gemeinsame Probe abhalten können.«

Alle starrten Adrian mit weit aufgerissenen Augen an. Wenn sie dieses eine Ding drehen konnten, würden sie auch alles andere schaffen. Adrian konnte die ängstliche Spannung in ihren Gesichtern lesen.

»Regen Sie sich nicht auf«, sagte er. »Mein Beruf wurde jahrtausendelang von Medizinmännern ausgeübt. Gewöhnliche Sterbliche protestieren nie, wenn sie einen Gott in Weiß vor sich haben, und ich werde dafür sorgen, dass Sie, Stephen, ein Gott in Weiß sein werden.«

Stephen nickte. Akademiker konnten genauso naiv sein – war

es denn nicht eben das, was ihnen allen mit der Prospecta Oil passiert war?

»Bitte erinnern Sie sich an Stephens Bemerkung im Dossier Seite 33 unten«, sagte Adrian. »›Wir müssen stets so denken, wie Harvey Metcalfe denken würde.‹«

Adrian hielt nun einen mehr ins Einzelne gehenden Vortrag darüber, wie gewisse Prozeduren durchgeführt werden mussten. Dann beantwortete er 28 Minuten lang Fragen. Schließlich gab Jean-Pierre zu: »Ich glaubte, keiner von Ihnen würde mich schlagen können, aber Ihre Idee ist einfach brillant. Wenn wir das Timing richtig hinkriegen, brauchen wir nur noch ein ganz klein wenig Glück.«

James fühlte sich immer unbehaglicher, je näher der Augenblick heranrückte, da er das Wort ergreifen müsste. Im Grunde wünschte er, er hätte die Einladung zu dem ersten Dinner niemals angenommen, hätte die anderen niemals bewogen, Stephens Aufforderung nachzukommen. Wenigstens lagen die Aufgaben, die ihm für die ersten beiden Unternehmen übertragen worden waren, durchaus im Bereich seiner Fähigkeiten.

»Nun, Gentlemen«, sagte Stephen, »Sie beide sind der Angelegenheit gerecht geworden. Mein Vorschlag wird jedoch noch höhere Anforderungen an Sie stellen.«

Er begann, die Ergebnisse seiner Nachforschungen während der letzten beiden Wochen darzulegen und die Grundzüge seines Plans zu skizzieren. Die anderen kamen sich alle wie Studenten zu Füßen eines Professors vor. Es lag nicht in Stephens Absicht, eine Vorlesung zu halten, sondern es war einfach seine Art sich zu geben, die er sich mit der Zeit angeeignet hatte und die er – wie so viele Gelehrte – im Privatleben nicht abzulegen vermochte. Er zog einen Kalender für das Trinitatis-Trimester hervor und skizzierte dessen Ablauf sowie die Rollen des Kanzlers, des Vizekanzlers, des Registrars und des Sekretärs der Universitätskasse. Wie Jean-Pierre verteilte er Stadtpläne, dieses Mal von Oxford, an alle Mitglieder des Teams. Auf diesen hatte er sorgfältig eine Strecke vom Sheldonian Theatre zum Lincoln College und von dort zum Randolph Hotel eingezeichnet sowie eine Alternativroute für den Fall, dass Harvey Metcalfe trotz des Einbahnstraßensystems darauf bestehen sollte, in seinem eigenen Wagen zu fahren.

»Adrian, Sie müssen ausfindig machen, was der Vizekanzler am Encaenia-Tag tut. Ich bin sicher, es ist nicht dasselbe wie in Cambridge. Bei beiden Universitäten liegen die Dinge fast gleich, unterscheiden sich aber in Einzelheiten. Sie müssen die Straßen, die er aller Wahrscheinlichkeit nach nehmen wird, und seinen üblichen Rückweg auswendig kennen. Ich habe es so einrichten können, dass Sie am Encaenia-Tag im Lincoln College einen Raum zu Ihrer Verfügung haben. Jean-Pierre, Sie werden sich mit den Pflichten des Registrars in Oxford vertraut machen, bis Sie sie völlig beherrschen, und Sie müssen die auf Ihrer Karte eingezeichnete Alternativroute kennen. James, Sie müssen den Arbeitsbereich und die Aufgaben des Sekretärs der Universitätskasse studieren: die Lage seiner Amtsräume, mit welchen Banken er zu tun hat und wie die Schecks eingelöst werden. Ebenso müssen Sie die Wege kennen, die er aller Wahrscheinlichkeit nach am Encaenia-Tag zurücklegt, und zwar so genau, als ob sie zu Ihrem väterlichen Landsitz gehörten. Meine Rolle ist die leichteste, denn ich werde – abgesehen von meinem Namen – ich selbst sein. Aber Sie alle müssen lernen, sich einander Ihren Rollen entsprechend korrekt anzureden, und wir werden in der neunten Woche des Trimesters an einem Dienstag, wenn in der

Universität alles einigermaßen ruhig ist, eine Generalprobe abhalten. Irgendwelche Fragen?«

Es herrschte Schweigen – aber ein respektvolles Schweigen. Allen war klar, dass Stephens Unternehmen ein auf die Minute genaues Timing erforderte und dass sie das Ganze zwei- oder dreimal durchspielen müssten; aber wenn sie hinreichend überzeugend wirkten, konnte die Sache kaum schiefgehen.

»Nun zum Ascot-Teil meines Plans – der ist einfacher. Ich brauche lediglich Adrian und James in Ascot. Sie müssen sich in der Members' Enclosure aufhalten. Wir benötigen also zwei Eintrittskarten für dieses Prominentenareal, und ich hoffe, dass Sie mir die beschaffen können, James.«

»Sie meinen Plaketten, Stephen«, korrigierte James.

»Ach so?«, sagte Stephen. »Außerdem muss jemand in London das erforderliche Telegramm aufgeben. Das werden Sie tun, Jean-Pierre.«

»Verstanden«, sagte Jean-Pierre.

Fast eine Stunde lang stellten die anderen weitere, ins Einzelne gehende Fragen, um ebenso vertraut mit dem Plan zu sein wie Stephen.

James' Gedanken schweiften wieder ab, und er hoffte vergeblich, die Erde würde sich unter ihm auftun. Mit der Zeit wünschte er sogar, Anne niemals begegnet zu sein, obgleich das alles ja nicht ihre Schuld war. In Wirklichkeit konnte er es kaum erwarten, sie wiederzusehen. Was sollte er bloß sagen, wenn die anderen …

»James, wachen Sie auf!«, sagte Stephen scharf. »Wir warten.«

Aller Augen waren nun auf ihn gerichtet. Sie hatten der Reihe nach das Herzass, das Karoass und das Pikass ausgespielt – aber hatte er denn den Trumpf der Trümpfe, das Treffass? James war völlig fertig und nahm sich noch einen Drink.

»Sie verdammter aristokratischer Pinkel«, brauste Jean-Pierre auf, »Ihnen ist überhaupt nichts eingefallen!«

»Ja, also – ich habe wirklich furchtbar viel nachgedacht, aber es ist nichts dabei herausgekommen.«

»Unfähig – mehr als unfähig«, erklärte Adrian.

James stotterte hilflos herum; Stephen unterbrach ihn: »Jetzt hören Sie einmal zu, James – hören Sie gut zu. Heute in drei Wochen kommen wir wieder zusammen. Bis dahin muss jeder die Pläne der anderen drei fehlerlos auswendig können. Ein Irrtum – und alles ist im Eimer. Haben Sie verstanden?«

James nickte. Er war entschlossen, sie wenigstens darin nicht im Stich zu lassen.

»Und vor allem«, sagte Stephen nachdrücklich, »müssen Sie bis dahin Ihren Plan zur Überprüfung fertig haben. Ist das klar?«

»Ja«, murmelte James niedergeschlagen.

»Noch weitere Fragen?«, forschte Stephen.

Niemand meldete sich.

»Gut. Wir gehen nun jede der drei Operationen nochmals in allen Einzelheiten durch.«

Protestierendes Murren erhob sich, das Stephen bewusst ignorierte. »Bitte denken Sie daran, dass wir es mit einem Mann zu tun haben, der es nicht gewohnt ist zu verlieren. Eine zweite Chance werden wir nicht bekommen.«

Während der nächsten anderthalb Stunden sprachen sie nacheinander jede der Operationen bis ins kleinste Detail durch in der Reihenfolge, in der sie zur Ausführung gelangen sollten: als Erste Jean-Pierres während der zwei Wimbledonwochen, als Zweite Adrians in Monte Carlo und als Dritte Stephens während und nach der Ascot-Woche.

Es war spät, als sie sich endlich vom Tisch erhoben. Zum Umfallen müde trennten sie sich. Jeder hatte vor ihrer nächsten Zusammenkunft noch eine Reihe von Aufgaben zu bewältigen. Sie gingen alle ihrer Wege, nachdem sie vereinbart hatten, sich am kommenden Freitag im Jericho-Operationssaal des St. Thomas Hospital wieder zusammenzufinden.

8

Die nächsten drei Wochen bedeuteten harte Arbeit für alle vier, da jeder nicht nur die Ausführung seines eigenen Projekts organisieren, sondern auch die Pläne der anderen drei beherrschen musste. Der Freitag brachte sie alle wieder zusammen für die erste von vielen Übungsstunden im St. Thomas Hospital, die durchaus zufriedenstellend verlaufen wäre, hätte James es nur fertiggebracht, auf seinen Füßen zu bleiben. Es war noch nicht einmal der Anblick von Blut, der ihm übel werden ließ – der Anblick des Messers hatte vollkommen genügt. Der einzige Vorteil dieses Zwischenfalls bestand in James' Augen darin, dass er wieder einmal darum herumkam, erklären zu müssen, warum er keinen eigenen Vorschlag parat hatte.

In der darauffolgenden Woche beanspruchten die Vorhaben fast ihre gesamte Zeit. Stephen erhielt in der Harley Street eine intensive Schulung über ein medizinisches Spezialgebiet.

James verbrachte viele Stunden damit, einen alten Lieferwagen durch dichtesten Verkehr vom St. Thomas Hospital zur Harley Street zu fahren und bereitete sich so auf seinen Schlusstest in Monte Carlo vor, von dem er annahm, dass er um Etliches leichter ausfallen würde. Auch weilte er einige Tage in Oxford, um sich mit der Arbeitsweise des Sekretariats der Universitätskasse vertraut zu machen und die Schritte Mr Castons, des Sekretärs, zu verfolgen.

Jean-Pierre wurde nach einer Wartezeit von 48 Stunden und nach Entrichtung einer zu Lasten von Mr Metcalfe gehenden Gebühr von 5,25 Pfund Mitglied von Crockfords, dem exklusivsten Londoner Spielclub, und verbrachte seine Abende damit, den reichen Müßiggängern beim Baccara und Blackjack zuzusehen, wobei die Einsätze häufig 1000 Pfund erreichten. Nach drei Wochen war er so weit, dass er dem Golden Nugget Casino in Soho beitreten konnte, wo die Einsätze in der Regel unter fünf Pfund blieben. Am Monatsende hatte er es auf eine Spieldauer von 56 Stunden gebracht, wobei er jedoch so vorsichtig setzte, dass er nur einen geringen Verlust zu verzeichnen hatte.

James' allergrößte Sorge war noch immer sein eigener Plan. Je länger er sich mit diesem Problem herumschlug, desto weniger wurde er mit ihm fertig. Ständig wälzte er es in seinem Hirn herum, selbst dann, wenn er seinen Lieferwagen mit halsbrecherischer Geschwindigkeit durch London steuerte. Eines Tages, nachdem er den Wagen bei Carnie in der Lots Road, Chelsea, wieder abgeliefert hatte, überlegte er sich, während er in seinem Alfa Romeo zu Annes Wohnung an der Themse fuhr, ob er es wagen sollte, sich ihr anzuvertrauen. Anne war gerade dabei, ganz besondere Leckerbissen für James zuzubereiten. Sie wusste mittlerweile, dass er gutes Essen nicht nur schätzte, sondern es sein Leben lang als etwas Selbstverständliches hingenommen hatte. Das selbst gemachte Gazpacho duftete sehr appetitlich, und der Coq au Vin war beinah fertig. In letzter Zeit hatte sie es vermieden, Aufträge außerhalb Londons anzunehmen, da sie – für wie kurze Zeit auch immer – nicht von James getrennt sein mochte. Sie war sich durchaus bewusst, dass er seit langer Zeit der erste Mann war, mit dem sie gern geschlafen hätte, aber bisher war er nichts mehr als zärtlich und aufmerksam gewesen.

James kam mit einer Flasche Beaune Montée Rouge 1971 – auch sein Weinbestand ging rapide zur Neige. Hoffentlich würde er wenigstens noch so lange ausreichen, bis die Pläne ihre Früchte trügen – nicht dass James etwa aus seinen eigenen Anstrengungen automatisch ein Recht auf Erfolg abgeleitet hätte.

Als Erstes stellte er fest, dass Anne wunderschön aussah. Sie trug ein langes schwarzes Kleid aus weichem Stoff, das – gerade weil es die Umrisse ihres Körpers nur leicht andeutete – ein quälendes Verlangen in ihm aufsteigen ließ. Sie trug weder Make-up noch Schmuck, und ihr volles Haar glänzte im Kerzenlicht. Das Essen war ein Triumph für Anne, und James begann allmählich, sie heftig zu begehren.

Sie schien etwas nervös zu sein und verschüttete, als sie zwei Tassen starken Kaffees filterte, etwas Kaffeepulver. Woran dachte sie? Er wollte nicht mit unerwünschten Avancen alles verderben. James hatte sehr viel mehr Erfahrung darin, geliebt zu werden und mit Mädchen im Bett zu landen, die ihn im kalten, klaren Morgenlicht dann fast schaudern machten. Anne übte eine nie gekannte Wirkung auf ihn aus. Er wollte bei ihr sein, sie in seinen Armen halten und sie lieben. Vor allem wollte er sie am Morgen an seiner Seite finden.

James' Blicken ausweichend, räumte Anne den Tisch ab. Dann machten sie es sich gemütlich bei Kognak und der Billy-Holiday-Platte »I get along without you very well«. Sie saß, die Hände um ihre Knie geschlungen, auf dem Boden zu James' Füßen und blickte ins Feuer. Zögernd streckte er eine Hand aus und streichelte ihr Haar. Einen Augenblick lang blieb sie bewegungslos, dann lehnte sie sich zurück, hob ihre Arme und zog seinen Kopf zu dem Ihren herunter. Er erwiderte die Geste, indem er sich vorbeugte und ihre Wange und Nase mit seinem Mund liebkoste, während er ihren Kopf in seinen Händen hielt und seine Finger sanft über ihre Ohren und ihren Nacken streichen ließ. Annes Haut duftete leicht nach Jasmin, und ihr geöffneter Mund schimmerte im Widerschein des Feuers, als sie zu ihm auf lächelte. Er küsste sie, und seine Hände schoben sich an ihrem Körper entlang. Sie fühlte sich weich und zart an. Er liebkoste sanft ihre Brüste, glitt hinunter neben sie und presste seinen Körper an den ihren. Wortlos führte er seine Hand auf ihren Rücken und öffnete den Reißverschluss des Kleides. Er stand auf, mit seinen Augen ihre festhaltend, und entledigte sich rasch der Kleider. Sie streifte seinen Körper mit einem kurzen Blick und sagte leise mit einem scheuen Lächeln: »James – Liebling.«

Später bettete Anne ihren Kopf auf James' Schulter und streichelte die Haare auf seiner Brust mit den Fingerspitzen. Sie merkte, dass etwas mit ihm nicht stimmte.

»Was hast du, mein Liebling? Ich weiß, ich bin ziemlich schüchtern – wahrscheinlich war ich nicht besonders gut.«

»Du warst fantastisch – weiß Gott, du warst fantastisch. Das ist es nicht ... Anne, ich muss dir etwas sagen. Bitte bleib liegen, und hör mir zu.«

»Du bist verheiratet.«

»Nein, es ist etwas viel Schlimmeres.« James dachte einen Augenblick nach, zündete sich eine Zigarette an und inhalierte tief. Es gibt Augenblicke im Leben, in denen die Umstände Enthüllungen erleichtern. »Anne, Liebes – ich habe eine schreckliche Dummheit gemacht. Ich habe mein ganzes Geld bei einer Bande von Schurken investiert. Noch nicht einmal meine

Familie darf davon erfahren – denn wenn sie die Wahrheit wüssten, würde ihnen das furchtbaren Kummer bereiten. Außer mir sitzen drei andere Leute in der gleichen Patsche, und ich habe mich ihnen angeschlossen – wir wollen gemeinsam versuchen, unser Geld zurückzubekommen. Nette Jungen, voller cleverer Einfälle, nur ich habe nicht den blassesten Dunst, wo ich anfangen und wie ich meiner Aufgabe gerecht werden soll. Die ständige Bedrückung, dass 150 000 Pfund beim Teufel sind, und die Tatsache, dass ich mir dauernd das Hirn nach einem guten Einfall zermartere, hat mich schon fast um den Verstand gebracht. Dass ich überhaupt noch halbwegs bei Sinnen bin, verdanke ich allein dir.«

James beichtete ihr die ganze Geschichte von der Prospecta Oil, angefangen bei seiner Begegnung mit David Kesler im Annabel's über die Dinnereinladung bei Stephen Bradley im Magdalen College bis zu der Erklärung, warum er während der Stoßzeit wie ein Verrückter mit einem gemieteten Lieferwagen durch London gerast war. Das einzige Detail, das James ausließ, war der Name ihres potenziellen Opfers, da er glaubte, wenn er ihr diesen vorenthielt, seine Schweigepflicht gegenüber seinen Teamgenossen wenigstens nicht völlig zu verletzen. Nach einem langen, tiefen Atemzug meinte Anne: »Ich weiß kaum, was ich dazu sagen soll. Das klingt ja einfach unglaublich – so unglaublich, dass ich jedes Wort davon glaube.«

»Jetzt, wo ich dir davon erzählt habe, geht es mir besser. Aber es wäre einfach furchtbar, wenn das jemals herauskäme.«

»James, du weißt doch, dass ich niemandem ein Sterbenswörtchen sagen werde. Es tut mir so schrecklich leid, dass du in dieser scheußlichen Lage bist. Du musst mich versuchen lassen, dir irgendwie zu helfen. Warum arbeiten wir nicht einfach gemeinsam daran – die anderen brauchen das doch gar nicht zu wissen.«

Sie begann, seinen Schenkel zu streicheln. Zwanzig Minuten später schlummerten sie selig ein.

9

In Lincoln, Massachusetts, traf Harvey Metcalfe Vorbereitungen für seine jährliche Englandreise. Er hatte die Absicht, sich gründlich und teuer zu amüsieren. Außerdem trug er sich mit dem Plan, Geld von seinen Nummernkonten in Zürich auf die Barclays Bank in London zu transferieren, um einen Zuchthengst von einem der irischen Rennställe für sein Gestüt in Kentucky zu erwerben. Arlene hatte beschlossen, ihn auf dieser Reise nicht zu begleiten – sie machte sich wenig aus Ascot und noch weniger aus Monte Carlo. Auf jeden Fall wollte sie die Gelegenheit wahrnehmen, um einige Zeit mit ihrer kränkelnden Mutter, die immer noch nicht viel für den Schwiegersohn übrighatte, in Vermont zu verbringen.

Harvey prüfte bei seiner Sekretärin nach, ob alle Vorkehrungen für seinen Urlaub getroffen worden waren. Bei Miss Fish bedurfte es im Grunde niemals einer Überprüfung – Harvey tat das aus purer Gewohnheit. Miss Fish war seit fünfundzwanzig Jahren bei ihm, seit den Tagen, als er den Lincoln Trust übernommen hatte. Die meisten Angestellten waren damals oder bald darauf davongelaufen, aber Miss Fish war geblieben und hatte in ihrem wenig verführerischen Busen stetig abnehmende Hoffnungen auf eine Heirat mit Harvey gehegt. Als Arlene schließlich die Szene betrat, war Miss Fish zu einer fähigen und absolut diskreten Komplizin geworden, ohne die Harvey kaum mehr hätte auskommen können. Er bezahlte sie entsprechend, und so schluckte sie ihren Kummer darüber, dass Arlene Mrs Metcalfe wurde, hinunter und blieb. Miss Fish hatte den kurzen Flug nach New York und die Trafalgar-Suite auf der Queen Elizabeth 2 bereits gebucht. Die Atlantiküberfahrt war für Harvey praktisch die einzige Zeit völligen Abschaltens von Telefon und Telex, die er sich jemals gestattete. Seine Bankangestellten waren angewiesen, nur im alleräußersten Notfall mit dem Ozeanriesen Verbindung aufzunehmen. Bei der Ankunft in Southampton würde ihn der übliche Rolls-Royce nach London und zu seiner Privatsuite ins Claridge bringen, das nach Harveys Urteil – außer dem Connaught und dem Browns – eines der letzten stilvollen englischen Hotels war, deren Flair mit Geld allein nicht aufzuwiegen war.

Harvey flog äußerst gut gelaunt nach New York und trank unterwegs einige Manhattans über den Durst. An Bord war, wie immer, alles seinen Wünschen entsprechend tadellos vorbereitet worden. Der Kapitän, Peter Jackson, pflegte die Bewohner der Trafalgar-Suite und der Queen-Anne-Suite am ersten Abend stets an seinen Tisch zu bitten. Für 1250 Dollar pro Tag je Suite war das kaum eine extravagante Geste seitens der Cunard Line zu nennen. Bei derartigen Anlässen kehrte Harvey immer sein feinstes Benehmen hervor – aber selbst das wurde von den meisten Augenzeugen als etwas gewöhnlich empfunden.

Einer der italienischen Stewards wurde abkommandiert, eine kleine Zerstreuung für Harvey zu arrangieren, nach Möglichkeit in Form einer großen vollbusigen Blondine. Der übliche Tarif pro Nacht betrug 100 Dollar, aber der Italiener konnte Harvey ohne jedes Risiko 150 Dollar abknöpfen. Mit 1,70 Meter Größe und fast zwei Zentnern Gewicht waren Harveys Chancen, ein junges Ding in der Diskothek aufzugabeln, nicht übermäßig groß, und da er sich dann ja auch bei Essen und Trinken hätte spendabel zeigen müssen, wäre ihn dieser Spaß fast ebenso teuer gekommen, ohne womöglich auch nur das Geringste zu erreichen. Männer in Harveys Position haben keine Zeit für derartige Fehlschläge, wissen aber auch, dass alles seinen Preis hat. Da die Überfahrt nur fünf Nächte hatte, konnte der Steward Harveys Bedarf vollauf decken, war allerdings auch ganz froh, dass Harvey keine dreiwöchige Mittelmeerkreuzfahrt gebucht hatte.

Harvey verbrachte seine Tage damit, sich durch Lesen der neuesten Romane wieder etwas up to date zu bringen und ein wenig Sport zu treiben: Schwimmen am Morgen und eine schmerzhafte Trimm-dich-Stunde in der Turnhalle am Nachmittag. Er durfte zwar damit rechnen, auf der Überfahrt zehn Pfund abzunehmen – eine erfreuliche Vorstellung –, aber irgendwie brachte das Claridge es jedes Mal fertig, ihn um ebenso viel wieder zunehmen zu lassen, bevor er in die Staaten zurückkehrte. Immerhin ließ er seine Anzüge von Bernhard Weatherill in der Dover Street, Mayfair, anfertigen, der kraft seines fast genial zu nennenden Talents und seiner unfehlbaren Geschicklichkeit das Wunder vollbrachte, ihn eher gut gebaut als ausgesprochen dick wirken zu lassen.

Als die fünf Tage sich ihrem Ende zuneigten, war Harvey doch recht froh, bald wieder an Land zu kommen. Dank der Frauen, der sportlichen Exerzitien und der frischen Luft fühlte er sich wie neu geboren, und dieses Mal hatte er sogar ganze elf Pfund abgenommen – ein Großteil davon glaubte er der letzten Nacht zuschreiben zu können: Verglichen mit den Künsten dieser Dame war das Kamasutra geradezu als Handbuch für Pfadfinder zu bezeichnen.

Einer der Vorteile echten Reichtums besteht darin, dass man niedrige Arbeiten stets jemand anderem überlassen kann. Harvey konnte sich nicht mehr erinnern, wann er zuletzt einen Koffer gepackt oder ausgepackt hatte. So fand er es auch ganz selbstverständlich, sein Gepäck fix und fertig für die Zollabfertigung vorzufinden, als das Schiff im Ocean Terminal anlegte. Eine Hundertdollarnote für den Chefsteward schien Männer in kurzen weißen Jacken aus allen Richtungen herbeischwirren zu lassen.

Harvey genoss es immer sehr, in Southampton von Bord zu gehen. Die Engländer waren ein Volk für sich, und er mochte sie, obgleich er fürchtete, dass er sie nie würde verstehen können. Wie bereitwillig ließen sie doch die übrige Welt auf sich herumtrampeln. Seit dem Zweiten Weltkrieg hatten sie auf ihre Kolonialmacht in einer Weise verzichtet, wie es keinem amerikanischen Geschäftsmann einfallen würde, sich aus seinem Vorstandszimmer zurückzuziehen. Während der Pfundabwertung im Jahre 1967 hatte Harvey schließlich den Versuch, das britische Geschäftsgebaren zu verstehen, endgültig aufgegeben. Rund um den Erdball hatte sich jeder dahergelaufene Spekulant daran bereichert. Harvey wusste bereits am Dienstagmorgen, dass ab Freitag 17.00 Uhr WEZ jederzeit damit zu rechnen war, dass Harold Wilson abwerten würde. Am Donnerstag wusste es sogar der jüngste Büroangestellte im Lincoln Trust. Unter diesen Umständen war es kein Wunder, dass die Bank of England innerhalb von vier Tagen schätzungsweise anderthalb Milliarden Pfund verlor. Harvey hatte oft überlegt, dass die Briten, brächten sie nur etwas frischen Wind in ihre Vorstandszimmer und etwas Ordnung in ihre Steuerstruktur, die reichste Nation der Welt sein könnten – und nicht, wie der »Economist« einmal schrieb, eine Nation, die von den Arabern mit dem Ertrag aus zwei Monaten Ölförderung aufgekauft werden könnte. Die Briten erlaubten sich den Luxus, mit dem Sozialismus zu flirten und gleichzeitig an ihrer folie de grandeur festzuhalten, während es doch ganz danach aussah, als ob sie dazu verurteilt seien, in die Bedeutungslosigkeit abzusinken.

Harvey schritt die Gangway hinunter wie ein Mann, der ein festes Ziel vor Augen hat. Er hatte niemals gelernt, völlig abzuschalten, nicht einmal, wenn er auf Urlaub war. Er brachte es gerade noch fertig, vier Tage lang von der Welt abgeschnitten zu sein; aber wenn er noch länger auf der Queen Elizabeth 2 hätte bleiben müssen, hätte er zweifellos Verhandlungen zum Kauf der Cunard Steamship Company geführt. Harvey hatte einmal den Cunard-Vorsitzenden, Vic Matthews, in Ascot kennengelernt und war ganz verblüfft darüber gewesen, welche Bedeutung dieser dem Prestige und dem guten Ruf der Gesellschaft beigemessen hatte. Eigentlich hatte Harvey erwartet, dass er mit seiner Bilanz prahlen würde. Prestige ließ Harvey natürlich nicht völlig kalt, aber er gab den Leuten doch immer zu verstehen, wie viel er in Geld ausgedrückt wert war.

Die Zollabfertigung erfolgte im gewohnten zügigen Tempo. Auf seinen Europareisen hatte Harvey niemals etwas Besonderes zu deklarieren, und nachdem die Zollbeamten zwei seiner Gucci-Koffer inspiziert hatten, ließen sie die restlichen sieben ohne Kontrolle passieren. Der Chauffeur öffnete den Wagenschlag des weißen Rolls-Royce Corniche und sauste mit seinem Fahrgast in nur etwas über zwei Stunden durch Hampshire nach London, sodass Harvey sich vor dem Abendessen noch etwas ausruhen konnte.

Albert, der Cheftürsteher vom Claridge, nahm respektvoll Haltung an und grüßte. Er kannte Harvey seit Langem und wusste, dass er, wie gewöhnlich, wegen Wimbledon und Ascot gekommen war. Albert würde mit Sicherheit jedes Mal, wenn er die Tür des Rolls öffnete, 50 Pence Trinkgeld erhalten. Harvey konnte zwischen einer 50- und einer 10-Pence-Münze nicht unterscheiden – diesen kleinen Unterschied hatte schon so manch ein Türsteher seit der Einführung des Dezimalsystems in Großbritannien sehr begrüßt. Außerdem gab Harvey Albert, wenn ein Amerikaner die Meisterschaft im Einzel gewonnen hatte, stets fünf Pfund am Ende der beiden Wimbledonwochen. Da jedoch regelmäßig ein Amerikaner ins Finale kam, pflegte Albert auf den anderen Spieler in der Endrunde eine Wette bei Ladbrokes abzuschließen, sodass er – unabhängig vom Ausgang des Turniers – in jedem Fall gewann. Sowohl Harvey als auch Albert wetteten gern: Lediglich ihre Einsätze waren verschieden hoch.

Albert ließ das Gepäck in die Royal-Suite hinaufbringen, die im gleichen Jahr bereits König Konstantin von Griechenland, Prinzessin Gracia Patricia von Monaco und Kaiser Haile Selassie von Äthiopien – die alle in diesen Räumen erheblich überzeugender wirkten als Harvey – bewohnt hatten. Harvey war jedoch der Ansicht – und die folgenden Ereignisse hatten ihm recht gegeben –, dass sein jährlicher Urlaub im Claridge besser abgesichert sei als der jener gekrönten Häupter.

Die Royal-Suite im Claridge befindet sich im ersten Stock und lässt sich vom Erdgeschoss aus über einen elegant geschwungenen Treppenaufgang oder mit einem bequemen Lift erreichen. Harvey nahm stets den Lift hinauf und ging die Treppe zu Fuß hinunter; so konnte er zumindest sich selbst glauben machen, dass er sich etwas Bewegung verschaffte. Die Suite umfasst vier

Räume: ein kleines Ankleidezimmer, ein Schlafzimmer, ein Badezimmer und einen eleganten Salon mit Blick auf die Brook Street. Möbel und Bilder können einen in dem Glauben wiegen, man befände sich noch im viktorianischen England – nur der Telefon- und der Fernsehapparat zerstören diese Illusion. Der Salon ist groß genug, um Cocktailpartys darin zu geben, und bietet Staatsoberhäuptern auf Besuch die Möglichkeit, ihre Gäste zu unterhalten. Henry Kissinger hatte erst in der Woche zuvor Harold Wilson hier empfangen: Harvey genoss diese Vorstellung.

Nachdem er geduscht und sich umgezogen hatte, überflog Harvey die Post und die Fernschreiben von der Bank, die hier auf ihn gewartet hatten – alles Routineangelegenheiten. Dann ruhte er sich kurz aus, bevor er hinunterging, um im Hauptrestaurant zu Abend zu essen.

Im geräumigen Foyer spielte das vertraute Streicherquartett. Harvey erkannte sogar die vier Musiker wieder. Er hatte mittlerweile das Alter erreicht, in dem man Veränderungen nicht mehr schätzt. Die Direktion des Claridge ist sich jedoch durchaus bewusst, dass der Durchschnitt ihrer Hotelgäste die Fünfzig überschritten hat, und nimmt entsprechend Rücksicht. Der Oberkellner François führte Harvey zu seinem gewohnten Tisch.

Harvey verdrückte einen kleinen Shrimpcocktail und ein mittelgroßes Filetsteak, trank dazu eine Flasche Mouton Cadet und fuhr fort mit seiner Lektüre von »The Billion Dollar Killing«, das sich beinah wie seine eigene Biografie las. Er bemerkte die vier jungen Männer nicht, die in einer Nische auf der anderen Seite des Raumes aßen.

Stephen, Adrian, Jean-Pierre und James hatten eine ausgezeichnete Sicht auf Harvey Metcalfe, während dieser sich geradezu hätte verrenken und zurücklehnen müssen, um sie sehen zu können.

»Nicht gerade, was ich erwartete«, kommentierte Adrian.

»Hat ein bisschen zugenommen seit der Zeit, aus der die Aufnahmen stammen, die Sie uns gegeben haben«, sagte Jean-Pierre.

»Trotz all der Vorbereitungen kaum zu glauben, dass er nun leibhaftig vor uns sitzt«, bemerkte Stephen. »Der ist ganz schön leibhaftig, der Schurke, und dank unserer Dummheit um eine Million schwerer obendrein«, meinte Jean-Pierre. James hielt den Mund. Er war noch immer in Ungnade wegen der Erfolglosigkeit seiner Bemühungen und seiner lahmen Entschuldigungen bei der letzten Lagebesprechung, wenngleich die anderen drei zugeben mussten, dass sie – wo immer sie sich auch mit ihm zeigten – erstklassigen Service erhielten. Das Claridge machte da keine Ausnahme.

»Morgen also Wimbledon«, sagte Jean-Pierre. »Ich frag mich, wer wohl die erste Runde gewinnen wird.«

»Sie natürlich«, warf James ein in der Hoffnung, Jean-Pierres bissigen Bemerkungen über seine vergeblichen Anstrengungen dadurch die Spitze abbrechen zu können.

»Ihre Runde, James, lässt sich ohnehin nur dann gewinnen, wenn Sie jemals mit einem vernünftigen Vorschlag aufwarten können.«

James versank wieder in Schweigen.

»Ich meine, wenn man sich so seinen Umfang ansieht, müssten wir es eigentlich mit Ihrem Plan schaffen, Adrian«, sagte Stephen.

»Wenn er nicht an Leberzirrhose eingeht, bevor wir überhaupt anfangen können«, erwiderte Adrian. »Was für ein Gefühl haben Sie in Bezug auf Oxford, Stephen?«

»Ich weiß noch nicht recht. Mir wird wohler zumute sein, wenn ich erst die Ascot-Hürde genommen habe. Ich muss ihn sprechen hören, ihn in seiner gewohnten Umgebung beobachten, ein Gefühl für den Mann bekommen. Das alles ist nicht möglich über einen ganzen Speisesaal hinweg.«

»Möglicherweise brauchen Sie auch gar nicht mehr so lange zu warten. Morgen um diese Zeit werden wir vielleicht schon alles wissen, was wir wissen müssen – oder wir sind bereits im Gefängnis gelandet«, sagte Adrian. »Unter Umständen kommen wir noch nicht einmal über den Start hinaus, vom Kassieren ganz zu schweigen.«

»Ich könnte noch nicht einmal eine Kaution aufbringen«, gestand Jean-Pierre.

Nachdem Harvey ein großes Glas Rémy Martin V.S.O.P. in einem Zug geleert hatte, verließ er seinen Tisch und drückte dem Oberkellner eine brandneue Pfundnote in die Hand.

»Der Halunke«, sagte Jean-Pierre aufgebracht. »Schon schlimm genug, zu wissen, dass er unser Geld gestohlen hat, aber es ist einfach demütigend, mit ansehen zu müssen, wie er es rauswirft.«

Die vier schickten sich an aufzubrechen, da der Zweck ihrer Expedition erfüllt war. Stephen bezahlte die Rechnung und trug die Summe sorgfältig in die Spesenaufstellung zu Lasten Harvey Metcalfes ein. Sie verließen das Hotel getrennt und so unauffällig wie möglich, was allerdings James nicht ganz leichtfiel, da alle Kellner und Portiers ihn unweigerlich mit einem »Gute Nacht, Mylord« grüßten.

Harvey machte einen Spaziergang um den Berkeley Square,

ohne jedoch den großen jungen Mann zu bemerken, der sich in den Eingang zu dem Blumengeschäft von Moyses Stevens verdrückte aus Angst, von ihm entdeckt zu werden. Harvey konnte niemals der Versuchung widerstehen, einen Bobby nach dem Weg zum Buckingham Palace zu fragen, nur um des Vergnügens willen, dessen Reaktion mit der eines New Yorker Polizisten zu vergleichen, der in der Regel, mit seinem Revolver im Gürtel, Kaugummi kauend an einem Laternenpfahl lehnte. Wie Lenny Bruce bei seiner Deportation aus England gesagt hatte: »Eure Bullen sind so viel besser als unsere Bullen.« Ja, Harvey mochte England.

Ungefähr gegen 23.15 Uhr war er wieder im Claridge, duschte und ging ins Bett – ein großes Doppelbett, das ihm überdies jenes köstliche Gefühl der Berührung mit frischen Leintüchern vermittelte. Im Claridge musste er allerdings auf Frauen verzichten; andernfalls wäre dies das letzte Mal gewesen, dass man ihm die Royal-Suite für Wimbledon und Ascot reserviert hätte. Das Zimmer schien ein ganz klein wenig zu schwanken, aber nach fünf Tagen auf einem Überseedampfer war das völlig normal und würde sich erst mit der folgenden Nacht geben. Trotzdem schlief er gut – mit sich und der Welt zufrieden.

10

Harvey stand um 7.30 Uhr auf – eine Gewohnheit, die er nicht ablegen konnte –, aber er gestattete sich den Urlaubsluxus, das Frühstück im Bett einzunehmen. Zehn Minuten, nachdem er den Etagenservice angerufen hatte, kam der Kellner mit einem Teewagen, beladen mit einer halben Grapefruit, Schinken und Eiern, Toast, dampfendem schwarzem Kaffee, einem Exemplar des »Wall Street Journal« vom Vortag und den Morgenausgaben der »Times«, der »Financial Times« und der »International Herald Tribune«.

Für Harvey war es unvorstellbar, wie er einen Europaaufenthalt ohne die »International Herald Tribune« – im Fachjargon »Trib« genannt – hätte überstehen können. Diese einzigartige, in Paris erscheinende Zeitung ist gemeinsamer Besitz der »New York Times« und der »Washington Post«. Obgleich täglich nur eine einzige Ausgabe in einer Auflagenhöhe von 120 000 Exemplaren herauskommt, geht die Zeitung nicht vor Schluss der New Yorker Börse in Druck. Infolgedessen kann sich jeder Amerikaner in Europa unmittelbar nach dem Aufwachen informieren. Als die »New York Herald Tribune« 1966 einging, hatte Harvey zu jenen gehört, die John H. Whitney den Rat gaben, die »International Herald Tribune« in Europa weiterhin am Leben zu erhalten, und wieder einmal hatte sich Harveys Urteil als vernünftig erwiesen. Die »International Herald Tribune« schluckte bald darauf ihre zunehmend an Absatz einbüßende Konkurrenz, die in Europa ohnehin nie sehr gefragte »New York Times«, und hatte seitdem ständig steigende Auflagen.

Harvey ließ sein Expertenauge die Börsenspalten des »Wall Street Journal« und der »Financial Times« entlanglaufen. Seine Bank besaß jetzt nur noch sehr wenig Aktien, da er, ebenso wie Jim Slater in England, damit gerechnet hatte, dass der Dow-Jones-Index kollabieren würde, und deshalb alles – bis auf ein paar südafrikanische Goldminenanteile und einige wenige Wertpapiere, über die er vertrauliche Informationen besaß – in flüssige Mittel umgewandelt hatte. Angesichts der unsicheren Marktlage zog er als einzige Geldtransaktion allenfalls in Betracht, Dollars bei Baisse zu veräußern und Gold zu kaufen, um vom Kursverfall des Dollars und von dem steigenden Goldpreis zu profitieren. In Washington waren bereits Gerüchte im Umlauf, dass der Präsident der Vereinigten Staaten von seinem Finanzminister George Shultz dahingehend beraten worden war, zu irgendeinem Zeitpunkt ab 1975 dem amerikanischen Volk zu gestatten, Gold auf dem freien Markt zu kaufen. Harvey hatte seit fünfzehn Jahren Gold gekauft: Eine eventuell erfolgende Freigabe würde also nur die Illegalität seiner Goldkäufe aufheben. Harvey war der Ansicht, dass, sobald die Amerikaner die Möglichkeit bekämen, Gold zu kaufen, die Seifenblase platzen und der Goldpreis fallen würde. Das eigentliche Geld würde gemacht werden, solange die Spekulanten den Preisanstieg vorwegnähmen. Also beabsichtigte Harvey, das Gold längst wieder abgestoßen zu haben, wenn es auf dem amerikanischen Markt frei gekauft werden könnte.

Er warf einen Blick auf die Kurse der Chicagoer Warenbörse. Ein Jahr zuvor war es ihm gelungen, einen hohen Spekulationsgewinn in Kupfer zu erzielen. Vertrauliche Informationen seitens eines afrikanischen Botschafters hatten dies ermöglicht – Informationen, die der Botschafter allerdings allzu vielen Leuten hatte zukommen lassen. Harvey war daher nicht überrascht gewesen zu lesen, dass der Botschafter kurz darauf in sein Heimatland zurückberufen und später erschossen worden war.

Harvey konnte der Versuchung nicht widerstehen, sich den Kurs der Prospecta-Oil-Aktien anzusehen, der nun den Tiefststand von 18 Cents erreicht hatte. Hier war kein Umsatz mehr zu erwarten – einfach deshalb, weil es ausschließlich Verkäufer und keine Käufer mehr geben würde. Die Aktien waren praktisch wertlos. Mit einem zynischen Grinsen wandte er sich dem Sportteil der »Times« zu.

Rex Bellamys Artikel über das bevorstehende Wimbledonturnier nannte John Newcombe als Favoriten und Jim Conners, den neuen amerikanischen Star, der gerade die Internationalen Tennismeisterschaften in Italien gewonnen hatte, als besten Außenseitertipp. Die britische Presse erhoffte sich den 39-jährigen Ken Rosewall als Sieger. Harvey konnte sich noch gut des heroischen Endkampfes mit sage und schreibe 58 Matches zwischen Rosewall und Drobny im Jahre 1954 entsinnen. Wie die meisten hatte er damals auf den 33-jährigen Drobny gesetzt, der dann schließlich –nach drei Stunden Spielzeit – mit 13:11, 4:6, 9:7 auch gewonnen hatte. Diesmal wünschte Harvey sich eine geschichtliche Wiederholung in Form eines Sieges von Rosewall, wenngleich er das dunkle Gefühl hatte, dass dem populären Australier diese Chance entglitten war in den zehn Jahren, in denen Profis in Wimbledon nicht angetreten waren. Immerhin sah er keinen Grund, warum die beiden Wochen nicht eine unterhaltsame Erholungspause für ihn werden sollten: Zumal, falls

Rosewall es nicht schaffen sollte, vielleicht ein Amerikaner siegen würde.

Nach einem raschen Blick auf die Kunstkritiken beendete Harvey sein Frühstück und ließ die Zeitungen auf dem Boden verstreut liegen. Das vornehm zurückhaltende Mobiliar, der zuvorkommende Service und die Royal-Suite hatten keinerlei Einfluss auf seine Manieren. Er trottete ins Bad, um sich zu rasieren und eine Dusche zu nehmen. Arlene pflegte ihm vorzuhalten, dass die meisten Leute es umgekehrt machten: zuerst duschten und dann frühstückten; worauf Harvey ihr entgegenhielt, dass die meisten Leute alles umgekehrt wie er machten – und wohin kamen sie denn damit?

Harvey verbrachte gewöhnlich den ersten Morgen der beiden Wimbledonwochen in der Sommerausstellung der Royal Academy, Piccadilly. Danach stattete er den meisten größeren Galerien im West End – Agnew, Tooth, Marlborough und O'Hana –, die alle vom Claridge aus zu Fuß leicht zu erreichen waren, einen Besuch ab. Auch an diesem Morgen würde er keine Ausnahme machen. Harvey war in erster Linie ein Gewohnheitsmensch, wie das Team bald erfahren sollte.

Nachdem er den Etagenservice angeschnauzt hatte, dass seine Bar nicht ausreichend mit Whiskey versorgt worden war, ging er die Treppe hinunter, trat durch den Seiteneingang des Hotels hinaus und strebte dem Berkeley Square zu. Harvey bemerkte nicht den gelehrtenhaft wirkenden jungen Mann mit dem Sprechfunkgerät in der Hand auf der anderen Straßenseite.

»Er hat das Hotel verlassen«, sprach Stephen leise in seinen kleinen Pye-Taschenapparat, »und kommt auf Sie zu, James.«

»Ich übernehme ihn, sobald er auf dem Berkely Square auftaucht, Stephen. Adrian – können Sie mich hören?«

»Ja.«

»Ich werde Ihnen Bescheid geben, sobald ich ihn im Blickfeld habe. Sie bleiben vor der Royal Academy.«

»Okay«, sagte Adrian.

Harvey schlenderte um den Berkeley Square herum, hinunter nach Piccadilly und durch die Palladio nachempfundenen Arkaden von Burlington House. Widerwillig stellte er sich im Vorhof an und stand nun mit den gewöhnlichen Sterblichen in der Schlange, die sich langsam an der Astronomical Society und der Society of Antiquaries vorbeibewegte. Er sah nicht den in ein Exemplar von »Chemistry in Britain« (Adrian war ein sehr gründlicher Mensch) vertieften jungen Mann gegenüber, im Eingang zur Chemical Society. Endlich hatte Harvey die mit einem roten Teppich belegte Rampe der Royal Academy erreicht. Er bezahlte an der Kasse 3,50 Pfund für eine Dauerkarte, da er damit rechnete, noch mindestens drei- oder viermal hierherzukommen.

Den ganzen Vormittag lang betrachtete er sich eingehend die 1182 Bilder, von denen kein einziges – wie es die strengen Regeln der Akademie wollten – vor dem Eröffnungstag dieser Ausstellung irgendwo anders auf der Welt gezeigt worden war. Trotz dieser strikten Bestimmung hatte das Ausstellungskomitee noch eine Auswahl unter mehr als 5000 Bildern treffen müssen.

Am Eröffnungstag im Monat zuvor hatte Harvey durch seinen Beauftragten ein Aquarell von Alfred Daniels, das House of Commons darstellend, für 250 Pfund und zwei englische Provinzlandschaften in Öl von Bernard Dunstan für je 75 Pfund erworben. Die Sommerausstellung war noch immer die lohnendste der ganzen Welt. Selbst wenn er nicht alle Bilder, die er bei dieser Gelegenheit kaufte, in seinem Privatbesitz behalten wollte, ließen sie sich nach seiner Rückkehr in die Staaten großartig als Geschenke verwenden. Der Daniels erinnerte ihn an einen Lowry, den er vor ungefähr zwanzig Jahren für 80 Pfund in der Akademie erstanden hatte: Das Bild hatte ihn in seinem Urteilsvermögen bestätigt und sich als sehr clevere Kapitalanlage erwiesen.

Harvey sah sich vor allem die ausgestellten Bernard Dunstans genau an. Selbstverständlich waren sie alle bereits verkauft.

Dunstan gehörte zu jenen Künstlern, deren Bilder stets in den ersten Minuten am Eröffnungstag verkauft wurden. Harvey war an diesem Tag nicht in London gewesen, hatte aber trotzdem keine Schwierigkeiten gehabt, das Gewünschte zu erwerben. Ganz vorn in der Schlange hatte sich nämlich sein Gewährsmann befunden, der nach Erhalt des Katalogs alle Künstler ankreuzte, von denen er wusste, dass – falls ihm ein Fehler unterliefe – Harvey sie leicht weiterverkaufen könnte oder – wenn sein Urteil sich als richtig herausstellte – auch behalten würde. Als die Ausstellung Punkt zehn Uhr morgens eröffnet wurde, war der Beauftragte schnurstracks zum Verkaufstisch gegangen und hatte die fünf oder sechs vorher im Katalog angekreuzten Bilder gekauft, ohne sie zuvor überhaupt gesehen zu haben. Harvey unterzog seine durch den Mittelsmann eingekauften Neuerwerbungen einer sorgfältigen Prüfung.

Dieses Mal hatte er das Glück, alle behalten zu können. Wäre eine darunter gewesen, die nicht recht in seine Sammlung gepasst hätte, hätte er sie zum Wiederverkauf freigeben können mit der Verpflichtung, sie selbst zu kaufen, wenn sich kein anderer Interessent meldete. Mit dieser Methode hatte er im Lauf von zwanzig Jahren über hundert Bilder erworben und nur etwa ein

Dutzend zurückgegeben, deren Wiederverkauf ihm noch jedes Mal anstandslos geglückt war. Für alles, was er unternahm, hatte Harvey ein System.

Nach einem durch und durch befriedigenden Vormittag verließ Harvey um 13 Uhr die Akademie. Der weiße Rolls-Royce erwartete ihn bereits im Vorhof.

»Wimbledon.«

»Scheibenkleister!«

»Was haben Sie gesagt?«, fragte Stephen.

»Schei-ße … Er ist nach Wimbledon gefahren – damit wäre der heutige Tag also im Eimer«, sagte Adrian.

Das bedeutete, dass Harvey an dem Abend nicht vor 19 oder 20 Uhr frühestens ins Claridge zurückkehren würde. Gemäß dem zur Überwachung festgelegten Turnus bestieg Adrian nun seinen am St. James Square geparkten Rover 35 000 V8 und startete in Richtung Wimbledon. James hatte für jeden Tag des Turniers zwei Plätze gegenüber von Harvey Metcalfes Obligationsinhaberloge besorgt.

Adrian erreichte Wimbledon ein paar Minuten nach Harvey und eilte zu seinem Platz am Centre-Court, der so weit hinten lag, dass im Meer der Gesichter das Seine nicht auffallen würde. In Erwartung des Eröffnungsspiels herrschte bereits eine spannungsgeladene Atmosphäre. Wimbledon wird mit jedem Jahr populärer, und der Centre-Court war besetzt bis auf den letzten Platz. Prinzessin Alexandra von Kent und Premierminister Harold Wilson warteten in der königlichen Loge auf den Einzug der Matadore. Auf den kleinen grünen Punktzahltafeln am südlichen Ende des Feldes leuchteten die Namen von Kodes und Stewart auf, während der Schiedsrichter seinen Platz auf dem erhöhten Sitz direkt über dem Netz einnahm. Die Menge begann zu applaudieren, als die beiden ganz in Weiß gekleideten Athleten, jeder mit vier Schlägern in der Hand, den Platz betraten. In Wimbledon ist es den Spielern nicht gestattet, eine andere Farbe als Weiß zu tragen; nur bei den Damen, deren Kleidung nun farbig abgesetzt sein darf, wurde diese Vorschrift inzwischen etwas gelockert.

Adrian genoss das Eröffnungsmatch zwischen Kodes, dem Sieger von 1973, und Stewart, einem ungesetzten Spieler aus den Vereinigten Staaten, der dem Tschechen ganz schön zu schaffen machte; Kodes gewann 6:3, 6:4, 9:7. Zu Adrians lebhaftem Bedauern stand Harvey mitten in einem aufregenden Doppel auf und ging. Die Pflicht ruft, ermahnte er sich und folgte dem Rolls-Royce in sicherer Entfernung zum Claridge. Dort angekommen, wählte er die Nummer von James' Wohnung, die dem Team als Londoner Hauptquartier diente, und unterrichtete Stephen. »Also dann Feierabend für heute«, sagte Stephen. »Wir werden's morgen wieder versuchen. Jean-Pierre, der arme Kerl, hatte heute früh einen Puls von 150 – sehr viel mehr Tage mit falschem Alarm wird er nicht durchstehen.«

Als Harvey am nächsten Morgen das Claridge verließ, nahm er seinen Weg über den Berkeley Square in die Bruton Street und weiter in die Bond Street, verschwand aber dann – nur ungefähr 50 Meter von Jean-Pierres Galerie entfernt – bei Agnew, wo er eine Verabredung mit Sir Geoffrey Agnew, dem Chef des Familienunternehmens, hatte, um sich zu erkundigen, ob dieser etwas Neues über zum Verkauf angebotene impressionistische Gemälde wüsste. Sir Geoffrey war in Eile, da er noch einen anderen Termin wahrzunehmen hatte, und konnte Harvey daher nur ein paar Minuten widmen; er musste ihn leider enttäuschen.

Kurz darauf verließ Harvey die Galerie Agnew, unterm Arm einen kleinen Trostpreis in Form einer Skizze von Rodin, einer bloßen Bagatelle für die Kleinigkeit von 400 Pfund.

»Er kommt raus«, sagte Adrian, »und geht in die richtige Richtung.« Aber wieder machte Harvey halt, diesmal bei der Marlborough-Galerie, um sich deren neueste Ausstellung von Barbara Hepworth anzusehen. Er verweilte bewundernd über eine Stunde lang vor ihren herrlichen Arbeiten, fand aber dann, dass die Preise jetzt einfach wahnwitzig waren. Erst vor zehn Jahren noch hatte er zwei Hepworths für 800 Pfund erstanden – heute verlangte die Marlborough-Galerie zwischen 7000 und 10 000 Pfund für die Arbeiten der Künstlerin. Also verließ er das Geschäft und ging weiter die Bond Street hinauf.

»Jean-Pierre?«

»Ja«, erwiderte eine Stimme voller Nervosität.

»Jetzt ist er an der Ecke Conduit Street angekommen und etwa 50 Meter von Ihnen entfernt.«

Jean-Pierre stürzte zu seinem Schaufenster und entfernte das Graham-Sutherland-Aquarell von der Themse mit dem Bootsverleiher.

»Er hat nach links abgedreht, der Halunke«, sagte James, der gegenüber der Galerie Posten stand. »Nun geht er die rechte Seite der Bruton Street hinunter.«

Jean-Pierre setzte den Sutherland zurück auf die Staffelei im Schaufenster und schleppte sich unter Stöhnen zur Toilette. »Wie soll einer denn mit Kotzen *und* Durchmarsch gleichzeitig fertig werden!«

Unterdessen betrat Harvey einen kleinen Eingang in der Bruton Street und stieg die Treppe hinauf zu Tooth. Es schien ihm aussichtsreicher, etwas in einer Galerie zu finden, die für ihre Impressionisten berühmt geworden war. Ein Klee, ein Picasso und zwei Dalis – nicht gerade das, was Harvey vorschwebte. Der Klee war sehr gut in der Ausführung, aber doch wieder nicht so gut wie jener, der in seinem Esszimmer in Lincoln, Massachusetts, hing. Auch passte er wahrscheinlich gar nicht zu Arlenes Inneneinrichtungsplänen. Nicholas Tooth, der Direktor, versprach, seine Augen offen zu halten und Harvey im Claridge anzurufen, wenn irgendetwas von Interesse auftauchen sollte.

»Er hat sich wieder in Marsch gesetzt – aber ich glaube, diesmal geht es zurück ins Claridge.«

James konzentrierte seinen ganzen Willen darauf, dass Harvey umkehren und sich auf Jean-Pierres Galerie zubewegen möge; aber jener ging festen Schrittes in Richtung Berkeley Square und machte nur einen kleinen Umweg über die O'Hana-Galerie. Albert, der Cheftürsteher vom Claridge, hatte ihm gesagt, dass dort ein Renoir im Schaufenster sei, was tatsächlich auch zutraf. Aber es handelte sich nur um eine halbfertige Leinwand, die Renoir offensichtlich für einen Entwurf verwendet oder die ihm dann doch nicht gefallen und die er deshalb unvollendet gelassen hatte. Harvey war neugierig auf den Preis und betrat die Galerie.

»30 000 Pfund«, sagte der Verkäufer in einem Ton, als ob er drei Pfund gesagt hätte und das obendrein noch geschenkt fände.

Harvey pfiff durch die Lücke seiner Vorderzähne. Es erstaunte ihn immer wieder, dass ein minderwertiges Bild von einem erstklassigen Maler 30 000 Pfund bringen und ein hervorragendes Bild eines Künstlers ohne nennenswerten Ruf nur ein paar hundert Dollar erzielen konnte. Er bedankte sich bei dem Verkäufer und wandte sich zum Gehen.

»Es war uns ein Vergnügen, Mr Metcalfe.«

Harvey fühlte sich stets geschmeichelt, wenn die Leute sich seines Namens erinnerten. Aber das war auch ihre verdammte Pflicht und Schuldigkeit, denn schließlich hatte er letztes Jahr einen Monet für 125 000 Dollar von ihnen gekauft.

»Nun ist er endgültig auf dem Rückweg zum Hotel«, meldete James. Harvey hielt sich nur ein paar Minuten im Claridge auf, um einen Korb mit dem speziell zubereiteten Picknick Lunch, für den das Hotel berühmt ist – Kaviar, Roastbeef-, Schinken- und Käsesandwiches sowie Schokoladenkuchen –, zum späteren Verzehr in Wimbledon mitzunehmen.

James war nach dem Turnus der Nächste für Wimbledon, und er beschloss, Anne mitzunehmen. Warum auch nicht – sie wusste Bescheid. Es war der Tag der Damen, und Billie Jean King, die lebhafte amerikanische Meisterin, sollte gegen die ungesetzte Amerikanerin Kathy May antreten; alles sah danach aus, als ob diese es nicht leicht haben würde. Der Applaus für Billie Jean wurde ihren Fähigkeiten nicht gerecht, denn aus irgendwelchen Gründen war sie nie ein Wimbledon-Liebling geworden. Harvey hatte einen Gast bei sich, von dem James fand, dass er leicht kontinentaleuropäisch wirkte.

»Welcher ist dein Opfer?«

»Er sitzt uns fast genau gegenüber – neben dem Mann in dem grauen Anzug, der wie ein EG-Beamter aus Brüssel aussieht.«

»Der kleine Dicke?«, fragte Anne.

»Ja«, antwortete James.

Was immer Anne auch dazu zu sagen gehabt hätte, wurde übertönt vom »Aufschlag!«-Ruf des Schiedsrichters, und aller Aufmerksamkeit konzentrierte sich auf Billie Jean. Es war genau 14 Uhr.

»Wirklich nett von dir, mich nach Wimbledon einzuladen, Harvey«, sagte Jörg Birrer. »Irgendwie komme ich nie mehr dazu, mich groß zu amüsieren. Es ist einfach unmöglich, die Börse mehr als ein paar Stunden aus den Augen zu lassen, ohne dass irgendwo eine Panik ausbricht oder sonst was passiert.«

»Wenn du die Dinge so siehst, wird es Zeit für dich, in Pension zu gehen«, meinte Harvey.

»Kein Nachfolger weit und breit«, erwiderte Birrer. »Ich bin jetzt seit zehn Jahren Präsident der Bank, und einen Nachfolger zu finden erweist sich als die schwierigste Aufgabe, die ich je zu lösen hatte.«

»Erstes Spiel an Mrs King. Mrs King führt mit 1:0 im ersten Satz.«

»Ich kenne dich zu gut, Harvey, um anzunehmen, dass du mich ausschließlich zum Vergnügen eingeladen hast.«

»Wie kannst du bloß so schlechte Hintergedanken haben, Jörg.«

»In meinem Beruf muss man die haben.«

»Ich wollte nur wissen, wie meine drei Konten stehen, und dich über meine Pläne für die nächsten paar Monate unterrichten.«

»Spiel für Mrs King. Mrs King führt mit 2:0 im ersten Satz.«

»Dein offizielles Konto Nr. 1 hat ein Guthaben von ein paar Tausend Dollar. Dein Waren-Nummernkonto« – an dieser Stelle entfaltete Birrer einen unscheinbaren Allerweltszettel mit säuberlich geschriebenen Zahlen darauf – »steht 3 726 000 Dollar im

Minus, aber dafür bist du im Besitz von 37 000 Unzen Gold zum heutigen Verkaufspreis von 135 Dollar pro Unze.«

»Und was rätst du mir in dieser Beziehung?«

»Behalten, Harvey. Ich glaube immer noch, dass euer Präsident einen neuen Goldpreis bekannt geben oder irgendwann nächstes Jahr deinen Landsleuten gestatten wird, Gold auf dem freien Markt zu kaufen.«

»Das ist auch meine Ansicht, aber ich finde, wir sollten ein paar Wochen, bevor die Massen einsteigen, verkaufen. Ich habe da meine eigene Theorie.«

»Ich nehme an, du hast wie üblich recht, Harvey.«

»Spiel für Mrs King. Mrs King führt mit 3:0 im ersten Satz.«

»Was berechnest du mir für die Überziehung meines Kontos?«

»Anderthalb Prozent über dem Satz unter Banken, der im Augenblick bei 13,25 Prozent liegt; wir belasten dich also mit 14,75 Prozent pro Jahr, während der Goldpreis um fast 70 Prozent pro Jahr steigt. Er kann nicht dauernd so weiterklettern, aber ein paar Monate sind sicher noch drin.«

»Okay«, sagte Harvey, »also halten bis 1. November, und dann diskutieren wir die Angelegenheit noch einmal. Verschlüsselte Fernschreiben wie gewöhnlich. Ich weiß nicht, was die übrige Welt ohne die Schweizer tun würde.«

»Etwas Vorsicht wäre schon am Platz, Harvey. Weißt du, dass unsere Polizei mehr Experten in den Betrugsdezernaten beschäftigt als in den Morddezernaten?«

»Kümmere du dich um deinen Kram, und ich kümmere mich um meinen. Wenn ich mich je von Züricher Bürokraten, die keinen Mumm in den Knochen haben, ins Bockshorn jagen lassen sollte, geb ich dir vorher Bescheid. Jetzt lass dir deinen Lunch schmecken, und schau dem Match zu. Über das andere Konto unterhalten wir uns nachher.«

»Spiel für Mrs King. Mrs King führt mit 4:0 im ersten Satz.«

»Sie sind ganz vertieft in ihr Gespräch«, sagte Anne. »Ich kann mir kaum vorstellen, dass sie etwas von dem Match haben.«

»Wahrscheinlich versucht er, Wimbledon zum Selbstkostenpreis zu kaufen«, lachte James. »Die Tatsache, dass ich diesen Mann tagtäglich sehe, hat einen ärgerlichen Nebeneffekt: Ich entwickle allmählich eine gewisse Bewunderung für ihn. Wenn er im Urlaub schon so ist – wie mag er dann erst bei der Arbeit sein?«

»Keine Ahnung«, sagte Anne.

»Spiel für Miss May. Mrs King führt mit 4:1 im ersten Satz.«

»Kein Wunder, dass er so dick ist. Sieh nur, wie er den Kuchen in sich hineinstopft.« James hob seinen Zeiss-Feldstecher an die Augen. »Das bringt mich darauf zu fragen, was du mir zum Mittagessen mitgebracht hast.«

Anne griff in ihren Korb und holte ein knuspriges Salatsandwich für James heraus. Sie selbst begnügte sich damit, an einem Stangensellerie zu knabbern.

»Allmählich setze ich zu viel Fett an«, erklärte sie. »Ich werde nicht mehr in die Badeanzüge hineinpassen, in denen sie mich nächste Woche fotografieren wollen.« Sie berührte James' Knie und lächelte. »Das kommt sicher davon, dass ich so glücklich bin.«

»Ja, aber werd' nur nicht zu glücklich – ich mag dich lieber schlank.«

»Spiel für Mrs King. Mrs King führt mit 5:1 im ersten Satz.«

»Das wird ein kinderleichter Sieg«, meinte James, »wie das beim Eröffnungsmatch so oft der Fall ist. Die Leute kommen nur, um sich davon zu überzeugen, dass der Champion in Form ist, aber ich glaube, dieses Jahr wird sie kaum zu schlagen sein. Sie hat es auf Helen Wills-Moodys Rekord von acht Wimbledonsiegen abgesehen.«

»Spiel für Mrs King, 6:1. Mrs King in Führung mit dem ersten Satz zu null. Neue Bälle bitte. Miss May am Aufschlag.«

»Ist es nötig, dass wir ihn den ganzen Tag überwachen?«, fragte Anne.

»Nein, wir müssen nur sichergehen, dass er ins Hotel zurückkehrt und nicht plötzlich seine Pläne ändert oder sonst was Dummes tut. Wenn er an Jean-Pierres Galerie vorbeikommt und wir verpassen diese Gelegenheit, werden wir keine zweite Chance erhalten.«

»Und was tut ihr, wenn er seine Pläne wirklich ändert?«

»Das weiß der liebe Gott – oder genauer gesagt: Stephen. Der ist die Intelligenzbestie.«

»Spiel für Mrs King. Mrs King führt mit 1:0 im zweiten Satz.«

»Arme Miss May. Sie ist ungefähr so erfolgreich wie du. Wie läuft die Operation Jean-Pierre?«

»Miserabel. Aus irgendeinem Grund macht er immer kurz vor der Galerie kehrt – heute war er nur knapp 30 Meter von ihr entfernt. Der arme Jean-Pierre hatte fast einen Herzinfarkt. Aber wir hegen berechtigte Hoffnung für morgen. Piccadilly und das obere Ende der Bond Street scheint er jetzt absolviert zu haben, und wenn wir einer Sache sicher sein können, ist es Harvey Metcalfes Gründlichkeit. Also muss er fast zwangsläufig unser Terrain irgendwann noch hinter sich bringen.«

»Jeder von euch hätte eine Lebensversicherung über eine Million Dollar zugunsten der anderen drei abschließen sollen«, sagte Anne. »Hätte dann einer von euch einen Herzinfarkt bekommen, hättet ihr euer Geld zurückgehabt.«

»Das ist überhaupt nicht zum Lachen, Anne. Es ist furchtbar nervenaufreibend, ständig nur zu warten, zumal man ihn ja nicht hindern kann zu gehen, wohin er will.«

»Spiel für Mrs King. Mrs King führt mit dem ersten Satz und mit 2:0 im zweiten Satz.«

»Und was ist mit deinem Plan?«

»Nichts – alles vergebens! Und nachdem wir jetzt mit den anderen Projekten begonnen haben, bleibt mir irgendwie kaum noch Zeit, mich darauf zu konzentrieren.«

»Warum verführe ich ihn nicht einfach?«

»Keine schlechte Idee, aber es müsste schon eine ganz besondere Nacht sein, in der man 100 000 Pfund aus ihm herausholen könnte … Er braucht doch bloß vors Hilton oder zum Shepherd Market zu gehen, dort bekommt er's für 20 Pfund.

Wenn wir eines von diesem Herrn wissen, dann, dass er für sein Geld den entsprechenden Gegenwert erwartet. Bei

20 Pfund pro Nacht würde es dich mehr als vierzehn Jahre kosten, meinen Anteil wieder reinzubekommen, und ich glaube kaum, dass die anderen drei gewillt wären, so lange zu warten. Ich zweifle sogar sehr daran, dass sie auch nur vierzehn Tage warten würden.«

»Irgendetwas wird uns schon einfallen«, sagte Anne.

»Spiel für Miss May. Mrs King führt mit dem ersten Satz und mit 2:1 im zweiten Satz.«

»Sieh da, Miss May hat noch ein Spiel geschafft. Ausgezeichneter Lunch, Harvey.«

»Eine Spezialität des Claridge«, sagte Harvey. »Tausendmal besser, als mit Krethi und Plethi im Restaurant eingepfercht zu sein, wo man obendrein noch nicht einmal das Spiel verfolgen kann.«

»Billie Jean macht sie zu Kleinholz.«

»Das habe ich auch nicht anders erwartet«, meinte Harvey. »Nun, Jörg, zu meinem zweiten Nummernkonto.«

Wieder wurde der unscheinbare Zettel zum Vorschein gebracht, auf dem ein paar Zeilen standen. Eben diese Diskretion der Schweizer veranlasst die halbe Welt – von den Staatsoberhäuptern bis zu arabischen Scheichs –, ihnen ihr Geld anzuvertrauen. Dafür haben die Eidgenossen auch die gesündeste Wirtschaft der Welt: Das System funktioniert nämlich. Warum sollte man also irgendwo anders hingehen? Birrer studierte einen Augenblick die Ziffern.

»Am 1. April – nur du könntest dir diesen Tag ausgesucht haben, Harvey – hast du 7 486 000 Dollar auf dein Konto Nr. 2 überwiesen, das bereits ein Guthaben von 2 791 428 Dollar aufwies. Am 2. April haben wir gemäß deinem Auftrag eine Million Dollar auf die Namen von Mr Silverman und Mr Elliott bei der Banco do Minas Gerais platziert. Nach Begleichung der Rechnung von Reading & Bates über 420 000 Dollar für die gemietete Ölbohranlage und einiger anderer Rechnungen in einer Gesamthöhe von 104 112 Dollar beläuft sich der gegenwärtige Kontostand auf 8 753 316 Dollar.«

»Spiel für Mrs King. Mrs King in Führung mit dem ersten Satz und mit 3:1 m zweiten Satz.«

»Bestens«, sagte Harvey.

»Das Spiel oder das Konto?«, fragte Birrer.

»Beides. Nun also, Jörg, ich rechne damit, dass ich in den nächsten sechs Wochen ungefähr zwei Millionen Dollar brauchen werde. Ich möchte ein oder zwei Bilder in London erstehen. Da habe ich einen Klee gesehen, der mir nicht übel gefällt, und außerdem muss ich noch einige Galerien abklappern. Hätte ich geahnt, dass die Prospecta-Oil-Angelegenheit so fantastisch laufen würde, hätte ich Armand Hammer letztes Jahr bei Sotheby Parke Bernet für den van Gogh überboten. Außerdem brauche ich etwas flüssiges Geld für den Kauf einiger neuer Pferde bei den Ascot Blood Stock Auctions. Meine Zucht ist nicht mehr ganz auf der Höhe, und es ist immer noch mit mein größter Ehrgeiz, die King George and Elizabeth Stakes zu gewinnen. (James hätte sich in Qualen gewunden, wäre er Zeuge der Ungenauigkeit gewesen, mit der Harvey dieses berühmte Rennen betitelte.) Wie du weißt, war das Beste, was ich bisher erreichen konnte, der dritte Platz, und der reicht mir keineswegs. Dieses Jahr habe ich Rosalie gemeldet – meine beste Chance seit relativ langer

Zeit. Wenn ich verliere, muss ich die Zucht regenerieren, aber ich werde einfach verdammt noch mal gewinnen dieses Jahr.«

»Spiel für Mrs King, Mrs King in Führung mit dem ersten Satz und mit 4:1 im zweiten Satz.«

»Mrs King ebenfalls, wie mir scheint«, bemerkte Birrer. »Ich werde meinen Hauptkassierer informieren, dass du während der nächsten paar Wochen größere Summen abzuheben gedenkst.«

»Aber ich will den Rest nicht untätig herumliegen lassen, und deshalb möchte ich, dass du im Laufe der nächsten paar Monate vorsichtig noch mehr Gold kaufst mit dem Ziel, es im neuen Jahr wieder abzustoßen. Sollte der Markt eine plötzliche Wende nehmen, rufe ich dich in Zürich an. Jeden Tag nach Geschäftsschluss ist der überschüssige Habensaldo auf Übernachtbasis an erstklassige Banken und Tophandelsfirmen zu verleihen.«

»Was willst du mit alldem tun, Harvey – falls diese Zigarren da dich nicht vorher umbringen?«

»Ach hör auf, Jörg, du redest wie mein Doktor. Ich habe dir hundertmal gesagt, dass ich mich nächstes Jahr zurückziehe. Ich höre auf – finito.«

»Ich sehe dich noch nicht freiwillig aus dem Rennen ausscheiden und der Konkurrenz das Feld überlassen, Harvey. Nur frage ich mich mit einiger Sorge, wie schwer du jetzt, in Geld ausgedrückt, bist.«

Harvey lachte. »Das kann ich dir nicht genau sagen, Jörg. Um mit Aristoteles Onassis zu sprechen: Solange man's zählen kann, besitzt man nichts.«

»Spiel für Mrs King. Mrs King führt mit dem ersten Satz und mit 5:1 im zweiten Satz.«

»Wie geht es Rosalie? Wir haben immer noch deine Anweisung, die Konten auf sie zu überschreiben, wenn dir irgendetwas zustoßen sollte.«

»Rosalie geht es blendend. Hat mich heute Morgen angerufen, sie könne nicht mit mir nach Wimbledon kommen, da sie arbeiten müsse. Ich nehme an, sie wird auf jeden Fall einen reichen Amerikaner heiraten, und dann braucht sie die Piepen sowieso nicht. Es haben ihr ja auch schon genug einen Antrag gemacht. Sicher nicht leicht für sie herauszubekommen, ob sie hinter ihr oder hinter meinem Geld her sind. Wir hatten leider vor ein paar Jahren einen Krach deswegen, und ich fürchte, sie hat mir noch immer nicht verziehen.«

»Spiel, Satz und Sieg für Mrs King: 6:1, 6:1.«

Harvey, Jörg, James und Anne applaudierten mit der Menge, während die beiden Spielerinnen, mit einem Knicks vor dem Präsidenten des All England Clubs, seiner königlichen Hoheit dem Herzog von Kent in der königlichen Loge, den Platz verließen.

Harvey und Jörg Birrer blieben, um sich das nächste Match, ein Doppel, anzusehen, und kehrten dann zu einem gemeinsamen Abendessen ins Claridge zurück.

James und Anne hatten ihren Nachmittag in Wimbledon genossen und fuhren, nachdem sie sich davon überzeugt hatten, dass Harvey in Begleitung seines kontinentaleuropäischen Freundes sicher im Claridge gelandet war, zu Annes Wohnung.

»Stephen, ich bin wieder zurück. Metcalfe hat sich für die Nacht zurückgezogen – Appell morgen früh 8.30 Uhr.«

»Gut gemacht, James. Vielleicht beißt er morgen an.«

»Hoffen wir's.«

Auf der Suche nach Anne folgte James dem Geräusch laufenden Wassers in die Küche. Anne war dabei, eine Pfanne mit Stahlwolle zu bearbeiten, und ihre Arme steckten bis zu den Ellbogen im schäumenden Spülwasser. Sie drehte sich um und fuchtelte mit der Pfanne vorwurfsvoll vor seinen Augen herum.

»Liebling, ich möchte deine Zugehfrau nicht beleidigen. Aber von allen Küchen, die ich jemals betreten habe, ist deine die einzige, in der man *vor* dem Kochen abspülen muss.«

»Ich weiß, die Gute macht nur die sauberen Stellen der Wohnung rein. Infolgedessen wird ihre Arbeit von Woche zu Woche leichter.«

Er setzte sich auf den Küchentisch und bewunderte ihre zarten Arme und ihren schlanken Körper.

»Wirst du mir den Rücken genauso schrubben, wenn ich jetzt vor dem Abendessen noch ein Bad nehme?«

Das Wasser reichte ihm bis zum Hals und war angenehm heiß. James lehnte sich genießerisch darin zurück und überließ es Anne, ihn zu waschen. Dann stieg er tropfnass aus dem Bad.

»Für eine Badefrau bist du ein bisschen zu angezogen, Liebes«, sagte er. »Ich finde, du solltest etwas dagegen unternehmen.«

Während James sich abtrocknete, schlüpfte Anne aus ihren Kleidern.

Später lächelte er auf sie herab.

»Weißt du, du wirst immer besser.«

»Wie könnte es anders sein, bei einem so guten Lehrmeister?

Jetzt aber raus mit dir! Der überbackene Käse ist sicher schon fertig, und vorher möchte ich das Bett wieder machen.«

»Völlig unnötig, du Dummes.«

»Doch, es ist nötig! Letzte Nacht habe ich kein Auge zugetan. Du hast die ganzen Decken auf deine Seite hinübergezogen, und ich musste zusehen, wie du zusammengerollt dalagst wie eine selbstzufriedene Katze, während ich beinah erfror. Mit dir ins Bett zu gehen, entspricht in keiner Weise den Versprechungen, die einem Harold Robbins von der Liebe vorgaukelt.«

»Wenn du mit Reden fertig bist, stell den Wecker auf sieben Uhr.«

»Sieben Uhr? Du musst doch erst um 8.30 Uhr vor dem Claridge sein.«

»Ich weiß, aber ich möchte vorher noch ein Kolumbus-Ei ausbrüten.«

»James, du solltest wirklich allmählich deinen albernen Studentenhumor ablegen.«

»Oh, ich fand das aber ganz witzig.«

»Natürlich, Liebling. Jetzt zieh dich doch bitte an, bevor das Abendessen völlig verkohlt ist.«

James erreichte das Claridge um 8.29 Uhr. Er war fest entschlossen, angesichts seiner eigenen Unzulänglichkeit die anderen wenigstens bei der Ausführung ihrer Pläne nicht hängen zu lassen. Er schaltete das Funkgerät ein, um sich zu vergewissern, dass Stephen auf dem Berkeley Square und Adrian in der Bond Street standen.

»Morgen«, sagte Stephen. »Gute Nacht gehabt?«

»Verdammt gut«, erwiderte James.

»Also gut geschlafen?«, fragte Stephen.

»Fast überhaupt nicht.«

»Hören Sie endlich auf, uns eifersüchtig zu machen«, sagte Adrian, »und konzentrieren Sie sich lieber auf Harvey Metcalfe.«

James stand im Eingang des Pelzgeschäfts Slater, von wo aus er die Reinemachefrau nach getaner Früharbeit gehen und die ersten Büroangestellten und Verkäufer kommen sah.

Harvey Metcalfe brachte seine üblichen Morgenbeschäftigungen – Frühstück und Zeitungen – hinter sich. Am Abend zuvor hatte seine Frau aus Boston und während des Frühstücks seine Tochter angerufen: ein guter Tagesbeginn also. Er beschloss, seine Jagd nach einem impressionistischen Gemälde in ein paar anderen Galerien in der Cork Street und in der Bond Street fortzusetzen. Vielleicht würde die Firma Sotheby in der Lage sein, ihm zu helfen.

Er verließ das Hotel um 9.47 Uhr in seinem gewohnten flotten Schritt.

»Alle Stationen klar zum Gefecht!«

Stephen und Adrian wurden ruckartig aus ihren Tagträumen gerissen.

»Er ist gerade in die Bruton Street eingebogen und nimmt jetzt Richtung auf die Bond Street.«

Harvey ging munter die Bond Street hinunter, das Gelände, das er bereits abgegrast hatte, hinter sich lassend.

»Noch 50 Meter Entfernung«, meldete James, »40 Meter – 30 Meter – 20 Meter … Verdammt, jetzt ist er zu Sotheby reingegangen. Da läuft eine Versteigerung von mittelalterlichen Tafelmalereien. Teufel noch mal, ich wusste nicht, dass er sich dafür interessiert.«

Er warf einen Blick die Straße hinauf zu Stephen, der sich –

ausgestopft und um Jahre gealtert – in einen wohlhabenden Geschäftsmann mittleren Alters verwandelt hatte. Der Schnitt seines Kragens und die randlose Brille sollten ihn als Westdeutschen ausweisen. Stephens Stimme kam über den Sprechfunk: »Ich gehe jetzt in Jean-Pierres Galerie. James, Sie bleiben auf der anderen Seite der Straße gegenüber von Sotheby und melden sich alle fünfzehn Minuten. Adrian, Sie gehen hinein und wedeln mit dem Köder unter Harveys Nase herum.«

»Aber das war im Plan nicht vorgesehen, Stephen« stotterte Adrian.

»Ergreifen Sie die Initiative, und machen Sie schon, sonst werden Sie bald nichts anderes mehr zu tun haben, als sich um Jean-Pierres Herz zu kümmern. Ist das klar?«

»Völlig klar«, bestätigte Adrian ängstlich.

Adrian betrat die Räume von Sotheby und ging unauffällig geradewegs auf den nächsten Spiegel zu. Gott sei Dank, er war immer noch unkenntlich. Oben entdeckte er Harvey ziemlich weit hinten im Versteigerungsraum und ließ sich auf dem nächsten Sitz in der Reihe hinter ihm nieder.

Die Auktion mittelalterlicher Tafelmalereien war in vollem Gange. Harvey wusste, dass er die Gemälde eigentlich hätte mögen sollen, aber er konnte sich mit der gotischen Vorliebe für Schmuck und helle vergoldete Farben einfach nicht befreunden. Hinter ihm zog Adrian nach einem Augenblick des Überlegens seinen Nachbarn in ein leise geführtes Gespräch.

»Finde das sehr schön, aber ich bin kein Kenner. Ich fühle mich wohler in der Moderne. Trotzdem, ich muss mir ein paar passende Worte darüber für meine Zeitung einfallen lassen.«

Adrians Nachbar lächelte höflich.

»Berichten Sie über alle Auktionen?«

»Fast alle – besonders über die, bei denen etwas Überraschendes auftauchen kann. Eigentlich bin ich gerade auf dem Weg zur Lamanns-Galerie, ein Stück die Straße hinauf. Einer der Verkäufer hier hat mir einen Tipp gegeben, dass die dort etwas Besonderes aus der impressionistischen Schule hätten.«

Adrian zielte mit der geflüsterten Information sorgfältig auf Harveys rechtes Ohr. Kurz darauf sah er sich belohnt: Harvey zwängte sich aus seiner Reihe und ging. Adrian wartete das Versteigern dreier weiterer Stücke ab und folgte ihm dann.

Draußen hatte James geduldig Wache gehalten.

»10.30 Uhr – keine Spur von ihm.«

»Verstanden.«

»10.45 Uhr – immer noch keine Spur von ihm.«

»Verstanden ...«

»11.00 Uhr – er ist nach wie vor drin.«

»Verstanden.«

»11.12 Uhr – Alle Stationen klar zum Gefecht! Alle Stationen klar zum Gefecht!«

James betrat rasch und unauffällig die Lamanns-Galerie, wo Jean-Pierre wieder einmal das Sutherland-Aquarell von der Themse und dem Bootsverleiher aus dem Fenster nahm und durch ein Van-Gogh-Bild ersetzte – ein so herrliches Exemplar aus des Meisters Œuvre, wie es schöner keine Londoner Galerie je gesehen hatte. Nun würde es einem Säuretest unterzogen werden: Das Lackmuspapier lief bereits zielstrebig die Bond Street hinunter darauf zu.

Das Bild war von David Stein gemalt worden, der in der Welt der Kunst dafür berühmt-berüchtigt war, 330 Gemälde und Zeichnungen von bekannten Impressionisten gefälscht und dafür insgesamt 864 000 Dollar – und später vier Jahre – bekommen zu haben. Er war aufgeflogen anlässlich einer von ihm im Jahre 1969 in der Niveaie-Galerie, Madison Avenue, inszenierten Chagallausstellung. Stein hatte nicht gewusst, dass Chagall sich zu dieser Zeit wegen einer Ausstellung im New Metropolitan Museum im Lincoln Center, wo zwei seiner berühmtesten Werke gezeigt wurden, in New York aufhielt. Als der Meister von der Ausstellung bei Niveaie erfuhr, erklärte er – außer sich vor Wut – bei der Bezirksstaatsanwaltschaft die Bilder als Fälschungen. Stein hatte einen der angeblichen Chagalls zum Preis von fast 100 000 Dollar an Louis D. Cohen verkauft, und bis zum heutigen Tag befinden sich ein Steinscher Chagall und ein Steinscher Picasso in der Galleria d'Arte Moderna in Mailand. Jean-Pierre war der festen Überzeugung, dass Stein imstande sein würde, das, was er in der Vergangenheit in New York vollbracht hatte, in London zu wiederholen.

Stein malte weiterhin impressionistische Gemälde, signierte sie aber mit seinem eigenen Namen, und infolge seiner unbestrittenen Begabung konnte er immer noch gut davon leben. Er kannte und schätzte Jean-Pierre seit mehreren Jahren, und als er die Geschichte von Harvey Metcalfe und der Prospecta Oil hörte, erklärte er sich einverstanden, den van Gogh für 10 000 Dollar anzufertigen und das Gemälde mit des Meisters markantem »Vincent« zu signieren.

Jean-Pierre hatte keine Mühe gescheut, einen van Gogh ausfindig zu machen, der unter mysteriösen Umständen verschwunden war und dem Stein zu einer Wiederauferstehung verhelfen könnte, um Harvey in Versuchung zu führen. Zunächst hatte er aus J. B. de la Failles umfassendem Katalog »L'Œuvre de Vincent van Gogh« drei Bilder herausgesucht, die vor dem Zweiten Weltkrieg in der Nationalgalerie in Berlin gehangen hatten. Im de la

Faille waren sie unter den Nummern 485 »Les Amoureux« *(Die Liebenden)*, 628 »La Moisson« *(Die Ernte)* und 776 »Le Jardin de Daubigny« *(Der Garten von Daubigny)* aufgeführt. Die beiden Letzteren waren, wie man wusste, 1929 und »Les Amoureux« wahrscheinlich um die gleiche Zeit von der Nationalgalerie in Berlin erworben worden. Bei Kriegsbeginn waren alle drei Gemälde verschwunden.

Jean-Pierre hatte sich mit Professor Wormit von der Stiftung Preußischer Kulturbesitz in Verbindung gesetzt. Der Professor, eine internationale Autorität in allen Fragen verschollener Kunstwerke, hatte eine der Möglichkeiten ausgeschlossen: »Le Jardin de Daubigny« war offensichtlich nach dem Krieg in der Sammlung von Siegfried Kramarsky in New York wiederaufgetaucht – wie er dorthin gelangt war, blieb allerdings ein Geheimnis. Kramarsky hatte ihn später an die Nichido-Galerie in Tokio verkauft, wo das Bild heute hängt. Über das Schicksal der anderen beiden van Goghs konnte der Professor nichts berichten.

Als Nächstes wandte sich Jean-Pierre an Madame Tellegen-Hoogendoorm vom Nederlandse Rijksbureau voor Kunsthistorische Documentatie. Madame Tellegen galt als anerkannte Autorität in Sachen van Gogh, und mit ihrer sachverständigen Hilfe gelang es Jean-Pierre, die Geschichte der vermissten Gemälde allmählich zu rekonstruieren. Sie waren, zusammen mit vielen anderen – trotz heftiger Proteste seitens des Direktors Dr. Hanfstaengl und des für Gemälde zuständigen Dr. Hentzen –, 1937 von der NSDAP aus der Berliner Nationalgalerie entfernt und, von den spießigen Nazis als »Entartete Kunst« gebrandmarkt, in ein Depot in der Köpenicker Straße in Berlin gebracht worden. Hitler hatte das Lager im Januar 1938 selbst besucht, nachdem derartige illegale Übergriffe durch eine offizielle Konfiszierung legalisiert worden waren. Was mit den beiden van Goghs geschah, ist völlig unbekannt. Viele der konfiszierten Werke wurden von Joseph Angerer, einem Beauftragten Hermann Görings, unter der Hand im Ausland verkauft, um die dringend notwendigen Devisen zu beschaffen. Andere kamen bei einer von der Kunstgalerie Fischer in Luzern veranstalteten Auktion am 30. Juni 1939 zur Versteigerung. Aber viele der in der Köpenicker Straße gelagerten Werke verbrannten einfach oder wurden gestohlen.

Es gelang Jean-Pierre schließlich, sich Schwarz-Weiß-Reproduktionen von »Les Amoureux« und »La Moisson« zu beschaffen: Selbst wenn es jemals Farbfotos von diesen Gemälden gegeben haben sollte, existierte kein einziges mehr. Auch schien es Jean-Pierre sehr unwahrscheinlich, dass noch irgendwo Farbreproduktionen von zwei Bildern vorhanden sein sollten, die 1938 zuletzt gesehen worden waren. Also beschloss er, zwischen diesen beiden Gemälden seine Wahl zu treffen.

»Les Amoureux« war mit 76 x 91 Zentimeter das größere Exemplar. Van Gogh schien jedoch nicht mit ihm zufrieden gewesen zu sein. Im Oktober 1889 (Brief Nr. 556) sprach er von ihm als »einer sehr unzulänglichen Skizze zu meinem letzten Bild«. Darüber hinaus war es unmöglich, die Farbe des Hintergrunds zu erraten. »La Moisson« hingegen hatte van Gogh gefallen. Er hatte es im September 1889 gemalt und darüber geschrieben: »Ich habe große Lust, den Schnitter noch einmal für Mutter zu machen« (Brief Nr. 604). Tatsächlich hatte er bereits drei andere, sehr ähnliche Bilder eines Schnitters zur Erntezeit gemalt. Jean-Pierre konnte Farbnegative von zweien dieser Gemälde vom Louvre und vom Rijksmuseum, wo sie heute hängen, erhalten und studierte die zeitliche Aufeinanderfolge. Die Position der Sonne und das Spiel des Lichts auf der Landschaft waren praktisch die einzigen Unterscheidungsmerkmale: Er konnte sich genau vorstellen, wie »La Moisson« in Farbe ausgesehen haben musste.

David Stein stimmte Jean-Pierres endgültiger Wahl zu; er studierte die Schwarz-Weiß-Reproduktion von »La Moisson« und die Farbdiapositive der beiden verwandten Bilder lange und eingehend, bevor er mit der Arbeit begann. Dann nahm er ein unbedeutendes französisches Gemälde aus dem späten 19. Jahrhundert, entfernte die Farbe von der Leinwand, markierte auf dieser die genaue Größe des Bildes – 48,5 x 53 Zentimeter – und wählte Spachtel und Pinsel von der Art, wie van Gogh sie bevorzugt hatte. Sechs Wochen später war »La Moisson« fertig. Stein überzog das Gemälde mit Firnis und ließ es vier Tage in einem auf 30 °C leicht erhitzten Ofen »backen«, um ihm die notwendige Alterspatina zu verleihen. Jean-Pierre besorgte einen schweren, vergoldeten impressionistischen Rahmen. Schließlich zeigte er das Bild van Goghs Enkel Vincent, einem profunden Kenner des Werks seines berühmten Großvaters. Vincent war ganz hingerissen gewesen, was Jean-Pierre in seiner Überzeugung bestärkte, dass das Gemälde Harvey Metcalfes prüfendem Blick standhalten würde.

Harvey, der den geflüsterten Tipp natürlich mitbekommen hatte, fand, es könne nichts schaden, einmal bei der Lamanns-Galerie vorbeizuschauen. Als er knapp fünf Schritte davon entfernt war, bemerkte er, wie ein Bild aus dem Schaufenster genommen wurde, und vermochte seinen Augen kaum zu trauen. Ein van Gogh, ohne jeden Zweifel – und ein ganz hervorragender obendrein. (In Wirklichkeit war das Gemälde nur zwei Minuten ausgestellt gewesen.)

Harvey betrat die Galerie und sah Jean-Pierre in ein Gespräch mit Stephen und James vertieft. Keiner beachtete ihn. Stephen redete mit einem kehligen Akzent auf Adrian ein.

»170 000 Guineen sind ein hoher Preis, aber es ist ein schönes Exemplar. Sind Sie sicher, dass es sich um das Bild handelt, das 1937 aus Berlin verschwand?«

»Man kann niemals einer Sache ganz sicher sein, aber Sie können auf der Rückseite der Leinwand den Stempel der Berliner Nationalgalerie sehen, und die Firma Bernheim-Jeune hat bestätigt, dass sie es 1927 an die Deutschen verkauft hat. Von da ab lässt sich seine Geschichte bis 1890 chronologisch zurückverfolgen. Es gilt als sicher, dass es in den Kriegswirren aus dem Museum erbeutet wurde.«

»Wie kam es in Ihre Hände?«

»Aus der Sammlung eines Mitglieds der britischen Aristokratie, dessen Wunsch es ist, das Bild privat zu verkaufen.«

»Ausgezeichnet«, sagte Stephen. »Bitte reservieren Sie es für mich bis 16 Uhr. Bis dahin werde ich Ihnen einen Scheck von der Dresdner Bank über 170 000 Guineen bringen. Ist Ihnen das recht?«

»Selbstverständlich, Sir«, erwiderte Jean-Pierre. »Ich werde es entsprechend kennzeichnen.«

James, in einem todschicken Anzug, auf dem Kopf einen eleganten weichen Filzhut, wippte mit Kennermiene hinter Stephen auf und ab.

»Ein wahrhaft herrliches Stück aus dem Œuvre des Meisters«, bemerkte er verzückt.

»Ja. Ich habe es Julian Harron von Sotheby gezeigt, und es schien ihm sehr zu gefallen.«

James tänzelte affektiert in eine andere Ecke der Galerie,

seine Rolle als Connaisseur sichtlich genießend. In diesem Moment kam Adrian herein, in der Rocktasche eine Ausgabe des »Guardian«.

»Guten Tag, Mr Lamanns. Ich habe da ein Gerücht über einen van Gogh gehört, den ich in Russland glaubte, und ich möchte ein paar Zeilen darüber für die morgige Ausgabe schreiben – haben Sie etwas dagegen?«

»Ich wäre entzückt«, sagte Jean-Pierre. »Aber ich mache Sie darauf aufmerksam, dass ich das Bild soeben bereits für Herrn Drosser, einen bekannten deutschen Kunsthändler, für 170 000 Guineen reserviert habe.«

»Sehr vernünftiger Preis«, bemerkte James wissend vom anderen Ende der Galerie her. »In meinen Augen ist das der beste van Gogh, den ich je in London gesehen habe. Tut mir in der Seele weh, dass meine Firma nicht mit seiner Versteigerung beauftragt wurde. Sie haben Glück, Herr Drosser. Aber sollten Sie ihn jemals zur Versteigerung bringen wollen, dann setzen Sie sich doch bitte mit mir in Verbindung.« James überreichte Stephen eine Karte und lächelte dabei Jean-Pierre an. Jean-Pierre beobachtete James – wirklich sehr gute Vorstellung, die er da gab. Adrian begann, sich Notizen zu machen in einer Schrift, von der er hoffte, dass sie wie Stenografie aussähe, und fragte, zu Jean-Pierre gewandt: »Haben Sie ein Foto von dem Gemälde?«

»Natürlich.«

Jean-Pierre öffnete eine Schublade, nahm ein Farbfoto des Bildes, an das eine mit der Maschine geschriebene Beschreibung angeheftet war, heraus und überreichte es Adrian.

»Achten Sie doch bitte auf die Schreibweise von Lamanns – ich bin es so satt, mit einem französischen Autorennen verwechselt zu werden.«

Er wandte sich Stephen zu. »Tut mir außerordentlich leid, dass ich Sie habe warten lassen, Herr Drosser. Wohin wünschen Sie das Bild geliefert zu bekommen?«

»Sie können es morgen früh ins Dorchester, Zimmer Nr. 120, bringen lassen.«

»In Ordnung, Sir.«

Stephen schickte sich an zu gehen.

»Entschuldigen Sie, Sir«, sagte Adrian, »könnten Sie mir bitte Ihren Namen buchstabieren?«

»D-r-o-s-s-e-r.«

»Und würden Sie mir gestatten, Sie in meinem Artikel zu erwähnen?«

»Ja, das dürfen Sie. Ich bin mit meiner Erwerbung sehr zufrieden. Guten Tag, meine Herren.«

Stephen machte eine höfliche Verbeugung und ging. Er trat auf die Bond Street hinaus – und zum hellen Entsetzen von Jean-Pierre, Adrian und James folgte Harvey ihm auf dem Fuße.

Jean-Pierre ließ sich schwerfällig auf seinen Mahagonischreibtisch fallen und blickte Adrian und James verzweifelt an.

»Großer Gott, die ganze Sache ist ein Fiasko. Sechs Wochen Vorbereitung, drei Tage Agonie – und er haut einfach ab.« Jean Pierre starrte voller Zorn auf »La Moisson«.

»Stephen hat uns doch gesagt, Metcalfe würde auf jeden Fall bleiben und mit Jean-Pierre handeln«, jammerte James. »Demnach hätte er das Bild doch eigentlich gar nicht aus den Augen lassen dürfen!«

»Und wer in drei Teufels Namen hat sich denn überhaupt dieses ganze verfluchte Unternehmen ausgedacht?«, grollte Adrian.

»Stephen«, tönte es wie aus einem Munde, und sie stürzten alle drei ans Fenster.

»Was für eine interessante Plastik von Henry Moore«, sagte eine offensichtlich in ein festes Korsett gezwängte Dame mittleren Alters und ließ ihre Hand auf der bronzenen Hüfte eines nackten Akrobaten ruhen. Sie hatte unbemerkt die Galerie betreten, während die drei ihrem Ärger Luft gemacht hatten. »Was soll sie denn kosten?«

»Ich stehe Ihnen sofort zur Verfügung, Madam«, sagte Jean-Pierre. »Herrgott noch mal, Metcalfe folgt Stephen auf den Fersen. Ruf ihn über den Taschenfunk, Adrian.«

»Stephen, kannst du mich hören? Was immer du auch tust, dreh dich um Gottes willen nicht um – Harvey ist höchstwahrscheinlich nur ein paar Meter hinter dir.«

In ihrer Aufregung waren sie unwillkürlich in einen vertraulichen Ton verfallen.

»Was zum Donnerwetter soll das heißen: Er ist ein paar Meter hinter mir? Er ist doch bei euch in der Galerie und kauft den van Gogh – oder etwa nicht? Auf was wollt ihr denn hinaus?«

»Harvey hat uns überhaupt keine Chance gegeben. Er ist stehenden Fußes hinter dir hinausgegangen, bevor einer von uns den Mund aufmachen konnte.«

»Das habt ihr aber sehr klug angestellt! Und was soll ich jetzt tun?«

»Du gehst am besten ins Dorchester – für den Fall, dass er dir wirklich folgen sollte.«

»Und wo ist dieses verdammte Dorchester?«, jaulte Stephen.

Adrian kam ihm zu Hilfe: »Nimm die erste Straße rechts, Stephen: Sie führt zur Bruton Street. Die gehst du so lange geradeaus, bis du zum Berkeley Square kommst. Bleib auf Empfang, aber schau nicht zurück, sonst erstarrst du womöglich zu einer Salzsäule.«

»James«, sagte Jean-Pierre – wie es seine Art war, blitzschnell reagierend –, »du nimmst sofort ein Taxi, fährst ins Dorchester und lässt dort Zimmer Nr. 120 auf den Namen Drosser reservieren. Sobald Stephen durch die Tür hereinkommt, gibst du ihm den Schlüssel und verdrückst dich dann gleich … Stephen – bist du noch da?«

»Ja.«

»Hast du das alles mitbekommen?«

»Ja. Sag James, er soll Zimmer 119 oder 121 nehmen, wenn Zimmer 120 belegt sein sollte.«

»Verstanden«, erwiderte Jean-Pierre. »Los James, mach schon!«

James stürzte hinaus und schnappte einer Dame das Taxi vor der Nase weg, das sie soeben herbeigewinkt hatte; dergleichen hatte er noch nie zuvor in seinem Leben getan.

»Zum Dorchester«, rief er, »so schnell Sie können!«

Das Taxi schoss davon.

»Stephen, James ist fort, und jetzt schicke ich Adrian los, damit er Harvey folgt. Er wird dich auf dem Laufenden halten und dir den Weg zum Dorchester durchgeben. Ich bleibe hier. Sonst alles okay?«

»Nein«, sagte Stephen, »fang an zu beten. Ich bin jetzt am Berkeley Square – wie geht's weiter?«

»Quer über den Rasen und dann die Hill Street hinunter.«

Adrian rannte die ganze Strecke zur Bruton Street, bis er ungefähr 50 Meter hinter Harvey war.

»Also, wegen des Henry Moore …«, sagte die wohlgeschnürte Dame.

»Zum Teufel mit Henry Moore!«

Der stahlverstärkte Busen hob und senkte sich empört.

»Junger Mann, niemand hat je gewagt, zu mir in diesem …«

Aber es war zwecklos. Jean-Pierre hatte bereits die Toilette erreicht und musste sich vor Nervosität übergeben.

»Du überquerst gerade die South Audley Street und kommst jetzt in die Deanery Street. Die gehst du entlang und biegst weder nach rechts noch nach links ab. Vor allen Dingen dreh dich nicht um – Harvey geht ungefähr 50 Meter hinter dir, und ich bin etwas mehr als 50 Meter hinter ihm«, sagte Adrian.

»Ist Zimmer 120 frei?«

»Ja, Sir, heute Morgen gerade frei geworden – aber ich bin nicht sicher, ob das Zimmer schon fertig ist. Möglicherweise macht das Mädchen gerade sauber. Ich werde eben mal nachsehen, Sir«, sagte der große schlanke Empfangschef im Stresemann – einer Kleidung, die darauf hindeutete, dass er zu den ranghöheren Angestellten zählte.

»Ach, machen Sie sich deshalb keine Mühe«, sagte James. »Ich habe immer dieses Zimmer. Können Sie es mir für eine Nacht reservieren – mein Name ist Drosser, Helmut Drosser.«

Er steckte dem Empfangschef eine Pfundnote zu.

»Selbstverständlich, Sir.«

»Das ist die Park Lane, Stephen. Schau nach rechts – das große Hotel an der Ecke vor deinen Augen ist das Dorchester. Das Halbrund dir gegenüber ist der Haupteingang. Geh die Treppe hinauf und durch die Drehtür – der Empfang befindet sich gleich rechts. James müsste bereits dort sein.«

Heute kam es Adrian zustatten, dass das alljährliche Dinner der Royal Society of Medicine letztes Jahr im Dorchester stattgefunden hatte.

»Wo ist Harvey?«, jammerte Stephen.

»Nur etwa 40 Meter hinter dir.«

Stephen beschleunigte seine Schritte, lief die Stufen des Dorchester hinauf und eilte so schnell durch die Drehtür, dass die Gäste, die gerade hinausgehen wollten, sich schneller auf der Straße fanden, als sie ursprünglich geplant hatten. Gott sei Dank: James wartete schon mit einem Schlüssel in der Hand.

»Der Lift ist da drüben«, sagte James, ihm die Richtung weisend. »Ausgerechnet du musstest dir natürlich eine der teuersten Suiten des Hotels aussuchen.«

Stephen blickte in die von James angegebene Richtung, wandte sich dann um und wollte sich bedanken. Aber James steuerte bereits auf die American Bar zu – er wollte unter allen Umständen die Bildfläche verlassen haben, wenn Harvey Metcalfe auftauchte.

Stephen verließ den Lift und ging zu Zimmer 120 im ersten Stock. Das Dorchester, das er nie zuvor betreten hatte, war ebenso konservativ wie das Claridge, und der dicke königsblau-goldene Teppich führte zu einer prachtvoll gelegenen Ecksuite mit Blick über den Hyde Park. Er ließ sich in einen Sessel fallen und harrte – reichlich verunsichert – der Dinge, die da kommen sollten. Einfach nichts war planmäßig verlaufen.

Jean-Pierre wartete in der Galerie, James saß in der American Bar, und Adrian hing neben der Park-Lane-Filiale von Barclays Bank herum, einem Pseudo-Tudor-Bau, etwa 50 Meter vom Eingang des Dorchester entfernt.

»Wohnt bei Ihnen ein Mr Drosser? Ich glaube, Zimmer 120«, bellte Harvey.

Der Empfangschef suchte und fand den Namen.

»Ja, Sir. Werden Sie erwartet?«

»Nein, aber ich möchte ihn kurz über das Haustelefon sprechen.«

»Selbstverständlich, Sir. Bitte gehen Sie durch den kleinen Torbogen gleich hier links, dahinter finden Sie fünf Telefone – eines davon ist das Haustelefon.«

Harvey marschierte, wie angewiesen, durch den Torbogen. »Zimmer 120«, befahl er dem jungen Mann in der Vermittlung, der in einem kleinen abgeteilten Raum für sich saß und die grüne Dorchesteruniform mit einer goldenen Burg auf dem Jackenrevers trug.

»Kabine Nr. 1, Sir, bitte.«

»Mr Drosser?«

»Am Apparat«, sagte Stephen unter Aufbietung aller seiner Kräfte und seines härtesten deutschen Akzents.

»Dürfte ich vielleicht hinaufkommen und Sie einen Augenblick sprechen? Mein Name ist Harvey Metcalfe. Es handelt sich um den van Gogh, den Sie heute Morgen gekauft haben.«

»Hm, im Moment geht es eigentlich schlecht. Ich wollte gerade eine Dusche nehmen, und außerdem habe ich eine Verabredung zum Lunch.«

»Ich werde Sie nur ein paar Minuten aufhalten.«

Bevor Stephen antworten konnte, hatte Harvey eingehängt. Ein paar Sekunden später klopfte es an der Tür – Stephen öffnete nervös. Er hatte einen weißen Hotelbademantel an, und sein braunes Haar war etwas zerzaust und dunkler als gewöhnlich. Es war die einzige Verkleidung, die er sich in der kurzen Zeit hatte ausdenken können, denn im ursprünglichen Plan war eine Begegnung Aug' in Auge mit Harvey nicht vorgesehen gewesen.

»Ist mir peinlich, so bei Ihnen einzubrechen, Mr Drosser, aber ich musste Sie unbedingt sofort sprechen. Ich weiß, dass Sie gerade einen van Gogh von der Lamanns-Galerie erworben haben, und ich kam in der Hoffnung, dass Sie – da Sie ja Kunsthändler sind – eventuell bereit wären, ihn gewinnbringend weiterzuverkaufen.«

»Nein, danke«, sagte Stephen und atmete zum ersten Mal an diesem Tag erleichtert auf. »Ich bin schon seit Jahren auf der Suche nach einem van Gogh für meine Galerie in München. Tut mir furchtbar leid, aber ich verkaufe nicht.«

»Hören Sie, Sie haben 170 000 Guineen dafür bezahlt. Wie viel wäre das in Dollar?«

Stephen dachte einen Augenblick nach. »Oh, so ungefähr 435 000 Dollar.«

»Ich lege Ihnen 15 000 Dollar drauf, wenn Sie das Bild mir überlassen. Sie brauchen nur die Galerie anzurufen und dort Bescheid zu geben, dass das Bild mir gehört und dass ich die Rechnung begleichen werde.«

Stephen saß schweigend da, unschlüssig, wie er mit dieser neuen Situation fertig werden sollte, ohne alles zu verderben. Denk wie Harvey Metcalfe, sagte er sich.

»20 000 Dollar in bar, und das Geschäft ist perfekt.«

Harvey zögerte. Stephen wurde ganz mulmig zumute.

»Also abgemacht«, sagte Harvey. »Rufen Sie sofort die Galerie an.«

Stephen nahm den Hörer auf. »Können Sie mich so rasch wie möglich mit der Lamanns-Galerie, Bond Street, verbinden – ich muss gleich fort zu einer Lunchverabredung.«

Ein paar Sekunden später wurde sein Gespräch durchgestellt.

»Lamanns-Galerie.«

»Ich möchte Mr Lamanns sprechen.«

»Endlich, Stephen! Wie zum Teufel steht es denn jetzt bei dir?«

»Ah, Mr Lamanns, hier ist Drosser. Sie erinnern sich, ich war heute Morgen bei Ihnen.«

»Natürlich erinnere ich mich, du Idiot. Was ist denn los, Stephen? Ich bin's – Jean-Pierre.«

»Bei mir ist ein Mr Metcalfe.«

»Ach, du lieber Gott! Verzeih, Stephen, ich hatte keine …«

»Und Sie können ihn innerhalb der nächsten paar Minuten erwarten.«

Stephen sah Harvey an, und dieser nickte zustimmend.

»Sie überlassen ihm bitte den van Gogh, den ich heute Morgen gekauft habe, und er wird Ihnen einen Scheck über den Gesamtbetrag von 170 000 Guineen aushändigen.«

»Über raue Pfade zu den Sternen«, sagte Jean-Pierre andächtig.

»Ich bedaure aufrichtig, dass ich nicht selbst der Besitzer des Bildes sein werde, aber ich habe, wie die Amerikaner zu sagen pflegen, ein Angebot bekommen, das ich nicht ausschlagen kann. Ich danke Ihnen für die Rolle, die Sie dabei gespielt haben«, sagte Stephen und legte den Hörer auf.

Harvey schrieb einen Barscheck über 20 000 Dollar aus.

»Vielen Dank, Mr Drosser. Sie haben mich zu einem sehr glücklichen Menschen gemacht.«

»Ich selbst kann mich auch nicht beklagen«, bemerkte Stephen wahrheitsgetreu. Er begleitete Harvey zur Tür, und sie schüttelten einander die Hand.

»Auf Wiedersehen, Sir.«

»Auf Wiedersehen, Mr Metcalfe.«

Stephen schloss die Tür und wankte – nahezu gelähmt vor Erschöpfung – zurück zum Sessel.

Adrian und James sahen, wie Harvey das Dorchester verließ. Adrian folgte ihm in Richtung auf die Galerie, und seine Hoffnung wuchs mit jedem Schritt. James nahm den Lift hinauf zum ersten Stock und wäre auf seinem Weg zu Zimmer 120 fast gerannt. Er hämmerte an die Tür. Stephen schreckte bei dem Geräusch zusammen; einer neuerlichen Konfrontation mit Harvey Metcalfe fühlte er sich wirklich nicht gewachsen.

»Gottlob, James – du bist es. Sag das Zimmer ab, bezahl für eine Nacht und triff mich dann in der Cocktailbar.«

»Warum? Wofür?«

»Eine Flasche Krug 1964 Privée Cuvée.«

Team gegen Metcalfe – 1:0.

11

Jean-Pierre erreichte als Letzter Lord Brigsleys Wohnung in der Kings' Road. Er war der Meinung, dass er ein Anrecht auf einen triumphalen Einzug hatte: Harveys Schecks waren eingelöst, und der Kontostand der Lamanns-Galerie hatte sich im Augenblick um 447 560 Dollar verbessert. Das Bild gehörte nun Harvey, und der Himmel war nicht eingestürzt. Jean-Pierre hatte in zwei Monaten krimineller Machenschaften mehr Geld verdient als in zehn Jahren legitimer Geschäftstätigkeit.

Die drei anderen empfingen ihn mit jubelndem Beifall und mit einem Glas von James letzter Flasche Veuve Cliquot 1959.

»Wir haben Glück gehabt, dass wir die Sache doch noch über die Runden bringen konnten«, sagte Adrian.

»Das kann man eigentlich nicht nur als Glück bezeichnen«, meinte Stephen. »Wir haben unter dem Druck der Ereignisse die Nerven bewahrt. Die Lehre, die wir daraus ziehen müssen, ist, dass Harvey mitten im Spiel die Regeln ändern kann.«

»Um ein Haar hätte er sogar das ganze Spiel geändert, Stephen.«

»Stimmt, und wir müssen uns dessen bewusst sein, dass wir nur dann nicht scheitern werden, wenn wir nicht nur dieses eine Mal, sondern insgesamt viermal erfolgreich sind. Auf keinen Fall darf der Gegner unterschätzt werden, nur weil wir die erste Runde gewonnen haben.«

»Schon gut, Professor«, sagte James. »Wir können uns nach dem Abendessen wieder übers Geschäft unterhalten. Anne ist heute Nachmittag extra gekommen, um die Lachsmousse zu machen, und die verträgt sich schlecht mit Harvey Metcalfe.«

»Wann werden wir dieses Märchenwesen kennenlernen?«, fragte Jean-Pierre.

»Wenn wir das alles hinter uns haben.«

»Heirate sie ja nicht, James – sie ist nur hinter deinem Geld her.«

Alle lachten. James hoffte, der Tag würde kommen, an dem er ihnen erzählen könnte, dass sie die ganze Zeit über alles gewusst hatte. Er holte das Bœuf en Croûte und zwei Flaschen 1970er Echezeaux herein. Jean-Pierre schnupperte anerkennend an der Soße.

»Im Nachhinein möchte ich sagen, sie sollte ernsthaft in Betracht gezogen werden, wenn sie im Bett nur halb so gut ist wie in der Küche.«

»Du wirst keine Gelegenheit bekommen, dir ein Urteil darüber zu bilden, Jean-Pierre. Begnüge dich ruhig damit, ihre Salatsoße zu genießen.«

»Du warst einfach hervorragend heute Morgen, James«, sagte Stephen, um die Konversation von Jean-Pierres Lieblingsthema wegzumanövrieren. »Eigentlich solltest du wirklich zur Bühne gehen. Nur so, als Mitglied der englischen Aristokratie, ist dein Talent einfach verschwendet.«

»Das habe ich schon immer gewollt, aber mein Alter Herr ist dagegen. Wenn man eine große Erbschaft zu erwarten hat, muss man schön brav und folgsam sein.«

»Warum lassen wir ihn nicht in Monte Carlo gleich alle vier Rollen auf einmal spielen?«, schlug Adrian vor.

Die Erwähnung von Monte Carlo hatte eine ernüchternde Wirkung auf sie.

»Zurück zur Arbeit«, sagte Stephen. »Bis jetzt haben wir 447 560 Dollar eingenommen. Die Ausgaben für das Bild und eine nicht vorgesehene Nacht im Dorchester belaufen sich auf 11 142 Dollar. Also schuldet uns Metcalfe noch 563 582 Dollar. Denkt an das, was wir verloren, nicht an das, was wir gewonnen haben. Nun zum Unternehmen Monte Carlo: Sein Gelingen hängt von einem auf die Minute genauen Timing ab und davon, dass wir unsere Rollen gut spielen. Adrian wird uns jetzt die nötigen Details erklären.«

Adrian nahm sein grünes Dossier aus der neben ihm stehenden Aktentasche und sah einen Augenblick seine Notizen durch.

»Jean-Pierre, ab heute lässt du dir einen Bart wachsen, damit man dich in drei Wochen nicht wiedererkennt. Außerdem musst du dir die Haare ganz kurz schneiden lassen.« Jean-Pierre verzog schmerzlich sein Gesicht, was Adrian mit einem mitleidslosen Grinsen quittierte. »Ja, du wirst einfach abstoßend aussehen.«

»Das«, meinte Jean-Pierre, »ist überhaupt nicht möglich.«

»Und wie steht's mit Baccara und Blackjack?«, fuhr Adrian fort.

»Ich habe in den fünf Wochen 37 Dollar verloren, mein Mitgliedsbeitrag bei Crockfords mitinbegriffen.«

»Geht alles auf Spesen«, bemerkte Stephen. »Damit ist Harvey mit 563 619 Dollar bei uns im Debet.«

Die anderen lachten, nur Stephen verzog keine Miene; er meinte es bitterernst.

»James, wie kommst du mit dem Lieferwagen zurecht?«

»Vom St. Thomas Hospital bis zu dir in die Harley Street brauche ich 14 Minuten. Die tatsächliche Strecke in Monte Carlo sollte ich eigentlich in elf Minuten schaffen können – ich muss sie nur am Tag vorher ein paarmal zur Probe abfahren, und natürlich muss ich das Fahren auf der verkehrten Seite der Straße üben, bis ich es beherrsche.«

»Komisch, dass alle mit Ausnahme der Briten auf der verkehrten Straßenseite fahren«, warf Jean-Pierre ein.

James tat, als habe er nichts gehört.

»Außerdem bin ich mir nicht über alle Verkehrsschilder auf dem Kontinent im Klaren.«

»Die stehen sämtlich im ›Guide Michelin‹, den ich dir zusammen mit meinem Dossier gegeben habe.«

»Ich weiß, aber ich werde mich trotzdem sicherer fühlen, wenn ich die Strecke wirklich abgefahren und nicht bloß Karten studiert habe. Es gibt ziemlich viele Einbahnstraßen in Monaco, und ich möchte sie nicht in der verkehrten Richtung passieren.«

»Mach dir keine Sorgen, du wirst Zeit genug haben, wenn wir erst mal dort sind. Bleibt also noch Stephen, der so ungefähr der fähigste Medizinstudent ist, den ich jemals gehabt habe. Du bist doch mit deinen neu erworbenen Kenntnissen zufrieden, hoffe ich?«

»Etwa so zufrieden, wie ich mit deinem amerikanischen Akzent bin, Adrian. Immerhin will ich annehmen, dass Harvey Metcalfe nicht mehr in der Lage sein wird, uns richtig zu taxieren, wenn wir vor ihm stehen.«

»Keine Sorge. Glaub mir, er würde es noch nicht einmal registrieren, wenn du dich als Herr Drosser vorstelltest mit einem van Gogh unter jedem Arm.«

Adrian verteilte den Stundenplan für die letzten Proben in der Harley Street und im St. Thomas Hospital und konsultierte noch einmal das grüne Dossier.

»Ich habe im Hôtel de Paris vier Einzelzimmer auf verschiedenen Stockwerken reservieren lassen und alle Abmachungen mit dem Centre Hospitalier Princesse Grace bestätigt. Das Hotel steht in dem Ruf, eines der besten der Welt zu sein – auf jeden Fall ist es teuer genug –, aber dafür liegt es auch in nächster Nähe des Casinos. Am Montag fliegen wir nach Nizza. Plangemäß müsste Harvey einen Tag später mit seiner Jacht ankommen.«

»Und was tun wir die übrige Woche?«, fragte James unschuldig.

Stephen übernahm wieder die Leitung. »Wir lernen das grüne Dossier auswendig – von vorn nach hinten und von hinten nach vorn –, bis wir es für die Generalprobe am Freitag beherrschen. Das Wichtigste für dich, James, ist, dass du dich zusammenreißt und uns endlich wissen lässt, was du zu tun gedenkst.«

James versank wieder in trübsinniges Schweigen.

Stephen klappte energisch seine Akte zu. »Das scheint mir alles zu sein, was wir heute Abend tun können.«

»Augenblick noch, Stephen«, sagte Adrian. »Lass uns dich noch mal ausziehen – ich möchte sehen, ob wir es in 90 Sekunden schaffen.«

Stephen legte sich etwas widerstrebend in der Mitte des Zimmers nieder, und James und Jean-Pierre entkleideten ihn behend und vorsichtig.

»87 Sekunden. Ausgezeichnet!«, sagte Adrian und blickte hinunter auf Stephen, der nur noch seine Uhr anhatte. »Verdammt, es ist schon spät. Ich muss zurück nach Newbury, sonst denkt meine Frau noch, ich hätte eine Geliebte, und von euch ist wahrhaftig keiner nach meinem Geschmack.«

Stephen zog sich rasch wieder an, während die anderen sich auf den Weg machten. Ein paar Minuten später stand James an der Haustür und verabschiedete einen nach dem anderen. Sobald Stephen außer Sicht war, raste er hinunter in die Küche.

»Hast du zugehört?«

»Ja, Liebling. Sie sind wirklich nett, und ich kann es ihnen nicht verdenken, dass sie böse auf dich sind. Sie gehen das ganze Unternehmen ausgesprochen fachmännisch an. Offen gestanden hast du wie der einzige Amateur gewirkt. Wir müssen uns unbedingt etwas Brauchbares ausdenken, damit du mit ihnen konkurrieren kannst. Wir haben ja noch über eine Woche, bevor Harvey Metcalfe nach Monte Carlo geht.«

James seufzte: »Dann lass uns wenigstens diesen Abend genießen. Die Sache heute Morgen war doch ein regelrechter Triumph!«

»Ja, aber nicht deiner. Morgen machen wir uns an die Arbeit.«

12

»Passagiere für Flug Nr. 017 nach Nizza bitte zur Abfertigung Flugsteig sieben«, dröhnte es aus dem Lautsprecher im Heathrow Airport.

»Das sind wir«, sagte Stephen.

Die vier ließen sich von der Rolltreppe in den ersten Stock befördern und liefen dann den langen Korridor entlang. Nachdem sie nach Waffen, Bomben oder was man bei Terroristen sonst noch vermutet, durchsucht worden waren, gingen sie an Bord des Flugzeugs.

Sie saßen getrennt, und keiner sah den anderen an oder sprach mit ihm. Stephen hatte sie darauf aufmerksam gemacht, dass Bekannte von Harvey sehr wohl das gleiche Flugzeug nehmen könnten, und infolgedessen bildete sich jeder ein, womöglich neben Harveys bestem Freund zu sitzen.

James starrte düster in den blauen Himmel und grübelte. Anne und er hatten jedes Buch, dessen sie habhaft werden konnten und das auch nur im Entferntesten von gestohlenem Geld oder erfolgreichem Betrug handelte, gelesen; aber sie hatten nichts gefunden, was sich zur Nachahmung geeignet hätte. Sogar Stephen fühlte sich in den wenigen Atempausen, in denen er nicht gerade im St. Thomas Hospital ausgezogen wurde und sich als Übungsperson zur Verfügung stellen musste, angesichts der schier unlösbaren Aufgabe, einen erfolgversprechenden Plan für James auszuhecken, allmählich entmutigt.

Die Trident landete in Nizza um 13.40 Uhr; die Bahnfahrt von Nizza nach Monte Carlo dauerte weitere zwanzig Minuten. Die Mitglieder des Teams schlugen getrennte Wege zu dem eleganten Hôtel de Paris an der Place du Casino ein. Um 19 Uhr waren sie alle auf Zimmer 217 versammelt.

»Jeder in sein Zimmer eingezogen?«

Die drei anderen nickten. »So weit, so gut«, meinte Adrian. »Machen wir uns also an die Arbeit. Jean-Pierre, du gehst heute Abend ins Casino und spielst ein paar Runden Baccara und Blackjack. Versuche, dich an die Atmosphäre dort zu gewöhnen, und lerne, dich in dem Gebäude zurechtzufinden. Insbesondere musst du alle möglicherweise hier üblichen Abweichungen von Crockfords beherrschen. Rechnest du da mit irgendwelchen Schwierigkeiten?«

»Nein, eigentlich nicht, Adrian. Aber ich kann ebenso gut jetzt gleich gehen und mit dem Einstudieren beginnen.«

»Verlier aber ja nicht zu viel von unserem Geld!«, ermahnte ihn Stephen.

Jean-Pierre, in voller Aufmachung mit Bart und Dinnerjackett, grinste, trat vorsichtig auf den Flur hinaus und ging, den Lift meidend, die Treppe hinunter. Die kurze Strecke vom Hotel bis zu dem berühmten Casino legte er zu Fuß zurück.

Adrian fuhr fort: »James, du nimmst dir ein Taxi vom Casino zur Klinik, lässt es dort ein paar Minuten warten und fährst dann zum Casino zurück. In der Regel ist damit zu rechnen, dass ein Taxi den kürzesten Weg einschlägt, aber um ganz sicherzugehen, sag dem Chauffeur lieber, es handle sich um einen Notfall. Das gibt dir Gelegenheit, zu sehen, welche Route er unter Zeitdruck nimmt. Wenn er dich zum Casino zurückgebracht hat, lauf die Strecke von dort zur Klinik und wieder zurück zu Fuß ab – auf diese Weise kannst du dich in deinem eigenen Tempo mit ihr vertraut machen. Danach wiederholst du die gleiche Prozedur mit der Strecke von der Klinik zu Harveys Jacht. Aber geh auf keinen Fall ins Casino hinein oder so nah an das Schiff heran, dass man dich erkennen könnte.«

»Und wie soll ich mich dann an dem bestimmten Abend im Casino zurechtfinden?«

»Dafür sorgt schon Jean-Pierre. Er wird dich am Eingang treffen, denn Stephen kann Harvey dann nicht allein lassen. Ich glaube kaum, dass sie dir die Eintrittsgebühr von 12 Francs abknöpfen werden, denn du hast dann ja einen weißen Mantel an und kommst mit einer Tragbahre. Wenn du deinen Rekognoszierungsgang beendet hast, gehst du auf dein Zimmer und bleibst dort, bis wir uns morgen Vormittag um elf Uhr wieder hier versammeln. Stephen und ich werden zur Klinik gehen, um uns zu vergewissern, dass alle Vorbereitungen, wie telegrafisch aus London angeordnet, getroffen worden sind.«

Im gleichen Augenblick, in dem James Zimmer 217 verließ, erreichte Jean-Pierre das Casino.

Es steht, umgeben von herrlichen Gärten mit Blick auf das Meer, mitten im Herzen von Monte Carlo. Das heutige Gebäude umfasst verschiedene Flügel, deren ältester von Charles Garnier, dem Architekten der Pariser Oper, entworfen wurde. Die im Jahre 1910 angebauten Spielräume sind durch ein Atrium mit der Salle Garnier verbunden, in der Opern und Balletts aufgeführt werden.

Jean-Pierre stieg die Marmortreppe zum Eingang hinauf und

entrichtete seine 12 Francs. Die sehr geräumigen Spielzimmer vermitteln einen Eindruck von der Dekadenz und der Größe Europas um die Jahrhundertwende. Dicke rote Teppiche, Statuen, Gemälde und Tapisserien lassen das Gebäude fast wie eine königliche Residenz wirken, während die Porträts ihm die Atmosphäre eines gemütlichen Landsitzes verleihen. Die Klientel setzte sich aus allen Nationalitäten zusammen; am Roulettetisch spielten Araber und Juden nebeneinander, und das Ganze erinnerte mehr an eine Versammlung der Vereinten Nationen als an ein Spielcasino. Jean-Pierre fühlte sich in der unwirklichen Welt der Reichen völlig zu Hause. Adrian hatte sein Wesen sehr rasch durchschaut und ihm genau jene Rolle zugeteilt, die er geradezu meisterhaft würde spielen können.

Jean-Pierre verbrachte mehr als drei Stunden damit, sich mit der Raumaufteilung des Casinos – seinen Spielräumen, Bars und Restaurants, den Telefonkabinen, den Eingängen und Ausgängen – vertraut zu machen. Dann wandte er seine Aufmerksamkeit dem Spiel selbst zu. In den Salons Privés werden zwei Schlitten Baccara gespielt, jeweils um 15 Uhr und um 23 Uhr, und Jean-Pierre erfuhr vom Chef der Public-Relations-Abteilung des Casinos, Pierre Cattalano, in welchem der Privaträume Harvey Metcalfe zu spielen pflegte.

Blackjack wird täglich ab elf Uhr vormittags im Salon des Amériques an drei Tischen gespielt, und Jean-Pierre brachte von seinem Gewährsmann in Erfahrung, dass Harvey stets an Tisch Nr. 2, Platz Nr. 3 spielte. Jean-Pierre beteiligte sich ein wenig am Blackjack und am Baccara, um etwaige leichte Abweichungen von den bei Crockfords gebräuchlichen Spielregeln zu eruieren, die es jedoch gar nicht gab, da man bei Crockfords immer noch an den französischen Regeln festhält.

Kurz nach 23 Uhr betrat Harvey Metcalfe geräuschvoll das Casino, auf dem Weg zu seinem Baccaratisch eine Spur verstreuter Zigarrenasche hinter sich lassend. Jean-Pierre beobachtete von der Bar aus unauffällig, wie der Chefcroupier Harvey zunächst höflich zu einem reservierten Platz geleitete und dann hinüberging in den Salon des Amériques, um am Blackjacktisch Nr. 2 eine diskrete weiße Karte mit der Aufschrift »Reservée« auf einen der Stühle zu legen. Harvey war offensichtlich ein favorisierter Kunde. Die Direktion wusste ebenso gut wie Jean-Pierre, welche Spiele Harvey bevorzugte. Um 23.27 Uhr zog sich Jean-Pierre unbemerkt wieder in die Einsamkeit seines Hotelzimmers zurück, wo er bis um elf Uhr am nächsten Morgen blieb.

James' Abend verlief zu seiner vollen Zufriedenheit. Sein Taxichauffeur war hervorragend. Das Wort »Notfall« übte die erhoffte Wirkung aus: Er raste durch Monte Carlo, als handle es sich um die Rallye. Als James nach acht Minuten 44 Sekunden vor der Klinik ankam, war ihm tatsächlich etwas elend zumute, und er ruhte sich ein paar Minuten in der Entrée des Malades aus, bevor er wieder zum Taxi ging.

»Zurück zum Casino – aber sehr viel langsamer bitte.«

Die Rückfahrt durch die Rue Grimaldi dauerte nur etwas über elf Minuten, und James beschloss zu versuchen, die Strecke in ungefähr zehn Minuten zu bewältigen. Er bezahlte den Taxifahrer und führte den zweiten Teil seiner Instruktionen aus.

Der Fußmarsch zur Klinik und zurück nahm etwas über eine Stunde in Anspruch. Die Nachtluft strich sanft über sein Gesicht, und die Straßen waren voller angeregter Menschen. Der Tourismus ist die Haupteinnahmequelle des Fürstentums, und die Monegassen nehmen es mit dem Wohlbefinden ihrer Besucher sehr ernst. James kam an zahllosen kleinen Straßenrestaurants und an Andenkenläden voll teurem Krimskrams vorbei. Schwatzende Gruppen von Feriengästen schlenderten die Trottoirs entlang, und ihr vielsprachiges Geplauder bildete eine sinnlose Geräuschkulisse zu James' Gedanken an Anne. Später nahm James ein Taxi zum Hafen, um Harveys Jacht Messenger Boy auszumachen und von dort noch einmal die Strecke zur Klinik abzufahren. Wie Jean-Pierre war auch er nach Absolvieren seines ersten Pensums schon vor Mitternacht wieder auf seinem Zimmer.

Adrian und Stephen stellten fest, dass sie für den Gang vom Hotel zur Klinik etwas über 40 Minuten brauchten. Dort angekommen, erkundigte sich Adrian bei der Aufnahme, ob er den Direktor sprechen könne.

»Der stellvertretende Direktor hat gerade Nachtdienst«, sagte eine französische Schwester in frisch gestärkter Tracht. »Wer darf ich melden?«

Ihre englische Aussprache war ausgezeichnet, und beide verkniffen sich ein Lächeln über ihren kleinen Schnitzer.

»Doktor Wiley Barker von der Universität California.«

Adrian betete zu Gott, der französische Direktor möge nicht zufällig wissen, dass Wiley Barker – Präsident Nixons Arzt und einer der renommiertesten Chirurgen der Welt – gerade auf einer Reise durch Australien begriffen war, um an den größeren Universitäten dort Vorträge zu halten.

»Bon soir, Docteur Barker. Monsieur Bartise à votre service. Votre visite fait grand honneur à notre humble hôpital.«

Adrians neu erworbener amerikanischer Akzent verhinderte,

dass die Unterhaltung auf Französisch weitergeführt werden konnte.

»Ich würde mir gern die Einrichtungen des Operationssaals einmal ansehen«, sagte Adrian, »und die Abmachung bestätigen, dass wir ihn ab morgen für die nächsten fünf Tage jeweils von 23 Uhr bis vier Uhr früh reserviert haben.«

»Das geht völlig in Ordnung, Docteur Barker. Zum Operationssaal durch den nächsten Korridor – wollen Sie mir bitte folgen?«

Der Operationssaal war jenem, in dem die vier im St. Thomas Hospital geübt hatten, nicht unähnlich. Er bestand aus zwei durch eine Gummischwingtür voneinander getrennten Räumen. Der Hauptsaal erwies sich als gut ausgestattet, und Adrians anerkennendes Nicken zeigte Stephen, dass sämtliche Instrumente, die jener benötigte, bereitlagen. Adrian war beeindruckt. Obgleich die Klinik nur 20 Betten hatte, entsprach der Operationssaal den höchsten Ansprüchen. Offensichtlich waren schon vorher reiche Männer hier krank gewesen.

»Werden Sie einen Anästhesisten oder Schwestern zu Ihrer Assistenz brauchen, Docteur Barker?«

»Nein«, sagte Adrian. »Ich habe meinen Anästhesisten und meine eigenen Leute dabei. Aber ich hätte gern, dass jeden Abend ein Tablett mit Instrumenten für eine Laparotomie bereitgestellt wird. Ich werde Sie jedoch in jedem Fall mindestens eine Stunde vorher benachrichtigen können.«

»Dann haben wir ja genügend Zeit. Sonst noch etwas, Docteur?«

»Ja, den Sonderwagen, den ich bestellt habe. Kann er morgen um 12 Uhr von meinem Fahrer abgeholt werden?«

»Selbstverständlich, Docteur Barker. Ich werde veranlassen, dass er auf dem kleinen Wagenpark hinter der Klinik steht, und Ihr Fahrer kann sich dann die Schlüssel bei der Aufnahme holen.«

»Können Sie mir eine Agentur empfehlen, die mir eine erfahrene Schwester für die postoperative Pflege vermitteln kann?«

»Bien sûr. L' Auxiliaire Médical de Nice wird Ihnen sehr gern dabei behilflich sein – zu einem entsprechenden Preis natürlich.«

»Kein Problem«, sagte Adrian. »Das bringt mich übrigens auf etwas: Wurden alle Kosten schon beglichen?«

»Ja, Docteur. Letzten Donnerstag haben wir aus Kalifornien einen Scheck über 7000 Dollar erhalten.«

Dieser kleine Kniff hatte Adrian sehr entzückt. Dabei war es so einfach gewesen. Stephen hatte sich mit seiner Bank in Harvard in Verbindung gesetzt und sie gebeten, dem Sekretär der Klinik in Monte Carlo einen Scheck der First National Bank San Francisco zu schicken.

»Ich bin Ihnen für Ihr Entgegenkommen und Ihre Hilfe sehr zu Dank verpflichtet, Monsieur Bartise. Sie verstehen, dass ich noch nicht mit Sicherheit sagen kann, an welchem Abend ich meinen Patienten hereinbringen werde. Er ist ein sehr kranker Mann, aber er weiß es nicht, und ich muss ihn auf die Operation erst noch vorbereiten.«

»Aber selbstverständlich, cher Docteur.«

»Und noch eines: Ich wäre Ihnen sehr verbunden, wenn nach Möglichkeit niemand anderer von meiner Anwesenheit in Monte Carlo erführe – ich möchte nämlich das Angenehme mit dem Nützlichen verbinden und gleichzeitig ein paar Urlaubstage abzweigen.«

»Natürlich, Docteur Barker. Sie können meiner Diskretion versichert sein.«

Adrian und Stephen verabschiedeten sich von Monsieur Bartise und nahmen ein Taxi zurück ins Hotel.

»Ich bin immer etwas beschämt darüber, wie gut die Franzosen unsere Sprache sprechen, verglichen mit unserer Kenntnis der Ihren«, sagte Stephen.

»Daran seid ihr verdammten Amerikaner selbst schuld«, erwiderte Adrian. »Nein, doch nicht«, fügte er lachend hinzu. »Wenn nämlich die Franzosen Amerika erobert hätten, wäre dein Französisch ausgezeichnet. Du kannst die Schuld also den Pilgervätern in die Schuhe schieben.«

Aus Angst, dass jemand sie hören könne, sprach keiner von ihnen mehr ein Wort, bis sie Zimmer 217 erreicht hatten. Stephen gab sich keinen Illusionen darüber hin, dass sie dieses Mal im Begriff standen, ein erhebliches Risiko und eine ganz schöne Verantwortung auf sich zu nehmen.

Auf seiner Jacht war Harvey Metcalfe mit Sonnenbaden und der Lektüre der Morgenzeitungen beschäftigt. »Nice-Matin« war ärgerlicherweise in Französisch; mühsam arbeitete er sich mit Hilfe eines Lexikons durch die Zeitung hindurch, um festzustellen, ob irgendwelche gesellschaftlichen Veranstaltungen auf dem Programm stünden, zu denen er sich einladen lassen sollte. Er hatte bis spät in die Nacht hinein gespielt und genoss nun die warmen Sonnenstrahlen auf seinem fleischigen Rücken. Hätte Geld ihm dies verschaffen können, wäre er nun 1,83 Meter groß und 153 Pfund schwer und im Besitz eines schönen vollen Haarschopfs; statt dessen konnte keine noch so große Menge Sonnenöl seinen immer kahler werdenden Schädel vor einem Sonnenbrand schützen, weshalb er ihn mit einer Mütze bedeckte, deren Aufschrift verkündete: »I'm sexy«. Wenn Miss Fish ihn jetzt hätte sehen können …

Um elf Uhr drehte Harvey sich um und erlaubte der Sonne, sein massiges Embonpoint zu bescheinen, während James Zimmer 217 betrat, wo das übrige Team bereits auf ihn wartete.

Jean-Pierre berichtete über die Raumaufteilung des Casinos und über Harvey Metcalfes Gepflogenheiten. James setzte die anderen über das Resultat seiner Fahrten und Gänge am Abend vorher ins Bild und versicherte, die Strecke in etwas weniger als elf Minuten zurücklegen zu können.

»Wunderbar«, sagte Adrian. »Stephen und ich haben mit dem Taxi 15 Minuten von der Klinik bis zum Hotel gebraucht, und wenn Jean-Pierre mir unverzüglich durchgibt, dass der Ballon im Casino hochgegangen ist, sollte ich eigentlich Zeit genug haben, dafür zu sorgen, dass bei eurer Ankunft alles vorbereitet ist.«

»Ich hoffe inbrünstig, dass der Ballon im Casino herunterkommt und weit davon entfernt sein wird hochzugehen«, bemerkte Jean-Pierre.

»Ich habe mir durch eine Agentur eine Schwester vermitteln lassen, die ab morgen Abend abrufbereit ist. Die Klinik verfügt über alle erforderlichen Einrichtungen. Eine Tragbahre vom Eingang bis zum OP zu bringen, dauert ungefähr zwei Minuten – also müsste ich von dem Augenblick an, in dem James den Wagenpark verlässt, mindestens 16 Minuten haben, um mich vorzubereiten. James, du kannst das Vehikel um 12 Uhr auf dem Klinikparkplatz abholen. Die Schlüssel liegen auf den Namen Dr. Barker bei der Aufnahme. Mach zwei Probefahrten, aber nicht mehr – ich möchte nicht, dass die Leute neugierig werden oder dass du sonst irgendwie auffällst. Und könntest du dieses Paket bitte hinten in den Wagen legen?«

»Was ist da drin?«

»Drei lange weiße Laborkittel und ein Stethoskop für Stephen. Und wenn du schon dabei bist – überzeuge dich lieber gleich, ob du die Bahre einwandfrei auseinanderklappen kannst. Nach den zwei Probefahrten bringst du den Wagen wieder auf den Parkplatz, gehst zurück auf dein Zimmer und bleibst dort bis 23 Uhr. Von da ab musst du bis vier Uhr morgens durchgehend auf dem Parkplatz darauf warten, dass Jean-Pierre dir entweder durchgibt: ›Alle Stationen klar zum Gefecht‹ oder: ›Entwarnung‹. Außerdem besorgt ihr alle euch neue Batterien für eure Sprechfunkgeräte. Wir können nicht riskieren, dass der ganze Plan nur wegen einer Zehnpenny-Batterie ins Wasser fällt. Ich fürchte, du wirst bis heute Abend nichts anderes tun können als abwarten und Tee trinken, Jean-Pierre. Hoffentlich hast du ein paar Bücher auf deinem Zimmer.«

So unauffällig, wie er gekommen war, verzog sich Jean-Pierre auch wieder, während die anderen zurückblieben.

»Okay, James. Von jetzt an kannst du jederzeit deine Probefahrten machen – nur dass du mir heute Abend auch ganz wach und munter bist!«

»In Ordnung. Dann gehe ich also nun und hole mir die Schlüssel in der Klinik bei der Aufnahme. Hoffentlich hält mich niemand wegen eines wirklichen Notfalls an.«

»Stephen, lass uns jetzt das Ganze noch einmal durchexerzieren – wenn nämlich diesmal etwas schiefgeht, verlieren wir mehr als nur Geld. Fangen wir ganz von vorn an: Was tust du also, wenn das Lachgas unter fünf Liter abfällt …«

»Kontrolle alle Stationen … Kontrolle alle Stationen … Unternehmen Metcalfe. Hier Jean-Pierre. Ich bin auf der Treppe zum Casino. Kannst du mich hören, James?«

»Ja. Ich bin auf dem Klinikparkplatz – Ende.«

»Hier Adrian. Ich bin auf dem Balkon von Zimmer 217. Ist Stephen bei dir, Jean-Pierre?«

»Ja. Er sitzt an der Bar vor einem Drink.«

»Viel Glück – Ende.«

Jean-Pierre führte von 19 bis 23 Uhr zu jeder vollen Stunde eine Stationskontrolle durch, nur um Adrian und James davon in Kenntnis setzen zu müssen, dass Harvey noch nicht aufgetaucht sei.

Endlich – um 23.16 Uhr – erschien er und nahm seinen reservierten Platz am Baccaratisch ein. Stephen hörte auf, an seinem Tomatensaft zu nippen, und Jean-Pierre ging hinüber, um neben dem Tisch geduldig darauf zu warten, dass einer der Männer rechts oder links von Harvey aufstehen würde. Eine Stunde verging. Harvey verlor ein wenig, spielte aber weiter – ebenso wie der große dünne Amerikaner zu seiner Rechten und der Franzose zu seiner Linken. Eine weitere Stunde verging, und immer noch rührte sich niemand vom Fleck. Dann hatte der Franzose links neben Metcalfe plötzlich eine Pechsträhne; er sammelte seine paar übrig gebliebenen Chips ein und stand vom Tisch auf. Jean-Pierre machte einen Schritt vorwärts.

»Ich fürchte, Monsieur, dieser Platz ist für einen anderen Herrn reserviert«, sagte der Croupier. »Auf der anderen Seite des Tisches ist noch ein Platz frei.«

»Muss nicht sein«, antwortete Jean-Pierre und zog sich zurück, die Ehrerbietung, mit der die Monegassen die Reichen behandeln, verwünschend. Stephen konnte von der Bar aus sehen, was passiert war, und gab Jean-Pierre durch verstohlene Zeichen zu verstehen, dass es besser sei, wenn sie gingen. Kurz nach zwei Uhr morgens waren sie alle wieder auf Zimmer 217 versammelt.

»Was für ein verdammt blödsinniger Fehler. Merde, merde, merde … Daran hätte ich unbedingt denken müssen!«

»Nein, das ist meine Schuld. Ich habe nicht gewusst, wie Casinos arbeiten, und bei den Proben hätte ich das einkalkulieren müssen«, sagte Adrian, über seinen frisch gewachsenen Schnurrbart streichend.

»Es ist niemandes Schuld«, fiel Stephen ein. »Wir haben immer noch drei Nächte und dürfen jetzt auf keinen Fall den Kopf verlieren. Wir müssen uns überlegen, wie wir mit dem Platzproblem fertigwerden. Aber zunächst schlafen wir alle einmal und kommen dann um zehn Uhr in diesem Zimmer wieder zusammen.«

Leicht deprimiert trennten sie sich. Adrian hatte stundenlang im Hotel auf Kohlen gesessen, James frierend und sich langweilend auf dem Klinikparkplatz gewartet, Stephen konnte Tomatensaft nicht mehr sehen, und Jean-Pierre hatte sich die ganze Zeit neben dem Baccaratisch die Beine in den Leib gestanden und auf einen Platz gewartet, der noch nicht einmal zu haben war.

Harvey rekelte sich wieder in der Sonne. Seine Haut war nun hellrosa, und er hoffte, gegen Ende der Woche würde sie eine bessere Farbe haben. Die »New York Times« setzte ihn davon in Kenntnis, dass Gold noch immer im Steigen begriffen war, dass die Deutsche Mark und der Schweizer Franken fest blieben, während der Dollar gegenüber jeder anderen Währung, das Pfund Sterling ausgenommen, fiel. Das Pfund Sterling stand bei 2,42 Dollar: Harvey fand, 1,80 Dollar sei ein realistischerer Preis, und je eher das Pfund diesen erreichte, desto besser.

Da gibt's also nichts Neues, dachte er, als das für ein französisches Telefon typische durchdringende Klingeln ihn auffahren ließ. Er konnte sich nie an das Telefonläuten eines anderen Landes gewöhnen. Der aufmerksame Steward kam, den Apparat an einer Verlängerungsschnur in der Hand, an Deck geeilt.

»Hi, Lloyd. Wusste gar nicht, dass du in Monte bist ... Warum treffen wir uns nicht? ... acht Uhr heute Abend? ... Ich auch – bin sogar schon etwas braun ... Man wird wahrscheinlich älter ... Was? ... Großartig, also bis dann.«

Harvey legten den Hörer auf und bat den Steward um einen großen Whisky on the rocks. Dann wandte er sich vergnügt wieder den schlechten Finanznachrichten des Tages zu.

»Das scheint die einleuchtendste Lösung zu sein«, meinte Stephen.

Alle nickten zustimmend.

»Jean-Pierre wird den Baccaratisch aufgeben, sich einen Platz neben Harvey Metcalfe an seinem Blackjacktisch im Salon des Amériques reservieren lassen und abwarten, bis er das Spiel wechselt. Wir wissen, auf welcher Platznummer an den beiden Spieltischen Harvey jeweils zu sitzen pflegt, also können wir unseren Plan entsprechend abändern.«

Jean-Pierre wählte die Nummer des Casinos und verlangte Pierre Cattalano zu sprechen.

»Reservieren Sie mir bitte Platz Nr. 2 am zweiten Blackjacktisch für heute und morgen Abend.«

»Ich glaube, dass dieser Platz bereits reserviert ist, Monsieur. Einen Moment bitte, ich werden nachsehen.«

»Vielleicht machen ihn hundert Francs frei«, erwiderte Jean-Pierre.

»Aber gewiss, Monsieur, wenn Sie freundlicherweise heute Abend zu mir kommen, werde ich mich um alles kümmern.«

»Merci«, sagte Jean-Pierre und legte den Hörer auf. »Das hätten wir also.«

Jean-Pierre schwitzte sichtlich; wäre der Ausgang seines Telefonats allerdings nicht von solcher Tragweite gewesen, hätten wegen eines so simplen Ersuchens keine Schweißperlen auf seiner Stirn gestanden. Alle begaben sich wieder auf ihre Zimmer.

Kurz nach Mitternacht wartete Adrian in aller Stille auf Zimmer 217, James stand auf dem Parkplatz herum und summte »I get along without you very well«, Stephen saß an der Bar des Salon des Amériques wieder einmal vor einem Tomatensaft, und Jean-Pierre war auf Platz Nr. 2 an Tisch Nr. 2 installiert und spielte Blackjack. Sowohl Stephen wie Jean-Pierre sahen, wie Harvey mit einem Mann in einer auffallenden karierten Jacke – nur ein Texaner war imstande, solch ein Jackett außerhalb seines eigenen Vorgartens zu tragen – plaudernd zur Tür hereinkam. Harvey und sein Freund ließen sich am Baccaratisch nieder. Jean-Pierre zog sich eilig an die Bar zurück.

»Doch nicht schon wieder! Ich geb's auf.«

»Nein, das wirst du nicht tun!«, flüsterte Stephen. »Zurück ins Hotel.«

Es herrschte eine niedergeschlagene Stimmung, als alle wieder auf Zimmer 217 versammelt waren, aber man war sich einig, dass Stephen die richtige Entscheidung getroffen hatte. Man konnte schließlich nicht riskieren, dass ein Freund Harveys Zeuge des ganzen Unternehmens wurde.

»Es sieht fast so aus, als sei das erste Projekt ein bisschen zu gut gelaufen, um wahr zu sein«, meinte Jean-Pierre.

»Red nicht so dumm«, sagte Stephen. »Damals hatten wir auch zweimal falschen Alarm und mussten obendrein in letzter Minute den ganzen Plan ändern. Wir können nicht erwarten, dass er einfach hereinkommt und uns sein Geld aushändigt. Ihr hört jetzt allesamt augenblicklich auf, Trübsal zu blasen, und schlaft erst einmal eine Runde.«

Sie zogen sich auf ihre Zimmer zurück, konnten aber nicht viel Schlaf finden. Der Stress machte sich allmählich bemerkbar.

»Ich finde, das ist genug, Lloyd. Kein schlechter Abend.«

»Für dich, meinst du, Harvey, nicht für mich. Du bist der geborene Glückspilz.«

Harvey beklopfte ausgiebig die karierte Schulter. Wenn etwas ihm mehr Freude bereitete als sein eigener Erfolg, war es der Misserfolg anderer.

»Willst du auf meiner Jacht übernachten, Lloyd?«

»Nein danke, ich muss zurück nach Nizza. Ich habe morgen Mittag eine Verabredung in Paris. Bis bald Harvey – gib gut auf dich acht.« Er versetzte Harvey einen freundschaftlichen Rippenstoß. »Keine leichte Aufgabe, bei dem Umfang!«

»Gute Nacht, Lloyd«, sagte Harvey etwas säuerlich.

Am nächsten Abend erschien Jean-Pierre erst um 23 Uhr im Casino. Harvey Metcalfe saß bereits am Baccaratisch – ohne Lloyd. Stephen, auf seinem Posten an der Bar, sah reichlich verärgert aus, und Jean-Pierre warf ihm einen um Verzeihung heischenden Blick zu, als er seinen Platz am Blackjacktisch einnahm. Er spielte ein paar Runden zum Eingewöhnen, wobei er versuchte, seine Verluste in Grenzen zu halten, ohne durch die Bescheidenheit seiner Einsätze allzu sehr aufzufallen. Plötzlich verließ Harvey den Baccaratisch und steuerte auf den Salon des Amériques zu; im Vorbeigehen warf er mehr aus Neugierde als aus Interesse einen Blick auf die Roulettetische. Er hasste reine Glücksspiele und betrachtete Baccara und Blackjack als Geschicklichkeitsspiele. Er ging auf Tisch Nr. 2, Platz Nr. 3 – links von Jean-Pierre – zu. Dieser stand wieder einmal unter einer gewaltigen Adrenalinausschüttung, und sein Puls hämmerte wie verrückt. Stephen verließ das Casino für ein paar Minuten, um James und Adrian mitzuteilen, dass Harvey jetzt neben Jean-Pierre saß. Dann kehrte er zur Bar zurück und wartete.

Am Blackjacktisch spielten nun sieben Teilnehmer: auf Feld Nr. 1 eine brillantenbeladene Dame mittleren Alters, die so aussah, als ob sie sich die Zeit vertreibe, während ihr Mann Roulette oder vielleicht gar Baccara spielte; auf Feld Nr. 2 Jean-Pierre; auf Feld Nr. 3 Harvey; auf Feld Nr. 4 ein haltlos wirkender Jüngling mit einem Ausdruck von Lebensüberdruss, wie er mit einem großen, nicht selbst verdienten Einkommen Hand in Hand geht; auf Feld Nr. 5 ein Araber in vollem Ornat; auf Feld Nr. 6 eine recht attraktive Schauspielerin, offensichtlich die Geliebte – wie Jean-Pierre vermutete – des Inhabers von Feld Nr. 5; und auf Feld Nr. 7 ein sich kerzengerade haltender, älterer, aristokratisch aussehender Franzose.

»Einen großen schwarzen Kaffee«, trug Harvey in breitem Amerikanisch dem schlanken Kellner im knapp sitzenden braunen Jackett auf.

In Monte Carlo ist es nicht gestattet, dass scharfe Sachen an den Tischen verkauft und dass die Kunden von weiblichem Personal bedient werden. Ganz im Gegensatz zu Las Vegas besteht das Geschäft des Casinos im Spiel, nicht in Alkohol oder Frauen. Früher, in jüngeren Jahren, war Harvey von Las Vegas begeistert gewesen; aber mit zunehmendem Alter hatte er die Intellektualität der Franzosen immer mehr schätzen und mit der Zeit die formelle Atmosphäre und das Dekorum des Casinos vorziehen gelernt. An Tisch Nr. 2 hatten zwar nur er und Jean-Pierre Dinnerjacketts an, aber im Allgemeinen wurde das Tragen einer Kleidung, die in irgendeiner Hinsicht als ungezwungen hätte bezeichnet werden können, missbilligt.

Einen Augenblick später wurde dampfend heißer Kaffee in einer goldenen Tasse an Harveys Seite gestellt. Jean-Pierre blickte nervös auf das Getränk, während Harvey 100 Francs neben Jean-Pierres Dreifrancs-Chips – den erlaubten Mindesteinsatz – auf den Tisch brachte. Der Bankhalter, ein großer, höchstens 30-jähriger junger Mann, der stolz darauf war, dass er in einer Stunde hundert Partien austeilen konnte, ließ die Karten aus dem Schlitten gleiten. Einen König für Jean-Pierre, eine Vier für Harvey, eine Fünf für den Jüngling links von Harvey und eine Sechs für den Bankhalter. Jean-Pierres zweite Karte war eine Sieben. Er blieb stehen. Harvey zog eine Zehn und blieb ebenfalls stehen. Der Jüngling links von Harvey zog auch eine Zehn und bat den Bankhalter um eine weitere, aufgedeckte Karte. Es war eine Acht – tot.

Harvey verachtete Amateure auf jedem Gebiet, und jeder Dummkopf weiß, dass man mit zwölf oder mehr Augen in der Hand nicht eine weitere offene Karte verlangt, wenn die aufgedeckte Karte des Bankhalters eine Drei, Vier, Fünf oder Sechs ist. Er verzog geringschätzig sein Gesicht. Der Bankhalter gab sich selbst eine Zehn und eine Sechs. Harvey und Jean-Pierre hatten gewonnen. Für das Glück der übrigen Spieler interessierte Jean-Pierre sich nicht.

Die nächste Runde war nicht zu gewinnen. Jean-Pierre blieb bei Achtzehn stehen – zwei Neunen, die er nicht splitten und mit zwei Händen weiterspielen wollte, da der Bankhalter ein Ass hatte. Harvey stand ebenfalls mit Achtzehn, einer Acht und einem Buben, und der junge Mann zu seiner Linken machte wieder Pleite. Die Bank zog eine Dame – hatte damit »Black Jack« – und kassierte.

Bei der nächsten Runde erhielt Jean-Pierre eine Drei, Harvey eine Sieben und der junge Mann eine Zehn. Der Bankhalter zog eine Sieben. Jean-Pierre hatte als Nächstes eine Acht, verdoppelte seinen Einsatz auf sechs Francs und zog dann eine Zehn – *vingt-et-un* (einundzwanzig). Jean-Pierre verzog keine Miene. Er wusste, dass er gut spielte, dass er sich seine Befriedigung darüber aber nicht anmerken lassen durfte – Harvey sollte es als selbstverständlich hinnehmen. In Wirklichkeit hatte Harvey ihn gar nicht beachtet: Seine Aufmerksamkeit war voll und ganz auf den Jüngling zu seiner Linken konzentriert, der geradezu darauf versessen zu sein schien, dem Casino bei jeder Runde etwas zu schenken. Der Bankhalter teilte weiter aus: Harvey eine Zehn und dem jungen Mann eine Acht, ließ also den beiden keine andere Wahl, als zu stehen. Der Bankhalter selbst zog eine Zehn und hatte damit siebzehn. Er zahlte Jean-Pierre aus, beließ Harveys Einsatz und zahlte den jungen Mann ebenfalls aus.

Im Schlitten waren keine Karten mehr. Ostentativ und mit viel Aufhebens mischte der Bankhalter die vier Kartenspiele und bat Harvey abzuheben, bevor er sie in den Schlitten steckte. Dann schossen sie wieder heraus: eine Zehn für Jean-Pierre, eine Fünf für Harvey, eine Sechs für den jungen Mann und eine Vier für den Bankhalter. Jean-Pierre zog eine Acht. Das Spiel lief gut. Harvey zog eine Zehn und blieb bei fünfzehn stehen. Der junge Mann zog eine Zehn und verlangte noch eine Karte. Harvey traute seinen Augen nicht – leise pfiff er durch die Lücke seiner Vorderzähne. Und richtig, die nächste Karte war ein König: wieder tot. Der Bankhalter gab sich einen Buben und dann eine Acht und brachte es damit auf zweiundzwanzig, aber der junge

Mann lernte nichts aus dieser Lektion. Harvey starrte ihn fassungslos an. Wann würde der endlich kapieren, dass von den zweiundfünfzig Karten in einem Kartenspiel immerhin sechzehn einen Wert von zehn Augen hatten?

Dass Harvey so abgelenkt war, gab Jean-Pierre die Chance, auf die er gewartet hatte. Er fuhr mit der Hand in die Tasche und nahm die Prostigmintablette, die Adrian ihm gegeben hatte, in seinen linken Handteller. Dann nieste er und zog mit einer geübt-gekonnten Bewegung seiner rechten Hand das Taschentuch aus seiner Brusttasche. Gleichzeitig ließ er rasch und unauffällig die Tablette in Harveys Kaffee gleiten. Es würde eine Stunde dauern, so hatte Adrian ihm versichert, bis die Wirkung einsetzte. Am Anfang würde Harvey sich lediglich etwas unwohl fühlen, dann würde sich sein Zustand rasch verschlimmern, bis die Schmerzen unerträglich werden würden und er schließlich in völliger Agonie zusammenbrechen würde.

Zur Bar gewandt, machte Jean-Pierre seine rechte Faust dreimal auf und zu und steckte sie dann in die Tasche. Stephen stand unverzüglich auf und ging hinaus, um von der Treppe des Casinos aus Adrian und James die Nachricht von der glücklichen Landung der Prostigmintablette in Harveys Kaffee durchzugeben. Nun war es an Adrian, sich unter Druck zu bewähren. Er rief das Krankenhaus an und bat die diensthabende Schwester, den Operationssaal vorzubereiten. Dann telefonierte er mit der Schwesternagentur: Die Schwester, die er bestellt habe, solle in genau neunzig Minuten in der Klinikaufnahme sein. Danach wartete er im Zustand höchster Nervosität auf weitere Nachricht aus dem Casino.

Stephen kehrte zurück an die Bar. Bei Harvey hatten sich bereits Anzeichen einer beginnenden Übelkeit bemerkbar gemacht, aber er mochte um keinen Preis aufbrechen. Trotz zunehmender Schmerzen überwog seine Habgier. Er trank den Rest seines Kaffees aus und bestellte noch einen, in der Hoffnung, dadurch einen klareren Kopf zu bekommen. Aber der Kaffee nützte überhaupt nichts, und Harvey fühlte sich immer schlechter. Ein Ass und ein König, gefolgt von einer Sieben, einer Vier und einer Zehn, und dann zwei Damen bewogen ihn dazu, am Tisch sitzen zu bleiben. Jean-Pierre vermied krampfhaft, auf seine Uhr zu schauen. Der Bankhalter gab Jean-Pierre eine Sieben, Harvey noch ein Ass und dem jungen Mann eine Zwei. Ganz plötzlich, fast auf die Minute genau nach der vorhergesagten einen Stunde, konnte Harvey es nicht länger aushalten. Er versuchte aufzustehen und den Tisch zu verlassen.

»Le jeu a commencé, Monsieur«, sagte der Bankhalter höflich.

»Sie können mich mal«, brachte Harvey gerade noch hervor und fiel zu Boden, die Hände vor Schmerz auf den Magen gepresst. Jean-Pierre rührte sich nicht, während Croupiers und Spieler kopflos durcheinanderliefen. Stephen bahnte sich einen Weg durch die Menge, die sich um Harvey versammelt hatte.

»Treten Sie bitte zurück, ich bin Arzt.«

Die Umstehenden machten ihm eilends Platz, erleichtert, einen Sachkundigen zur Stelle zu haben.

»Was ist mit mir los, Doktor?«, keuchte Harvey, dem war, als sei das Ende der Welt gekommen.

»Das kann ich jetzt noch nicht sagen«, erwiderte Stephen. Adrian hatte ihm erklärt, dass der Zeitraum zwischen Zusammenbrechen und Bewusstseinsverlust gegebenenfalls nur zehn Minuten betragen könne – also war Eile geboten. Er lockerte Harveys Krawatte und zählte seinen Puls. Dann öffnete er sein Hemd und tastete seinen Bauch ab.

»Tut es Ihnen hier im Magen weh?«

»Ja«, stöhnte Harvey.

»Hat es ganz plötzlich angefangen?«

»Ja.«

»Können Sie versuchen, die Art der Schmerzen zu beschreiben? Sind sie stechend, brennend oder krampfartig?«

»Krampfartig«.

»Wo tut es am meisten weh?«

Harvey berührte die rechte Seite seiner Magengegend. Stephen drückte am Ende der neunten Rippe den Bauch nieder; Harvey schrie vor Schmerz auf.

»Ah«, sagte Stephen, »positives Zeichen für ein Murphysyndrom. Sie haben sehr wahrscheinlich eine akut entzündete Gallenblase, und ich fürchte, das bedeutet Gallensteine.« Er fuhr fort, Harveys massigen Bauch behutsam abzutasten. »Es sieht so aus, als hätte der Gallenstein die Gallenblase bereits verlassen und sei auf seinem Wege durch den Gallengang in den Darm. Dadurch, dass er in diesem Gang eingeklemmt ist und sich hindurchzuzwängen versucht, haben Sie so furchtbare Schmerzen. Ihre Gallenblase und der Stein müssen sofort entfernt werden. Bleibt nur zu hoffen, dass jemand im Krankenhaus ist, der eine Notoperation vornehmen kann.«

Das war das Stichwort für Jean-Pierre: »Dr. Wiley Barker wohnt in meinem Hotel.«

»Wiley Barker, der amerikanische Chirurg?«

»Ja, ja«, sagte Jean-Pierre, »der Mann, der Nixon betreut.«

»Mein Gott, was für ein Glück! Wir könnten keinen Besseren bekommen. Aber er ist sehr teuer.«

»Ich schere mich den Teufel um die Kosten«, wimmerte Harvey.

»Nun, mit 50 000 Dollar werden Sie aber rechnen müssen.«

»Das ist mir völlig egal – sollen es meinetwegen 100 000 Dollar sein!«, schrie Harvey. In diesem Augenblick wäre er bereit gewesen, sich von seinem gesamten Vermögen zu trennen.

»Gut«, sagte Stephen, und mit einem Blick auf Jean-Pierre: »Sie, Sir, bestellen bitte eine Ambulanz, setzen sich dann mit Dr. Barker in Verbindung und fragen ihn, ob er sofort ins Krankenhaus kommen könnte. Sagen Sie ihm, es handle sich um einen Notfall. Dieser Herr da braucht einen hochqualifizierten Chirurgen.«

»Womit Sie verdammt recht haben«, krächzte Harvey und verlor das Bewusstsein.

Jean-Pierre trat vor das Casino und meldete über den Sprechfunk: »Alle Stationen klar zum Gefecht! Alle Stationen klar zum Gefecht!«

Adrian verließ das Hôtel de Paris und nahm ein Taxi. Er hätte 100 000 Dollar darum gegeben, seinen Platz mit dem des Chauffeurs tauschen zu können, aber der Wagen bewegte sich unaufhaltsam auf die Klinik zu. Zur Umkehr war es nun zu spät.

James warf in der Ambulanz den ersten Gang ein und sauste unter Sirenengeheul zum Casino. Er war besser dran als Adrian, denn er musste sich so sehr konzentrieren, dass er an nichts anderes mehr denken konnte.

In elf Minuten und 44 Sekunden war er am Ziel, sprang aus dem Führerhaus, öffnete die rückwärtige Tür, ergriff die Bahre und eilte in seinem langen weißen Kittel die Treppe zum Casino hinauf. Jean-Pierre erwartete ihn bereits auf der obersten Stufe; ohne dass ein Wort zwischen ihnen gewechselt wurde, führte er James rasch zum Salon des Amériques, wo sie Stephen über Harvey gebeugt antrafen. Die Tragbahre wurde auf den Boden gestellt, und zu dritt gelang es ihnen, den zwei Zentner schweren Harvey Metcalfe auf das Segeltuch zu heben. Stephen und James trugen die Bahre, gefolgt von Jean-Pierre, eiligst zur Ambulanz.

»Wo bringen Sie denn meinem Chef hin?«, verlangte eine Stimme zu wissen. Erschrocken drehten die drei sich um. Es war Harveys Chauffeur Mellor, der bei dem weißen Rolls-Royce wartete. Nach einem Augenblick des Zögerns ging Jean-Pierre in Führung.

»Mr Metcalfe ist zusammengebrochen und muss ins Krankenhaus für eine dringende Operation. Fahren Sie sofort zur Jacht und sagen Sie den Leuten, sie sollen seine Kabine vorbereiten und auf weitere Anweisung warten.«

Der Chauffeur tippte an seine Mütze und rannte zum Rolls-Royce. James sprang hinter das Steuer der Ambulanz, Stephen und Jean-Pierre stiegen nach hinten zu Harvey.

»Donnerwetter, das hätte verdammt schiefgehen können! Mein Kompliment, Jean-Pierre. Ich war vor Schreck einfach wie gelähmt«, gab Stephen zu.

»Och, das war gar nichts«, meinte Jean-Pierre, dem der Schweiß übers Gesicht rann.

Die Ambulanz schoss davon wie vom Teufel gejagt. Stephen und Jean-Pierre vertauschten ihre Dinnerjackets mit den auf dem Sitz bereitliegenden langen weißen Laborkitteln, und Stephen hängte sich das Stethoskop um.

»Sieht so aus, als sei er tot«, bemerkte Jean-Pierre.

»Adrian sagt, er ist nicht tot«, erwiderte Stephen.

»Wie will er denn das aus vier Meilen Entfernung so genau wissen?«

»Keine Ahnung. Wir müssen eben sein Wort für bare Münze nehmen.«

Vor dem Eingang der Klinik brachte James den Wagen mit einem Kreischen zum Stehen, und Stephen und Jean-Pierre hasteten mit ihrem Patienten zum Operationssaal. James fuhr die Ambulanz rasch auf den Parkplatz zurück und eilte dann zu den anderen in den OP.

Adrian, bereits sauber geschrubbt und eingekleidet, wartete schon auf sie. Während sie Harvey Metcalfe in dem kleinen Raum neben dem OP auf den Operationstisch schnallten, sprach Adrian zum ersten Mal an diesem Abend: »Ihr zieht euch jetzt alle sofort um. Und du Jean-Pierre, schrubbst dich vorschriftsmäßig.«

Alle drei wechselten ihre Kleider, und Jean-Pierre fing sogleich an, sich zu waschen – ein langwieriger, mühsamer Prozess, der, wie Adrian ihm eingeschärft hatte, niemals abgekürzt werden dürfe: Postoperative Sepsis war in seinem Plan nicht drin. Jean-Pierre trat einsatzbereit aus dem Waschraum.

»Ganz ruhig jetzt. Wir haben das schon neunmal gemacht. Tut einfach genauso, als wären wir im St. Thomas Hospital.«

Stephen stellte sich hinter den fahrbaren Boyles-Apparat. Er hatte ein vierwöchiges Training als Anästhesist hinter sich: Bei ihren Übungstreffen im St. Thomas Hospital hatte er James und einen leicht protestierenden Jean-Pierre je zweimal bewusstlos gemacht. Nun würde er die Chance bekommen, seine neu erworbene Macht über Harvey Metcalfe auszuüben.

Adrian nahm eine Spritze aus ihrer Plastikverpackung und injizierte 250 Milligramm Thiopental in Harveys Arm. Der Patient fiel in tiefen Schlaf. Jean-Pierre und James entkleideten Harvey rasch und gekonnt und bedeckten ihn dann mit einem Tuch. Stephen stülpte die Maske des Boyles-Geräts über Metcalfes Nase. Die beiden Mengenmesser hinten am Gerät zeigten fünf Liter Lachgas und drei Liter Sauerstoff an.

»Zähl seinen Puls«, sagte Adrian.

Stephen legte einen Finger vor Harveys Ohr, etwas oberhalb des Ohrläppchens, und kontrollierte den Preauricular-Puls: Er lag bei 70.

»Rollt ihn in den Operationssaal«, befahl Adrian.

James schob den Operationswagen in den angrenzenden Saal, bis er genau unter den Lampen stand. Stephen folgte mit dem Boyles-Apparat dicht hinter ihm.

Der Operationssaal war fensterlos und nüchtern steril. Seine Wände waren von oben bis unten mit glänzend weißen Kacheln ausgekleidet. Nur die für eine einzige Operation notwendigen Instrumente waren vorhanden. Jean-Pierre hatte Harvey mit einem sterilen grünen Laken abgedeckt, das bloß seinen Kopf und seinen linken Arm frei ließ. Sterilisierte Instrumente, Bauch- und Abdecktücher waren von der OP-Schwester sorgfältig auf einem kleinen Wagen zurechtgelegt und mit einem sterilen Tuch zugedeckt worden. Adrian hängte eine Infusionsflasche auf einen Ständer am Kopfende des Operationstisches und schloss den Schlauch des Dauertropfs an Harveys rechten Arm an; damit waren die Vorbereitungen beendet. Stephen saß am Kopfende des Tisches neben dem Boyles-Apparat und rückte die Maske über Harveys Mund und Nase zurecht. Nur eine der drei großen Lampen, die genau über Harvey hingen, brannte und bestrahlte die vorstehende Wölbung des Bauches wie ein Scheinwerfer.

Vier Augenpaare starrten auf ihr Opfer. Adrian fuhr fort: »Ich werde genau dieselben Anweisungen geben wie auf allen unseren Proben. Ihr müsst euch also lediglich konzentrieren. Zunächst werde ich den Bauch mit einer jodhaltigen Desinfektionslösung reinigen.«

Alle Instrumente lagen griffbereit für Adrian auf der einen Seite des Tisches neben Harveys Füßen. James hob das Laken hoch und schlug es auf Harveys Beine zurück, nahm dann vorsichtig das sterile Abdecktuch vom Instrumentenwagen und goss etwas von der Desinfektionslösung in eine der kleinen Schalen. Adrian nahm mit der Pinzette einen Tupfer und tauchte ihn in die Flüssigkeit. Mit flinken Auf- und Abwärtsbewegungen über dem Bauch sterilisierte er etwa 30 Quadratzentimeter von Harveys massigem Körper. Er warf den Tupfer in einen Eimer und wiederholte das Ganze mit einem neuen. Als Nächstes deckte er Harveys Brust bis zum Kinn mit einem sterilen Tuch ab und mit einem anderen seine Hüften und Oberschenkel. Mit einem dritten bedeckte er der Länge nach die linke und mit einem vierten die rechte Seite seines Körpers, sodass ein etwa 20 Quadratzentimeter großes Viereck wabbeligen Bauches frei blieb. Die Tücher befestigte er an jeder Ecke mit einer Tuchklammer und legte dann die Bauchtücher über die präparierte Stelle. Nun war er bereit.

»Skalpell.«

Jean-Pierre legte ein Instrument, das er selbst als Messer bezeichnet haben würde, fest in Adrians offen ausgestreckte Hand. James' ängstlicher Blick traf Jean-Pierres Augen über den Operationstisch hinweg, und Stephen konzentrierte sich auf Harveys Atem, als Adrian einen zehn Zentimeter langen und ungefähr drei Zentimeter tief ins Fettgewebe reichenden Paramedianschnitt ausführte. Adrian hatte selten einen dickeren Bauch gesehen; wahrscheinlich hätte er sogar acht Zentimeter tief schneiden können, ohne auf den Muskel zu treffen. Überall quoll Blut hervor, das Adrian durch Koagulation stillte. Kaum hatte er den Einschnitt beendet und die Blutung gestoppt, als er auch schon begann, die Wunde des Patienten durch zehn Einzelnähte mit 3er-Catgutfaden wieder zu verschließen.

»Das ist in einer Woche resorbiert«, erklärte er.

Dann vernähte er die Haut mit Einzelnähten aus 2er-Seidenfaden unter Verwendung einer atraumatischen Nadel. Schließlich säuberte er die Wunde, entfernte die zurückgebliebenen Blutflecken von der Haut und bedeckte zum Schluss sein Kunstwerk mit einem mittelgroßen selbstklebenden Verband.

James nahm die Abdecktücher und die sterilen Tücher fort und warf sie in eine Wanne, während Adrian und Jean-Pierre Metcalfe ein Krankenhausnachthemd überstreiften und seine Kleider sorgfältig in eine graue Plastiktüte packten.

»Er kommt zu sich«, sagte Stephen.

Adrian nahm eine neue Spritze und injizierte Harvey zehn Milligramm Diazepam.

»Damit dürfte er mindestens noch 30 Minuten weiterschlafen«, sagte er. »Außerdem wird er in jedem Fall noch ungefähr drei Stunden lang benommen sein und sich später nicht mehr genau erinnern können, was passiert ist. James, hol sofort die Ambulanz und fahr sie vors Klinikportal.«

James verließ den OP und wechselte erneut die Kleidung – eine Prozedur, zu der er jetzt nur noch 90 Sekunden brauchte. Dann ging er zum Parkplatz.

»Jetzt zieht ihr beiden euch um, dann legt ihr Harvey ganz vorsichtig in die Ambulanz, und du, Jean-Pierre, wartest bei ihm hinten im Wagen. Stephen, du machst dich an deine nächste Aufgabe.«

Stephen und Jean-Pierre wechselten rasch ihre Kleider, zogen ihre langen weißen Kittel wieder an und rollten den schlummernden Harvey Metcalfe behutsam zur Ambulanz. Stephen rannte zur

Telefonzelle beim Eingang, warf einen Blick auf den Zettel, den er in die obere Tasche seines Anzugs gesteckt hatte, und wählte.

»Hallo, ›Nice-Matin‹? Hier Terry Robards von der ›New York Times‹. Ich bin hier auf Urlaub, und ich habe eine großartige kleine Story für Sie …«

Adrian ging zurück in den OP, rollte den Wagen mit den gebrauchten Instrumenten in den Sterilisierraum und ließ ihn dort stehen – das Krankenhauspersonal würde sich am nächsten Morgen seiner annehmen. Er nahm die Plastiktüte mit Harveys Kleidern und ging in den Umkleideraum, wo er rasch seinen Operationskittel, die Kappe und die Maske ablegte und seine eigenen Kleider anzog. Dann suchte er die Operationsschwester auf und schenkte ihr ein charmantes Lächeln.

»Alles erledigt, Schwester. Ich habe die Instrumente neben dem Sterilisierapparat stehen lassen. Bitte sprechen Sie Monsieur Bartise nochmals meinen besten Dank aus.«

»Oui, Monsieur. Wir danken Ihnen. Ich freue mich, dass wir Ihnen helfen konnten. Übrigens ist Ihre Krankenschwester inzwischen gekommen.«

Einen Augenblick später kam Adrian in Begleitung der durch die Agentur vermittelten Krankenschwester zur Ambulanz und half ihr beim Einsteigen in den hinteren Teil des Wagens.

»Fahren Sie ganz langsam und vorsichtig zum Hafen.«

James nickte, und die Ambulanz setzte sich im Leichenwagentempo in Bewegung.

»Schwester Faubert.«

»Ja, Docteur Barker.« Ihre Hände waren züchtig unter ihrem blauen Cape verborgen, und ihr französischer Akzent war bezaubernd. Ihre Dienste würden Harvey nicht unwillkommen sein, dachte Adrian.

»Ich habe meinem Patienten soeben operativ einen Gallenstein entfernt – er braucht sehr viel Ruhe.«

Mit diesen Worten nahm Adrian einen Gallenstein, so groß wie eine Orange, an dem ein Klinikzettel mit der Aufschrift »Harvey Metcalfe« befestigt war, aus der Tasche. Tatsächlich hatte Adrian den enormen Stein, der in Wirklichkeit von einem 1,95 großen westindischen Busfahrer der Linie 14 stammte, aus dem St. Thomas Hospital mitgebracht. Stephen und Jean-Pierre starrten ihn ungläubig an. Die Schwester prüfte Puls und Atmung ihres neuen Patienten.

»Wäre ich Ihr Patient, Schwester Faubert«, sagte Jean-Pierre, »ich sorgte schon dafür, dass ich nicht so bald gesund würde.«

Als sie an der Jacht ankamen, hatte Adrian der Schwester bereits seine Anweisungen über Diät und Ruhe gegeben und ihr gesagt, dass er am nächsten Tag um elf Uhr nach seinem Patienten sehen werde.

Sie ließen Harvey fest und tief schlafend in seiner geräumigen Kabine zurück, aufmerksam umsorgt von seinen Stewards und dem übrigen Personal.

James fuhr die drei anderen wieder zur Klinik, stellte die Ambulanz auf dem Parkplatz ab und ließ die Schlüssel bei der Aufnahme. Alle vier begaben sich auf getrennten Wegen ins Hotel zurück. Adrian erreichte als Letzter Zimmer 217, kurz nach 3.30 Uhr früh. Er ließ sich in einen Sessel fallen.

»Genehmigst du mir jetzt einen Whisky, Stephen?«

»Ja, natürlich.«

»Großer Gott, er hat es tatsächlich ernst genommen«, sagte Adrian und stürzte einen großen Johnny Walker hinunter, bevor er die Flasche an Jean-Pierre weitergab.

»Es wird ihm doch gut gehen?«, fragte James.

»Das klingt ja, als seist du richtig besorgt um ihn. Ja, in einer Woche kann man ihm seine Fäden ziehen, und alles, was dann übrig bleibt, ist eine hässliche Narbe, mit der er vor seinen Freunden angeben kann. Ich gehe jetzt ins Bett. Morgen früh um elf Uhr muss ich zu ihm, und die Konfrontation mit ihm könnte sehr wohl anstrengender sein, als die ganze Operation es war. Ihr wart alle großartig heute Abend. Mein Gott, bin ich froh, dass wir im St. Thomas Hospital so intensiv geübt haben. Solltet ihr jemals arbeitslos sein und ich einen Croupier, einen Fahrer und einen Anästhesisten brauchen, ruf' ich euch an.«

Die anderen verließen das Zimmer, und Adrian ließ sich erschöpft auf sein Bett fallen. Er versank sofort in tiefen Schlaf. Kurz nach acht Uhr wachte er auf und entdeckte, dass er noch völlig angezogen war. Das war nicht mehr vorgekommen seit den Tagen, da er als junger Medizinalassistent nach einem ununterbrochenen 14-Stunden-Tag Nachtdienst gehabt hatte. Er nahm ein sehr heißes Bad und verweilte lange darin, um sich zu entspannen. Dann kleidete er sich an, zog ein frisches Hemd und einen anderen Anzug an und war bereit, Harvey Metcalfe Aug' in Auge gegenüberzutreten. Mit seinem frisch gewachsenen Schnurrbart und der randlosen Brille und nach der erfolgreich verlaufenen Operation fühlte er sich in der Tat fast ein wenig wie der berühmte Chirurg, den er darzustellen hatte.

Innerhalb der nächsten Stunde erschienen nacheinander die anderen drei, um ihm Glück zu wünschen; sie beschlossen, gemeinsam in Zimmer 217 auf seine Rückkehr zu warten. Stephen gab im Hotel Bescheid, dass sie alle abreisen würden, und buchte für den späten Nachmittag des gleichen Tages den Flug zurück nach London. Adrian brach auf und nahm wieder die Treppe anstatt des Lifts. Draußen ging er erst ein Stück zu Fuß, bevor er ein Taxi heranwinkte, das ihn zum Hafen brachte.

Die Messenger Boy war nicht schwer zu finden. Die 30 Meter lange Jacht lag frisch gestrichen in vollem Glanz am östlichen Ende des Hafens vor Anker. An ihrem Heckmast prunkte eine nicht zu übersehende Flagge mit den Farben von Panama – aus steuerlichen Gründen, wie Adrian vermutete. Als er über den Laufsteg an Bord ging, kam Schwester Faubert ihm entgegen.

»Bonjour, Docteur Barker.«

»Guten Morgen, Schwester. Wie geht es Mr Metcalfe?«

»Er hatte eine sehr friedliche Nacht. Im Moment isst er gerade ein leichtes Frühstück und erledigt ein paar Telefongespräche. Möchten Sie ihn jetzt gleich sehen?«

»Ja bitte.«

Adrian betrat die prachtvolle Kabine und stand nun vor dem Mann, gegen den er acht Wochen lang ein Komplott geschmiedet und einen Feldzug geplant hatte. Harvey redete ins Telefon: »Doch, es geht mir gut, Liebes. Aber ich bin tatsächlich nur um Haaresbreite noch einmal davongekommen. Mach dir keine Sorgen, ich werde schon am Leben bleiben.« Er legte den Hörer auf. »Doktor Barker, ich habe gerade mit meiner Frau in Massachusetts gesprochen und ihr gesagt, dass ich Ihnen mein Leben verdanke. Sie schien sich darüber zu freuen, obgleich ich sie um fünf Uhr morgens aus dem Schlaf gerissen habe … Wie ich erfahre, wurde ich privat operiert, hatte eine private Ambulanz, und Sie haben mein Leben gerettet – so steht es jedenfalls im ›Nice-Matin‹.«

Die Zeitung hatte das alte Bild von Harvey in Bermudashorts auf dem Deck der Messenger Boy gebracht, das Adrian von seinem Dossier her so gut kannte. Die Schlagzeile lautete: »Millionär im Casino zusammengebrochen«, und darunter stand: »Durch eine dramatische Notoperation konnte das Leben eines amerikanischen Millionärs gerettet werden!« Stephen konnte mit sich zufrieden sein.

»Sagen Sie mir, Doktor«, fragte Harvey genüsslich, »habe ich wirklich in Lebensgefahr geschwebt?«

»Ja, es stand sehr ernst um Sie, und die Folgen hätten äußerst schwerwiegend sein können, wenn wir nicht das aus Ihnen herausgenommen hätten.« Bei diesen Worten zog Adrian mit einer schwungvollen Bewegung den beschrifteten Gallenstein aus der Tasche.

Harveys Augen wurden groß wie Untertassen.

»Du meine Güte, bin ich wirklich die ganze Zeit mit dem Ding da herumgelaufen? Das ist ja sagenhaft. Wie soll ich Ihnen das bloß danken. Wenn ich jemals etwas für Sie tun kann, bitte wenden Sie sich ohne Scheu an mich.« Er bot Adrian eine Traube an. »Hören Sie, Sie helfen mir doch da hindurch, nicht wahr? Ich glaube nämlich, die Schwester hat nicht ganz begriffen, wie schwer mein Fall wirklich ist.«

Adrian dachte fieberhaft nach.

»Ich fürchte, das kann ich nicht, Mr Metcalfe. Mein Urlaub geht heute zu Ende. Ich muss zurück nach Kalifornien. Nichts Dringendes, nur ein paar Operationen, die ich mir freiwillig aufgehalst habe, und ein ziemlich vollgepackter Vorlesungsplan.« Er zuckte geringschätzig die Achseln. »Nicht gerade weltbewegend, aber es hilft mir, den Lebensstandard aufrechtzuerhalten, an den ich mich gewöhnt habe.«

Harvey setzte sich senkrecht auf und hielt liebevoll seinen Magen.

»Jetzt hören Sie mir einmal zu, Doktor Barker. Ich kümmere

mich einen Dreck um ein paar Leistenbrüche. Ich bin ein kranker Mann, und ich brauche Sie hier. Keine Sorge – wenn Sie bleiben, werden Sie es nicht bereuen. Ich knausere nicht mit Geld, wenn es um meine Gesundheit geht, und überdies zahle ich nicht mit Scheck, sondern bar. Das Letzte, was ich Onkel Sam wissen lassen will, ist, wie viel ich wert bin.«

Adrian hüstelte diskret und fragte sich, wie amerikanische Ärzte wohl die delikate Honorarfrage bei ihren Patienten anzugehen pflegten.

»Es würde Sie aber eine ganze Menge kosten, wenn ich bleiben und das Geld mir dabei nicht ausgehen soll – ungefähr 80 000 Dollar.«

Harvey zuckte nicht mit der Wimper.

»Natürlich. Sie sind der Beste. Das ist nicht zu viel Geld, um noch am Leben zu sein.«

»Also gut. Ich gehe zurück in mein Hotel und sehe zu, dass ich meinen Terminplan in Ihrem Interesse abändern kann.«

Adrian verließ das Krankenzimmer, und der weiße Rolls-Royce brachte ihn zurück ins Hotel. Als er Zimmer 217 betrat, waren aller Augen gespannt auf ihn gerichtet.

»Stephen, um Himmels willen – der Mann ist ein wahnsinniger Hypochonder. Er will, dass ich während seiner Rekonvaleszenz bleibe.«

Er gab sein Gespräch mit Harvey Metcalfe wortwörtlich wieder.

»Das war nicht eingeplant. Was zum Donnerwetter sollen wir jetzt tun?«

Stephen blickte gelassen auf. »Du bleibst hier und spielst das Spiel mit. Warum soll er auch nicht den entsprechenden Gegenwert für sein Geld haben – auf seine Kosten natürlich. Los, häng dich an die Strippe und sag ihm, dass du jeden Tag um elf Uhr vormittags bei ihm hereinschauen und sein Händchen halten wirst. Wir werden eben ohne dich zurückfliegen müssen. Halt aber gefälligst die Hotelrechnung in Grenzen.«

Adrian griff zum Hörer …

Drei junge Männer verließen – nach einem ausgedehnten Lunch auf Zimmer 217 – das Hôtel de Paris, fuhren mit einem Taxi zum Aéroport de Nice und nahmen um 16.10 Uhr den BA-Flug 012 nach London Heathrow. Wieder saßen sie voneinander getrennt. Ein Satz aus Adrians Bericht über seine Unterhaltung mit Harvey Metcalfe war in Stephens Gedächtnis haften geblieben.

»Wenn ich jemals etwas für Sie tun kann, wenden Sie sich ohne Scheu an mich.«

Adrian stattete seinem Patienten einmal täglich einen Besuch ab, vom weiß livrierten Chauffeur im weißen Rolls-Royce Corniche mit Weißwandreifen abgeholt und zurückgebracht. Nur Harvey brachte es fertig, derart anzugeben, dachte Adrian. Am dritten Tag bat Schwester Faubert ihn um ein paar Worte unter vier Augen.

»Mein Patient«, klagte sie, »macht mir unschickliche Anträge, wenn ich seinen Verband wechsle.«

Adrian gestattete Dr. Wiley Barker die Freiheit einer nichtberuflichen Bemerkung.

»Kann nicht behaupten, dass ich ihm das sehr verdenke. Trotzdem, bleiben Sie fest, Schwester. Ich bin sicher, dass Ihnen das nicht zum ersten Mal passiert.«

»Bien sûr que non, aber bei einem Patienten, der erst drei Tage zuvor eine schwere Operation hatte, habe ich das noch nie erlebt. Seine Konstitution, sie muss unwahrscheinlich sein.«

»Ich werde Ihnen etwas sagen. Wir werden ihm zwei Tage einen Katheter anlegen, das wird seine Bewegungsfreiheit etwas einengen. Hören Sie, es muss Sie doch zu Tode langweilen, den ganzen Tag hier so eingeschlossen zu sein. Warum essen Sie heute nicht eine Kleinigkeit mit mir zu Abend, wenn Mr Metcalfe eingeschlafen ist?«

»Sehr gern, Docteur. Wo soll ich Sie treffen?«

»Zimmer 217, Hôtel de Paris«, sagte Adrian unverfroren, »21 Uhr.«

»Ich freue mich darauf, Docteur.«

»Noch ein bisschen Chablis, Angéline?«

»Nein danke, nichts mehr, Wiley. Das war ein unvergessliches Essen. Aber ich glaube, Sie haben vielleicht noch nicht alles gehabt, was Sie wollen?«

Sie stand auf, zündete zwei Zigaretten an und steckte ihm eine davon zwischen die Lippen. Dann entfernte sie sich etwas, wobei ihr langer Rock leicht um ihre Hüften schwang.

Sie trug keinen Büstenhalter unter ihrer rosafarbenen Bluse. Während sie den Rauch langsam ausströmen ließ, beobachtete sie ihn.

Adrian dachte an den untadeligen Dr. Barker in Australien, an seine Frau und die Kinder in Newbury und an seine Teamgefährten in London. Dann schob er diese Gedanken von sich.

»Werden Sie sich bei Mr Metcalfe beschweren, wenn ich Ihnen unschickliche Anträge mache?«

»Von Ihnen, Wiley«, lächelte sie, »sind sie nicht unschicklich«.

Harvey brachte eine redselige Rekonvaleszenz hinter sich, und Adrian zog am sechsten Tag mit ernster Miene die Fäden.

»Das scheint sehr sauber zu verheilen, Mr Metcalfe. Wenn Sie etwas kurztreten, sollten Sie Mitte nächster Woche wieder völlig auf dem Damm sein.«

»Großartig. Ich muss nämlich auf der Stelle hinüber nach England für die Ascot-Week. Wissen Sie, mein Pferd Rosalie ist dieses Jahr Favorit. Ich darf wohl kaum hoffen, dass Sie als mein Gast dabei sein werden? Aber was ist, wenn ich einen Rückfall bekomme?«

Adrian unterdrückte ein Lächeln.

»Keine Sorge, Sie machen großartige Fortschritte. Tut mir leid, dass ich nicht so lange bleiben kann, um zu sehen, wie Sie in Ascot abschneiden.«

»Mir auch, Doc. Trotzdem, nochmals meinen herzlichsten Dank. Ich bin niemals einem so guten Chirurgen wie Ihnen begegnet.«

Und du wirst es auch aller Wahrscheinlichkeit nach nicht mehr tun, dachte Adrian; sein amerikanischer Akzent war allmählich etwas überstrapaziert. Er verabschiedete sich erleichtert von Harvey und mit Bedauern von Angéline und schickte, im Hotel angekommen, den Chauffeur mit einer wie gestochen geschriebenen Rechnung zurück.

»Dr. Wiley Franklin Barker erlaubt sich, Mr Harvey Metcalfe für fachärztliche Bemühungen Dollar 80 000,– in Rechnung zu stellen (Operation und postoperative Behandlung).«

Noch in der gleichen Stunde kam der Chauffeur wieder mit einem Barscheck über 80 000 Dollar, den Adrian im Triumph nach London heimführte.

Team gegen Metcalfe – 2:0.

13

Am nächsten Tag, einem Freitag, richtete Stephen, auf Adrians Untersuchungsliege in der Harley Street sitzend, das Wort an seine Truppe: »Unternehmen Monte Carlo war in jeder Hinsicht ein voller Erfolg. Das ist vor allem der Tatsache zu verdanken, dass Adrian einen kühlen Kopf behalten hat. Immerhin war die Sache ziemlich teuer: Die Klinik und die Hotelrechnungen betrugen alles in allem 11 351 Dollar. Zusammen mit unseren Einnahmen in Höhe von 80 000 Dollar haben wir uns nun insgesamt 527 560 Dollar wiederbeschafft. Die Spesen bis zum heutigen Tag belaufen sich auf 22 530 Dollar, sodass Mr Metcalfe uns also noch 494 970 Dollar schuldet. Korrekt?«

Allgemeines zustimmendes Gemurmel. Das Vertrauen des Teams in Stephens rechnerische Fähigkeiten war grenzenlos, obgleich dieser in Wirklichkeit, wie alle Algebraisten, den praktischen Umgang mit Zahlen als lästig empfand.

»Übrigens, Adrian, wie hast du es fertiggebracht, am Mittwoch für das Abendessen 73,50 Dollar auszugeben? Was hast du dir denn genehmigt – Kaviar und Champagner?«

»Ein bisschen etwas Besonderes«, erwiderte Adrian. »Sozusagen ein Gebot der Stunde.«

»Ich möchte um mehr als meine Auslagen in Monte Carlo wetten, dass ich weiß, wer diesem Gebot nachgekommen ist«, sagte Jean-Pierre und zückte seine Brieftasche. »Hier hast du 219 Francs, Stephen – das, was ich am Mittwoch Abend im Casino gewonnen habe. Hättet ihr mich in Ruhe dort sitzen lassen, hätten wir uns nicht mit Adrians Metzgerei herumquälen müssen – ich wäre Manns genug gewesen, alles allein zurückzugewinnen. Ich finde, das Mindeste, was ich verdient habe, ist Schwester Fauberts Telefonnummer.«

Stephen schien Jean-Pierres Äußerungen überhaupt nicht wahrzunehmen.

»Bravo, damit verringern sich die Ausgaben. Zum heutigen Wechselkurs sind deine 219 Francs …«, er machte eine kleine Pause und nahm seinen Taschenrechner zu Hilfe, »… 46,76 Dollar, sodass sich die Spesen nunmehr auf 22 483,24 Dollar belaufen.

Nun zu meinem Ascot-Plan – er ist einfach. James hat zum Preis von acht Pfund Plaketten für die Members' Enclosure erstanden. Wir wissen, dass Harvey Metcalfe, wie alle Eigentümer der Pferde, die an diesem Rennen teilnehmen, ebenfalls im Besitz einer Plakette ist. Wenn unsere Koordination also klappt und alles ganz selbstverständlich erscheint, müsste er uns eigentlich wieder ins Netz gehen. James wird Metcalfe während der ganzen Zeit im Auge behalten und die Operation über Sprechfunk dirigieren. Adrian wird am Eingang der Members' Enclosure warten und Harvey, sobald er hineingeht, folgen. Jean-Pierre wird um 13 Uhr das Telegramm in London aufgeben – Harvey müsste es dann während des Mittagessens in seiner Privatloge erhalten. Dieser Teil des Plans ist also einfach. Erst wenn wir ihn nach Oxford gelockt haben, müssen wir alle in Hochform sein. Ich muss gestehen, es wäre eine nette Abwechslung, wenn es mit Ascot einmal gleich auf Anhieb klappte.«

Stephen grinste spitzbübisch übers ganze Gesicht. »Damit würden wir Zeit gewinnen und könnten den Oxford-Plan noch x-mal durchgehen. Irgendwelche Fragen?«

»Du brauchst uns doch nur für Teil 2, nicht für Teil 1 des Oxford-Plans?«, fragte Adrian.

»Stimmt genau. Teil 1 kann ich allein bewältigen. In der Tat wird es besser sein, wenn ihr alle an diesem Abend in London bleibt. Unsere nächste dringendste Aufgabe ist, uns etwas für James einfallen zu lassen, sonst könnte er – was Gott verhüten möge – sich selbst etwas ausdenken. Dieser Punkt beschäftigt mich doch sehr«, fuhr Stephen fort. »Denn wenn Harvey wieder in Amerika ist, müssen wir auf seinem Heimatboden mit ihm fertig werden. Bisher hatten wir ihn jedes Mal an einem von uns bestimmten Schauplatz in der Hand, aber in Boston würde James auffallen wie ein weißer Rabe, obgleich er von uns vieren der beste Schauspieler ist. Um mit Harveys eigenen Worten zu sprechen: ›Dort wird aber schon ganz anders gespielt!‹«

James seufzte kummervoll und betrachtete eingehend den Axminster-Teppich.

»Armer alter James – mach dir nichts draus! Du hast die Ambulanz gefahren wie die Feuerwehr«, sagte Adrian.

»Wie wär's denn, wenn du den Flugschein machen würdest? Dann könnten wir ihn mit einem Flugzeug entführen«, schlug Jean-Pierre vor.

Miss Meikle billigte mitnichten das Gelächter, das aus Dr. Tryners Zimmer drang, und sie war froh, das seltsame Trio die Praxis verlassen zu sehen. Als sich die Tür hinter ihnen geschlossen hatte, kam sie in Adrians Zimmer.

»Werden Sie jetzt Ihre Patienten empfangen, Dr. Tryner?«

»Wenn ich unbedingt muss – ja, Miss Meikle.«

Miss Meikle schürzte ihre Lippen. Was war bloß in ihn gefahren? Sicher lag es an diesen schrecklichen Typen, mit denen er in letzter Zeit Umgang hatte. Er war so unberechenbar geworden.

»Mrs Wentworth-Brewster. Dr. Tryner ist jetzt zu sprechen.«

Stephen begab sich zurück ins Magdalen College, um sich ein paar Tage Ruhe zu gönnen. Er hatte das ganze Unternehmen vor acht Wochen ins Rollen gebracht, und zwei Mitglieder des Teams hatten mit ihrem Erfolg seine Erwartungen bei Weitem übertroffen. Ihm war klar, dass er ihre Leistungen mit etwas würde krönen müssen, das sozusagen in die Annalen Oxfords eingehen und von dem man noch lange nach seiner Abreise sprechen würde.

Jean-Pierre ging wieder an die Arbeit in seiner Galerie in der Bond Street. Ein Telegramm abzuschicken, würde ihn nicht überfordern, aber Teil 2 von Stephens Oxford-Plan verlangte, dass er allabendlich mehrere Stunden darauf verwendete, seine Rolle vor dem Spiegel einzustudieren.

James fuhr mit Anne übers Wochenende nach Stratford-upon-Avon. Sie trafen es gut – die Royal Shakespeare Company gab ihr Bestes mit einer spritzigen Vorstellung von *Viel Lärm um Nichts*; als sie später am Ufer der Avon spazieren gingen, machte James Anne einen Heiratsantrag. Nur die Schwäne konnten ihre Antwort gehört haben. Der funkelnde Brillant – James hatte ihn im Schaufenster von Cartier entdeckt, während er darauf wartete, dass Harvey Metcalfe endlich Jean-Pierres Galerie betreten möge – kam an ihrem zarten Finger noch besser zur Geltung. James' Glück schien vollkommen. Wenn er nun noch mit einem umwerfenden Plan seine Teamgenossen überraschen könnte, wäre er wunschlos glücklich. Wieder einmal diskutierte er das Problem an diesem Abend mit Anne. Sie wälzten neue Ideen und alte, aber es kam nichts dabei heraus.

14

Am Montagmorgen brachte James Anne zurück nach London und warf sich in seinen elegantesten Anzug. Trotz James' Vorschlag, ihn nach Ascot zu begleiten, wollte Anne lieber arbeiten. Sie war überzeugt, den anderen würde ihre Anwesenheit nicht recht sein, ja vielmehr die Vermutung in ihnen wecken, dass James sie eingeweiht hätte.

Die Einzelheiten des Unternehmens Monte Carlo hatte James ihr nicht erzählt; doch über das, was sich in Ascot abspielen sollte, wusste Anne bis ins Kleinste Bescheid, und sie merkte, dass James nervös war. Immerhin würde sie ihn am Abend sehen und dann alles erfahren. James sah ganz verloren aus. Insgeheim dankte Anne ihrem Schöpfer, dass die meiste Zeit über Stephen, Adrian und Jean-Pierre abwechselnd Regie führten – doch in ihren Gedanken nahm eine Idee Gestalt an, die vielleicht genau das Richtige für ihn sein würde.

Stephen stand früh auf und bewunderte im Spiegel sein ergrautes Haar – ein Resultat, das unter erheblichen Kosten am Tag zuvor in Debenhams Frisiersalon zustande gekommen war. Mit Bedacht wählte er seine Kleidung aus – seinen einzigen anständigen grauen Anzug und eine blau karierte Krawatte – und zog sich an. Diese beiden Kleidungsstücke mussten für alle besonderen Gelegenheiten herhalten – von einem Vortrag vor Studenten in Sussex bis zu einem Dinner mit dem amerikanischen Botschafter. Der Anzug war aus der Mode und an Ellbogen und Knien leicht ausgebeult: Für Stephens Verhältnisse bildete er jedoch den Inbegriff der Eleganz. Stephen fuhr mit dem Zug von Oxford nach Ascot, während Adrian von Newbury mit dem Wagen kam. Um elf Uhr trafen sie mit James im Belvedere Arms zusammen, nicht ganz eine Meile von der Rennbahn entfernt.

Stephen telefonierte sogleich mit Jean-Pierre, um ihm zu bestätigen, dass sie alle drei angekommen seien, und ihn zu bitten, ihm das Telegramm vorzulesen.

»In Ordnung, Jean-Pierre. Jetzt fährst du nach Heathrow und schickst es Punkt 13 Uhr ab.«

»Viel Glück, Stephen. Gib dem Halunken Saures.«

Stephen ging zurück zu den anderen und berichtete, dass Jean-Pierre dabei sei, die Londoner Sache zu erledigen.

»Jetzt ab mit dir, James. Sobald Harvey kommt, gibst du uns sofort Bescheid.«

James stürzte eine Flasche Carlsberg hinunter und machte sich auf den Weg. Das Dumme war, dass er fortwährend auf Freunde stieß, denen er doch kaum erklären konnte, was er vorhatte.

Harvey fuhr kurz nach Mittag auf dem Mitgliederparkplatz in seinem weißer als weiß strahlenden Rolls-Royce vor, der von der Menge – wie Harvey glaubte, bewundernd, in Wirklichkeit aber mit britischer Verachtung strafend – angestarrt wurde. Er führte seine kleine Gesellschaft zu seiner Loge. Sein neu geschneiderter Anzug hatte die Geschicklichkeit Bernard Weatherhills bis aufs Äußerste strapaziert. Mit der roten Nelke im Knopfloch und dem Hut, der seinen kahlen Schädel bedeckte, war er für James kaum wiederzuerkennen; dieser folgte der kleinen Gruppe aus sicherer Entfernung, bis er Harvey durch eine Tür mit der Aufschrift »Mr Harvey Metcalfe und Gäste« hindurchgehen sah.

»Er ist in seiner Privatloge«, meldete James.

»Und wo bist du?«, fragte Adrian.

»Direkt darunter, zu ebener Erde, bei einem Buchmacher namens Sam O'Flaherty.«

»Mach jetzt aber bloß keine ungezogenen Bemerkungen über die Iren, James«, sagte Adrian. »Wir sind in ein paar Minuten bei dir.«

James starrte hinauf zu der großen weißen Tribüne, die 10 000 Zuschauer bequem aufnehmen konnte und ihnen einen ausgezeichneten Überblick über die Rennbahn verschaffte. Er konnte sich nur schwer auf seine Aufgabe konzentrieren, da er auch hier wieder ständig Verwandten und Freunden aus dem Weg gehen musste: zuerst dem Earl of Halifax und dann jenem schrecklichen Mädchen, das zum Queen Charlotte's Ball zu begleiten er sich im Frühling sehr unklugerweise bereit erklärt hatte. Wie war doch noch der Name dieses Geschöpfs gewesen? Ach ja: The Honourable Selina Wallop … Sie trug einen Minirock, der seit gut vier Jahren aus der Mode war, und einen Hut, der nicht danach aussah, als ob er jemals in Mode käme. James zog energisch seinen Filzhut tiefer ins Gesicht, schaute in die entgegengesetzte Richtung und vertrieb sich die Zeit, indem er mit Sam O'Flaherty über die um 15.20 Uhr stattfindenden King George VI and Queen Elizabeth Stakes plauderte. O'Flaherty unterrichtete ihn über den neuesten Stand der Wetten auf den Favoriten.

»Rosalie jetzt bei 6:4 … Besitzer dieser Amerikaner, Harvey Metcalfe. Wird geritten von Pat Eddery.«

Eddery war auf dem besten Weg, der jüngste Jockeychampion

zu werden, den die Welt je gesehen hatte, und Harvey besaß eine Vorliebe für Sieger.

Stephen und Adrian traten zu James und Sam O'Flaherty, dessen Buchmachergehilfe auf einer umgedrehten Orangenkiste neben ihm stand und seine Arme schwenkte wie ein signalisierender Matrose auf einem sinkenden Schiff.

»Auf wen wollen Sie setzen, Gentlemen?«, fragte Sam die drei.

James übersah Stephens missbilligendes Stirnrunzeln.

»Fünf Pfund Sieg und Platz auf Rosalie«, sagte er, reichte eine knisternde Zehnpfundnote herüber und erhielt dafür eine kleine grüne Karte mit der Seriennummer darauf und »Sam O'Flaherty« quer über die ganze Karte gestempelt.

»Ich nehme an, James, dass dies ein wesentlicher Bestandteil deines bisher noch unenthüllten Projekts ist«, sagte Stephen. »Es würde mich interessieren, zu erfahren, wie viel es uns einbringen wird, falls es funktioniert.«

»9,10 Pfund nach Abzug der Steuer, wenn Rosalie siegt«, fiel O'Flaherty ein, und während er sprach, wippte die dicke Zigarre in seinem Mund auf und ab.

»Ungeheurer Beitrag zu einer Million Dollar, James. Wir gehen nun zur Members' Enclosure. Benachrichtige uns sofort, wenn Harvey seine Loge verlässt. Ich vermute, das dürfte so um 13.45 Uhr sein – dann wird er sich die Pferde und Reiter für das 14-Uhr-Rennen ansehen wollen –, sodass wir also noch eine gute Stunde Zeit haben.«

Der Kellner öffnete eine weitere Flasche Champagner Krug 1964 und begann, Harveys Gästen einzuschenken: drei Bankiers, zwei Wirtschaftsexperten, ein paar Schiffseigentümern und einem einflussreichen Journalisten der Londoner City.

Harvey hatte es immer gern, wenn seine Gäste bekannt und einflussreich waren, und so pflegte er Leute einzuladen, denen es der Geschäfte wegen, die er ihnen eventuell vermitteln konnte, fast unmöglich war abzulehnen. Er betrachtete befriedigt die kleine Gesellschaft, die er zur Feier seines großen Tages um sich versammelt hatte. Der Senior war Sir Howard Dodd, der alternde Vorsitzende der Handelsbank, die seinen Namen trug, jedoch nach seinem Urgroßvater benannt war. Sir Howard maß 1,85 Meter und hielt sich so gerade, als hätte er einen Ladestock verschluckt. Seinem Aussehen nach hätte man ihn mehr für einen Gardegrenadier als für einen achtbaren Bankier gehalten. Das Einzige, was er mit Harvey gemeinsam hatte, war die Anzahl der Haare bzw. deren Fehlen auf seinem kahl werdenden Kopf. Er befand sich in Begleitung seines jungen Assistenten Jamie Clark. Knapp über dreißig und äußerst helle, war dieser vor allem mitgekommen, um aufzupassen, dass sein Direktor die Bank nicht zu irgendetwas verpflichtete, was er später bereuen könnte. Obgleich Clark eine heimliche Bewunderung für Harvey hegte, teilte er nicht die Ansicht, dass Metcalfe zu der Sorte Kunden gehörte, mit denen die Bank Geschäfte machen sollte. Immerhin war Clark durchaus nicht abgeneigt, einen Tag bei den Pferderennen zu verbringen.

Die beiden Wirtschaftsexperten, Mr Colin Emson und Dr. Michael Hogan vom Hudson Institute, waren anwesend, um Harvey über den prekären Zustand der britischen Wirtschaft zu berichten. Sie hätten unterschiedlicher nicht sein können. Emson war durch und durch ein Selfmademan, der mit fünfzehn die Schule verlassen und sich selbst weitergebildet hatte. Durch seine Kontaktfreudigkeit war es ihm gelungen, ein Unternehmen aufzubauen, das auf Steuerfragen spezialisiert war und das dank der Tatsache, dass die britische Regierung alle paar Wochen ein neues Steuergesetz erließ, äußerst gute Erfolge erzielen konnte. Emson war 1,80 Meter groß, kräftig gebaut und jovial, ein prächtiger Kumpel, der die Party bei Laune hielt, ganz gleich, ob Harvey verlieren oder gewinnen würde. Hogan dagegen hatte alle »richtigen« Schulen besucht – Winchester, das Trinity College in Oxford und die Wharton Business School in Pennsylvania. Eine vorübergehende Mitarbeit bei McKinsey, der Londoner Unternehmensberatungsfirma, hatte ihn zu einem der am besten informierten Wirtschaftsexperten Europas gemacht. Wer seinen schlanken, sehnigen Körper betrachtete, war nicht überrascht, wenn er erfuhr, dass Hogan ein Squashspieler von internationalem Rang gewesen war. Dunkelhaarig, mit braunen Augen, die Harvey fast unablässig beobachteten, fiel es ihm schwer, seine Verachtung zu verbergen. Aber dies war bereits das fünfte Mal, dass Harvey ihn nach Ascot eingeladen hatte – und ein Nein schien dieser dickfellige Amerikaner offenbar einfach nicht als endgültige Ablehnung zu akzeptieren.

Die Brüder Kundas – Griechen in der zweiten Generation und auf Pferderennen fast ebenso versessen wie auf Schiffe – konnte man mit ihren schwarzen Haaren, ihrer dunklen Haut und ihren dichten Augenbrauen kaum auseinanderhalten. Ihr Alter ließ sich schwer schätzen, und wie reich sie waren, wusste niemand. Sie wussten es wahrscheinlich selbst nicht. Harveys letzter Gast, Nick Lloyd von den »News of the World«, war gekommen, um so viel anrüchige Geschichten wie nur möglich über seinen Gastgeber aufzuschnappen. Mitte der Sechzigerjahre hätte er Metcalfe um ein Haar bloßgestellt, aber dann hatte ein anderer Skandal es mehrere Wochen lang verhindert, dass weniger saftige Storys auf die Titelseiten gelangten, und in der Zwischenzeit war

Harvey durch das Netz geschlüpft. Lloyd hockte über seinen unvermeidlichen, mit einer kaum wahrnehmbaren Spur Tonic gespritzten dreistöckigen Gin gebeugt und beobachtete die bunt zusammengewürfelte Gesellschaft mit Interesse.

»Telegramm für Sie, Sir.«

Harvey riss es auf; er war einfach derb in allem.

»Von meiner Tochter Rosalie. Wie lieb von ihr, daran zu denken – aber verdammt noch mal, ich habe das Pferd ja auch nach ihr genannt.«

Alle nahmen ihre Plätze zum Mittagessen ein – Vichyssoise, Fasan und Erdbeeren. Harvey schien noch redseliger als sonst, aber seine Gäste gingen darüber hinweg; sie wussten ja, dass er nervös war wegen des Rennens, das er schon immer hatte gewinnen wollen. An dieser Trophäe lag ihm mehr als an irgendeiner, die Amerika ihm hätte bieten können. Warum er so empfand, konnte Harvey sich nie erklären. Vielleicht war es die ganz besondere Atmosphäre von Ascot, die ihn so stark anzog: die Kombination von üppigem grünem Gras mit einer anmutigen Umgebung, die Eleganz der Menge, gepaart mit straffer Organisation, um die sämtliche Rennplätze der Welt Ascot beneideten.

»Dieses Jahr dürften Sie eine bessere Chance haben als jemals zuvor«, sagte der ältere Bankier.

»Ach, wissen Sie, Sir Howard: Lester Piggot reitet Crown Princess, das Pferd des Herzogs von Devonshire, und das Pferd der Königin, Highclere, gilt ebenfalls als Favorit. Zweimal habe ich jetzt schon nur den dritten Platz erreicht, obwohl mein Pferd Favorit und obendrein nicht platziert war – unter diesen Umständen frage ich mich wirklich, wann eines meiner Pferde es jemals schaffen wird.«

»Noch ein Telegramm, Sir.«

Wieder riss Harveys dicker kleiner Finger den Umschlag auf.

»Die besten Wünsche und viel Glück für die King Georg VI and Queen Elizabeth Stakes – von den Angestellten Ihrer Bank, Sir Howard. Jolly good show!«

Harveys polnisch-amerikanischer Akzent gab diesem typisch englischen Ausdruck einen etwas grotesken Beigeschmack.

»Noch mehr Champagner für alle.«

Wieder kam ein Telegramm.

»Wenn das so weitergeht, Harvey, brauchen Sie ein Sonderbüro beim Postamt.« Alle lachten über Sir Howards lahmen Witz. Harvey las wieder laut vor: »›Bedauere Treffen in Ascot unmöglich infolge umgehender Abreise nach Kalifornien. Dankbar, wenn Sie nach Professor Rodney Porter, Oxford, Nobelpreisträger, Ausschau hielten. Lassen Sie sich nicht von englischen Buchmachern ausnehmen. Wiley B., Heathrow Airport.‹ Von Wiley Barker! Das ist der Bursche, der mir in Monte Carlo einen Gallenstein von der Größe des Brötchens, das Sie da essen, herausgenommen hat, Dr. Hogan. Er hat mein Leben gerettet. Aber wie zum Teufel soll ich jetzt diesen Professor Porter finden!« Harvey wandte sich an den Oberkellner. »Schicken Sie meinen Chauffeur her.«

Ein paar Sekunden später erschien der Mietchauffeur in seiner schmucken Livrée.

»Ein Professor Rodney Porter aus Oxford soll heute hier sein. Gehen Sie ihn suchen!«

»Wie sieht er aus, Sir?«

»Herrgott noch mal, woher soll ich denn das wissen!«, schnaubte Harvey. »Wie ein Professor natürlich.«

Dem Chauffeur blieb zu seinem Leidwesen nichts anderes übrig, als seinen Plan, den Nachmittag als Zaungast beim

Rennen zu verbringen, aufzugeben und sich auf die Suche zu machen.

Harveys Gäste genossen die Erdbeeren, den Champagner und die nicht abreißen wollende Kette der ankommenden Telegramme.

»Sie wissen, dass Ihnen, wenn Sie gewinnen, der Pokal von der Königin überreicht werden wird«, sagte Nick Lloyd.

»Und ob ich das weiß! Die King George and Elizabeth Stakes zu gewinnen und Ihrer Majestät, der Königin, vorgestellt zu werden, wird die Krönung meines Lebens sein. Wenn Rosalie siegt, werde ich den Vorschlag machen, dass meine Tochter Prinz Charles heiratet – sie sind ungefähr gleich alt.«

»Ich fürchte, Harvey, nicht einmal Sie werden imstande sein, das durchzusetzen.«

»Was gedenken Sie mit dem Preis von ungefähr 81 000 Pfund anzufangen, Mr Metcalfe?«, fragte Jamie Clark.

»Das Geld irgendeiner Wohltätigkeitsorganisation vermachen«, erwiderte Harvey, befriedigt über den Eindruck, den diese Bemerkung auf seine Gäste machte.

»Sehr großzügig, Harvey. Ganz Ihrem Ruf entsprechend.« Nick Lloyd warf Michael Hogan einen vielsagenden Blick zu. Selbst wenn es die anderen nicht wissen sollten – sie beide wussten, was Harveys Ruf entsprach.

Der Chauffeur kam zurück und berichtete, dass von einem einsamen Professor nirgends eine Spur zu sehen war – weder in der Champagnerbar noch im Balkonrestaurant, noch am Büfett auf dem Sattelplatz – und dass er zur Members' Enclosure keinen Zutritt hatte bekommen können.

»Natürlich nicht«, sagte Harvey wichtigtuerisch. »Ich werde ihn eben selbst suchen müssen. Trinkt aus und amüsiert euch.«

Er stand auf und ging mit dem Chauffeur zur Tür. Als er außer Hörweite seiner Gäste war, fauchte er: »Jetzt machen Sie aber schleunigst, dass Sie hier verschwinden, und kommen Sie mir ja nicht wieder mit diesem albernen Quatsch, dass Sie ihn nicht finden können!«

Der Chauffeur stürzte fort. Harvey drehte sich zu seinen Gästen um und lächelte.

»Ich werfe mal eben einen Blick auf die Pferde und Jockeys für das 14-Uhr-Rennen.«

»Er verlässt jetzt die Privatloge«, gab James durch.

»Was haben Sie da gesagt? ...«, fragte eine gebieterische Stimme, die ihm bekannt vorkam. »Sprechen Sie mit sich selbst, James?«

James starrte den 1,83 Meter großen, immer noch um keinen Zoll zusammengeschrumpften edlen Lord entgeistert an. Obgleich die Furchen in seinem Gesicht darauf schließen ließen, dass er die ihm vom Schöpfer zugedachten Lebensjahre längst überschritten hatte, strahlte er immer noch enthusiastische Energie aus.

»Ach verflucht. Nein, Sir, ich habe gerade ... hm ... gehustet.«

»Auf wen tippen Sie für die King George VI and Queen Elizabeth Stakes?«, erkundigte sich der edle Lord.

»Nun, ich habe fünf Pfund Sieg und Platz auf Rosalie gesetzt, Sir.«

»Er scheint sich versehentlich selbst abgewürgt zu haben«, sagte Stephen.

»Dann ruf ihn doch noch mal«, meinte Adrian.

»Was soll denn dieses Geräusch, James? Haben Sie einen Hörapparat oder was?«

»Nein, Sir. Es ist … es ist … es ist ein Transistorradio.«

»Die Dinger müssten verboten werden! Verdammter Einbruch in die Privatsphäre.«

»Absolut, Sir!«

»Was macht er denn, Stephen?«

»Ich weiß nicht – ich glaube, irgendetwas muss passiert sein.«

»Ach, du mein Gott, Harvey kommt direkt auf uns zu. Geh in die Members' Enclosure, Stephen. Ich komme dir gleich nach. Hol tief Luft und dann alles mit der Ruhe. Er hat uns nicht gesehen.«

Harvey marschierte auf den Ordnungshüter zu, der den Eingang zur Members' Enclosure bewachte.

»Ich bin Harvey Metcalfe, der Besitzer von Rosalie, und das hier ist meine Plakette.«

Der Ordner ließ Harvey durch. Vor dreißig Jahren würde der hier nicht reingekommen sein, selbst wenn ihm jedes einzelne Pferd im Rennen gehört hätte, sinnierte er. Damals wurden in Ascot nur an vier Tagen im Jahr Rennen gehalten – ein wirkliches gesellschaftliches Ereignis. Heute fanden Rennen an insgesamt vierundzwanzig Tagen im Jahr statt, und das Ganze war ein großes Geschäft. Die Zeiten hatten sich doch sehr geändert. Adrian folgte dicht hinter Harvey und zeigte wortlos seine Plakette vor.

Ein Fotograf riss sich von einer Gruppe einherstolzierender abenteuerlicher Hutgebilde, für die Ascot so berühmt ist, los, um ein Bild von Harvey zu schießen – für den Fall, dass Rosalie die King George VI Stakes gewänne. Kaum hatte sein Blitzlicht aufgeleuchtet, als er auch schon zum anderen Eingang stürzte.

Linda Lovelace, der Star des Films *Deep Throat*, der in New York vor voll besetzten Kinos lief, in England aber verboten war, versuchte, die Members' Enclosure zu betreten – allerdings ohne Erfolg, obgleich sie einem bekannten Londoner Bankier, Richard Szipiro, vorgestellt worden war in dem Augenblick, als er in die Enclosure ging. Sie trug einen Zylinder, einen Cut mit gestreifter Hose und nichts unter dem Cutaway. Solange sie die Szene beherrschte, schenkte niemand Harvey Beachtung. Als sie ganz sicher war, dass jeder Fotograf ein Bild von ihr gemacht hatte, wie sie gerade die Enclosure betreten wollte, verließ sie nach erfolgreicher Beendigung ihres Publicityauftritts unter lauten Verwünschungen die Bildfläche.

Harvey wandte sich den Pferden zu, als Stephen sich ihm auf ein paar Meter näherte.

»Also, wieder mal ran an den Speck«, sagte Adrian zu sich selbst; er schlängelte sich gewandt zu Stephen durch, schüttelte ihm, als er genau zwischen den beiden stand, herzlich die Hand und begrüßte ihn mit absichtlich lauter Stimme: »Wie geht es Ihnen, Professor Porter? Ich wusste gar nicht, dass Sie sich für Pferderennen interessieren.«

»Ich interessiere mich eigentlich auch nicht dafür, aber ich komme gerade von einem Seminar in London, und ich dachte, das wäre eine gute Gelegenheit, zu sehen, wie …«

»Professor Porter!«, rief Harvey. »Es ist mir eine Ehre, Ihre Bekanntschaft machen zu dürfen. Sir, mein Name ist Harvey Metcalfe, aus Boston, Massachusetts. Mein lieber Freund, Dr. Wiley Barker, der mir das Leben gerettet hat, sagte mir, Sie seien heute hier. Ich werde alles tun, damit Sie einen angenehmen Nachmittag verbringen.«

Adrian verdrückte sich. Er konnte es kaum fassen, dass es so leicht gewesen war. Das Telegramm hatte wie ein Zauber gewirkt.

»Ihre Majestät, die Königin – Seine Königliche Hoheit, der Herzog von Edinburgh – Ihre Königliche Hoheit, Königin Elizabeth, die Königinmutter – und Ihre Königliche Hoheit, Prinzessin Anne begeben sich nun in die königliche Loge.«

Sämtliche Militärkapellen der Brigade der Garden intonierten die Nationalhymne: »God Save The Queen.«

Die 25 000-köpfige Menge erhob sich und begann, ebenso loyal wie falsch mitzusingen.

»So jemanden sollten wir in Amerika haben«, sagte Harvey zu Stephen, »anstelle von Richard Nixon, dann hätten wir nicht die Probleme, die wir haben.«

Stephen fand, dass sein Landsmann doch etwas unfair sei. Verglichen mit Harvey Metcalfe war Richard Nixon doch geradezu ein Heiliger.

»Kommen Sie mit mir in meine Loge, Professor, und lernen Sie meine anderen Gäste kennen. Die verdammte Loge hat mich 750 Pfund gekostet – füllen wir sie also nach Kräften. Haben Sie schon zu Mittag gegessen?«

»O ja, vielen Dank«, log Stephen – noch etwas, was er von Harvey gelernt hatte. Er hatte eine Stunde lang an der Members' Enclosure gestanden, nervös und angespannt nachdenkend – unfähig, auch nur ein Sandwich herunterzubringen – und nun war er hungrig wie ein Wolf.

»Dann kommen Sie und lassen Sie sich meinen Champagner schmecken«, dröhnte Harvey.

Und das auf leeren Magen, dachte Stephen.

»Vielen Dank, Mr Metcalfe. Ich bin etwas verwirrt. Das ist mein erstes Royal Ascot.«

»Das ist nicht das Royal Ascot, Professor. Heute ist der letzte Tag der Ascot Week, aber die königliche Familie pflegt immer zu den King George und Elisabeth Stakes zu kommen, deshalb zieht sich jeder elegant an.«

»Ich verstehe«, sagte Stephen schüchtern, befriedigt über die Wirkung seines absichtlichen Fehlers.

Harvey packte seine Entdeckung sozusagen am Kragen und schleifte sie zu seiner Loge.

»Alle mal herhören! Ich möchte Ihnen meinen berühmten Freund Rodney Porter vorstellen. Er ist ein Nobelpreisträger, müssen Sie wissen. Übrigens – was ist Ihr Fach?«

»Biochemie.«

Stephen begann, Harveys Maßstäbe zu seinen eigenen zu machen. Solange er seine Rolle ganz selbstverständlich spielte, würden weder die Bankiers noch die Schiffsbesitzer und noch nicht einmal der Journalist merken, dass er keineswegs der klügste Kopf seit Einstein war. Er wurde etwas gelöster und brachte es sogar fertig, sich mit geräucherten Lachssandwiches vollzustopfen, wenn die anderen gerade nicht hinsahen.

Lester Piggott gewann das 14-Uhr-Rennen auf Olympic Casino und das 14.30-Uhr-Rennen auf Roussalka. Harvey wurde ständig nervöser. Er sprach ununterbrochen und schwatzte ziemlich sinnloses Zeug. Er hatte das 14.30-Uhr-Rennen an sich vorüberziehen lassen, ohne großes Interesse für das Ergebnis zu zeigen, und trank immer mehr Champagner. Um 14.50 Uhr forderte er sie alle auf, ihm auf den Sattelplatz zu folgen, um sein berühmtes Pferd zu besichtigen. Stephen zog mit den anderen gleichsam in einem pseudo-königlichen Gefolge hinter ihm her.

Adrian und James beobachteten die Prozession aus der Entfernung.

»Er steckt zu tief drin, um jetzt noch einen Rückzieher machen zu können«, meinte Adrian.

»Mir scheint er aber ganz vergnügt zu sein«, erwiderte James. »Komm, verziehen wir uns. Jetzt können wir ihm nur noch im Weg sein.«

Sie steuerten auf die Champagnerbar zu, wo sich eine beträchtliche Anzahl von Männern mit gerötetem Gesicht drängte, die aussahen, als verbrächten sie hier mehr Zeit als auf den Zuschauerplätzen.

»Ist sie nicht wunderschön, Professor? Fast so schön wie meine Tochter. Wenn sie heute nicht gewinnt, werde ich es niemals schaffen.«

Harvey verließ seine kleine Gesellschaft, um ein paar Worte mit Pat Eddery, dem Jockey, zu wechseln und ihm Glück zu wünschen. Der Trainer, Peter Walwyn, gab seine letzten Anweisungen, dann saß der Jockey auf und ritt vom Sattelplatz. Die zehn Pferde wurden vor Beginn des Rennens an der Tribüne vorbeigeritten – eine Tradition, die in Ascot nur bei bedeutenden Rennen eingehalten wird. Highclere mit den Farben Ihrer Majestät der Königin – Gold, Purpur und Scharlachrot – führte die Prozession an, gefolgt von Crown Princess, die ihrem Jockey offensichtlich etwas zu schaffen machte. Direkt hinter ihr kam Rosalie, die ganz entspannt und frisch wirkte, bereit loszulaufen. Buoy und Dankaro folgten als Nächste hinter Rosalie, und die Außenseiter Messipatania, Ropey und Minnow bildeten die Nachhut. Die Menge erhob sich von ihren Plätzen, um den Pferden zuzujubeln, und Harvey strahlte so voller Stolz, als wäre jedes Pferd im Rennen sein Eigen.

»… und heute steht neben mir der bekannte amerikanische Besitzer, Harvey Metcalfe«, sprach Julian Wilson in die

BBC-Fernsehkamera für die Leute daheim an ihren Bildschirmen. »Ich werde ihn bitten, mir seine Ansicht über die King George VI and Queen Elizabeth Stakes mitzuteilen, denn seine Rosalie ist eine der beiden Favoriten. Willkommen in England, Mr Metcalfe. Was empfinden Sie angesichts des großen Rennens?«

»Es ist sehr aufregend, hier zu sein und wieder an dem Rennen teilzunehmen. Rosalie hat gute Chancen. Immerhin, es ist nicht der Sieg, der zählt: Dabeisein ist alles.«

Stephen zuckte zusammen. Baron de Coubertin, der anlässlich der Olympischen Spiele von 1896 als Erster diesen Ausspruch getan hatte, musste sich im Grab umgedreht haben.

»Die letzten Wettergebnisse zeigen, dass Rosalie und Highclere, das Pferd Ihrer Majestät der Königin, Favoriten sind. Wie denken Sie darüber?«

»Crown Princess, das Pferd des Herzogs von Devonshire, beunruhigt mich nicht weniger. Lester Piggott ist bei einem so bedeutenden Ereignis immer schwer zu schlagen. Er hat die ersten beiden Rennen gewonnen und wird alles daransetzen, auch dieses zu gewinnen – und Crown Princess ist ein ausgezeichnetes Pferdchen.«

»Sind anderthalb Meilen eine günstige Strecke für Rosalie?«

»Die Ergebnisse dieser Saison beweisen, dass es absolut ihre beste ist.«

»Was würden Sie mit dem Gewinn von 81240 Pfund anfangen?«

»Das Geld ist Nebensache – ich habe mir noch nicht einmal Gedanken darüber gemacht.«

Stephen hingegen hatte sich sehr wohl Gedanken darüber gemacht.

»Wir danken Ihnen, Mr Metcalfe, und wünschen Ihnen sehr viel Glück. Und jetzt zu den neuesten Nachrichten über die Wettergebnisse.«

Harvey begab sich zu dem Grüppchen seiner Bewunderer zurück und schlug vor, dem Rennen vom Balkon seiner Loge aus zuzusehen.

Für Stephen war es faszinierend, Harvey so aus der Nähe beobachten zu können. Dieser war nervös und unter der Nervenanspannung noch heuchlerischer geworden als sonst – nichts mehr von dem eiskalten Geschäftemacher, den sie ursprünglich in ihm gefürchtet hatten. Dieser Mann war menschlich, verletzlich und konnte besiegt werden.

Alle lehnten sich übers Geländer, um zu sehen, wie die Pferde in die Startboxen gebracht wurden. Crown Princess machte immer noch etwas Schwierigkeiten, während alle anderen Pferde wartend dastanden. Die Spannung wurde unerträglich.

»Und los!«, dröhnte der Lautsprecher.

Fünfundzwanzigtausend Menschen hoben ihre Feldstecher an die Augen, und Harvey sagte: »Ihr Start war gut – sie ist nicht schlecht platziert.«

Er fuhr fort, das Rennen für seine Umgebung pausenlos zu kommentieren – bis zur letzten Meile; da wurde er plötzlich ganz still. Die anderen verharrten ebenfalls schweigend, ganz auf den Lautsprecher konzentriert.

»Sie kommen in die Meilengerade – Minnow führt das Feld in der Kurve, mit Buoy und Dankaro, mühelos dicht hinter ihm – gefolgt von Crown Princess, Rosalie und Highclere … Nähern sich der Sechs-Achtelmeilen-Markierung – Rosalie und Crown Princess an der Tribünenseite holen auf, Highclere legt sich ins Zeug …

Noch fünf Achtelmeilen – Minnow gibt immer noch das Tempo an, zeigt aber Ermüdungserscheinungen, während Crown Princess und Buoy an Boden gewinnen …

Noch eine halbe Meile – Minnow noch immer knapp vor Buoy, die jetzt, vielleicht etwas verfrüht, auf den zweiten Platz vorgerückt ist …

Drei Achtelmeilen vom Ziel – das Feld wird eine Idee schneller – Minnow, am Zaun, gibt das Tempo an – Buoy und Dankaro etwa eine Länge hinter ihm – gefolgt von Rosalie, Crown Princess und der Stute der Königin, Highclere, die alle an Boden gewinnen …

Innerhalb der Zwei-Achtelmeilen-Grenze – Highclere und Rosalie fast auf gleicher Höhe mit Buoy – Crown Princess ganz zurückgefallen …

Noch eine Achtelmeile …«

Die Stimme des Kommentators wurde schriller und lauter.

»Joe Mercer auf Highclere in Führung, knapp vor Pat Eddery auf Rosalie – noch 180 Meter – sie liegen Kopf an Kopf – noch 90 Meter – unmöglich, den Sieger auszumachen – am Ziel ein Fotoentscheid zwischen den gold-purpur und scharlachroten Farben Ihrer Majestät der Königin und den schwarz-grün karierten Farben des amerikanischen Besitzers Harvey Metcalfe – Monsieur Moussacs Dankaro wurde Dritter.«

Harvey stand da wie gelähmt und wartete auf das Ergebnis. Selbst Stephen empfand Mitleid mit ihm. Keiner von Harveys Gästen wagte zu sprechen – aus Angst, etwas Falsches zu sagen.

»The result of The King George VI and The Queen Elizabeth Stakes«, dröhnte es wieder aus dem Lautsprecher, und Schweigen senkte sich über den ganzen Platz: »The winner is no. 5, Rosalie.«

Die übrigen Ergebnisse gingen unter im Toben und Schreien der Menge und in Harveys Triumphgebrüll. Gefolgt von seinen Gästen raste er zum nächsten Aufzug, drückte dem Liftmädchen eine Pfundnote in die Hand und schrie: »Setzen Sie das Ding in Bewegung!« Nur die Hälfte seiner Begleiter, darunter Stephen, konnte gerade noch mit ihm in den Lift springen. Als sie das Erdgeschoss erreicht hatten und die Aufzugtüren sich öffneten, sauste Harvey heraus wie ein Vollblüter, vorbei an der Champagnerbar, durch den hinteren Teil der Members' Enclosure hindurch zum Absattelring und warf seine Arme mit solcher Wucht um den Hals des Pferdes, dass der Jockey beinah heruntergefallen wäre. Ein paar Minuten später führte er Rosalie im Triumph zu dem Pflock mit der Aufschrift ERSTER. Die Menge rückte näher und näher, um ihn zu beglückwünschen.

Der Direktor der Rennbahn, Captain Beaumont, unterrichtete Harvey über das Protokoll, das befolgt werden müsste, wenn er der Königin vorgestellt werden würde. Lord Abergavenny, der Vertreter der Königin in Ascot, begleitete Ihre Majestät zum Siegerring.

»The winner of the King George VI and The Queen Elizabeth Stakes – Mr Harvey Metcalfe's Rosalie.«

Harvey bewegte sich wie im Traum – Blitzlichter flammten auf, und Filmkameras folgten ihm, als er auf die Königin zuging. Er machte eine Verbeugung und empfing seine Trophäe. Die Königin, hochelegant in einem türkisfarbenen Seidenkostüm und dazu passendem Turban, die nur von Hardy Amies entworfen sein konnten, sagte ein paar Worte, aber Harvey hatte es zum ersten Mal in seinem Leben die Sprache verschlagen. Er machte einen Schritt rückwärts, verbeugte sich noch einmal und ging unter lautem Beifall der Menge wieder zu seinem Platz.

In seine Privatloge zurückgekehrt, ließ Harvey den Champagner in Strömen fließen, und jedermann war sein Freund. Stephen merkte, dass jetzt nicht der Moment war, die Dinge zu forcieren. Er musste den rechten Augenblick abwarten und inzwischen die Reaktion seines Opfers auf diese besonderen Umstände beobachten. So blieb er ruhig in einer Ecke, ließ die Aufregung sich legen und behielt Harvey sorgfältig im Auge.

Es dauerte noch ein ganzes weiteres Rennen, bis Harvey sich wieder halbwegs gefangen und Stephen das Gefühl hatte, dass die Zeit zum Handeln gekommen sei. Er tat so, als würde er aufbrechen.

»Wollen Sie uns wirklich schon verlassen, Professor?«

»Ja, Mr Metcalfe, ich muss bis morgen früh noch ein paar Manuskripte korrigieren.«

»Ich bewundere immer wieder die Arbeit, die ihr Leute investiert. Ich hoffe, Sie haben sich amüsiert?«

Stephen verkniff sich George Bernhard Shaws berühmte Entgegnung ›wohl oder übel, da war nichts anderes, das einen hätte amüsieren können‹.

»Ja, danke sehr, Mr Metcalfe. Eine bemerkenswerte Leistung. Sie können wirklich stolz sein.«

»Doch, ich glaube schon. Es hat lange gedauert, bis es so weit war – aber nun hat sich der Einsatz schließlich gelohnt ... Wirklich zu schade, Rod, dass Sie uns verlassen müssen. Können Sie nicht etwas bleiben und mit mir und meinen Gästen den heutigen Abend im Claridge begehen?«

»Das wäre mir ein Vergnügen gewesen, Mr Metcalfe. Aber Sie müssen mich unbedingt in meinem College in Oxford besuchen und mir erlauben, Ihnen die Universität zu zeigen.«

»Fabelhaft! Nach Ascot habe ich ein paar freie Tage, und ich wollte Oxford schon immer gern sehen – aber irgendwie habe ich nie Zeit dazu gehabt.«

»Am Mittwoch findet die Garden Party der Universität statt. Kommen Sie doch nächsten Dienstagabend zum Dinner in mein College, dann können wir am darauffolgenden Tag die Universität besichtigen und hinterher zur Party gehen.« Er kritzelte ein paar Informationen auf eine Karte.

»Fantastisch! Diese Ferien sind auf dem besten Weg, der schönste Urlaub zu werden, den ich jemals in Europa hatte. Wie kommen Sie zurück nach Oxford, Professor?«

»Mit dem Zug.«

»Auf keinen Fall«, sagte Harvey. »Mein Rolls-Royce wird Sie hinbringen. Er kann leicht bis zum letzten Rennen wieder zurück sein.«

Und bevor Stephen protestieren konnte, wurde nach dem Chauffeur geschickt.

»Fahren Sie Professor Porter nach Oxford, und kommen Sie dann wieder hierher. Gute Fahrt, Professor. Ich freue mich darauf, Sie am nächsten Dienstag um 20 Uhr zu sehen. Großartig, Ihre Bekanntschaft gemacht zu haben.«

»Ich bedanke mich sehr für den schönen Tag und beglückwünsche Sie nochmals zu Ihrem glänzenden Sieg.«

Auf seinem Weg nach Oxford im Fond des weißen Rolls-Royce – des Wagens, von dem Adrian geprahlt hatte, nur er und er allein würde jemals darin fahren – entspannte sich Stephen und lächelte in sich hinein. Dann nahm er ein kleines Notizbuch aus seiner Rocktasche und machte eine Eintragung: »Von Spesen abzuziehen: 98 Pence – Preis einer Fahrkarte zweiter Klasse Ascot-Oxford, einfach.«

15

»Bradley«, sagte der Senior Tutor, »Sie scheinen mir in letzter Zeit etwas grau geworden, mein Junge. Sollte das Amt des Junior Dekans eine zu große Belastung für Sie sein?«

Stephen hatte sich schon gefragt, ob im Senior Common Room irgendjemand von seinen Kollegen sein Haar einer Bemerkung wert erachten würde. Professoren zeigen sich selten von etwas überrascht, was ihre Kollegen tun.

»Mein Vater ist auch schon frühzeitig ergraut, Senior Tutor, und gegen Erbanlagen kann man offenbar nichts tun.«

»Na immerhin, mein Junge, da ist nächste Woche die Garden Party, auf die Sie sich freuen können.«

»Ach ja, die hatte ich fast vergessen.«

Stephen ging wieder in seine Wohnung, wo seine Teamgenossen versammelt waren, um ihre weiteren Instruktionen zu erhalten.

»Am Mittwoch ist Encaenia-Tag, da findet die Garden Party statt. Eines wissen wir jetzt über unseren millionenschweren Freund: ›Selbst wenn er aus seiner gewohnten Umgebung herausgerissen wird, benimmt er sich weiter so, als ob er in allem Bescheid wisse. Aber wir können seine Großmannssucht ausnutzen, solange wir immer daran denken, dass wir wissen, was als Nächstes geschieht, er aber nicht: Genauso, wie er es mit uns in der Prospecta-Oil-Angelegenheit gemacht hat, indem er uns immer um eine Länge voraus war. Also, heute werden wir eine Probe abhalten und morgen eine Generalprobe in vollem Kostüm.‹«

»Auf Rekognoszieren verwendete Zeit ist selten verschwendete Zeit«, murmelte James. Es war so ungefähr der einzige Kernspruch, den er aus seinen Tagen in der Armeekadettenschule behalten hatte.

»Zum Rekognoszieren für deinen Plan haben wir ja nicht viel Zeit gebraucht, oder?«, stichelte Jean-Pierre.

Stephen überging diese Einwürfe.

»Nun also, das ganze Unternehmen an diesem Tag nimmt mich ungefähr sieben und euch etwa vier Stunden in Anspruch, den Zeitaufwand für das Schminken inbegriffen. Außerdem muss uns James vorher noch eine extra Unterrichtsstunde geben.«

»Wie oft brauchst du meine beiden Söhne?«, fragte Adrian.

»Nur einmal, am Mittwoch. Durch zu viel Probieren werden sie höchstens steif und linkisch.«

»Wann, glaubst du, wird Harvey nach London zurückfahren wollen?«, erkundigte sich Jean-Pierre.

»Ich habe bei Guy Salmon angerufen und mich über den Rolls informiert. Sie haben Anweisung, Harvey bis 19 Uhr ins Claridge zurückzubringen, also nehme ich an, dass wir nur bis 17.30 Uhr Zeit haben.«

»Sehr clever!«, meinte Adrian.

»Ja, es ist schrecklich«, sagte Stephen. »Jetzt denke ich sogar schon wie er. Also los, gehen wir den ganzen Plan noch einmal durch, so, wie er im roten Dossier steht. Wir beginnen mit Seite 16: Sobald ich das All Souls College verlasse …«

Am Sonntag und Montag hielten sie komplette Proben ab. Bis Dienstag kannten sie jede nur denkbare Route, die Harvey nehmen könnte, und wussten, wo er sich an jedem Augenblick des Tages zwischen 9.00 Uhr und 17.30 Uhr aufhalten würde. Stephen hatte einfach alles bedacht – er hatte auch kaum eine andere Wahl gehabt; diesmal mussten sie die Sache im ersten Anlauf über die Runden bringen. Fehler wie in Monte Carlo durften nicht passieren, denn eine zweite Chance würden sie nicht bekommen. Die Generalprobe klappte auf die Sekunde.

»Solche Sachen habe ich nicht mehr angehabt, seit ich sechs Jahre alt war und zu einem Kostümfest ging«, sagte Jean-Pierre. »Wir werden alles andere als unauffällig wirken.«

»An diesem Tag wird alle Welt in Rot, Blau und Schwarz herumlaufen«, erwiderte Stephen. »Ein Riesentheater. Niemand wird sich nach euch umdrehen, noch nicht einmal nach dir, Jean-Pierre.«

Alle hatten wieder Lampenfieber und warteten darauf, dass der Vorhang sich endlich heben würde. Stephen war ganz froh über ihre Nervosität: Sie wären mit Sicherheit verloren, wenn sie Harvey Metcalfe gegenüber auch nur einen Augenblick lang die Dinge auf die leichte Schulter nähmen.

Das Team verbrachte ein ruhiges Wochenende. Stephen sah sich die alljährliche Aufführung der Theatergruppe seines Colleges an, Adrian führte seine Frau zu den Festspielen nach Glyndebourne und benahm sich ungewöhnlich aufmerksam, Jean-Pierre las die neueste Veröffentlichung über Kunst – *Goodbye Picasso* von David Douglas –, und James fuhr mit Anne nach Tathwell Hall bei Louth in Lincolnshire, um sie seinem Vater, dem fünften Earl, vorzustellen. Selbst Anne war an diesem Wochenende nervös.

»Harry?«

»Dr. Bradley?«

»Ich erwarte heute einen amerikanischen Gast zum Abendessen in meiner Wohnung. Sein Name ist Harvey Metcalfe. Begleiten Sie ihn doch bitte herüber, wenn er kommt.«

»Sehr wohl, Sir.«

»Und noch etwas. Er scheint mich irrtümlich für Professor Porter vom Trinity College zu halten. Bitte korrigieren Sie den Irrtum nicht – lassen Sie ihn einfach dabei.«

»Gewiss, Sir.«

Harry verzog sich in die Portiersloge und schüttelte traurig den Kopf. Irgendwann schnappten natürlich alle Wissenschaftler über, aber Dr. Bradley schien doch in einem ungewöhnlich frühen Alter von dieser Krankheit befallen worden zu sein.

Harvey kam um acht. In England war er immer pünktlich. Der Chefpedell führte ihn durch den Kreuzgang und die alte Steintreppe hinauf zu Stephens Wohnung.

»Mr Metcalfe, Sir.«

»Wie geht es Ihnen, Professor?«

»Danke gut, Mr Metcalfe. Wie schön, dass Sie pünktlich sind.«

»Pünktlichkeit ist die Höflichkeit der Fürsten.«

»Sie meinen vermutlich die Höflichkeit der Könige und in diesem Fall, die Ludwigs XVIII.« Stephen hatte im Augenblick vergessen, dass Harvey nicht einer seiner Studenten war.

»Sicher haben Sie recht, Professor.«

Stephen mixte ihm einen großen Manhattan. Die Augen seines Gastes schweiften im Zimmer umher und blieben am Schreibtisch hängen.

»Ooh – tolle Bilder, die Sie da haben! Ein Foto von Ihnen und

Präsident Kennedy und eines mit der Königin und sogar eines mit dem Papst.«

Diese besondere Note war Jean-Pierre zu verdanken; er hatte Stephen mit einem Fotografen bekannt gemacht, der mit seinem Künstlerfreund David Stein im Gefängnis gesessen hatte. Stephen konnte es kaum erwarten, die Fotos zu verbrennen und zu behaupten, sie hätten niemals existiert.

»Erlauben Sie, dass auch ich Ihnen eines für Ihre Sammlung schenke.«

Harvey zog ein großes Foto aus der Tasche, das ihn selbst zeigte, wie er gerade den Preis für die King George VI and Queen Elizabeth Stakes aus den Händen der Queen entgegennahm.

»Ich schreibe Ihnen eine Widmung drauf, wenn Sie wollen.«

In ausladenden Buchstaben setzte er seinen Namenszug quer über die Queen.

»Vielen Dank«, sagte Stephen. »Seien Sie versichert, dass ich es ebenso hochhalten werde wie meine anderen Fotografien. Und ich weiß es sehr zu schätzen, dass Sie sich die Zeit genommen haben, mich hier zu besuchen, Mr Metcalfe.«

»Es ist mir eine Ehre, nach Oxford zu kommen, und das hier ist so ein hübsches altes College.«

Stephen hatte den Verdacht, dass Harvey wirklich meinte, was er gesagt hatte, und er unterdrückte die Regung, ihm die Geschichte von dem Dinner des verstorbenen Lord Nuffield, des Gründers der British Motor Corporation, in Magdalen College zu erzählen. Trotz Nuffields großzügiger Zuwendungen an die Universität waren die wechselseitigen Beziehungen nicht immer gerade freundlich zu nennen gewesen. Als ein Diener dem Gast nach einem Collegefest beim Fortgehen in den Mantel half, nahm dieser den ihm dargereichten Hut mürrisch entgegen mit den Worten: »Ist das meiner?« – »Ich weiß nicht, Mylord«, lautete die Antwort, »aber den hatten Sie auf, als Sie kamen.«

Harvey betrachtete etwas fassungslos die Bücher auf Stephens Regalen. Die Unvereinbarkeit ihrer Thematik – reine Mathematik – mit der Disziplin des angeblichen Professor Porter – Biochemie – entging ihm glücklicherweise.

»Informieren Sie mich bitte über den morgigen Tag.«

»Aber gern«, sagte Stephen. »Während wir jetzt essen, gehe ich mit Ihnen durch, was ich für Sie geplant habe, und dann können wir sehen, ob Sie damit einverstanden sind.«

»Ich mache alles mit. Seit ich dieses Mal in Europa bin, fühle ich mich um zehn Jahre jünger, und ich bin einfach hingerissen, in der Universität von Oxford zu sein.«

Stephen fragte sich, ob er Harvey Metcalfe wirklich sieben Stunden lang würde über sich ergehen lassen können; aber schließlich ging es um weitere 250 000 Dollar und um sein Ansehen bei seinen Teamgenossen …

Die Collegebediensteten brachten den Shrimpcocktail.

»Meine Leibspeise«, sagte Harvey. »Wie konnten Sie das wissen?«

Stephen hätte gern geantwortet: »Es gibt nichts, das ich nicht über Sie wüsste«, aber er begnügte sich mit der Bemerkung: »Einfach eine glückliche Eingebung. Nun, also zur Sache: Wenn wir uns morgen um zehn Uhr treffen, können wir an den Feierlichkeiten des Tages teilnehmen, der als der interessanteste des Universitätskalenders gilt. Er heißt Encaenia.«

»Was ist das?«

»Nun, einmal im Jahr, am Ende des Trinitatis-Trimesters – das ist das Äquivalent des Sommersemesters an einer amerikanischen Universität –, feiern wir den Abschluss des Universitätsjahres. Da finden ein paar Zeremonien statt und eine große Garden Party, zu der auch der Kanzler und der Vizekanzler der Universität kommen. Der Kanzler ist der ehemalige britische Premierminister Harold Macmillan, und der Vizekanzler ist Mr Habakkuk. Ich hoffe, es einrichten zu können, dass Sie beide kennenlernen, und ich denke, es wird sich alles zeitlich so schaffen lassen, dass Sie um 19 Uhr wieder in London sein können.«

»Woher wussten Sie, dass ich um 19 Uhr wieder in London sein muss?«

»Das haben Sie mir in Ascot gesagt« – Stephen konnte mittlerweile aus dem Stegreif lügen. Wenn sie ihre Million nicht binnen kürzester Frist wieder beisammenhätten, würde er wohl – so fürchtete er – als hartgesottener Krimineller enden.

Harvey genoss sein Essen, das Stephen beinah zu raffiniert zusammengestellt hatte, denn jeder Gang bestand in einem seiner Lieblingsgerichte. Nachdem Harvey hinterher noch eine ganz schöne Menge Kognak konsumiert hatte (Preis 7,25 Pfund die Flasche, dachte Stephen), gingen sie gemächlich durch den ruhigen Magdalen-Kreuzgang an der Singschule vorbei. Die Klänge der Chorsänger, die eine Gabrieli-Messe probten, hingen zart in der Luft.

»Mm – überrascht mich aber, dass Sie es hier gestatten, Plattenspieler so laut aufzudrehen«, meinte Harvey.

Stephen begleitete seinen Gast zum Randolph Hotel und machte ihn unterwegs auf das in der Broad Street vor dem Balliol College errichtete eiserne Kreuz aufmerksam, von dem es heißt, dass es die Stelle bezeichne, wo Erzbischof Cranmer 1556 wegen Ketzerei verbrannt worden war. Harvey unterdrückte die Bemerkung, dass er von dem ehrwürdigen Mann noch nie etwas gehört hatte.

Stephen und Harvey trennten sich an der Treppe des Randolph.

»Also, bis morgen früh, Professor. Und vielen Dank für den großartigen Abend.«

»Das Vergnügen ist ganz auf meiner Seite. Ich hole Sie um zehn Uhr ab. Gute Nacht.«

Stephen ging zurück ins Magdalen College und rief sofort Adrian an. »Alles in Ordnung – obwohl ich fast zu weit gegangen bin. Das Essen war viel zu sorgfältig zusammengestellt, und beim Kognak hatte ich obendrein noch seine Lieblingsmarke. Immerhin – das wird mir für morgen eine Warnung sein. Man muss unbedingt vermeiden, allzu scharf zu schießen. Also bis dann, Adrian. Schlaf gut heute Nacht.«

Stephen unterrichtete in gleicher Weise noch Jean-Pierre und James, bevor er dankbar in sein Bett fiel. Morgen um diese Zeit würde er klüger sein … Aber würde er auch reicher sein?

16

Um fünf Uhr morgens ging die Sonne über dem Cherwell auf, und die wenigen Oxforder, die so früh schon unterwegs waren, konnten nun zweifellos verstehen, warum Magdalen bei Kennern als das schönste College beider Universitätsstädte – Oxfords wie Cambridges – gilt. An die Ufer des Flusses geschmiegt, ist es mit seinem spätgotischen Stil eine wahre Augenweide. Hier wurden Männer erzogen wie König Eduard VII., Kardinal Wolsey, Edward Gibbon und Oskar Wilde. Allerdings waren es nicht solche Betrachtungen, die Stephen anstellte, während er wach im Bett lag.

Sein Herz schlug spürbar, und zum ersten Mal wurde ihm bewusst, was Adrian und Jean-Pierre durchgemacht hatten. Eine Ewigkeit schien vergangen seit ihrer ersten Zusammenkunft, die doch nur drei Monate zurücklag. Er lächelte in sich hinein bei dem Gedanken, wie eng ihr gemeinsames Ziel, Harvey Metcalfe zu besiegen, sie miteinander verbunden hatte. Gleich James begann Stephen, eine geheime Bewunderung für diesen Mann zu empfinden; des ungeachtet war er heute mehr denn je davon überzeugt, dass Harvey außerhalb seiner gewohnten Umgebung überlistet werden könnte. Über zwei Stunden lag Stephen so, in tiefem Nachdenken versunken, ohne sich zu rühren im Bett. Als die Sonne hinter dem höchsten Baum aufgegangen war, stand er auf, duschte und rasierte sich und zog sich langsam und bedächtig an, während seine Gedanken auf den vor ihm liegenden Tag konzentriert waren.

Er schminkte sich sorgfältig und machte sich um fünfzehn Jahre älter. Das nahm viel Zeit in Anspruch, und er überlegte, ob Frauen sich vor dem Spiegel wohl ebenso lang abmühen müssten, um das genau entgegengesetzte Ergebnis zu erzielen. Dann legte er seinen Talar von prächtigem Scharlachrot an, der ihn als Doktor der Philosophie der Universität Oxford auswies. Es amüsierte ihn, dass in Oxford alles vom Üblichen abweichen musste. Jede andere Universität englischer Sprache kürzte diese allenthalben gebräuchliche Bestätigung erfolgreicher Forschungsarbeit in Ph. D. ab – in Oxford war es D. Phil. Er betrachtete sich eingehend im Spiegel.

Wenn das keinen Eindruck auf Harvey Metcalfe macht, dachte er, wird nichts ihn jemals beeindrucken ... Überdies hatte er sogar das Recht, diese Robe zu tragen. Dann setzte er sich, um das Dossier zum letzten Mal durchzulesen – er hatte es so oft studiert, dass er es praktisch auswendig konnte.

Das Frühstück ließ er ausfallen. Sein Anblick – er wirkte fast wie fünfzig – hätte zweifellos bei seinen Kollegen ein gewisses Aufsehen erregt, obgleich die älteren Professoren wahrscheinlich kaum etwas Ungewöhnliches an seiner äußeren Erscheinung bemerkt haben würden.

Stephen verließ zielstrebig das College und gelangte unbemerkt in die High Street, wo er sich unter die rund tausend anderen Doktoren und Magister mengte, die alle wie Erzbischöfe aus dem 14. Jahrhundert gekleidet waren. An diesem Tag fiel es nicht schwer, die Anonymität zu wahren. Dies und die Tatsache, dass Harvey durch die ihm fremden Traditionen der alten Universität verwirrt sein würde, waren die beiden Gründe, warum Stephen die Encaenia-Feiern als seine Operationsbasis gewählt hatte.

Um 9.55 Uhr kam er ins Randolph und sagte einem der jüngeren Hotelpagen, er sei Professor Porter und warte auf Mr Metcalfe. Der Junge verschwand und kehrte ein paar Augenblicke später mit Harvey zurück.

»Mr Metcalfe – Professor Porter.«

»Danke«, sagte Stephen und nahm sich vor, später noch einmal vorbeizukommen, um dem Jungen ein Trinkgeld zu geben. Das Vorstellen gehörte zwar zu seinen Pflichten, war Stephen aber sehr gelegen gekommen.

»Guten Morgen, Professor. Wo fangen wir an?«

»Nun«, sagte Stephen, »Encaenia beginnt mit Lord Nathaniel Crewes Stiftung im Jesus College – sie besteht aus Champagner, Erdbeeren und Sahne für alle Würdenträger der Universität, die sich hinterher in einer Prozession zum Sheldonian Theatre begeben.«

»Und was passiert dann?«

»Den Höhepunkt bildet die Vorstellung der Kandidaten auf einen Honoris-causa-Titel.«

»Die Vorstellung der Kandidaten auf was?«

»Auf einen Titel ehrenhalber«, antwortete Stephen. »Das sind Männer und Frauen, die sich besonders ausgezeichnet haben und die von den älteren und ranghöchsten Mitgliedern der Universität für einen Ehrentitel vorgeschlagen wurden.«

»Wer ist dieser Dings – dieser Lord Crewe?«

»Ja, also das ist höchst interessant. Lord Nathaniel Crewe war ein Doktor der Universität und Bischof von Durham. Er starb im 17. Jahrhundert und vermachte der Universität 200 Pfund pro

Jahr als Stiftung zur Finanzierung der Veranstaltung, von der ich Ihnen gerade erzählt habe, und einer Gedenkrede, die wir später hören werden. Natürlich reicht das Geld, das er hinterlassen hat, heutzutage bei den steigenden Preisen und der Inflation zur Kostendeckung nicht mehr aus, und so muss die Universitätskasse etwas zuschießen.« Stephen erhob sich und verließ mit seinem Gast das Hotel. »Wir müssen jetzt gehen und uns einen guten Platz an der Straße sichern, von dem aus wir der Prozession zuschauen können.«

Sie wanderten die Broad Street hinunter und entdeckten eine sehr günstige Stelle genau gegenüber dem Sheldonian Theatre; angesichts seiner scharlachroten Robe schaffte die Polizei etwas Raum für Stephen. Ein paar Minuten später war die Prozession in Sicht, als sie sich, von der Turl Street kommend, um die Einmündung in die Broad Street schlängelte.

Die Polizei stoppte den gesamten Verkehr und sorgte dafür, dass die Menge auf dem Trottoir blieb.

»Wer sind die Burschen da vorn mit den Keulen in der Hand?«, erkundigte sich Harvey.

»Das ist der Marschall der Universität mit den Herolden. Sie tragen Amtsstäbe, um die Sicherheit der Prozession des Kanzlers zu garantieren.«

»Das darf ja nicht wahr sein! Natürlich ist die sicher – wir befinden uns doch nicht im Central Park in New York!«

»Stimmt«, erwiderte Stephen, »aber in den vergangenen dreihundert Jahren ist sie nicht immer sicher gewesen, und in England haben Traditionen ein langes Leben.«

»Und wer ist das hinter den Heroldknaben?«

»Der in der schwarzen Robe mit der Goldborte ist der Kanzler der Universität, gefolgt von seinem Pagen. Der Kanzler ist der Right Honourable Harold Macmillan – Ende der Fünfziger- und Anfang der Sechzigerjahre war er Premierminister von Großbritannien.«

»Ach ja, ich erinnere mich an den Burschen – versuchte, die Briten in den Gemeinsamen Markt zu bugsieren, und de Gaulle wollte nichts davon wissen.«

»Nun, das ist sicher auch eine Möglichkeit, sich seiner zu erinnern. Hinter ihm kommt jetzt der Vizekanzler, Mr Habakkuk, der gleichzeitig der Rektor von Jesus College ist.«

»Das kapier' ich nicht ganz, Professor.«

»Also, der Kanzler ist stets ein verdienter Engländer, der in Oxford erzogen wurde, aber der Vizekanzler ist ein führendes Mitglied der Universität selbst und gewöhnlich das Oberhaupt eines der Colleges.«

»Ah ja.«

»Nach ihm kommt der Universitätsregistrar, Mr Caston, ein Fellow von Merton College. Er ist der höchste Verwaltungsbeamte der Universität und Vizekanzler sowie dem Hebdomadal Council, dem wöchentlich zusammentretenden Rat, den man als Kabinett der Universität bezeichnen könnte, direkt verantwortlich.

Ihm folgen der Senior Proctor, Mr Campbell von Worcester College, und der Junior Proctor, Hochwürden Dr. Bennet vom New College.«

»Was ist ein Proctor?«

»Über siebenhundert Jahre waren Männer wie sie verantwortlich für Anstand und Disziplin an der Universität.«

»Was? Die beiden alten Männer wollen neuntausend junge Rüpel beaufsichtigen?«

»Nun, die Bulldoggen helfen ihnen dabei.«

»Aha, das klingt schon besser. Ein paar Bisse von einer richtigen englischen Bulldogge halten jeden in Schach.«

»Nein, nein«, protestierte Stephen, sich krampfhaft ein Lachen verbeißend. »Bulldogge ist nur eine Bezeichnung für die Männer, die den Proctoren helfen, die Ordnung aufrechtzuerhalten. Jetzt können Sie am Ende der Prozession eine kleine bunte Schlange erkennen: die Rektoren der Colleges, die Doktoren der Universität sind, die Doktoren der Universität, die nicht Rektoren eines Colleges sind, und die Collegerektoren, die nicht Doktoren der Universität sind – in dieser Reihenfolge.«

»Hören Sie, Rod – alles, was Doktoren für mich bedeuten, ist Geld.«

»Die gehören nicht zu dieser Sorte Doktoren«, erwiderte Stephen.

»Vergessen Sie's, ich gebe mich geschlagen. Ich verstehe mich nur darauf, wie man Millionen macht.«

Stephen warf einen prüfenden Blick auf Harvey. Dieser sog das alles förmlich in sich auf und war auch schon etwas ruhiger geworden.

»Die lange Prozession ist auf dem Weg ins Sheldonian Theatre, wo dann alle Teilnehmer ihre Plätze im Hemizyklus einnehmen werden.«

»Wie bitte? Was für ein Zyklus ist das?«

»Der Hemizyklus ist ein Halbrund von Sitzen, den unbequemsten in ganz Europa. Aber keine Angst – infolge Ihres allseits bekannten Interesses für die Erziehung in Harvard ist es mir gelungen, Sonderplätze für uns zu reservieren, und wir haben gerade noch Zeit, sie einzunehmen, bevor die Prozession in den Saal kommt.«

»Also los, gehen Sie voran, Rod. Wissen die hier wirklich, was sich in Harvard so tut?«

»Aber natürlich, Mr Metcalfe. In Universitätskreisen genießen Sie den Ruf eines großzügigen Menschen, der an der akademischen Bildung interessiert und bereit ist, hervorragende Leistungen auf diesem Gebiet finanziell zu fördern.«

»Donnerwetter, wer hätte das gedacht!«

Niemand, dachte Stephen bei sich.

Er führte Harvey zu seinem reservierten Platz auf dem Balkon; ihm lag nicht sonderlich daran, dass sein Gast die einzelnen Damen und Herren allzu deutlich sähe. Aber tatsächlich waren die Honoratioren der Universität im Hemizyklus von Kopf bis Fuß derart vermummt in Talare, Barette, Querbinder und Beffchen, dass selbst ihre eigenen Mütter sie nicht wiedererkannt hätten. Der Organist spielte seinen Schlussakkord, während die Gäste ihre Plätze einnahmen.

»Der Organist«, sagte Stephen, »gehört zu meinem College und ist der Choragus, der Chorleiter, und außerdem stellvertretender Professor für Musik.«

Harvey konnte seinen Blick von dem Hemizyklus mit seinen scharlachrot gekleideten Gestalten kaum losreißen. Noch nie in seinem Leben hatte er so etwas zu Gesicht bekommen. Die Musik verklang, und der Kanzler erhob sich, um an die versammelte Gesellschaft das Wort in Mittellatein zu richten. »Causa hujus convocationis est ut ...«

»Was zum Teufel sagt er da?«

»Er sagt uns, warum wir hier sind«, erklärte Stephen. »Ich werde versuchen, Ihnen das alles in etwa zu übersetzen.«

»Ite Bedelli«, sagte der Kanzler, und die großen Türen öffneten sich, um die Herolde hindurchzulassen, die die Anwärter auf die Honoris-causa-Titel aus der Divinity School holten. Stille trat ein, als sie vom Public Orator, Mr J. G. Griffith, hereingeführt wurden, der sie nacheinander dem Kanzler vorstellte und Berufslaufbahn und Verdienste jedes Einzelnen in geschliffener und witziger lateinischer Prosa umriss.

Stephens Übersetzung war jedoch reichlich frei und mit Anspielungen darauf gespickt, dass das jeweils zuerkannte Ehrendoktorat nicht nur akademischer Tüchtigkeit, sondern auch finanzieller Großzügigkeit zu verdanken war.

»Das ist Lord Amory. Er wird gerade für alles, was er auf dem Gebiet der Erziehung getan hat, geehrt.«

»Wie viel hat er gegeben?«

»Nun, er war immerhin Schatzkanzler. Und das ist Lord Hailsham. Er war achtmal Kabinettsmitglied, unter anderem als Erziehungsminister und zum Schluss als Lordkanzler. Er und Lord Amory erhalten beide den Ehrendoktor für Zivilrecht.«

Harvey erkannte die Schauspielerin Dame Flora Robson, die dafür ausgezeichnet wurde, dass sie ihr Leben in vorbildlicher Weise dem Theater gewidmet hatte, und Stephen erläuterte, dass sie den Ehrendoktor für Literatur erhielt, ebenso wie der Poeta Laureatus Sir John Betjeman. Jedem also Ausgezeichneten überreichte der Kanzler eine Urkunde, schüttelte ihm die Hand, und dann wurde er zu einem Platz in der vordersten Reihe geleitet.

Der letzte Anwärter war Sir George Porter, Direktor der Royal Institution und Nobelpreisträger: Er erhielt den Ehrendoktor für Naturwissenschaften.

»Mein Namensvetter, aber nicht mit mir verwandt. Jetzt sind wir beinahe durch«, meinte Stephen. »Nur noch ein paar Worte vom Professor für Poesie, John Wain, über die Mäzenaten der Universität.«

Mr Wain hielt die traditionelle Crewe-Gedenkrede, für die er etwa zwölf Minuten brauchte, und Stephen genoss dankbar diesen lebendigen Vortrag in einer Sprache, die er wirklich verstehen konnte. Die Darbietungen der Studentenpreisträger, die die Feier beschlossen, nahm er nur noch undeutlich wahr.

Der Universitätskanzler erhob sich und führte die Prozession aus der Halle.

»Wohin gehen sie jetzt?«, fragte Harvey.

»Sie begeben sich ins All Souls College zum Mittagessen, an dem auch andere verdiente Gäste teilnehmen werden.«

»Oh, da wäre ich ja furchtbar gern dabei gewesen«, sagte Harvey.

»Das habe ich bereits arrangiert«, erwiderte Stephen.

Harvey war ganz überwältigt.

»Wie haben Sie das bloß angestellt, Professor?«

»Der Registrar ist äußerst beeindruckt davon, wie sehr Sie sich um Harvard verdient gemacht haben, und ich nehme an, man hofft, dass Sie Oxford mit einer Kleinigkeit unterstützen können – vor allem nach Ihrem hervorragenden Sieg in Ascot.«

»Großartige Idee!«

Stephen gab sich Mühe, uninteressiert zu erscheinen. Die Zeit, das Wild endgültig zur Strecke zu bringen, war noch nicht gekommen. In Wahrheit hatte der Registrar nie etwas von Harvey Metcalfe gehört, und Stephen war nur aufgrund der Tatsache, dass dies sein letztes Trimester in Oxford war, von einem Freund, einem Fellow des All Souls College, auf die Einladungsliste gesetzt worden.

Sie überquerten die Straße zum All Souls College, das gegenüber dem Sheldonian Theatre liegt. Stephen versuchte – ohne großen Erfolg – Harvey die Besonderheit des College auseinanderzusetzen. In der Tat stellt das College selbst für viele Einwohner von Oxford eine Art Rätsel dar. Sein Name in voller Länge, »The College of All Souls of the Faithful Departed of Oxford« (College Aller Seelen der in Pflichttreue Dahingeschiedenen von Oxford), erinnert nachhaltig an die Sieger der Schlacht von Azincourt unter Heinrich V. im Jahre 1415. Es wurde gegründet mit der Auflage, dass hier bis ans Ende aller Tage Messen gelesen werden sollten für die Ruhe ihrer Seelen. Die heutige Rolle des College ist einzigartig im Universitätsleben. Das All Souls ist eine Gesellschaft von Akademikern aus dem In- und Ausland, die sich vorwiegend im Universitätsrahmen entweder als vielversprechend erwiesen oder durch entsprechende Leistungen hervorgetan haben, und von einer geringeren Anzahl von Männern, die es auf anderen Gebieten zu etwas gebracht haben. Das College lässt keine Studenten und keine weiblichen Fellows zu und scheint – mit seinem enormen finanziellen und intellektuellen Potential – in den Augen der Außenwelt im Allgemeinen mehr oder weniger zu tun, was ihm beliebt.

Stephen und Harvey nahmen unter den hundert oder mehr Gästen an den langen Tischen in der vornehmen Codrington Library ihre Plätze ein. Stephen sorgte unablässig dafür, dass Harvey beschäftigt blieb und nicht allzu sehr auffiel. Erleichtert war er sich der Tatsache bewusst, dass die Leute bei solchen Gelegenheiten sich niemals erinnern, wen sie getroffen oder was sie gesagt haben, und so stellte er Harvey unbekümmert allen ringsherum als einen bekannten amerikanischen Philanthropen vor. Glücklicherweise saßen sie in einiger Entfernung von dem Vizekanzler, dem Registrar und dem Sekretär der Universitätskasse.

Harvey war ganz hingerissen von dieser für ihn neuen Erfahrung und genoss es, den angesehenen Männern um ihn herum zuzuhören – etwas, was er bisher nur selten getan hatte. Als das Essen vorüber war und die Gäste vom Tisch aufgestanden waren, holte Stephen tief Luft und spielte einen seiner riskanteren Trümpfe aus: Ganz bewusst führte er Harvey ans Kopfende des Tisches zum Kanzler.

»Kanzler«, sagte er zu Harold Macmillan.

»Ja, junger Mann?«

»Darf ich Ihnen Mr Metcalfe aus Boston vorstellen. Wie Sie wahrscheinlich wissen, Kanzler, ist Mr Metcalfe ein großer Mäzen von Harvard.«

»Ja, natürlich. Ausgezeichnet, ausgezeichnet. Was führt Sie nach England, Mr Metcalfe?«

Harvey hatte es fast die Sprache verschlagen.

»Nun, Sir ... ich meine: Kanzler ... ich bin gekommen, um mein Pferd Rosalie bei den King George and Elizabeth Stakes laufen zu sehen.«

Stephen stand dicht hinter Harvey und gab dem Kanzler durch Zeichen zu verstehen, dass Harveys Pferd das Rennen gewonnen hatte. Herold Macmillan, durchaus kein Spielverderber und wie immer auf Draht, erfasste sofort die Lage: »Nun, dann waren Sie ja sicher sehr erfreut über das Resultat, Mr Metcalfe.«

Harvey wurde rot wie eine Tomate.

»Wahrscheinlich habe ich Glück gehabt, Sir.«

»Sie sehen mir aber gar nicht wie ein Mann aus, der sich ausschließlich auf sein Glück verlässt.«

Stephen fasste sich ein Herz und ergriff die Chance mit beiden Händen.

»Ich versuche, Mr Metcalfe für einige Forschungsunternehmen, an denen wir in Oxford gerade arbeiten, zu interessieren, Kanzler.«

»Hervorragende Idee!« Niemand wusste besser als Harold Macmillan, der sieben Jahre lang an der Spitze einer politischen Partei gestanden hatte, wie man bei solchen Gelegenheiten den Leuten um den Bart zu gehen hat. »Viel Glück, junger Mann. Boston war es doch – nicht wahr, Mr Metcalfe? Sie müssen unbedingt den Kennedys meine besten Grüße übermitteln.«

Macmillan rauschte davon im vollen Glanze seiner akademischen Gewandung. Harvey stand da wie vom Donner gerührt.

»Was für ein großer Mann! Was für ein Ereignis! Ich fühle mich als ein Stück Geschichte! Ich wünschte nur, ich verdiente es, hier zu sein.«

Stephen hatte getan, was er sich vorgenommen hatte, und war nun fest entschlossen, fortzukommen, bevor irgendwelche Fehler begangen werden könnten. Er wusste, dass Harold Macmillan, wenn der Tag vorüber war, über tausend Leuten die Hand geschüttelt und mit ihnen gesprochen haben würde, und die Chancen, dass er sich je an Harvey erinnerte, waren minimal. Und selbst wenn er sich erinnerte, würde es jedenfalls nicht viel ausmachen. Schließlich war Harvey ja wirklich ein Mäzen von Harvard.

»Wir sollten vor den Ranghöchsten gehen, Mr Metcalfe.«

»Natürlich, Rod. Sie sind der Boss.«

»Ich meine, es wäre klug.«

Draußen auf der Straße warf Stephen einen Blick auf seine Jaeger-Le-Coultre-Armbanduhr: 14.30 Uhr.

»Ausgezeichnet«, sagte Stephen, der für seine nächste Verabredung schon drei Minuten zu spät dran war. »Wir haben gerade noch etwas über eine Stunde bis zur Garden Party. Sehen wir uns ein oder zwei von den Colleges an.«

Sie gingen gemächlich am Brasenose College vorbei, und

Stephen erläuterte, dass dessen Name eigentlich »brass nose« – Messingnase – sei und dass die berühmte echte Messingnase, ein Kirchentürklopfer aus dem 13. Jahrhundert, noch heute in der Halle hing. Etwa hundert Meter weiter dirigierte Stephen Harvey nach rechts.

»Er ist nach rechts abgebogen, Adrian, und steuert aufs Lincoln College zu«, meldete James aus seinem Versteck im Eingang zum Jesus College.

»Gut«, sagte Adrian und wandte sich an seine beiden Söhne. Sieben und neun Jahre alt, standen sie in ihren ungewohnten Eton-Anzügen linkisch herum, bereit, ihre Rolle als Pagen zu spielen. Nicht, dass sie etwa verstanden hätten, was Daddy im Schilde führte.

»Kann's losgehen?«

»Ja, Daddy.«

Stephen und Harvey bewegten sich langsam auf das Lincoln College zu, und als sie gerade noch ein paar Schritte davon entfernt waren, kam Adrian aus dem Haupteingang des College in der offiziellen Robe des Vizekanzlers mit Beffchen, Kragen, weißem Querbinder und allem Drum und Dran. Er sah um fünfzehn Jahre gealtert aus und Mr Habakkuk so ähnlich wie nur möglich. Vielleicht nicht ganz so kahl, dachte Stephen.

»Möchten Sie den Vizekanzler kennenlernen?«, fragte Stephen.

»Das wäre toll!«, sagte Harvey.

»Guten Tag, Vizekanzler! Darf ich Ihnen Mr Harvey Metcalfe vorstellen.«

Adrian lüftete sein Barett und verbeugte sich. Bevor Stephen fortfahren konnte, sagte er: »Doch nicht der Mäzen der Universität Harvard?«

Harvey errötete und sah verlegen auf die beiden kleinen Jungen, die die Schleppe des Vizekanzlers trugen. Adrian fuhr fort: »Das ist aber eine Freude, Mr Metcalfe. Ich hoffe, Sie genießen Ihren Besuch in Oxford. Bedenken Sie – nicht jedermann wird von einem Nobelpreisträger herumgeführt.«

»Ich habe es ungeheuer genossen, Vizekanzler, und ich muss sagen, ich würde mich freuen, wenn ich die Universität in irgendeiner Weise unterstützen könnte.«

»Das ist ja eine ausgezeichnete Nachricht!«

»Hören Sie, Gentlemen, ich wohne hier im Randolph Hotel, und es wäre mir ein großes Vergnügen, wenn ich Sie am späteren Nachmittag alle zum Tee einladen dürfte.«

Adrian und Stephen waren einen Augenblick sprachlos. Der Mann müsste sich doch schließlich darüber klar sein, dass der Vizekanzler am Encaenia-Tag auch nicht einen Moment Zeit hatte, um zu Tee-Einladungen zu kommen.

Adrian fasste sich als Erster. »Ich fürchte, das ist leider unmöglich. An einem Tag wie diesem hat man so viele Verpflichtungen – das müssen Sie bitte verstehen. Aber vielleicht könnten Sie in meine Amtsräume im Clarendon Building kommen – dort hätten wir Gelegenheit zu einer privaten Unterredung.«

Stephen zögerte keinen Augenblick. »Ausgezeichnet. Würden Ihnen 16.30 Uhr passen, Vizekanzler?«

Adrian versuchte, den Eindruck zu vermeiden, als wäre er am liebsten meilenweit fortgerannt. Sie hatten nur ungefähr zwei Minuten lang da gestanden, aber schon die waren ihm wie eine Ewigkeit vorgekommen. Er hatte nichts dagegen einzuwenden gehabt, ein Journalist und ein amerikanischer Chirurg zu sein –

aber einen Vizekanzler zu markieren widerte ihn aus tiefstem Herzen an. Sicher würde jeden Augenblick jemand auftauchen und ihn als den Hochstapler erkennen, der er im Moment ja tatsächlich war. Gott sei Dank waren wenigstens die meisten Studenten vor einer Woche schon nach Hause gefahren.

Stephen dachte an Jean-Pierre und James, die zwei besten Schauspieler in ihrem Team, die nun kostümiert und nutzlos bei der Garden Party auf dem Rasen von Trinity College hinter dem Teezelt herumlungerten.

»Es wäre vielleicht nicht unklug, Vizekanzler, den Registrar und den Sekretär der Universitätskasse zu bitten, ebenfalls zu kommen?«

»Hervorragende Idee, Professor. Ich werde das übernehmen. Schließlich haben wir nicht jeden Tag einen berühmten Philanthropen bei uns zu Gast. Ich muss mich jetzt von Ihnen verabschieden und zu der Garden Party gehen. Sehr erfreut, Ihre Bekanntschaft gemacht zu haben, Mr Metcalfe – ich sehe Sie dann also um 16.30 Uhr.«

Sie drückten einander herzlich die Hand, und Stephen dirigierte Harvey in Richtung Exeter College, während Adrian zurückschoss in das kleine Zimmer im Lincoln College, das für ihn bereitgestellt worden war. Er ließ sich auf einen Stuhl fallen.

»Daddy, fehlt dir etwas?«, fragte sein älterer Sohn William.

»Nein, nein – es geht mir gut. Kommt, lasst uns jetzt ein Eis essen und Coca-Cola trinken.«

Beide Jungen waren wie verwandelt: Eis und Coca-Cola lösten ganz andere Gefühle aus als die Tatsache, die Schleppe dieser komischen Robe tragen zu müssen.

Adrian entledigte sich seiner Kostümierung – des Talars, des Baretts, des weißen Querbinders und der Beffchen – und legte alles in einen Koffer. Als er auf die Straße trat, sah er gerade, wie der echte Vizekanzler, Mr Habakkuk, auf der anderen Straßenseite aus Jesus College heraustrat und sich offensichtlich auf den Weg zur Garden Party machte. Adrian schaute auf seine Uhr: Wären sie nur fünf Minuten später dran gewesen, hätte der ganze Plan mit einem Fiasko geendet.

In der Zwischenzeit hatte Stephen einen großen Bogen geschlagen und steuerte auf Shepherd & Woodward zu, das Ausstattungsgeschäft, das die Universitätsgarderobe für offizielle Anlässe liefert. In Gedanken war er damit beschäftigt, wie er James am besten eine Botschaft zukommen lassen könnte. Vor dem Schaufenster des Ladens machten Stephen und Harvey halt.

»Was für herrliche Roben!«

»Das ist der Talar eines Doktors der Literatur. Würden Sie ihn gern anprobieren, um zu sehen, wie er Ihnen steht?«

»Das wäre großartig. Aber werden die da drin das erlauben?«, fragte Harvey.

»Ich bin sicher, sie haben nichts dagegen.«

Sie betraten das Geschäft, Stephen noch in seiner vollen akademischen Aufmachung, als Doktor der Philosophie.

»Mein Freund möchte gern den Talar eines Doktors der Literatur sehen.«

»Selbstverständlich, Sir«, sagte der Verkäufer, dem nicht daran gelegen war, sich mit einem Fellow der Universität auf eine Diskussion einzulassen.

Er verschwand im Hintergrund des Ladens und kam mit einem herrlichen roten Talar mit grauem Besatz und einem schwarzen weichen Samtbarett zurück. Mit Todesverachtung wagte sich Stephen noch weiter vor.

»Probieren Sie es doch einmal an, Mr Metcalfe, damit wir sehen, wie die akademische Amtstracht Sie kleidet.«

Der Verkäufer blickte leicht verstört drein. Er wünschte, Mr Venables käme von seiner Mittagspause zurück.

»Bitte kommen Sie mit in die Kabine, Sir.«

Harvey entschwand. Stephen eilte hinaus auf die Straße.

»James, kannst du mich hören …? Zum Teufel, gib doch endlich Antwort … James!«

»Reg dich ab, alter Knabe. Ich habe verfluchte Schwierigkeiten, diese lächerliche Robe anzuziehen, und außerdem sind es ja noch siebzehn Minuten bis zu unserem vereinbarten Termin.«

»Streich ihn.«

»Ihn streichen?«

»Ja, und sag es auch Jean-Pierre. Meldet euch beide per Funk bei Adrian, und kommt so schnell wie möglich zusammen. Er wird euch den neuen Plan mitteilen.«

»Neuen Plan! Stephen – ist was schiefgegangen?«

»Nein, nein – alles läuft bestens, besser als ich zu hoffen gewagt habe.«

Stephen schaltete sein Funkgerät ab und sauste in den Laden zurück.

Harvey – als Doktor der Literatur gewandet – kam gerade aus der Kabine. Ein groteskerer Anblick hatte sich Stephen seit Jahren nicht geboten.

»Sie sehen prächtig aus!«

»Was kosten die?«

»Ungefähr 100 Pfund, glaube ich.«

»Nicht doch. Ich meine, wie viel würde ich geben müssen …?«

»Keine Ahnung. Das müssten Sie mit dem Vizekanzler nach der Garden Party besprechen.«

Nach einem langen, sehnsüchtigen Blick auf sein Spiegelbild ging Harvey wieder in die Umkleidekabine zurück, während sich Stephen bei dem Verkäufer bedankte und ihn beauftragte, Talar und Barett einzupacken, zum Clarendon Building zu schicken und es dort beim Portier auf den Namen von Sir John Betjeman abgeben zu lassen. Er zahlte in bar. Der Verkäufer sah noch verstörter drein.

»Ja, Sir.«

Er wusste nicht, was er tun sollte, außer zu beten, Mr Venables möge zurückkommen. Etwa zehn Minuten später wurden seine Gebete auch erhört; aber da waren Stephen und Harvey längst auf dem Weg ins Trinity College zur Garden Party.

»Mr Venables, ich wurde gerade beauftragt, die D. Litt.-Amtstracht Sir John Betjeman ins Clarendon Building zu schicken.«

»Komisch. Wir haben ihn doch für die Zeremonie von heute Morgen schon vor Wochen ausgestattet – wozu braucht er wohl noch eine zweite Garnitur?«

»Er hat bar bezahlt.«

»Dann schicken Sie sie rüber ins Clarendon, aber vergewissern Sie sich, dass sie auch wirklich auf seinen Namen hinterlegt wird.«

Stephen und Harvey kamen kurz nach 15.30 Uhr ins Trinity College. Auf den noblen grünen Rasenflächen, von denen die Krockettore entfernt worden waren, drängten sich bereits über tausend Leute. Die Mitglieder der Universität trugen eine merkwürdig zwitterhafte Kleidung – ihre besten Straßenanzüge oder Seidenkleider und darüber ihre Talare mit den Kapuzen und ihre Barette. Kannenweise Tee sowie Massen von Erdbeeren und Gurkensandwiches verschwanden in Windeseile.

»What a swell party this is«, sagte Harvey, unbewusst Frank Sinatra nachplappernd. »Ihr zieht hier wirklich alles mit sehr viel Stil ab.«

»Ja, die Garden Party ist immer recht vergnüglich. Sie ist das größte gesellschaftliche Ereignis des Universitätsjahres, das heute endet. Eine ganze Reihe von Professoren hier sind mit dem Korrigieren der Prüfungsarbeiten beschäftigt und haben sich sicher die Zeit für diesen Nachmittag buchstäblich gestohlen – die Examen der Studenten im letzten Studienjahr sind eben erst beendet worden.«

Stephen erspähte mit sicherem Blick den Vizekanzler, den Registrar und den Sekretär der Universitätskasse und führte Harvey in hinreichend sicherem Abstand herum, wobei er ihn möglichst vielen der älteren Universitätsmitglieder vorstellte – in der Hoffnung, dass diese die Begegnung nicht allzu denkwürdig finden würden. Sie blieben etwas über dreiviertel Stunden und gingen von einem zum anderen. Stephen kam sich vor wie der Adjutant eines unfähigen Würdenträgers, der am Sprechen gehindert werden muss, da ein diplomatischer Zwischenfall zu befürchten war, falls er den Mund öffnete. Ungeachtet Stephens Besorgnis amüsierte Harvey sich ganz offensichtlich glänzend.

»Adrian, Adrian – kannst du mich hören?«

»Ja, James.«

»Wo bist du?«

»Im Eastgate Restaurant. Komm mit Jean-Pierre her.«

»Okay. Wir sind in fünf Minuten dort – nein, lieber in zehn. In meiner Verkleidung bewege ich mich besser nicht so schnell.«

Adrian stand auf. Die Kinder hatten ihre Belohnung verzehrt; er brachte sie zu einem vor dem Eastgate Hotel wartenden

Wagen und beauftragte den Fahrer, der extra für diesen Tag gemietet worden war, sie nach Newbury zurückzubringen. Sie hatten ihre Rolle gespielt und wären nun nur noch im Weg gewesen.

»Kommst du nicht mit, Daddy?«, fragte Jamie.

»Nein, ich fahre später nach Hause. Sagt eurer Mutter, dass ich so um 19 Uhr daheim sein werde.«

Adrian ging wieder zurück ins Eastgate, wo er Jean-Pierre und James, Altersschwäche vortäuschend, langsam und beschwerlich auf sich zukommen sah.

»Wieso die Planänderung?«, fragte Jean-Pierre. »Ich habe über eine Stunde gebraucht, bis ich angezogen und mit allem fertig war.«

»Macht nichts – du bist trotzdem noch im richtigen Aufzug. Es war ein glücklicher Zufall. Ich habe mit Harvey auf der Straße ein paar Worte gewechselt, und der eingebildete Esel hat mich zum Tee ins Randolph Hotel eingeladen. Ich sagte ihm, es ginge nicht, und bat ihn, stattdessen zu mir ins Clarendon zu kommen. Stephen machte den Vorschlag, dass ihr beide auch aufgefordert werden solltet.«

»Sehr clever«, meinte James, »damit fällt der Auftritt bei der Garden Party flach.«

»Hoffen wir, dass es nicht zu clever ist«, sagte Jean-Pierre.

»Nun, zumindest können wir jetzt die ganze verdammte Schau hinter verschlossenen Türen abziehen«, erwiderte Adrian, »was die Sache erleichtern sollte. Der Gedanke, mit ihm durch die Straßen zu ziehen, hat mir nie behagt.«

»Nichts ist leicht mit Harvey Metcalfe«, erklärte Jean-Pierre.

»Ich werde zusehen, dass ich um 16.15 Uhr im Clarendon Building bin«, fuhr Adrian fort. »Du, Jean-Pierre, wirst ein paar Minuten nach 16.30 Uhr erscheinen und etwas später dann du,

James – so gegen 16.45 Uhr. Aber haltet euch genau an den gleichen Ablauf, als hätte die Begegnung, wie ursprünglich geplant, bei der Garden Party stattgefunden und wir wären alle gemeinsam zum Clarendon hinübergegangen.«

Stephen machte Harvey darauf aufmerksam, dass es Zeit sei, sich auf den Weg ins Clarendon Building zu machen, da es sehr unhöflich wäre, beim Vizekanzler zu spät zu kommen.

»Aber natürlich – du lieber Gott, es ist ja schon 16.20 Uhr.«

Sie verließen die Garden Party und begaben sich rasch zum Clarendon Building am Ende der Broad Street; Stephen erläuterte unterwegs, dass das Clarendon sozusagen das Weiße Haus von Oxford sei, wo alle Universitätsbeamten ihre Geschäftsräume haben.

Das Clarendon Building ist ein großes imponierendes Gebäude aus dem 18. Jahrhundert, das von einem Besucher irrtümlich für ein weiteres College gehalten werden könnte. Ein paar Treppenstufen führen hinauf in eine eindrucksvolle Halle, bei deren Betreten einem klar wird, dass man sich in einem herrlichen alten Gebäude befindet, dessen Räumlichkeiten durch ein Minimum an baulichen Eingriffen so verändert wurden, dass sie als Geschäftszimmer und Büros dienen können.

Bei ihrer Ankunft grüßte sie der Pedell.

»Der Vizekanzler erwartet uns«, sagte Stephen.

Der Pedell war etwas überrascht gewesen, als Adrian vor einer Viertelstunde gekommen war und ihm gesagt hatte, Mr Habakkuk habe ihn gebeten, in seinem Zimmer auf ihn zu warten. Obgleich Adrian in voller akademischer Gewandung gewesen war, hatte der Pedell ihn doch mit schlecht verhohlenem Misstrauen beobachtet, da er den Vizekanzler oder einen seiner Mitarbeiter nicht vor frühestens einer Stunde von der Garden Party zurückerwartete. Stephens Ankunft flößte ihm etwas mehr Vertrauen ein. Er erinnerte sich noch recht gut an die Pfundnote, die er von ihm für seine Führung durch das Gebäude erhalten hatte.

Der Pedell begleitete Stephen und Harvey zu den Räumen des Vizekanzlers, wo er sie sich selbst überließ.

Das Zimmer des Vizekanzlers war nichts weniger als anspruchsvoll; sein beiger Spannteppich und die hellen Wände hätten es wie das Büro irgendeines mittleren Beamten wirken lassen, wäre nicht das herrliche Bild von P. Wilson Steer, einen Dorfplatz in Frankreich darstellend, über dem Kamin gewesen.

Adrian stand an einem der riesigen Fenster mit Blick auf die Bodleiana.

»Guten Tag, Vizekanzler.«

»Nochmals guten Tag, Professor.«

»Sie erinnern sich an Mr Metcalfe?«

»Ja natürlich. Wie schön, Sie wiederzusehen.« Adrian schauderte. Er hatte nur einen einzigen Wunsch – nach Hause zu gehen. Man plauderte ein paar Minuten. Abermals ein Klopfen an der Tür, und Jean-Pierre kam herein.

»Guten Tag, Registrar.«

»Guten Tag, Vizekanzler – guten Tag, Professor Porter.«

»Darf ich Ihnen Mr Harvey Metcalfe vorstellen.«

»Guten Tag, Sir.«

»Registrar, möchten Sie etwas ...«

»Wo ist dieser ... äh Metcalfe?«

Die anderen waren wie vom Donner gerührt, als ein offenbar neunzigjähriger Mann, an Stöcken gehend, den Raum betrat. Er humpelte hinüber zu Adrian, zwinkerte, verbeugte sich und sagte mit laut krächzender Stimme in respektvollem Ton: »Guten Tag, Vizekanzler.«

»Guten Tag, Horsley.«

James ging auf Harvey zu und stupste ihn mit seinen Stöcken, wie um sich zu vergewissern, dass dieser leibhaftig vor ihm stehe.

»Ich habe von Ihnen gelesen, junger Mann.«

Seit dreißig Jahren war Harvey nicht mehr mit »junger Mann« angeredet worden. Die anderen starrten James voll Bewunderung an. Sie konnten nicht wissen, dass er in seinem letzten Studienjahr unter großem Beifall *L'Avare* gespielt hatte. Sein »Sekretär der Universitätskasse« war lediglich eine Neuauflage dieser Rolle, an der selbst Molière seine Freude gehabt hätte. James fuhr fort: »Sie sind Harvard gegenüber äußerst großzügig gewesen.«

»Sehr liebenswürdig von Ihnen, Sir«, sagte Harvey respektvoll.

»Nennen Sie mich nicht Sir, junger Mann. Ich mag Sie – nennen Sie mich Horsley.«

»Ja, Horsley – Sir«, stammelte Harvey.

Die anderen vermochten sich nur mit Mühe ein Lachen zu verbeißen.

»Nun, Vizekanzler«, fuhr James fort, »Sie können mich nicht meiner Gesundheit wegen durch die halbe Stadt hergezerrt haben. Was ist los? Wo ist mein Sherry?«

Stephen fragte sich im Stillen, ob James es nicht doch ein bisschen zu weit treibe, und sah Harvey an; aber dieser war von dem Auftritt offensichtlich völlig fasziniert. Wie konnte ein Mann, der auf einem Gebiet so gewieft war, auf einem anderen nur so naiv sein, dachte Stephen. Ihm ging allmählich auf, wieso die Westminster Bridge in der Vergangenheit an mindestens vier Amerikaner hatte verkauft werden können.

»Nun, wir haben die leise Hoffnung, Mr Metcalfe für die Arbeit der Universität interessieren zu können, und ich dachte, dass der Hüter des Universitätssäckels dabei anwesend sein sollte.«

»Was für ein Säckel ist das?«, fragte Harvey.

»Eine Art Schatzamt der Universität«, antwortete James; seine Stimme klang laut, alt und sehr überzeugend. »Vielleicht lesen Sie einmal das da.« Und er drückte Harvey einen *Oxford University Calendar* in die Hand, den dieser für zwei Pfund in der Buchhandlung von Blackwell hätte erstehen können – genau das, was James auch getan hatte.

Stephen war unsicher, was er als Nächstes tun sollte, als Harvey glücklicherweise das Gespräch an sich riss.

»Gentlemen, ich muss Ihnen sagen, wie stolz ich bin, heute hier zu sein. Dieses Jahr war bisher für mich einfach wunderbar. Ich war dabei, als ein Amerikaner Wimbledon gewann. Ich habe endlich einen van Gogh kaufen können. Mein Leben wurde von einem fantastischen, wunderbaren Chirurgen in Monte Carlo gerettet, und nun bin ich hier in Oxford, umgeben von so viel Geschichte. Gentlemen, es wäre mir eine große Freude, mit dieser wunderbaren Universität in Verbindung gebracht werden zu können.«

James ging wieder in Führung.

»Woran haben Sie gedacht?«, schrie er auf Harvey ein und rückte sein Hörgerät zurecht.

»Nun, Gentlemen, der ehrgeizigste Wunsch meines Lebens wurde erfüllt, als ich von Ihrer Königin die King-George-and-Elizabeth-Trophäe empfing. Aber den Geldpreis – also den möchte ich gern dafür verwenden, Ihrer Universität eine Schenkung zu machen.«

»Aber das sind über 80 000 Pfund«, keuchte Stephen, nach Luft ringend.

»81 240 Pfund genau genommen – aber warum sage ich nicht 250 000 Dollar.«

Stephen, Adrian und Jean-Pierre verschlug es die Sprache. Für den Rest des Tages hatte James das Kommando. Seine große Stunde war gekommen. Nun konnte er endlich beweisen, warum sein Urgroßvater einer der geachtetsten Generäle Wellingtons gewesen war.

»Wir akzeptieren. Allerdings müsste es anonym bleiben«, krächzte James. »Ich meine zwar mit Sicherheit sagen zu können, dass der Vizekanzler Mr Harold Macmillan und den Hebdomadal Council davon unterrichten wird, aber es wäre uns nicht recht, wenn darüber groß geredet würde. Selbstverständlich würde ich Sie bitten, Vizekanzler, einen h.c.-Titel in Erwägung zu ziehen.«

Adrian war von James' offenkundigen Führungseigenschaften dermaßen beeindruckt, dass er nur noch hervorbringen konnte: »Und welches Procedere würden Sie dabei empfehlen, Horsley?«

»Einen Barscheck, sodass niemand die Sache bis zu Mr Metcalfe zurückverfolgen kann. Schließlich wollen wir um keinen Preis, dass diese verflixten Cambridge-Leute womöglich bis an sein Lebensende hinter ihm herjagen. Genauso, wie wir bei Sir David verfahren sind – kein Aufhebens.«

»Ich bin ganz Ihrer Meinung«, äußerte Jean-Pierre beipflichtend – er hatte nicht den blassesten Schimmer, wovon James gesprochen hatte. Harvey natürlich noch weniger.

James nickte Stephen zu; dieser verließ das Büro des Vizekanzlers und suchte den Pedell auf, um sich zu erkundigen, ob ein Paket für Sir John Betjeman abgegeben worden sei.

»Ja, Sir – ich weiß nicht, wieso man es bei mir deponiert hat.«

»Geht in Ordnung«, sagte Stephen. »Er bat mich, es abzuholen.«

Als Stephen zurückkam, hielt James Harvey gerade einen Vortrag darüber, wie wichtig es sei, dass dessen Schenkung ein verbindlich-stillschweigendes Abkommen zwischen ihm und der Universität bliebe.

Stephen packte die Schachtel aus und entnahm ihr die prächtige Amtstracht eines Doktors der Literatur. Harvey wurde rot vor Verlegenheit und Stolz, als Adrian sie ihm um die Schultern legte unter Absingen eines lateinischen Verses, der nichts anderes war als das Motto seiner alten Schule. Die ganze Zeremonie dauerte nur wenige Augenblicke.

»Meine besten Glückwünsche«, bellte James. »Wirklich schade, dass es sich nicht einrichten ließ, dies zu einem Teil der Zeremonie von heute Morgen zu machen. Aber eine so großzügige Geste wie die Ihre hätte es kaum verdient, dass wir Sie noch ein ganzes Jahr auf den Ehrentitel warten lassen.«

Brillant, dachte Stephen: Laurence Olivier hätte es nicht besser machen können.

»Aber ich bitte Sie, das ist mir durchaus recht so«, erwiderte Harvey und setzte sich, um einen Barscheck auszustellen. »Sie haben mein Wort darauf, dass diese Angelegenheit nie und nirgends erwähnt werden wird.«

Keiner von ihnen schenkte ihm Glauben.

Sie standen schweigend da, als sich Harvey erhob und den Scheck James überreichte.

»Nein, Sir.«

James durchbohrte ihn mit seinem Blick.

Die anderen waren entgeistert.

»Dem Vizekanzler.«

»Natürlich. Entschuldigen Sie, Sir.«

»Danke«, sagte Adrian, und seine Hand zitterte, als er den Scheck entgegennahm. »Eine äußerst großzügige Schenkung – Sie dürfen versichert sein, dass wir sie für einen guten Zweck verwenden werden.«

Es klopfte laut an der Tür. Alle schraken zusammen – außer James, der es jetzt mit allem und jedem aufgenommen hätte. Es war Harveys Chauffeur. James hatte die angeberische weiße Uniform mit der weißen Mütze schon immer gehasst.

»Ah, der tüchtige Mr Mellor«, sagte Harvey. »Gentlemen, ich bin sicher, er ist uns heute auf Schritt und Tritt gefolgt.«

Die vier erstarrten vor Schreck, aber der Chauffeur hatte ganz offensichtlich keine düsteren Schlüsse aus seinen Beobachtungen gezogen.

»Ihr Wagen steht bereit, Sir. Sie wollten um 19 Uhr wieder im Claridge sein, um noch etwas Zeit vor Ihrer Verabredung zum Abendessen zu haben.«

»Junger Mann!«, brüllte James.

»Ja, Sir«, antwortete der Chauffeur eingeschüchtert.

»Wissen Sie, dass Sie sich in Gegenwart des Vizekanzlers dieser Universität befinden?«

»Nein, Sir. Bitte entschuldigen Sie, Sir.«

»Nehmen Sie sofort Ihre Mütze ab!«

»Jawohl, Sir.« Der Chauffeur zog seine Mütze und ging, vor sich hin fluchend, zum Wagen zurück.

»Vizekanzler, ich breche unser Beisammensein wirklich sehr ungern ab. Aber wie Sie hörten – ich habe tatsächlich eine Verabredung.«

»Aber selbstverständlich, selbstverständlich. Und lassen Sie mich Ihnen nochmals in aller Form für Ihre äußerst großzügige

Schenkung danken, die vielen Leuten, die es verdienen, zugutekommen wird. Wir alle wünschen Ihnen eine glückliche Rückkehr in die Staaten und hoffen, dass Sie sich Unserer eben so herzlich erinnern mögen, wie wir Ihrer gedenken werden.«

Harvey ging zur Tür.

»Ich werde mich hier und jetzt von Ihnen verabschieden, Sir«, schrie James. »Es wird mich zwanzig Minuten kosten, diese verdammten Treppen hinunterzukommen. Sie sind ein prächtiger Mensch, und Sie waren äußerst hochherzig.«

»Aber ich bitte Sie – nicht der Rede wert«, sagte Harvey im Überschwang der Gefühle.

Wie wahr, dachte James – für dich war es nicht der Rede wert.

Stephen, Adrian und Jean-Pierre begleiteten Harvey zu dem wartenden Rolls-Royce.

»Professor«, sagte Harvey, »ich habe nicht alles ganz verstanden, was der alte Kauz gesagt hat.« Während er sprach, schob er, stolz und verlegen zugleich, das Gewicht der schweren Robe auf seinen Schultern zurecht.

»Nun, er ist ziemlich taub und alt, aber er hat das Herz am rechten Fleck. Er wollte Ihnen zu verstehen geben, dass diese Schenkung, was die Universität anbelangt, anonym bleiben muss, obgleich natürlich die Oxfordhierarchie die Wahrheit erfahren wird. Wenn es aber an die Öffentlichkeit gelangte, kämen womöglich allerlei unerwünschte Individuen, die noch nie in ihrem Leben etwas für die Erziehung getan haben, plötzlich daher und wollten einen h.c.-Titel kaufen.«

»Natürlich, natürlich, ich verstehe. Das finde ich völlig in Ordnung«, sagte Harvey. »Ich möchte Ihnen danken für diesen unvergesslichen Tag und wünsche Ihnen sehr viel Glück für die Zukunft.«

Er kletterte in den Rolls-Royce. Während der Wagen sich zur Rückfahrt nach London sachte in Bewegung setzte, winkte er den dreien begeistert zu.

Team gegen Metcalfe 3:1.

»James war brillant«, sagte Jean-Pierre. »Als er hereinkam, wusste ich bei Gott überhaupt nicht, wen ich vor mir hatte.«

»Ich auch nicht«, sagte Adrian. »Kommt, wir wollen ihn erlösen – wirklich der Held des Tages.«

Alle drei sausten die Treppe hinauf und stürzten in das Büro des Vizekanzlers, um James zu beglückwünschen. Dieser lag, ohne einen Laut von sich zu geben, mitten im Zimmer auf dem Boden: Er war ohnmächtig geworden.

Nach einer Stunde hatte sich James mit Adrians Hilfe und dank zweier großer Whiskys im Magdalen College wieder erholt und befand sich bei bester Gesundheit.

»Du warst fantastisch«, sagte Stephen. »Genau in dem Augenblick, als ich allmählich die Nerven verlor.«

»Schade, dass wir das nicht filmen konnten. Dafür hättest du einen Oskar bekommen«, meinte Adrian. »Nach dieser Vorstellung muss dein Vater dich einfach zur Bühne gehen lassen.« James sonnte sich in seinem ersten ruhmreichen Augenblick seit drei Monaten. Er konnte es kaum erwarten, Anne davon zu erzählen … ›Anne‹. Er warf einen raschen Blick auf seine Uhr. 18.30 Uhr! »Verflucht, um 20 Uhr bin ich mit Anne verabredet – ich muss sofort gehen. Also, dann auf Wiedersehen bis nächsten Montag zum Abendessen in Stephens Wohnung. Ich will versuchen, bis dahin meinen Plan fertig zu haben.«

James stürzte aus dem Zimmer.

»James!«

Er steckte seinen Kopf noch einmal durch die Tür. Alle sagten wie aus einem Munde: »Fantastisch!«

Er strahlte übers ganze Gesicht, rannte die Treppe hinunter, sprang hinters Steuer seines Alfa Romeo – nunmehr überzeugt, ihn doch behalten zu können – und raste mit Höchstgeschwindigkeit London entgegen.

Er brauchte 59 Minuten von Oxford bis zur King's Road. Dank der neuen Autobahn war das doch ein erheblicher Unterschied zu seinen Studententagen. Damals hatte die Fahrt über High Wycombe oder Henley anderthalb bis zwei Stunden gedauert.

Seine Eile hatte den Grund, dass seine Verabredung mit Anne diesmal von äußerster Wichtigkeit war und er unter keinen Umständen zu spät kommen durfte: Denn heute Abend sollte er ihrem Vater vorgestellt werden. Er wollte unbedingt einen guten Eindruck machen, besonders, nachdem Annes Wochenende in Tathwell Hall so erfolgreich verlaufen war. Sein Vater hatte sich sofort zu ihr hingezogen gefühlt und war nicht mehr von ihrer Seite gewichen. Sie hatten sogar einen Termin für die Hochzeit festlegen können – vorausgesetzt natürlich, dass Annes Eltern damit einverstanden wären.

James nahm rasch eine kalte Dusche, entfernte seine ganze Schminke und wurde im Verlauf dieser Aktion um etwa sechzig Jahre jünger. Er hatte mit Anne vereinbart, sie vor dem Abendessen zu einem Cocktail in Les Ambassadeurs in Mayfair zu treffen, und während er sein Dinnerjackett anzog, überlegte er, ob er die Strecke von der King's Road zum Hyde Park Corner wohl in 12 Minuten schaffen würde. Er sprang in seinen Wagen, brachte ihn rasch auf Touren, schoss hinunter zum Sloane Square, über den Eaton Square, am St. George Hospital entlang, um Hyde Park Corner in die Park Lane und war um 19.58 Uhr da.

»Guten Abend, Mylord«, sagte der Besitzer des Clubs, Mr Mills.

»Guten Abend. Ich bin mit Miss Summerton zum Abendessen verabredet, und ich musste meinen Wagen im Halteverbot stehen lassen – können Sie sich bitte um ihn kümmern?«, sagte James und drückte dem Türsteher die Schlüssel und eine Pfundnote in seine weiß behandschuhte Hand.

»Mit Vergnügen, Mylord. Führen Sie Lord Brigsley zu den Séparées.«

James folgte dem Chefportier die rot ausgelegte Treppe hinauf in ein kleines Regencyzimmer, wo der Tisch für drei gedeckt war. Aus dem angrenzenden Raum konnte er Annes Stimme hören. Sie kam durch die Tür und sah in ihrem fließenden maigrünen Kleid noch schöner aus als sonst.

»Hallo, Darling. Komm, ich möchte dich mit Daddy bekannt machen.«

James folgte Anne in das benachbarte Zimmer.

»Papa, das ist James – James, das ist mein Vater.«

James wurde zuerst knallrot, dann kreidebleich, und schließlich fühlte er sich einer Ohnmacht nah.

»Guten Tag, mein Junge. Ich habe von Anne so viel über Sie gehört, dass ich es kaum erwarten konnte, Sie kennenzulernen.«

17

»Nennen Sie mich Harvey«, sagte Annes Vater.

James stand da, entgeistert und sprachlos. Anne brach das Schweigen.

»Möchtest du deinen üblichen Whisky?«

James gewann nur mit Mühe seine Stimme zurück.

»Ja, bitte.«

»Ich möchte alles über Sie wissen«, fuhr Harvey fort. »Was Sie tun und warum ich meine Tochter in den letzten paar Wochen nur so selten gesehen habe – obgleich ich die Antwort darauf nun zu kennen glaube.«

James stürzte seinen Whisky in einem Zug herunter, und Anne schenkte ihm schnell noch einmal ein.

»Du siehst deine Tochter so selten, weil sie als Modell arbeitet und kaum in London ist.«

»Ich weiß, Rosalie …«

»James kennt mich unter dem Namen Anne, Daddy.«

»Wir haben dich Rosalie getauft – das war gut genug für deine Mutter und mich, und es sollte auch für dich gut genug sein.«

»Daddy, wer kann sich schon ein europäisches Topmodel vorstellen mit einem Namen wie Rosalie Metcalfe! Alle meine Freunde kennen mich als Anne Summerton.«

»Was finden Sie, James?«

»Ich finde allmählich, dass ich sie überhaupt nicht kenne«, entgegnete James, der langsam wieder zu sich kam. Offensichtlich hegte Harvey auch nicht den leisesten Verdacht. Er hatte James weder in der Galerie von Angesicht zu Angesicht, noch hatte er ihn in Monte Carlo oder in Ascot gesehen, und vorhin in Oxford war James als Neunzigjähriger aufgetreten. James nahm daher an, dass er aus dem Schneider sei. Aber wie zum Teufel sollte er den anderen bei ihrer Zusammenkunft am Montag klarmachen, dass der letzte Plan nicht darin bestehen würde, Harvey Metcalfe, sondern seinen zukünftigen Schwiegervater hereinzulegen.

»Sollten wir hinübergehen zum Abendessen?«

Harvey wartete die Antwort gar nicht erst ab, sondern schritt schnurstracks ins andere Zimmer.

»Warte nur, junge Dame«, zischelte James wütend. »Du wirst mir einiges erklären müssen!«

Anne küsste ihn zärtlich auf die Wange.

»Du bist der erste Mensch, der mir die Chance gab, meinem Vater einmal in etwas überlegen zu sein. Kannst du mir noch mal verzeihen ... Ich liebe dich ...«

»Los, kommt, ihr beiden. Dazu werdet ihr Zeit genug haben, wenn ihr verheiratet seid.«

Anne und James gingen hinüber und setzten sich zu Harvey an den Tisch. Beim Anblick des Shrimpcocktails dachte James belustigt daran, wie sehr Stephen bei Harveys Dinner im Magdalen College die Wahl dieser Vorspeise bedauert hatte. »Nun, James, wie ich höre, haben Sie und Anne das Datum der Hochzeit bereits festgesetzt.«

»Ja, Sir – sofern Sie damit einverstanden sind.«

»Natürlich bin ich damit einverstanden. Ich hatte eigentlich gehofft, Anne würde Prinz Charles heiraten – jetzt, da ich die

King George and Elizabeth Stakes gewonnen habe. Aber ein Earl ist mir auch recht für meine einzige Tochter.«

Beide lachten, obgleich sie diese Bemerkung nicht auch nur im Entferntesten witzig fanden.

»Ich wünschte, du wärest mit in Wimbledon gewesen dieses Jahr, Rosalie. Stell dir vor, da saß ich nun am Spieltisch der Damen, und meine einzige Gesellschaft war ein langweiliger alter Schweizer Bankier.«

Anne warf James einen verständnisinnigen Blick zu und lächelte.

Die Kellner räumten den Tisch ab und rollten einen Teewagen herein mit aufrecht stehenden, kreisförmig angeordneten Lammkoteletts, auf deren Knochen blütenweiße, gekräuselte Papierröllchen steckten. Das Arrangement glich einer Krone, die Harvey mit großem Interesse begutachtete.

»Jedenfalls war es lieb von dir, mich in Monte Carlo anzurufen, Kleines. Ich habe tatsächlich gedacht, ich würde sterben, weißt du. James, Sie werden es nicht glauben, aber man hat mir einen Gallenstein von der Größe eines Baseballs herausgenommen! Gott sei Dank hat mich einer der größten Chirurgen der Welt operiert – Wiley Barker hat mir das Leben gerettet!«

Harvey zog prompt sein Hemd hoch und zeigte James die zehn Zentimeter lange Narbe auf seinem gewaltigen Bauch.

»Was sagen Sie dazu, James?«

»Beachtlich.«

»Daddy, wirklich! Wir sind doch beim Essen!«

»Mach kein Theater, Liebling. Das ist sicher nicht das erste Mal, dass James einen Männerbauch sieht.«

Auch nicht das erste Mal, dass ich diesen da sehe, dachte James.

Harvey stopfte sein Hemd wieder in die Hose und fuhr fort: »Wie ich schon sagte – es war wirklich nett von dir, mich anzurufen.« Er beugte sich vor und streichelte ihre Hand. »Aber ich war auch ganz brav und habe genau getan, was du gesagt hast. Ich habe den netten Dr. Barker noch eine Woche lang dabehalten für den Fall, dass sich irgendwelche Komplikationen ergeben würden. Allerdings, wenn man bedenkt – die Preise, die diese Ärzte …«

James fiel das Weinglas aus der Hand. Der Rotwein ergoss sich über das Tischtuch und hinterließ einen großen Fleck.

»Ich bitte vielmals um Entschuldigung!«

»Fehlt Ihnen etwas, James?«

»Nein, Sir, durchaus nicht.«

James blickte Anne in unverhohlenem Zorn wortlos an. Harvey blieb völlig ungerührt. »Bringen Sie ein frisches Tischtuch und schenken Sie Lord Brigsley noch einmal ein.«

Während der Kellner sein Glas von Neuem füllte, fand James, es sei nun an der Zeit, dass auch er seinen Spaß habe. Anne hatte sich drei Monate lang hinter seinem Rücken über ihn lustig gemacht. Warum sollte er sie jetzt nicht auch ein bisschen aufziehen, da Harvey ihm die Gelegenheit dazu gab. Harvey plauderte weiter.

»Mögen Sie Rennen, James?«

»Ja, Sir, und ich war aus mehr Gründen, als Sie ahnen, hocherfreut über Ihren Sieg bei den King George VI and Queen Elizabeth Stakes.«

Die Unterhaltung wurde von den Kellnern, die erneut den Tisch abräumten, unterbrochen; Anne sagte leise zu James: »Versuch nicht, allzu clever zu sein, Liebling – er ist nicht so dumm, wie er klingt …«

»Nun, wie finden Sie sie?«

»Wie bitte, Sir?«

»Rosalie!«

»Fabelhaft! Ich habe fünf Pfund Sieg und Platz auf sie gesetzt.«

»Ja, es war ein großes Ereignis für mich und sehr schade, dass du nicht dabei warst, Rosalie. Du hättest die Königin kennengelernt und einen netten Burschen namens Professor Porter.«

»Professor Porter?«, erkundigte sich James, sein Gesicht in seinem Weinglas versenkend.

»Ja, Professor Porter, James. Kennen Sie ihn?«

»Nein, Sir, das gerade nicht – aber hat er nicht den Nobelpreis bekommen?«

»Und ob. Außerdem verdanke ich ihm einen sehr schönen Aufenthalt in Oxford. Es hat mir dort so gefallen, dass ich ihm schließlich einen Scheck über 250 000 Dollar für irgendwelche Forschungsarbeiten gegeben habe – also müsste er eigentlich auch ganz zufrieden sein.«

»Daddy, du weißt doch, dass du zu niemandem darüber sprechen sollst.«

»Ja, schon gut, aber James gehört doch jetzt zur Familie.«

James dachte keineswegs daran, Anne ihr doppeltes Spiel so leicht durchgehen zu lassen, und bohrte daher weiter: »Warum sollen Sie niemandem davon erzählen?«

»Nun, das ist eine lange Geschichte, James. Immerhin war es eine sehr große Ehre für mich. Das ist natürlich streng vertraulich – aber ich war Professor Porters Gast an Encaenia. Ich habe im All Souls College mit eurem netten alten Premierminister, Mr Harry Macmillan, zu Mittag gegessen, dann war ich bei der Garden Party, und hinterher hatte ich eine Unterredung mit dem Vizekanzler in seinen Privaträumen – der Registrar und der Sekretär der Universitätskasse waren auch dabei. Sind Sie in Oxford gewesen, James?«

»Ja, Sir. In The House.«

»The House?«, wiederholte Harvey fragend.

»Christ Church College, Sir.«

»Ich werde Oxford niemals verstehen.«

»Nein, Sir?«

»Sie müssen Harvey zu mir sagen. Nun, wir sind alle im Clarendon zusammengekommen, und sie haben gestammelt und gestottert und drumherum geredet, mit Ausnahme eines komischen alten Kauzes, der mindestens neunzig war. Diese Leute haben einfach keine Ahnung, wie sie Millionäre um Geld angehen müssen, da habe ich sie eben aus ihrer Verlegenheit befreit und bin zur Sache gekommen. Die hätten noch stundenlang so weitergemacht und von ihrem geliebten Oxford geschwärmt – also musste ich sie endlich zum Schweigen bringen, und so habe ich eben einfach einen Scheck über 250 000 Dollar ausgeschrieben.«

»Das war aber sehr nobel, Harvey.«

»Ich hätte ihnen auch 500 000 Dollar gegeben, wenn sie mich darum gebeten hätten … Sie sehen ein bisschen blass aus, James – fühlen Sie sich nicht wohl?«

»O doch, doch – durchaus. Ich war nur so gefesselt von Ihrem Bericht über Oxford.«

»Daddy«, unterbrach Anne »du hast dem Vizekanzler zugesichert, dass deine Schenkung ein verbindlich-geheimes Abkommen zwischen dir und der Universität bleiben würde, und du musst jetzt wirklich versprechen, diese Geschichte niemals mehr zu erzählen.«

»Ich denke, ich werde die Robe zum ersten Mal offiziell tragen, wenn ich im Herbst die neue Bibliothek in Harvard eröffne.«

»Nein, nein, Sir«, sagte James hastig. »Das wäre nicht ganz korrekt. Sie sollten diese Robe nur in Oxford bei zeremoniellen Anlässen tragen.«

»Ach, wirklich? Wie schade! Na ja, ich weiß schon, dass ihr Engländer furchtbar pingelig in Fragen der Etikette seid. Was mich übrigens darauf bringt – wir sollten über eure Hochzeit sprechen. Ich nehme an, ihr werdet in England leben wollen?«

»Ja, Daddy, aber dafür besuchen wir dich jedes Jahr, und du musst auf deinen alljährlichen Europareisen bei uns wohnen.«

Die Kellner räumten nochmals den Tisch ab und kamen mit Harveys geliebten Erdbeeren wieder. Anne versuchte, die Konversation auf Familienangelegenheiten zu beschränken und ihren Vater davon abzuhalten, auf seine Erlebnisse in den letzten beiden Monaten zurückzukommen, während James sich nach Kräften bemühte, die Rede wieder auf eben dieses Thema zu bringen.

»Kaffee oder Likör, Sir?«

»Nein, danke«, sagte Harvey, »die Rechnung bitte. Ich dachte, wir trinken noch eine Kleinigkeit in meiner Suite im Claridge, Rosalie. Ich habe da etwas, das ich euch beiden zeigen möchte. Eine kleine Überraschung.«

»Das kann ich kaum erwarten, Papa. Ich liebe Überraschungen. Komm, James.«

James fuhr allein in seinem Alfa Romeo zum Claridge, wo er den Wagen in der Hotelgarage abstellte; er hatte Anne ein paar

Augenblicke mit ihrem Vater gönnen wollen. Die beiden schlenderten untergehakt die Curzon Street hinunter.

»Ist er nicht wunderbar, Papa?«

»Yeah, großartiger Bursche. Schien am Anfang nicht eben aufgeweckt, aber im Laufe des Essens ist er dann ganz munter geworden. Und – man stelle sich vor – jetzt wird mein kleines Mädchen eine echte englische Lady! Deine Mama ist ganz außer sich vor Stolz und Freude, und ich bin sehr froh, dass wir unseren Streit begraben haben.«

»Ach, ich habe in den letzten paar Wochen eben gelernt, die Dinge in ihrer richtigen Perspektive zu sehen. Aber jetzt erzähl mir mal, Papa. Was ist deine kleine Überraschung?«

»Abwarten, Liebling. Es ist dein Hochzeitsgeschenk.«

James stieß am Eingang zum Claridge wieder zu ihnen. Es war an Annes Gesicht abzulesen, dass Harvey ihm den Segen elterlichen Einverständnisses gegeben hatte.

»Guten Abend, Sir. Guten Abend, Mylord.«

»N' Abend, Albert. Könnten Sie Kaffee und eine Flasche Rémy Martin in meine Suite raufschicken lassen?«

»Sofort, Sir.«

Die Royal-Suite des Claridge befindet sich im ersten Stock – James war nie zuvor dort gewesen. Sie besteht aus einem kleinen Vorraum, von dem aus man zur Rechten ins Schlafzimmer und zur Linken in einen Salon gelangt. Harvey führte sie sofort zum Salon.

»Kinder, jetzt werdet ihr euer Hochzeitsgeschenk sehen!«

Mit einer dramatischen Geste riss er die Tür auf – und dort, auf der gegenüberliegenden Wand, hing der van Gogh. Die beiden starrten fassungslos auf das Bild – sie konnten keinen Ton herausbringen.

»Genauso hat es auf mich gewirkt«, sagte Harvey. »Ich war einfach sprachlos.«

»Daddy« – Anne schluckte – »ein van Gogh! Aber du hast dir doch schon immer einen van Gogh gewünscht. Seit eh und je hast du davon geträumt, solch ein Bild zu besitzen – und außerdem, etwas so Wertvolles kann ich unter keinen Umständen in meinem Haus haben. Denk doch nur an das Sicherheitsrisiko! Wir haben ja nicht den Versicherungsschutz, den du hast. Wir können es keinesfalls zulassen, dass du uns das Prachtstück deiner Sammlung gibst – findest du nicht auch, James?«

»Auf gar keinen Fall«, bestätigte James aus ganzem Herzen. »Ich hätte keinen ruhigen Augenblick mehr, wenn dieses Bild bei mir zu Hause hinge.«

»Nimm es mit nach Boston, Daddy, in eine Umgebung, die seiner würdig ist.«

»Aber ich dachte, du würdest einfach hingerissen sein, Rosalie.«

»Das bin ich auch, Papa, das bin ich absolut. Ich möchte nur nicht die Verantwortung dafür tragen, und außerdem soll Mutter sich auch daran freuen können. Wenn du willst, kannst du es ja James und mir vermachen.«

»Fabelhafte Idee, Rosalie. Auf diese Weise haben wir beide unsere Freude daran. Jetzt muss ich mir ein anderes Hochzeitsgeschenk für euch ausdenken … Diesmal hätte sie mich beinah kleingekriegt, James, und das ist ihr in vierundzwanzig Jahren nicht geglückt.«

»Nun, zwei- oder dreimal habe ich es fertiggebracht, Papa, und ich hoffe, dass es mir noch ein letztes Mal gelingt.«

Harvey überging Annes Bemerkung und redete weiter.

»Das ist die King-George-and-Elizabeth-Trophäe«, sagte er,

auf eine prächtige Bronzeskulptur, einen Jockey zu Pferd, deutend, dessen Peitsche und Mütze mit Brillanten besetzt waren. »Wegen der Bedeutung des Rennens wird jedes Jahr eine neue Trophäe vergeben – infolgedessen kann ich diese für immer behalten.«

James dankte im Stillen seinem Schöpfer, dass wenigstens die Trophäe echt war.

Kaffee und Kognak wurden hereingebracht, und sie setzten sich, um die Einzelheiten der Hochzeit zu besprechen.

»Also, Rosalie, du musst nächste Woche rüber nach Lincoln fliegen und deiner Mutter bei den Vorbereitungen helfen, sonst verliert sie den Kopf, und es geschieht überhaupt nichts. Und Sie, James, müssen mich wissen lassen, wie viele Leute von Ihrer Seite kommen – die werden wir dann im Statler Hilton unterbringen. Die Trauung wird in der Trinity Church am Copley Square stattfinden, und danach werden wir in meinem Haus in Lincoln einen Empfang im englischen Stil geben. Ist das alles so in Ihrem Sinne, James?«

»Klingt einfach wunderbar. Sie sind ein großes Organisationstalent, Harvey.«

»War ich schon immer, James. Finde, es zahlt sich auf die Dauer aus. Sie und Rosalie müssen die Einzelheiten festgelegt haben, bis sie nächste Woche hinüberkommt, denn ich fliege morgen schon zurück nach Amerika.«

James und Anne blieben noch eine Stunde, und man plauderte über die Hochzeitsvorbereitungen; kurz vor Mitternacht verließen sie Harvey.

»Ich sehe dich morgen früh, Daddy.«

»Gute Nacht, Sir.«

James verabschiedete sich mit einem Händedruck und ging.

»Ich hab' dir ja gesagt, er ist fabelhaft.«

»Er ist ein prachtvoller Junge, und er wird deiner Mutter sehr gefallen.«

James sprach im Lift kein Wort, da zwei Männer schweigend hinter ihnen standen, die ebenfalls ins Parterre wollten. Aber einmal im Alfa Romeo, packte er sie beim Genick, legte sie übers Knie und zog ihr so kräftig ein paar über, dass sie nicht wusste, ob sie lachen oder weinen sollte.

»Wofür soll das denn sein?«

»Als Warnung – falls du nach unserer Hochzeit jemals vergessen solltest, wer von uns beiden die Hosen anhat.«

»Du chauvinistischer Männlichkeitsprotz – ich wollte dir doch nur helfen!«

James fuhr in rasendem Tempo zu Annes Wohnung.

»All diese Geschichten über deine vorgebliche Herkunft: ›Meine Eltern leben in Washington, mein Vater ist im diplomatischen Corps‹«,äffte James sie nach. »Schöner Diplomat!«

»Ich weiß, Liebling, aber ich musste mir ja irgendetwas ausdenken, nachdem ich einmal herausbekommen hatte, wer es war.«

»Und was zum Teufel soll ich jetzt den anderen erzählen?«

»Nichts. Du lädst sie zur Hochzeit ein und sagst ihnen, meine Mutter sei Amerikanerin, und das wäre der Grund, weshalb wir in Boston heiraten. Ich würde zu gern ihre Gesichter sehen, wenn sie schließlich entdecken, wer dein Schwiegervater ist. Auf alle Fälle musst du dir immer noch einen Plan überlegen – du kannst sie unter keinen Umständen im Stich lassen.«

»Aber die Umstände haben sich geändert.«

»Nein, das stimmt nicht. In Wahrheit hat nämlich jeder von ihnen sein Projekt erfolgreich über die Bühne gebracht, nur du nicht. Also sorg dafür, dass du einen Plan fix und fertig hast, wenn ihr in Amerika ankommt.«

»Jetzt ist es doch klar, dass wir es ohne deine Hilfe nicht geschafft hätten.«

»Unsinn, Liebling. Ich hatte nichts zu tun mit der Angelegenheit Jean-Pierre – ich habe nur hier und da ein ganz klein wenig nachgeholfen. Versprichst du mir, dass du mich nie mehr verhauen wirst?«

»Mit Sicherheit werde ich dich verhauen, jedes Mal, wenn ich an das Bild denke. Aber jetzt, Liebes ...«

»James, du bist ein Sexfanatiker.«

»Ich weiß, Liebling. Wie, glaubst du wohl, hätten wir Brigsleys sonst über Generationen hinweg ganze Heerscharen von kleinen Lords großgezogen?«

Anne verließ James früh am nächsten Morgen, um noch ein wenig Zeit mit ihrem Vater zu verbringen, und dann begleiteten ihn beide zum Flugplatz für den Mittagsflug nach Boston. Auf dem Rückweg im Auto konnte Anne der Versuchung nicht widerstehen zu fragen, was James den anderen zu erzählen beschlossen hätte. Aber alles, was sie aus ihm herausbekam, war: »Abwarten und Tee trinken. Glaubst du, ich bin darauf versessen, dass alles hinter meinem Rücken wieder umgestoßen wird? Ich danke Gott, dass du am Montag nach Amerika fliegst!«

18

Der Montag war für James aus zwei Gründen ein schwarzer Tag: Einmal musste er Anne zum Flughafen für den TWA-Vormittagsflug nach Boston bringen und zum anderen den Rest des Tages darauf verwenden, sich auf die Zusammenkunft des Teams am Abend vorzubereiten. Die anderen drei hatten ihre Projekte erfolgreich durchgeführt und würden nun hören wollen, was er sich ausgedacht hatte. Jetzt, da er wusste, dass in Wirklichkeit sein zukünftiger Schwiegervater sein Opfer war, fiel ihm alles doppelt schwer. Aber er hatte sich damit abgefunden, dass Anne recht hatte und dass er sich mit diesen neuen verwandtschaftlichen Beziehungen nicht entschuldigen konnte. Das bedeutete, dass er Harvey nach wie vor um 250 000 Dollar erleichtern musste. Sich vorzustellen, dass ein Satz von ihm in Oxford genügt hätte, und er hätte die Summe bekommen! Auch das war etwas, was er seinen Teamgenossen nicht erzählen durfte.

Da Oxford Stephens Sieg gewesen war, fand das Dinner des Teams im Magdalen College statt. James verließ London gleich nach der Stoßzeit und fuhr am White City Stadium vorbei auf die M-40-Autobahn nach Oxford.

»Du bist doch immer der Letzte«, sagte Stephen.

»Tut mir leid, aber ich habe bis zum Hals …«

»... in einem guten Plan gesteckt, möchte ich hoffen«, sagte Jean-Pierre.

James entgegnete nichts. Wie gut sie sich jetzt doch alle kannten, dachte er. James hatte das Gefühl, in zwölf Wochen mehr über diese drei Männer erfahren zu haben, als er über irgendeinen seiner sogenannten Freunde wusste, die er seit zwanzig Jahren kannte. Zum ersten Mal verstand er, weshalb sein Vater immer wieder auf Freundschaften zurückkam, die während des Krieges geschlossen worden waren. Er begann zu ahnen, wie sehr er Stephen vermissen würde, wenn dieser wieder in Amerika wäre. Eigentlich war es gerade der Erfolg ihres Unternehmens, der ihrer Gemeinsamkeit ein Ende bereiten würde. James wäre der Letzte, der die Ängste und Aufregungen der ganzen Prospecta-Oil-Sache noch einmal hätte durchmachen wollen – aber sie hatte weiß Gott auch ihre guten Seiten gehabt.

Stephen verstand es einfach nicht, die Feste zu feiern, wie sie fielen, und so klopfte er, kaum dass die Bediensteten den ersten Gang hereingebracht und den Raum wieder verlassen hatten, auf den Tisch und erklärte die Sitzung für eröffnet.

»Versprich mir eines«, sagte Jean-Pierre.

»Und das wäre?«, fragte Stephen.

»Dass ich, wenn wir den letzten Penny wiederhaben, am oberen Tischende sitzen kann und du den Mund hältst, bist du gefragt wirst.«

»Einverstanden«, erklärte Stephen, »aber nicht, bevor wir den letzten Penny wirklich wiederhaben. Der augenblickliche Stand ist folgender: Gesamteinnahmen 777 560 Dollar. Ausgaben für dieses letzte Projekt 5178 Dollar, Gesamtsumme der Spesen somit 27 661,24 Dollar. Also schuldet Metcalfe uns noch 250 101,24 Dollar.«

Stephen verteilte Kopien der neuesten Bilanz.

»Je drei Blätter, die euren Dossiers hinzuzufügen sind. Irgendwelche Fragen?«

»Ja. Warum waren die Ausgaben für dieses Projekt so hoch?«

»Nun, von den Dingen, die sich von selbst verstehen, einmal ganz abgesehen«, erläuterte Stephen, »sind wir in Wahrheit von dem unstabilen Wechselkurs des Pfundes gegenüber dem Dollar betroffen. Bei Beginn des gesamten Unternehmens bekam man für ein Pfund 2,44 Dollar. Heute Morgen habe ich nur 2,32 Dollar dafür bekommen. Die Spesen akkumulieren sich in Pfunden, aber ich belaste Metcalfe in Dollar zum jeweiligen Wechselkurs.«

»Du schenkst ihm auch nicht einen Penny, hab' ich recht?«, meinte James.

»Keinen einzigen. Nun, bevor wir weitermachen, möchte ich zu Protokoll geben …«

»Das wird ja von Mal zu Mal einer Unterhaussitzung immer ähnlicher«, warf Jean-Pierre ein.

»Ruhe, du Frosch«, wies Adrian ihn zurecht.

»Erlaube mal, du Harley-Street-Schwengel!«

Jungenhafter Übermut brach aus und machte sich lautstark Luft. Die Collegeordnungshüter, die im Laufe ihrer Dienstzeit so manch wüste Geselligkeit erlebt hatten, fragten sich, ob man sie wohl noch zu Hilfe holen müsse, ehe der Abend vorüber wäre.

»Ruhe!«, rief Stephen sie mit Stentorstimme scharf zur Ordnung. »Ich weiß, ihr seid in Hochstimmung – aber noch haben wir nicht die fehlenden 250 101,24 Dollar.«

»Wobei wir insbesondere die 24 Cents auf keinen Fall außer Acht lassen dürfen, Stephen!«

»Das erste Mal, als du hier zu Abend gegessen hast, warst du nicht so vorlaut, Jean-Pierre. Wie heißt es doch so schön in

Shakespeares Heinrich V.: Der Mann, der einst des Löwen Haut verkauft, da er noch lebte, kam beim Jagen um.«

Alle verstummten.

»Harvey schuldet dem Team noch immer Geld, und es wird ebenso schwierig sein, das letzte Viertel hereinzubringen, wie es nicht leicht war, der ersten drei Viertel habhaft zu werden. Bevor ich jedoch James das Wort erteile, möchte ich zu Protokoll geben, dass sein Auftritt im Clarendon eine wahre Glanzleistung darstellte.«

Adrian und Jean-Pierre klopften zum Zeichen ihrer Zustimmung und Anerkennung auf den Tisch.

»Jetzt hast du das Kommando, James.«

Wieder senkte sich Schweigen über den Raum.

»Mein Plan ist beinahe fertig«, begann James.

Die anderen sahen ungläubig drein.

»Aber ich habe euch etwas zu sagen, und ich hoffe, dass mir aufgrund dieser Sache eine kurze Atempause zugestanden wird, bevor wir den Plan ausführen.«

»Du heiratest!«

»Du hast den Nagel auf den Kopf getroffen, Jean-Pierre – wie üblich.«

»Das habe ich dir schon angesehen in dem Augenblick, als du hereinkamst. Wann werden wir sie kennenlernen, James?«

»Nicht eher, als bis es für sie zu spät ist, es sich anders zu überlegen.«

Stephen konsultierte seinen Kalender. »Wie viel Aufschub brauchst du?«

»Nun, Anne und ich heiraten am 3. August in Boston. Annes Mutter ist Amerikanerin«, erläuterte James, »und obgleich Anne in England lebt, würde ihre Mutter sich freuen, wenn die Hochzeitsfeierlichkeiten zu Hause stattfänden. Dann werden wir auf Hochzeitsreise gehen und voraussichtlich am 25. August wieder in England sein. Mein Plan für Mr Metcalfe müsste am 13. September, dem Stichtag der betreffenden Börsenperiode, durchgeführt werden.«

»Ich denke, das können wir genehmigen. Alle einverstanden?«

Adrian und Jean-Pierre nickten.

James begann mit seinen Ausführungen.

»Ich werde einen Fernschreiber und ein Telefon brauchen, die in meiner Wohnung zu installieren sind. Jean-Pierre wird in Paris an der Börse, Stephen in Chicago an der Warenbörse und Adrian in London bei Lloyds sein müssen. Ich werde euch ein komplettes blaues Dossier vorlegen, sobald ich von meiner Hochzeitsreise zurück bin.«

Die anderen drei waren sprachlos vor Staunen, und James machte eine kleine Pause, um die dramatische Wirkung zu erhöhen.

»Sehr gut«, sagte Stephen. »Wir sind gespannt auf deine weiteren Instruktionen.«

»Zuerst zu dir, Stephen. Du musst dich im kommenden Monat an jedem Tag über den Eröffnungs- und Schlusspreis für Gold in Johannesburg, Zürich, New York und London informieren. Du, Jean-Pierre, musst dich während desselben Zeitraums täglich über den Wechselkurs der deutschen Mark, des französischen Franc und des englischen Pfunds orientieren. Und Adrian muss einen Fernschreiber und eine Telefonvermittlungsanlage mit acht Leitungen perfekt bedienen können. Du musst darin ebenso gut sein wie ein Fräulein vom Amt in der Auslandszentrale.«

»Du kriegst doch immer die leichtesten Aufgaben, Adrian, ist es nicht so?«, stichelte Jean-Pierre.

»Du kannst ...«

»Klappe halten, beide!«, sagte James.

Ihre Gesichter drückten Verblüffung und Respekt aus.

»Ich habe für jeden von euch Notizen gemacht.«

James übergab jedem Mitglied des Teams zwei schreibmaschinenbeschriebene Bögen.

»Damit dürftet ihr für mindestens einen Monat beschäftigt sein. Als Letztes: Ihr seid alle zur Hochzeit von Miss Anne Summerton und James Brigsley eingeladen. In Anbetracht der Kürze der Zeit werde ich euch keine offiziellen Einladungen mehr zukommen lassen, aber ich habe für uns vier Plätze in einer Boeing 747 für den Nachmittag des 2. August gebucht, und unsere Zimmer sind im Statler Hilton in Boston reserviert. Ich hoffe, ihr werdet mir die Ehre erweisen, mir bei der Trauungszeremonie zur Seite zu stehen.«

James war selbst beeindruckt von seiner eigenen Tüchtigkeit. Die anderen nahmen ihre Flugscheine und Instruktionen überrascht und respektvoll entgegen.

»Wir treffen uns alle um 15 Uhr am Flughafen, und während des Fluges werde ich euch aufgrund dieser Dossiernotizen prüfen.«

»Yessir«, schnarrte Jean-Pierre.

»Du, Jean-Pierre, wirst sowohl auf Französisch wie auf Englisch getestet, da du in beiden Sprachen fließend Überseegespräche führen und als Devisenhandelsexperte auftreten musst.«

Niemand zog James mehr auf an diesem Abend, und als er auf der Autobahn zurückfuhr, fühlte er sich wie neu geboren. Nicht nur, dass er der Star des Oxford-Plans gewesen war: Jetzt mussten einmal die anderen nach seiner Pfeife tanzen. Er würde sie am Ende noch alle übertrumpfen – und seinem Alten Herrn würden dann auch die Augen aufgehen!

19

Zur Abwechslung erschien James einmal als Erster zu einer Verabredung; er wartete schon in Heathrow, als die anderen eintrafen. Endlich hatte er Oberwasser, und er war entschlossen, es auch zu behalten. Adrian kam als Letzter, einen Arm voll Zeitungen krampfhaft festhaltend.

»Wir sind doch nur zwei Tage weg«, meinte Stephen.

»Ich weiß, aber die englischen Zeitungen vermisse ich immer so. Deshalb habe ich genügend mitgenommen, damit sie mir auch noch für morgen reichen.«

Jean-Pierre warf in gespielter Verzweiflung mit gallischer Emphase seine Arme gen Himmel.

Sie gaben ihr Gepäck im Terminal Nr. 3 auf und gingen an Bord der British Airways Boeing 747 nach Logan International Airport.

»Sieht eigentlich mehr wie ein Fußballplatz aus«, bemerkte Adrian, als er zum ersten Mal Bekanntschaft mit dem Inneren eines Jumbojets machte.

»Kann 350 Menschen aufnehmen – ungefähr den Haufen Leute, den ich euren englischen Clubs gönnen würde«, erwiderte Jean-Pierre.

»Schnauze!«, sagte James streng und merkte gar nicht, dass

sie beide keine sehr mutigen Fluggäste waren und nur versuchten, ihre Ängstlichkeit zu überspielen. Etwas später, während des Starts, gaben beide vor zu lesen; aber sobald die Maschine 1000 Meter Höhe erreicht hatte und das »fasten seat belts« Leuchtzeichen erlosch, waren sie wieder in Hochform.

Die Teamgenossen arbeiteten sich verbissen durch eine Plastikschachtelmahlzeit mit kaltem Huhn und algerischem Rotwein.

»Ich hoffe inständig, James«, sagte Jean-Pierre, »dass dein Schwiegervater uns ein bisschen was Besseres vorsetzen wird.«

Nach dem Essen erlaubte ihnen James, den Film anzusehen, bestand aber darauf, dass sie sich, sobald dieser vorüber wäre, nacheinander von ihm prüfen lassen müssten. Adrian und Jean-Pierre setzten sich fünfzehn Reihen weiter nach hinten und schauten sich *Der Clou* an. Stephen blieb auf seinem Platz, um sich von James testen zu lassen.

James überreichte ihm ein getipptes Blatt mit 40 Fragen über den Goldpreis auf der ganzen Welt und über die Bewegungen auf dem Goldmarkt während der letzten vier Wochen. Stephen beantwortete die Fragen in 22 Minuten, und James überraschte es durchaus nicht, dass all seine Antworten korrekt waren: Stephen war stets das Rückgrat des Teams gewesen. Tatsächlich hatte in erster Linie sein logisch denkendes Gehirn Harvey Metcalfe besiegt.

Stephen und James dösten mit Unterbrechungen vor sich hin, bis Adrian und Jean-Pierre zurückkamen, um nun ihrerseits ihre Fragebogen auszufüllen. Adrian brauchte für den seinen 30 Minuten und beantwortete 38 der 40 Fragen richtig, Jean-Pierre brauchte 27 Minuten und hatte 37 Fragen richtig.

»Stephen hat alle richtig beantwortet«, sagte James.

»Was ja auch nicht anders zu erwarten war«, meinte Jean-Pierre.

Adrian sah leicht belämmert drein.

»Und bis zum 2. September werdet ihr das auch fehlerlos können, verstanden?«

Beide nickten.

»Hast du den *Clou* gesehen?«, fragte Adrian.

»Nein«, erwiderte Stephen, »ich gehe so gut wie gar nicht ins Kino.«

»Die gehören nicht zu unserem Verein. Ein großer Coup – und obendrein behalten sie noch nicht einmal das Geld.«

»Leg dich schlafen, Adrian.«

Über dem Essen, dem Film und James' Testfragen war die längste Zeit des sechsstündigen Fluges vergangen. Während der letzten Stunde machten sie alle ein Nickerchen, aus dem sie unvermittelt geweckt wurden.

»Hier spricht der Kapitän. Wir befinden uns im Anflug auf Logan International Airport mit einer Verspätung von 20 Minuten. Wir werden voraussichtlich in etwa zehn Minuten, um 19.15 Uhr, landen und hoffen, dass Sie einen guten Flug hatten und dass wir Sie bald wieder an Bord von British Airways begrüßen dürfen.«

Die Zollabfertigung dauerte etwas länger als gewöhnlich: Alle hatten sie Hochzeitsgeschenke dabei, und insbesondere sollte James doch nicht wissen, was die anderen drei für ihn gekauft hatten. Es war höchst mühsam, dem Zollbeamten zu erklären, warum auf der Rückseite einer der beiden Piagetuhren eingraviert war: »Der erschlichene Profit von Prospecta Oil – Die drei, die Pläne hatten.«

Als sie das Gebäude schließlich verlassen konnten, erwartete

Anne sie bereits vor dem Eingang mit einem großen Cadillac, um das Team zum Hotel zu bringen.

»Jetzt ist uns sonnenklar, warum es so lang gedauert hat, bis du dir endlich etwas ausgedacht hattest. Du bist völlig exkulpiert, James – herzlichen Glückwunsch!«, rief Jean-Pierre und umarmte Anne, wie es nur ein Franzose kann. Adrian stellte sich vor und küsste sie behutsam auf die Wange. Stephen drückte ihr zurückhaltend und förmlich die Hand. Sie drängelten sich in den Wagen, und Jean-Pierre eroberte sich den Platz neben Anne.

»Miss Summerton?«, fragte Stephen schüchtern.

»Nennen Sie mich doch Anne!«

»Wird der Empfang im Hotel stattfinden?«

»Nein«, antwortete Anne, »im Haus meiner Eltern. Aber ein Wagen wird Sie abholen und nach der Hochzeit wieder zurückbringen. Ihre einzige Aufgabe ist, dafür zu sorgen, dass James um 15.30 Uhr in der Kirche ist. Sonst brauchen Sie sich um nichts zu kümmern. Da fällt mir gerade ein – James, dein Vater und deine Mutter sind gestern angekommen, sie wohnen bei meinen Eltern. Wir dachten, es wäre nicht gut, wenn du den heutigen Abend bei uns zu Hause verbringst, weil Mutter vor Nervosität nur so flattert.«

»Ganz wie du meinst, Liebling.«

»Sollten Sie es sich zwischen jetzt und morgen noch einmal anders überlegen«, sagte Jean-Pierre, »so stehe ich voll und ganz zu Ihrer Verfügung. Ich kann zwar nicht mit blauem Blut aufwarten, aber wir Franzosen haben durchaus gewisse Entschädigungen zu bieten.«

Anne lächelte vor sich hin. »Sie kommen ein bisschen zu spät, Jean-Pierre, und außerdem mag ich keine Bärte.«

»Aber ich habe ihn doch nur …«, wollte Jean-Pierre protestieren.

Die anderen durchbohrten ihn förmlich mit ihren Blicken.

Im Hotel waren Anne und James ein paar Minuten allein, während die anderen auspacken gingen.

»Liebling, wissen sie …«

»Sie haben nicht die blasseste Ahnung«, entgegnete James. »Morgen dürften sie eine Überraschung erleben, die sie geradezu umhauen wird.«

»Hast du nun endlich einen Plan?«

»Wart's ab.«

»Nun, ich habe einen«, sagte Anne. »Für wann ist deiner?«

»13. September.«

»Dann gewinne ich – meiner ist für morgen.«

»Waas? Du solltest doch überhaupt nicht …«

»Reg dich nicht auf. Konzentrier dich einzig und allein darauf zu heiraten – mich zu heiraten.«

»Können wir nicht irgendwo hingehen?«

»Nein, du schrecklicher Mensch. Du wirst ja noch warten können bis morgen.«

»Aber ich liebe dich so sehr.«

»Geh schlafen, du Dummes. Ich liebe dich auch, aber ich muss jetzt nach Hause, sonst ist morgen nichts fertig.«

James nahm den Lift zum siebten Stock und gesellte sich zu den anderen, die beim Kaffee saßen.

»Irgendjemand für Blackjack?«, fragte Jean-Pierre.

»Nicht mit dir, du Halsabschneider«, sagte Adrian. »Du bist bei dem größten Gauner auf Erden in die Schule gegangen.«

Die Teamgefährten waren in Hochform und freuten sich

auf die Hochzeit. Trotz der transatlantischen Zeitverschiebung trennten sie sich erst nach Mitternacht, um ihre jeweiligen Zimmer aufzusuchen. Und selbst dann lag James noch eine ganze Weile wach und wälzte in Gedanken immer wieder die gleiche Frage: Was führt sie bloß im Schilde?

20

Boston im August ist so wunderschön wie kaum eine andere Stadt in Amerika. Die Teamgenossen saßen über einem ausgedehnten Frühstück in James' Zimmer mit Blick über den Charles River.

»Ich finde nicht, dass er so aussieht, als sei er der Sache gewachsen«, meinte Jean-Pierre. »Du bist der Chef des Teams, Stephen: Ich melde mich hiermit freiwillig, seinen Platz einzunehmen.«

»Das würde dich 250 000 Dollar kosten.«

»Einverstanden«, sagte Jean-Pierre.

»Du hast aber noch keine 250 000 Dollar«, entgegnete Stephen.

»Du hast nur 187 474,49 Dollar – ein Viertel von dem, was wir bisher eingenommen haben. Mein Urteil lautet also, dass James der Bräutigam sein muss.«

»Ein angelsächsisches Komplott!«, protestierte Jean-Pierre. »Aber wenn James seinen Plan erfolgreich durchgeführt hat und wir den Gesamtbetrag erst wieder beisammenhaben, werde ich die Verhandlungen wiederaufnehmen.«

Plaudernd und lachend saßen sie lange bei Toast und Kaffee. Stephen betrachtete sie voller Zuneigung und bedauerte jetzt schon, dass sie sich nur mehr selten sehen würden, wenn James'

Plan einmal ausgeführt wäre. Hätte Harvey Metcalfe jemals ein Team wie dieses auf seiner Seite anstatt gegen sich gehabt, er wäre der reichste Mann der Welt gewesen – und das nicht nur in finanzieller Hinsicht.

»Du träumst, Stephen.«

»Ja, verzeiht. Ich darf nicht vergessen, dass Anne mir die Verantwortung übertragen hat.«

»Mal wieder«, sagte Jean-Pierre. »Wann haben wir anzutreten, Professor?«

»In genau einer Stunde in vollem Staat, um James zu inspizieren und ihn zur Kirche zu bringen. Du, Jean-Pierre, gehst und kaufst vier Nelken: drei rote und eine weiße. Du, Adrian, besorgst das Taxi, und ich werde mich um James kümmern.«

Adrian und Jean-Pierre verschwanden unter genüsslichem Absingen der Marseillaise in zwei verschiedenen Tonarten.

»Wie fühlst du dich, James?«

»Fabelhaft. Es tut mir leid, dass ich meinen Plan nicht bis heute fertig hatte.«

»Macht überhaupt nichts – am 13. September reicht es auch noch. Jedenfalls wird uns die Pause nicht schaden.«

»Ohne dich hätten wir es nie geschafft, das weißt du doch, Stephen, nicht wahr? Wenn du nicht gewesen wärst, stünden wir jetzt alle vor dem Ruin, und ich wäre Anne nie begegnet. Wir sind tief in deiner Schuld.«

Stephen starrte aus dem Fenster, unfähig zu antworten.

»Drei rote und eine weiße«, meldete Jean-Pierre, »wie befohlen. Und ich nehme an, die weiße ist für mich.«

»Steck sie James an – aber nicht hinters Ohr, Jean-Pierre.«

»Du siehst fantastisch aus, aber es ist mir noch immer nicht gelungen, herauszubekommen, was sie eigentlich an dir findet«, meinte Jean-Pierre und nestelte die weiße Nelke in James' Knopfloch. Alle vier waren startbereit, aber bis das Taxi kam, hatten sie noch eine halbe Stunde totzuschlagen. Jean- Pierre öffnete eine Flasche Champagner. Sie stießen auf James' Gesundheit an, dann auf die des Teams, dann auf Ihre Majestät die Königin, auf den Präsidenten der Vereinigten Staaten und schließlich, mit gespieltem Widerstreben, auf den Präsidenten der Französischen Republik. Als die Flasche leer war, hielt Stephen es für besser, unverzüglich aufzubrechen, und zerrte die anderen drei hinunter zu dem wartenden Taxi.

»Keep smiling, James. Wir sind ja bei dir.«

Und sie packten ihn in den Fond.

Das Taxi brauchte zwanzig Minuten bis zur Trinity Church am Copley Square, und der Chauffeur war ganz erleichtert, die vier wieder los zu sein.

»15.15 Uhr – Anne wird sehr zufrieden mit mir sein«, sagte Stephen. Er geleitete den Bräutigam zur vordersten Bank auf der rechten Seite der Kirche, während Jean-Pierre den hübschen Mädchen schöne Augen machte. Adrian half, die Trauungsprogramme auszuteilen. Eintausend höchst elegant gekleidete Gäste erwarteten die Braut.

Stephen war gerade zur Unterstützung Adrians auf die Kirchentreppe hinausgeeilt und Jean-Pierre war zu ihnen gestoßen, mit dem Vorschlag, sie sollten vielleicht besser ihre Plätze einnehmen, als der Rolls-Royce vorfuhr. Beim Anblick von Annes Schönheit, die durch das Hochzeitskleid von Balenciaga noch betont wurde, blieben sie wie angewurzelt auf den Stufen stehen. Ihr Vater stieg hinter ihr aus dem Wagen. Sie nahm seinen Arm und schickte sich an, mit ihm die Stufen hinaufzugehen.

Die drei erstarrten; sie standen da, unfähig sich zu rühren – wie von einer Python hypnotisierte Lämmer.

»Der Halunke!«

»Wer hat hier wen hereingelegt?«

»Sie muss es die ganze Zeit über gewusst haben!«

Harvey strahlte sie vage an, als er mit Anne am Arm an ihnen vorüberging.

Mein Gott, dachte Stephen. Er hat wirklich keinen von uns erkannt!

Sie setzten sich in eine der hinteren Reihen außer Hörweite der großen Festgemeinde. Als Anne den Altar erreicht hatte, hörte der Organist auf zu spielen.

»Harvey kann unmöglich etwas ahnen«, sagte Stephen.

»Und wie kommst du zu dieser Schlussfolgerung?« erkundigte sich Jean-Pierre.

»Weil James uns das niemals hätte durchmachen lassen, wenn er nicht selbst zu einem früheren Zeitpunkt diesen Test bestanden hätte.«

»Sehr gescheit!«, wisperte Adrian.

»Ich frage euch beide hiermit feierlich, so wahr ihr euch beim hereinbrechenden Tag des Jüngsten Gerichts werdet verantworten müssen, da aller Herzen Geheimstes enthüllt wird …«

»Ich würde ganz gern schon jetzt ein paar Geheimnisse erfahren«, sagte Jean-Pierre. »Zunächst einmal: Wie lange hat sie's schon gewusst?«

»James Clarence Spencer, willst du mit dieser Frau als deinem angetrautem Weibe nach Gottes Gebot und Verheißung im heiligen Stand der Ehe leben? Willst du sie lieben, ihr beistehen, sie ehren und ihr die Treue halten in guten und in bösen Tagen, in Gesundheit und Krankheit, bis dass der Tod euch scheidet?«

»Ja.«

»Rosalie Arlene, willst du mit diesem Mann als deinem angetrauten Gatten nach Gottes Gebot und Verheißung …«

»Ich glaube«, sagte Stephen, »wir dürfen sicher sein, dass sie ein absolut vollwertiges Mitglied des Teams ist, sonst hätten wir in Monte Carlo und in Oxford niemals diesen Erfolg gehabt.«

»… bis dass der Tod euch scheidet?«

»Ja.«

»Wer gibt diese Frau diesem Mann zur Ehe?« Harvey trat eilfertig vor, nahm Annes Hand und legte sie in die des Geistlichen.

»Ich, James Clarence Spencer, nehme dich, Rosalie Arlene, zu meinem angetrauten Weibe …«

»Und überdies – er hat uns nicht erkannt, weil er jeden von uns nur einmal gesehen hat und uns nicht kennt, wie wir wirklich aussehen«, fuhr Stephen fort.

»Und somit gelobe ich dir meine Treue.«

»Ich, Rosalie Arlene, nehme dich, James Clarence Spencer, zu meinem angetrauten Gatten.«

»Aber wenn wir dableiben, wird er womöglich doch noch daraufkommen«, gab Adrian zu bedenken.

»Kaum«, meinte Stephen. »Jetzt nur ja keine Panik. Unser Trick war immer, ihn außerhalb seiner gewohnten Umgebung dranzukriegen.«

»Aber er ist doch in seiner gewohnten Umgebung«, entgegnete Jean-Pierre.

»Nein, eben nicht. Heute ist die Hochzeit seiner Tochter, und das ist für ihn etwas völlig Fremdes. Natürlich werden wir ihm beim Empfang aus dem Weg gehen – aber nicht so, dass es auffällt.«

»Du wirst mein Händchen halten müssen«, sagte Adrian.

»Das werde ich schon tun«, bot Jean-Pierre sich an.

»Denkt jedenfalls daran, euch so natürlich wie möglich zu benehmen.«

»… und somit gelobe ich dir meine Treue.«

Anne blieb zurückhaltend und scheu, und ihre Stimme konnte von den dreien ganz hinten in der Kirche nur gerade eben vernommen werden. James' Stimme war klar und fest: »Mit diesem Ring nehme ich dich zum Weibe, mit meinem Leibe diene ich dir, und mit all meinen weltlichen Gütern statte ich dich aus …«

»Und mit einigen von den unseren obendrein«, fügte Jean-Pierre hinzu.

»Im Namen des Vaters und des Sohnes und des Heiligen Geistes. Amen. Lasset uns beten«, intonierte der Geistliche.

»Ich weiß, wofür ich beten werde«, sagte Adrian. »Errettet zu werden aus der Macht unserer Feinde und aus den Händen all derer, die uns fluchen.«

»O Ewiger Gott, Schöpfer und Bewahrer der Menschheit …«

»Jetzt nähern wir uns dem Ende«, bemerkte Stephen. »Sehr unglückliche Redewendung«, stellte Adrian fest.

»Still!«, zischelte Jean-Pierre. »Ich bin einer Meinung mit Stephen. Wir können uns mit Metcalfe messen – also immer mit der Ruhe.«

»Was Gott zusammengefügt hat, das soll der Mensch nicht trennen.«

Jean-Pierre murmelte noch weiter vor sich hin, aber es klang nicht wie ein Gebet.

Das Orgelbrausen – Mendelssohns »Hochzeitsmarsch« – ließ sie wieder zu sich und zu der Festlichkeit zurückfinden. Die Trauungszeremonie war vorüber, und Lord und Lady Brigsley schritten, von tausend lächelnden Augenpaaren begleitet, das Kirchenschiff entlang. Stephen sah belustigt, Jean-Pierre neidvoll und Adrian ängstlich drein. James lächelte selig, als er an ihnen vorüberkam. Die nächsten zehn Minuten auf der Kirchentreppe gehörten den Fotografen, und dann brachte der Rolls-Royce das frisch getraute Paar zu Metcalfes Haus in Lincoln. Harvey und die Countess of Louth nahmen im zweiten, der Earl und Annes Mutter Arlene im dritten Wagen Platz. Stephen, Adrian und Jean-Pierre folgten etwa zwanzig Minuten später; sie waren immer noch dabei, das Für und Wider, sich in die Höhle des Löwen zu wagen, zu erörtern.

Harvey Metcalfe besaß ein herrliches Haus im klassizistischen Stil, mit einem exotischen Garten, der hinunter zu einem See führte, großen Rosenbeeten und einem Treibhaus mit einer Sammlung seltener Orchideen, die sein ganzer Stolz und seine Freude waren.

»Ich hätte nie gedacht, dass ich das einmal zu Gesicht bekommen würde«, sagte Jean-Pierre.

»Ich auch nicht«, meinte Adrian. »Und jetzt, da ich es mit eigenen Augen sehe, kann ich mich überhaupt nicht darüber freuen.«

»Jetzt ran ans Spießrutenlaufen«, sagte Stephen. »Ich schlage vor, dass wir uns in relativ großen Abständen in die Gratulationscour einschleusen. Ich gehe als Erster. Du, Adrian, kommst – nach mindestens zwanzig Leuten dazwischen – als Zweiter, und du, Jean-Pierre – nach nochmals mindestens zwanzig Leuten hinter Adrian – als Dritter. Und dass ihr euch ja völlig natürlich benehmt. Wir sind ganz einfach Freunde von James aus England. Und wenn ihr euch jetzt in der Schlange aufstellt, achtet auf die Unterhaltung. Versucht, jemanden zu finden, der ein Freund oder guter Bekannter von Harvey ist, und stellt euch direkt vor diese Leute. Wenn ihr mit dem Händeschütteln an der Reihe seid, werden Harveys Augen schon an euren Hintermännern hängen, weil er die kennt und euch nicht. Auf diese Weise müssten wir eigentlich durchkommen.«

»Genial, Professor«, bemerkte Jean-Pierre anerkennend.

Die Gratulationsschlange schien endlos lang. Tausend Leute bewegten sich langsam an den ausgestreckten Händen Mr und Mrs Metcalfes, des Earl und der Countess of Louth und von Anne und James vorbei. Endlich war Stephen an der Reihe – und kam mit fliegenden Fahnen durch.

»Wie schön, dass Sie kommen konnten«, sagte Anne.

Stephen antwortete nicht.

»Eine Freude, dich zu sehen, Stephen.«

»Wir sind alle voller Bewunderung für deinen Plan, James.«

Stephen verschwand im großen Ballsaal und versteckte sich hinter einem Pfeiler auf der anderen Seite des Raumes, so weit wie nur möglich von dem vielstöckigen Hochzeitskuchen in der Mitte des Saales entfernt.

Adrian war als Nächster dran; er vermied es, Harvey in die Augen zu sehen.

»Wie liebenswürdig von Ihnen, die weite Reise nicht gescheut zu haben«, sagte Anne.

Adrian murmelte etwas vor sich hin.

»Hoffe, du hast dich heute gut amüsiert, Adrian?«

James genoss das Ganze offensichtlich in vollen Zügen. Ihm war das Gleiche durch Anne widerfahren, und nun sah er mit höchstem Vergnügen, wie seine Teamgenossen sich derselben peinlichen Situation stellen mussten.

»Du bist ein hundsgemeiner Kerl, James.«

»Nicht so laut, alter Junge. Meine Mutter und mein Vater könnten dich hören.«

Adrian entkam in den Ballsaal, wo er, nach einer Suche hinter jedem Pfeiler, Stephen schließlich fand.

»Bist du gut durchgekommen?«

»Ich glaube schon, aber ich will ihn nie mehr wiedersehen. Um wie viel Uhr geht unser Flugzeug?«

»20 Uhr. Jetzt nur keine Aufregung. Halt lieber die Augen offen, dass Jean-Pierre uns nicht entwischt.«

»Verdammt gut, dass er seinen Bart behalten hat.«

Jean-Pierre drückte Harvey die Hand, dessen Blick jedoch bereits zu dem nächsten Gast schweifte, da Jean-Pierre – sich schamlos in die Schlange drängend – es fertiggebracht hatte, sich vor einen Bostoner Bankier zu schieben, der offensichtlich eng mit Harvey befreundet war.

»Wie schön, dich zu sehen, Marvin.«

Jean-Pierre war ungeschoren davongekommen. Er küsste Anne auf beide Wangen, flüsterte: »Spiel, Satz und Sieg für James«, in ihr Ohr und ging auf die Suche nach Stephen und Adrian; allerdings vergaß er seine ursprünglichen Instruktionen, als er sich plötzlich der ersten Brautjungfer gegenüberfand.

»Hat Ihnen die Hochzeit gefallen?«, fragte sie.

»Natürlich. Ich beurteile Hochzeiten stets nach den Brautjungfern, nicht nach der Braut.«

Sie errötete vor Freude.

»Das muss ein Vermögen gekostet haben«, fuhr sie fort.

»Ja, meine Liebe – und ich weiß auch, wessen«, sagte Jean-Pierre und legte seinen Arm um ihre Taille.

Vier Hände ergriffen einen protestierenden Jean-Pierre und zerrten ihn recht unsanft hinter den Pfeiler.

»Um Himmels willen, Jean-Pierre, die ist doch keinen Tag älter als siebzehn! Wir wollen nicht auch noch wegen Verführung Minderjähriger ins Gefängnis kommen – es reicht schon, dass es uns wegen Diebstahls droht! Trink das und benimm dich!« Adrian drückte ihm ein Glas in die Hand.

Der Champagner floss in Strömen, und selbst Stephen trank ein bisschen über den Durst. Sie brauchten den Pfeiler bereits, um sich an ihm festzuhalten, als der Toast-Master vortrat und sich mit den Worten an die Hochzeitsgesellschaft wandte: »Mylords, Ladies and Gentlemen, ich bitte um Ruhe für Viscount Brigsley, den Bräutigam.«

James hielt eine eindrucksvolle Rede. Der Schauspieler in ihm gewann die Oberhand, und die Amerikaner waren aufs Höchste entzückt. Selbst auf dem Gesicht seines Vaters lag ein Ausdruck von Bewunderung. Danach stellte der Toast-Master Harvey vor, der mit erheblichem Stimmaufwand eine reichlich lange Ansprache vom Stapel ließ. Er riss wieder seinen Lieblingswitz, dass er seine Tochter eigentlich mit Prinz Charles verheiraten wollte, worüber die versammelten Gäste lauthals ausgiebig lachten, wie sie es auf einer Hochzeit auch beim lahmsten Witz stets zu tun pflegen, und schloss mit einem Toast auf die Braut und den Bräutigam.

Als der Applaus abgeebbt war und das Stimmengewirr wieder anschwoll, nahm Harvey einen Umschlag aus seiner Brusttasche und gab seiner Tochter einen Kuss auf die Wange. »Rosalie, dies ist ein kleines Hochzeitsgeschenk für dich als Ersatz für den van Gogh, den ich nun dank deiner Großzügigkeit doch behalten kann. Ich weiß, du wirst das Präsent gut zu nutzen wissen.«

Harvey überreichte ihr den weißen Umschlag, in dem sich ein Scheck über 250 000 Dollar befand. Anne küsste ihren Vater mit aufrichtiger Zuneigung.

»Vielen Dank, Daddy! Ich verspreche dir, dass das Geld eine gute Verwendung finden wird.«

Sie machte sich eilig auf die Suche nach James, den sie von einer Gruppe amerikanischer Damen mittleren Alters belagert fand.

»Stimmt es, dass Sie mit der Königin verwandt sind …?«

»Ich bin noch nie einem echten, lebendigen Lord begegnet …«

»Ach, hoffentlich laden Sie uns einmal nach drüben ein, Ihr Schloss zu besichtigen …«

»In der King's Road gibt es keine Schlösser.« James war mehr als erleichtert, Anne herbeikommen zu sehen.

»Liebling, hast du einen Augenblick Zeit für mich?«

James entschuldigte sich und folgte ihr, aber es erwies sich fast als unmöglich, der Menschenmenge zu entgehen.

»Schau her«, sagte sie, »schnell!«

James nahm den Scheck.

»Großer Gott – 250 000 Dollar!«

»Du weißt doch, was ich damit tun werde, nicht wahr?«

»Ja, Liebling.«

Anne ging auf die Jagd nach Stephen, Adrian und Jean-Pierre, was gar nicht so leicht war, da sie sich noch immer in der entferntesten Ecke hinter dem Pfeiler verborgen hielten. Schließlich wurde sie durch den unterdrückten, aber enthusiastischen Gesang von »Who wants tobe a millionaire?«, der hinter dem Pfeiler hervordrang, zu dem Versteck geführt.

»Haben Sie etwas zum Schreiben, Stephen?«

Drei Kugelschreiber wurden blitzartig gezückt.

Sie zog den Scheck aus ihrem Brautstrauß heraus, schrieb auf seine Rückseite: »Rosalie Brigsley – zur Auszahlung an Stephen Bradley«, und überreichte ihn ihm.

»Für Sie, nehme ich an.«

Die drei starrten auf den Scheck. Anne war verschwunden, ehe sie etwas sagen konnten.

»Was für ein Mädchen unser James da geheiratet hat!«, rief Jean-Pierre aus.

»Du bist betrunken, du Frosch«, meinte Adrian.

»Erlauben Sie, Sir, ich verbitte mir die Unterstellung, ein Franzose könnte von Champagner betrunken werden! Ich fordere Genugtuung. Bestimmen Sie die Waffen!«

»Sektpropfen!«

»Wollt ihr wohl ruhig sein«, mahnte Stephen. »Ihr werdet uns noch verraten!«

»So, Professor, jetzt berichten Sie uns mal über den neuesten Stand der Finanzen.«

»Ich bin gerade dabei, ihn auszurechnen«, erwiderte Stephen.

»Das darf doch nicht wahr sein!«, sagten Adrian und Jean-Pierre wie aus einem Munde; aber sie waren zu ausgelassen und nicht zu Kontroversen aufgelegt.

»Er schuldet uns noch immer 101 Dollar und 24 Cents.«

»*Un-er-hört!*«, sagte Jean-Pierre. »Schießt ihn über den Haufen!«

Anne und James verließen die Gesellschaft, um sich umzuziehen, während Stephen, Adrian und Jean-Pierre noch mehr Champagner in sich hineingossen. Der Toast-Master verkündete, dass die Braut und der Bräutigam in etwa fünfzehn Minuten abreisen würden, und bat die Gäste, sich in der großen Halle und vor dem Eingang zu versammeln.

»Los, kommt, wir wollen sie abfahren sehen«, sagte Stephen. Der Champagner hatte ihnen Mut eingeflößt, und so pflanzten sie sich neben dem Wagen auf.

Stephen hörte Harvey sagen: »Verdammt noch mal, muss ich denn alles selber machen«, und bemerkte, wie er sich umschaute, bis sein Blick auf das Trio fiel. Stephens Knie wurden wachsweich, als Harvey ihn mit dem Finger heranwinkte.

»He, Sie da – sind Sie nicht ein Freund von James?«

»Ja, Sir.«

»Meine einzige Tochter wird jeden Moment das Haus verlassen, und es sind noch nicht einmal Blumen da. Gott allein weiß, wie das passieren konnte, aber auf jeden Fall sind keine da. Nehmen Sie sich einen Wagen – eine halbe Meile von hier an der Straße ist ein Blumengeschäft. Beeilen Sie sich!«

»Ja, Sir.«

»Sagen Sie mal – kenne ich Sie nicht von irgendwoher?«

»Ja, Sir … das heißt … nein, Sir. Ich gehe und hole die Blumen.«

Stephen machte kehrt und ergriff die Flucht. Adrian und Jean-Pierre, die die Szene entsetzt beobachtet hatten und glaubten, Harvey sei ihnen zu guter Letzt doch noch auf die Schliche gekommen, rannten ihm nach. Als Stephen hinterm Haus angelangt war, blieb er plötzlich vor einem herrlichen Rosenbeet stehen. Adrian und Jean-Pierre sausten in der Aufregung an ihm vorbei, bremsten dann, drehten um und wankten zurück.

»Was um alles in der Welt hast du denn jetzt wieder vor – willst du Blumen pflücken für dein eigenes Begräbnis?«

»Nein, für Metcalfe. Jemand hat die Blumen für Anne vergessen, und ich muss innerhalb von fünf Minuten welche bringen … Also los, auf was wartet ihr?«

»Mes enfants – ich seh' etwas, was ihr nicht seht!«

Die beiden anderen blickten auf: Jean-Pierres Augen hingen verzückt an dem Treibhaus.

Stephen eilte, gefolgt von Adrian und Jean-Pierre, zurück zum Haupteingang des Hauses, in seinen Armen die erlesenen Orchideen. Er konnte sie Harvey gerade noch rechtzeitig übergeben, als James und Anne aus dem Haus kamen.

»Fabelhaft! Das sind meine Lieblingsblumen. Wie viel haben sie gekostet?«

»100 Dollar«, erwiderte Stephen, ohne auch nur einen Moment zu überlegen.

Harvey gab ihm zwei 50-Dollar-Noten. Stephen verzog sich zu Adrian und Jean-Pierre – er schwitzte aus allen Poren.

James und Anne konnten sich nur mit Mühe ihren Weg durch die Menschenmenge bahnen. Aller Männer Blicke hingen an ihr.

»Oh, Daddy! Orchideen – wie herrlich!« Anne küsste Harvey. »Du hast diesen Tag zum schönsten meines Lebens gemacht ...«

Der Rolls-Royce setzte sich langsam zu seiner Fahrt zum Flughafen in Bewegung, wo Anne und James die Maschine nach San Francisco nehmen sollten, ihrem ersten Aufenthalt auf dem Weg nach Hawaii. Als der Wagen das Heer der Gäste hinter sich gelassen hatte und majestätisch die Auffahrt hinabrollte, fiel Annes Blick durch die Glasfenster des geschändeten Treibhauses – und dann auf die Blumen in ihrem Arm. James bemerkte nichts – seine Gedanken waren mit etwas ganz anderem beschäftigt.

»Glaubst du, sie werden mir jemals vergeben?«

»Ganz bestimmt, Liebling. Aber verrate mir ein Geheimnis. Hattest du wirklich einen Plan?«

»Ich wusste, dass du mich danach fragen würdest, und ...«

Der Wagen fuhr rasch und leise die Autostraße entlang, und nur der Chauffeur konnte seine Antwort hören.

Stephen, Adrian und Jean-Pierre beobachteten, wie die Gäste sich allmählich zerstreuten, nachdem sich die meisten von den Metcalfes verabschiedet hatten.

»Das wollen wir aber lieber nicht riskieren«, sagte Adrian.

»Völlig deiner Meinung«, erwiderte Stephen.

»Laden wir ihn doch zum Abendessen ein«, meinte Jean-Pierre.

Die beiden anderen packten ihn und beförderten ihn in ein Taxi.

»Was hast du denn da unter deinem Cut, Jean-Pierre?«

»Zwei Flaschen Krug dix-neuf cent soixante-quatre. Erschien mir geradezu ein Verbrechen, sie da so allein herumstehen zu lassen – fürchtete, sie würden sich einsam fühlen.«

Stephen wies den Chauffeur an, sie zum Hotel zurückzufahren.

»Tolle Hochzeit! Glaubt ihr, dass James jemals einen Plan hatte?«, fragte Adrian.

»Ich weiß nicht. Aber wenn ja, braucht uns sein Projekt nur noch 1,24 Dollar einzubringen.«

»Wir hätten das Geld einstecken sollen, das er in Ascot gewonnen hat, als er auf Rosalie setzte«, brummte Jean-Pierre.

Nachdem sie gepackt hatten, verließen sie das Hotel und nahmen wieder ein Taxi zum Logan International Airport, wo sie es mit tatkräftiger Hilfe seitens des British-Airways-Personals schließlich schafften, an Bord des Flugzeuges zu kommen.

»Hol's der Teufel«, sagte Stephen, »ich wünschte, wir wären nicht weggegangen ohne die 1,24 Dollar.«

21

An Bord tranken sie den Champagner, den Jean-Pierre bei der Hochzeit abgestaubt hatte. Selbst Stephen schien ganz zufrieden, obgleich er gelegentlich auf die noch fehlenden 1,24 Dollar zurückkam.

»Wie viel, glaubst du eigentlich, kostet dieser Champagner?«, spöttelte Jean-Pierre.

»Darum geht es hier überhaupt nicht. Keinen Penny mehr, keinen Penny weniger!«

Jean-Pierre kam zu dem Schluss, dass er Wissenschaftler niemals verstehen würde.

»Keine Sorge, Stephen – ich bin der festen Überzeugung, dass James' Plan 1,24 Dollar einbringen wird.«

Stephen wollte lachen, aber sein Kopf tat ihm weh.

»Wenn man bedenkt, dass das Mädchen alles gewusst hat!«

Bei der Ankunft in Heathrow hatten sie keinerlei Schwierigkeiten bei der Zollabfertigung. Es war nicht Zweck dieser Reise gewesen, mit Geschenken nach Hause zu kommen. Adrian machte einen kleinen Umweg über den Zeitungskiosk von H. W. Smith und kaufte die »Times« und den »Evening Standard«. Jean-Pierre handelte unterdessen mit einem Taxichauffeur den Fahrpreis zur Londoner Innenstadt aus.

»Wir sind keine dämlichen Amerikaner, die den Preis und die Strecke nicht kennen und die sich so mir nichts, dir nichts übers Ohr hauen lassen«, blaffte er, immer noch nicht ganz nüchtern.

Der Taxifahrer steuerte, vor sich hin murrend, seinen schwarzen Austin durch den dichten Verkehr Richtung City. Heute war offensichtlich mal wieder kein guter Tag für ihn.

Adrian las stillvergnügt seine Zeitungen. Er gehörte zu den seltenen Menschen, die in einem fahrenden Wagen lesen können. Stephen und Jean-Pierre begnügten sich damit, den vorüberrauschenden Verkehr zu beobachten.

»Himmelkreuzdonnerwetter!«

Stephen und Jean-Pierre fuhren zusammen. Sie hatten Adrian kaum jemals fluchen hören. Das schien überhaupt nicht zu ihm zu passen – und es lag auch tatsächlich nicht in seinem Wesen.

»Verdammte Sauerei!«

Das war zu viel für sie. Aber bevor sie noch fragen konnten, was denn los sei, begann er laut vorzulesen: »British Petrol gibt bekannt, dass die Gesellschaft in der Nordsee auf ein Ölvorkommen gestoßen ist, das aller Wahrscheinlichkeit nach eine Ergiebigkeit von 200 000 Tonnen pro Tag haben wird. Der Vorsitzende der Gesellschaft, Sir Eric Drake, sprach von einem bedeutenden Vorkommen. Das British-Petrol-Forties-Feld liegt eine Meile von dem bisher noch nicht explorierten Prospecta-Oil-Feld entfernt, und Gerüchte eines Ankaufs durch BP haben die Prospecta-Oil-Aktien bei Börsenschluss auf eine Rekordhöhe von 12,25 Dollar steigen lassen!«

»Nom de Dieu«, stöhnte Jean-Pierre. »Und was tun wir jetzt?«

»Hm«, meinte Stephen. »Nun müssen wir uns wohl überlegen, wie wir ihm alles am unauffälligsten wieder zurückgeben.«

Werkverzeichnis von Jeffrey Archer

© Broosk Saib

› Bonusmaterial

HEYNE ‹

Schicksal und Gerechtigkeit

Die Warwick-Saga 1
(*Nothing Ventured, 2019*)

Im September 1982 tritt William Warwick seinen Dienst an – und entdeckt die Welt der Londoner Straßen, der einfachen Leute. Aufgrund seiner Kenntnisse wird William zum Dezernat für Kunstfälschung versetzt und gerät in den Bannkreis eines der größten Gemäldefälscher seiner Zeit. Im Zuge der Recherchen lernt William die hübsche und schlagfertige Beth Rainsford kennen. Zwischen beiden entbrennt eine leidenschaftliche Romanze, und William fühlt, dass Beth die Frau seines Lebens ist. Doch ein Geheimnis umgibt sie und wirft Schatten auf die junge Liebe …

Klang der Hoffnung

Die Warwick-Saga 2

(*Hidden in Plain Sight, 2020*)

1985: Mittlerweile ist William zum Drogendezernat versetzt worden und muss erleben, dass die Drogenkriminalität auf Londons Straßen von höchsten Kreisen aus Macht und Politik regiert wird. Gleichzeitig genießt William seine junge Liebe zu Beth, während seine Schwester Grace als Anwältin Karriere macht. Doch bald schon ziehen düstere Schatten auf. Die Intrigen eines alten Feindes zwingen William dazu, um seine Karriere und Berufung zu kämpfen – und dann erhält er eine Nachricht, die Beths und sein Leben von Grund auf verändern wird …

Blindes Vertrauen

Die Warwick-Saga 3

(*Turn a Blind Eye, 2021*)

Mittlerweile ist William stolzer Vater von Zwillingen, und bei der Jagd auf Kunstfälscher und Drogenbarone hat er sich als fähiger Ermittler erwiesen. Doch nun lauert Unrecht in den eigenen Reihen: Der junge Detective Jerry Summers wird der Bestechlichkeit verdächtigt. Williams Team ermittelt undercover gegen die eigene Behörde – eine gefährliche Aufgabe, die höchstes Fingerspitzengefühl erfordert. Erst recht, als sich eine von Williams Kolleginnen Hals über Kopf in Summers verliebt …

Ewige Feinde

Die Warwick-Saga 4

(*Over my Dead Body, 2022*)

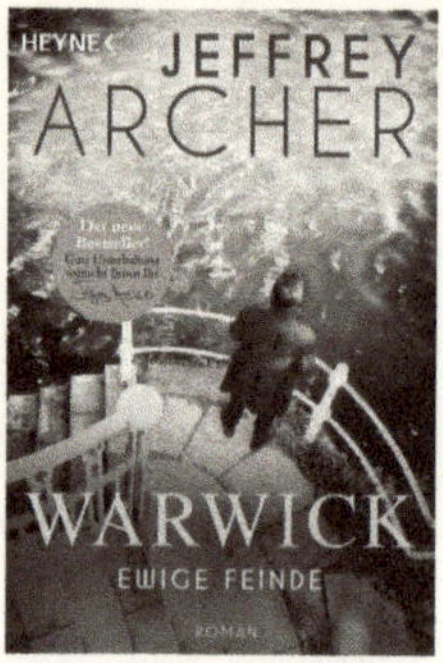

Nach dem Tod seines langjährigen Feindes Miles Faulkner soll William Warwick bei der Londoner Polizei neue Aufgaben übernehmen. Vorher aber begibt er sich mit seiner geliebten Frau Beth auf große Urlaubsreise. Mit dem Schiff setzen die beiden nach New York über, wo sie einige der besten Museen der Welt besuchen wollen. Doch die Überfahrt wird jäh gestört, als der Vorsitzende der Schifffahrtsgesellschaft unter mysteriösen Umständen ums Leben kommt. Und als wäre das nicht genug, stößt William auf Hinweise, dass Faulkner weiterhin seinen Geschäften nachgeht. War das vermeintliche Begräbnis des genialen Kunstfälschers etwa nur ein Täuschungsmanöver?

Über dem Gesetz

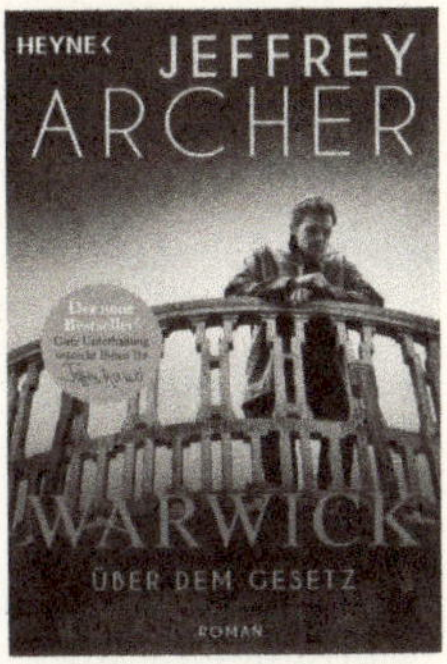

Die Warwick-Saga 5
(*Next in Line, 2022*)

London, 1988: Ganz Großbritannien ist im Royal-Fieber. Die Prinzessin der Herzen steht im Fokus der Öffentlichkeit wie kein Mitglied der Königsfamilie vor ihr. Ihre Sicherheit liegt in den Händen des Royal Protection Command – aber kann sich der Scotland Yard wirklich auf die Integrität der Personenschützer verlassen? Detective Chief Inspector William Warwick und sein Team erhalten die Aufgabe, die Einheit zu durchleuchten. Und sehen sich plötzlich mit einer unglaublichen Bedrohung konfrontiert.

Im Auftrag der Krone

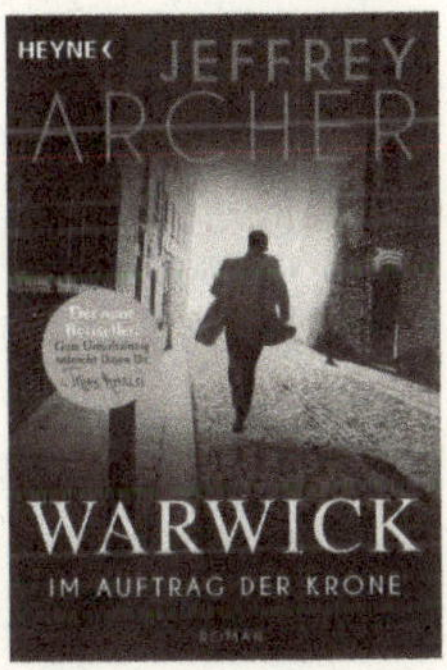

Die Warwick-Saga 6
(*Traitors Gate, 2023*)

London 1996: Der Tower of London ist gut geschützt. Denn er beherbergt die teuersten Juwelen der Welt: die Kronjuwelen der Queen. Einmal im Jahr jedoch müssen die wertvollen Stücke für die Thronrede quer durch London zum Buckingham Palace transportiert werden. Seit vier Jahren ist Detective Chief Inspector William Warwick und sein Team für diese heikle Operation verantwortlich. Doch dieses Jahr plant Meisterdieb Miles Faulkner den ungeheuerlichsten Diebstahl der Geschichte. Und er hat einen Trumpf in der Hinterhand. Wird es Warwick gelingen ihn aufzuhalten?

Spiel der Zeit

Die Clifton-Saga 1
(*Only Time Will Tell, 2011*)

England um 1930: Der junge Harry Clifton wächst an den Hafendocks von Bristol heran, seine Mutter Maisie muss sich mit harter Arbeit durchschlagen. Um den Tod von Harrys Vater, der angeblich im Krieg gefallen ist, rankt sich ein Geheimnis. Harrys Leben nimmt eine Wendung, als er das Stipendium für eine Eliteschule erhält. Er tritt ein in die Welt der Reichen und lernt Giles Barrington sowie dessen Schwester Emma kennen, Erben einer Schifffahrts-Dynastie. Harry verliebt sich in Emma, ohne zu ahnen, dass die Schicksale ihrer Familien auf tragische Weise miteinander verknüpft sind.

Das Vermächtnis des Vaters

Die Clifton-Saga 2
(*The Sinns of the Father, 2015*)

Mit dem Eintritt Englands in den Zweiten Weltkrieg 1939 werden die Schicksale der Familien Clifton und Barrington erschüttert. Giles Barrington gerät in Kriegsgefangenschaft, und Harry verschlägt es von Bristol nach New York, wo er eines Mordes angeklagt und verhaftet wird. Emma macht sich auf, um den Mann zu retten, den sie liebt.

Erbe und Schicksal

Die Clifton-Saga 3

(*Best Kept Secret, 2013*)

England, 1945: Endlich hat Harry zu seiner großen Liebe Emma Barrington gefunden. Doch ein langer Schatten droht auf die jungen Menschen zu fallen. In einer dramatischen Verhandlung obliegt es dem Haus der Lords festzulegen, wer das Vermögen der Barringtons rechtmäßig erben wird: Harry oder Emmas Bruder Giles. Harry weiß, dass die Entscheidung seine Verbindung mit Emma für immer zerstören könnte. Für die Familien beginnt eine neue Epoche voller Intrigen und Verrat.

Im Schatten unserer Wünsche

Die Clifton-Saga 4

(*Be Careful For What You Wish For, 2014*)

Bristol 1957: Der Vorsitzende der Barrington Schifffahrtgesellschaft wird zum Rücktritt gezwungen – für Emma Clifton ist dies die Gelegenheit, den Posten zu übernehmen und Macht über die Gesellschaft zu gewinnen. Doch die tragischen Ereignisse um ihren Sohn Sebastian, der in einen Autounfall verwickelt wurde, legen einen Schatten über Emma und ihren Mann Harry.

Die Wege der Macht

Die Clifton-Saga 5
(*Mightier Than The Sword, 2015*)

Während sich sein Jugendfreund Giles in eine Frau mit dunkler Vergangenheit verliebt, reist Harry Clifton nach Sibirien. Dort will er dem inhaftierten Schriftsteller Babakow helfen – und bringt sich damit selbst in große Gefahr. Auch für seine Frau Emma, die der Barrington-Gesellschaft vorsteht, schlägt eine schwere Stunde.

Möge die Stunde kommen

Die Clifton-Saga 6
(*Cometh the Hour, 2016*)

Für die Familien der Cliftons und Barringtons, deren Wege seit Jahrzehnten miteinander verbunden sind, kommen schwere Stunden. Giles Barrington setzt seine Karriere als Politiker für eine große und gefährliche Liebe aufs Spiel, während Emma Clifton eine schwere Entscheidung treffen muss, die für ihren Mann Harry alles verändern könnte. Doch dann erfolgt ein Schicksalsschlag, mit dem niemand gerechnet hat.

Winter eines Lebens

Die Clifton-Saga 7

(*This was a Man, 2016*)

Für die Cliftons und Barringtons kommt die Zeit, in der sich die verschlungenen Wege der beiden Familien nach vielen Generationen zum letzten Mal kreuzen. Während für Giles Barrington und seine Frau Karin das Glück auf Messers Schneide steht, scheinen Harry und Emma Clifton am Gipfel ihrer Karrieren zu stehen. Doch dann melden sich alte Feinde zurück und das Spiel des Schicksals kommt zum tragischen Finale.

Kain und Abel

Kain-Serie 1
(*Kane and Abel, 1979*)

Nach russischer Kriegsgefangenschaft gelangt Abel Rosnovski, unehelicher Sohn eines polnischen Adligen, mit einem Auswandererschiff nach Amerika. Dort arbeitet er sich zum Hotelmanager hoch. Sein Schicksal kreuzt sich dramatisch mit dem von William Lowell Kane, Erbe eines gigantischen Vermögens, der zum Bankpräsidenten werden soll. Abel hatte ihn einst bewundert – doch dann nimmt, zur Zeit der großen Wirtschaftskrise, ein lebenslänglicher Hass seinen Anfang.

Abels Tochter

Kain-Serie 2
(*The Prodigal Daughter, 1982*)

Der Gigantenkampf zwischen Abel Rosnovski und seinem Feind William Lowell Kane setzt sich in der nächsten Generation fort. Florentyna, die Tochter Abels, des legendären »Chicago-Barons«, ist bildschön, hochbegabt, ehrgeizig und die Erbin einer der größten Hotelketten der Welt. Wie ihr Vater geht sie ihren eigenen Weg mit eisernem Willen. Abel liebt sie abgöttisch, und sie vergöttert ihn – aber Florentyna begeht eine Todsünde: Sie liebt und heiratet den Sohn seines Todfeindes.

Kains Erbe

Kain-Serie 3

(*Shall We Tell the President?, 1977*)

Florentyna Kane, die Tochter des legendären Hotelmagnaten Abel Rosnovski, hat es in einer beispiellosen Karriere bis ins Weiße Haus geschafft. Sie ist die erste amerikanische Präsidentin und fest entschlossen, die Welt zu einem besseren Ort zu machen. Doch das Schicksal hält schwere Prüfungen bereit. Durch puren Zufall erfährt das FBI von einem perfiden Mordanschlag auf Florentyna Kane. Fünf Personen wissen alle Details – eine Stunde später sind vier von ihnen tot. Nur der Agent Mark Andrews bleibt übrig. Er hat sieben Tage Zeit, das Attentat zu verhindern. Andrews kann sich niemandem anvertrauen … und die Frau, die er liebt, ist die Tochter des hauptverdächtigen Senators.

Einzeltitel

Traum des Lebens

(*Heads You Win, 2018*)

1968: Am Hafen von Leningrad müssen der junge Alexander Karpenko und seine Mutter auf der Flucht vor dem KGB entscheiden, auf welches Schiff sie sich als blinde Passagiere schleichen. Eines fährt nach Großbritannien, eines in die USA. Der Wurf einer Münze soll das Schicksal von Alexander und Elena besiegeln … Über eine Zeitspanne von dreißig Jahren und auf zwei Kontinenten entfaltet sich eine Geschichte von einmaliger Spannung und Dramatik.

Söhne des Glücks

(*Sons of Fortune, 2002*)

Sie sind Zwillinge – und werden bei der Geburt getrennt. Beide Jungen wachsen auf, ohne dass sie voneinander wissen: Nat in einfachen Verhältnissen, sein Bruder Fletcher als Sohn eines der reichsten Männer Connecticuts. Doch Nat will es den Umständen zum Trotz ganz nach oben schaffen. Immer wieder kreuzen sich die Schicksalspfade der beiden Brüder. Nat erkämpft sich eine Karriere als erfolgreicher Bankier, Fletcher geht in die Politik. Beide müssen sich in Machtspielen, Liebschaften und Lebensproben bewähren. Als sie entdecken, dass sie einen gemeinsamen Feind haben, führt das Schicksal sie auf dramatische Weise zusammen.

Das Spiel der Mächtigen

(*The Fourth Estate, 1996*)

Zwei Männer, grundverschieden und doch gleich: Der eine, Lubji Hoch, entstammt einer armen Familie osteuropäischer Juden. Er beginnt im Nachkriegs-Berlin mit dem Aufbau einer Zeitung. Der andere, Keith Townsend, Sohn eines Zeitungsbesitzers in Melbourne, steigt in wenigen Jahren zum bedeutendsten Verleger Australiens auf. Es ist nur eine Frage der Zeit, bis sich die Kreise dieser beiden Männer schneiden werden. Jeder von ihnen hat das Ziel, das größte Medienimperium der Welt zu besitzen. Nur einer von ihnen wird überleben …

Triumph und Fall

(As The Crow Flies, 1991)

Im Londoner East End verkauft der junge Charlie Trumper Obst und Gemüse auf der Straße. Er träumt davon, einmal das größte Kaufhaus der Welt zu besitzen. Aber die Zeiten sind hart, und der Erste Weltkrieg reißt Charlie zunächst aus seinen Träumen. Doch auch die schlimmsten Feinde und Widerstände, selbst eine große tragische Liebe können ihn nicht aufhalten.

Zeit der Rivalen

(First Among Equals, 1984)

In den Sechzigerjahren treten in Großbritannien vier junge Politiker auf die Bühne. Sie stammen aus unterschiedlichen Schichten und haben verschiedene Gründe, warum sie in die Politik streben. Ihr Ziel aber ist das gleiche: Macht. Um sie zu erreichen, ziehen sie von Beginn an alle Register des politischen Ränkespiels.

Der Himmel auf Erden

(*Tell Tale, 2017*)

Ein glückloser italienischer Polizist reist von Neapel in ein kleines Bergdorf, um den Mörder des dortigen Bürgermeisters zu überführen. Ein selbstgefälliger Schüler lüftet das Geheimnis um den Reichtum seiner Familie und ändert daraufhin sein Leben für immer. Eine Dozentin bietet in den Dreißigerjahren ihren männlichen Kollegen an einer Ivy League Universität die Stirn. Eine junge Anhalterin erlebt die Überraschung ihres Lebens.

In 15 raffinierten und denkwürdigen Geschichten führt uns Bestsellerautor Jeffrey Archer auf unterhaltsame Weise die Höhen und Tiefen des menschlichen Daseins vor Augen.